KB073992

류짜이푸의
얼굴 찌푸리게 하는 25가지 인간유형

동양문화산책 **22**
류짜이푸의 얼굴 찌푸리게 하는 25가지 인간유형 人論二十五種

지은이 류짜이푸(劉再復)
옮긴이 이기면 · 문성자
펴낸이 오정혜
펴낸곳 예문서원

편집/교정 명지연 · 배경완
인 쇄 상지사
제 책 상지사

초판 1쇄 2004년 3월 10일

주 소 서울시 동대문구 용두2동 764-1 송현빌딩 302호
출판등록 1993. 1. 7 제5-343호
전화번호 925-5913~4 · 929-2284 / 팩시밀리 929-2285
Homesite http://www.yemoon.com
E-mail yemoonsw@unitel.co.kr

ISBN 89-7646-180-0 03820

YEMOONSEOWON 764-1 Yongdu 2-Dong, Dongdaemun-Gu Seoul KOREA 130-824
Tel) 02-925-5914, 02-929-2284 Fax) 02-929-2285

값 10,000원

동양문화산책 22

류짜이푸의
얼굴 찌푸리게 하는 25가지 인간유형

劉再復 지음 / 이기면·문성자 옮김

예문서원

책머리에

사람다운 사람이 없도다 · 國無人

초나라의 애국 시인 굴원屈原은 『이소離騷』를 다음과 같이 끝맺고 있다.

다 그만둘지어다.
나라에 사람다운 사람이 없어
내 마음 알아주지 못하네.
그런데도 무엇 때문에 고향을 그리워할까?
이제 누구와 함께 좋은 정치 베풀어 나갈까?
나는 이제 팽함彭咸님 계신 데로나 가 버리려네.

굴원은 수천 년 동안 중국인의 사랑을 받아 온 이름난 명시의 끝부분에서 "나라에 사람이 없다"(國無人)고 슬퍼하였다. 이는 온 나라를 통틀어 보아도 그의 심령과 통할 수 있는 현자나 식자가 없다는 말이다. 즉 일반 명사로서 사람이 없다는 뜻이 아니라 걸출한 인재가 없다는 말이다. "온 나라를 통틀어서 사람다운 사람이 없다"는 말은 굴원의 깊고 깊은 슬픔을 반영한 것이다.

굴원은 초楚나라라고 하는 대형 건물의 붕괴 징후를 느끼고, 자기

혼자만이라도 '좋은 정치'(美政)의 정수를 지탱하려고 발버둥쳤다. 그러나 죽은 이는 이미 죽었고 떠난 이는 이미 떠나 버렸으며, 다른 사람들은 구금되거나 살해당했으며 이제는 그조차 추방되고 말았다. 정말로 나라 안에 사람다운 사람이 남아 있지 않게 된 것이다. 이처럼 나라 안에 인재가 깨끗이 사라지게 될 때 그 나라는 스스로 멸망의 길로 접어들게 된다.

중국은 인치人治 국가이기에 국가에 인재가 없다는 것은 아주 심각한 문제가 아닐 수 없다. 옛 학자들은 "인재가 있어야 정치가 살고 인재가 사라지면 정치는 죽는다"고 하였다. 사람과 정치는 불가분의 관계에 놓여 있다. 고래로 중국에서 국정과 가정을 주관한 사람들의 가장 큰 관심사는 바로 인재를 얻는 것과 능력 있는 계승자를 구하는 문제였으며, 가장 우려하던 일은 '대가 끊어지는 것'이었다.

필자는 일찍이 「가부賈府의 대가 끊어지는 현상」이라는 단편 논문을 쓴 적이 있다. 이 논문에서 필자는 한 시대를 풍미하던 『홍루몽』의 주인공인 가보옥賈寶玉의 집안이 쇠망의 길을 걸을 수밖에 없었던 원인을 '대관원의 대수색'(抄檢)에 두지 않고 집안의 대가 끊어진 데 두었다. 물론 대관원의 대수색으로 가세가 많이 기울었을 테지만, 집안에 '사람다운 사람'이 있었다면 그 집안을 재정비하고도 남았을 것이다. 정말 안타까운 일은 가보옥 대에는 이미 그 집안에 '사람다운 사람'이 없었다는 점이다.

영국부榮國府 부중의 사람들은 아름답기는 하지만 집안을 다스려 나갈 재질을 갖추지 못한 여인네들이 대부분이었다. 남자들 중 난국을 타개해 나갈 만한 능력을 갖춘 가주賈珠는 공교롭게도 요절했다. 유일하게 쓸 만했던 가련賈璉 또한 타락의 길로 접어들어 화류계에서 노닐기에 바빴다. 가보옥은 성정이 훌륭하긴 했지만 이렇다 할 능력이 없었으며, 가환賈環은 비열하기 짝이 없는 망종이었다.

마지막으로 싹수가 보이는 듯싶던 가란賈蘭은 나름대로 노력은 했으나 어린 나이에 벌써 '앞뒤가 꼭꼭 틀어막힌 사람'이 되어, 하는 말마다 신물 나도록 판에 박힌 말들뿐이어서 쓸 만한 인물이 될지는 역시 미지수였다. 가씨 집안의 '대가 끊어지는' 현상을 가보옥의 사촌형수인 왕희봉王熙鳳 한 사람만이 민감하게 의식하고 있을 뿐이었다. 그녀는 일찍부터 가씨 집안을 통틀어 봐도 인물이 될 만한 사람이 없음을 간파하고 있었다. 『홍루몽』 제55회에서 그녀는 평아平兒 앞에서 영국부의 사람들을 다음과 같이 분석하고 있다.

> 나를 도와줄 사람이 없어 쓸쓸하던 차에 마침 좋은 계제로구나. 보옥이가 있다지만 이런 일에는 쓸 사람이 못 되니 소용없는 일이고, 큰 아가씨는 부처님 같아서 안 될 것이다. 영춘 아가씨는 더더욱 안 되고 게다가 이 집안 사람도 아니잖아. 석춘 아가씨는 아직 너무 어리고, 난이와 환이는 불에 그을린 언 고양이라고 할까, 따뜻한 부뚜막에만 기어드는 것들이지.……대옥이와 보채 아가씨로 말하면 사람들이야 이를 데 없이 다 좋지. 하지만 애석하게도 모두 친척이라서 집안일을 맡아 보기는 글렀지. 게다가 하나는 미인등美人燈 같아서 바람만 살짝 불어도 잘못되는 사람이고, 하나는 주견이 있어도 '상관없는 일엔 절대로 입을 열지 않고 모른 척하는 사람'이니까 찾아가 상의해 보기도 어렵단 말이야. 그러니 탐춘 아가씨밖에는 적임자가 없어.

가씨 집안에서 왕희봉만이 그나마 '난사람'(猛人)이라고 할 만했다. 평아는 그녀의 아주 친한 친구라고는 하지만 협력자는 될 수 없었다. 그녀는 원래 '식인 호랑이의 창귀倀鬼 노릇'이나 하는 '앞잡이'(倀人)가 되어야 마땅한 정도의 인물인데, 어쩌다가 뜻밖에도 모든 사람들에게 다 잘하는 현명한 사람이 되어 버린 여자다. 왕희봉은 친구 앞에서 가씨 집안에 사람은 많으나 쓸 만한 사람이 없는 인재 위기를 또박또박 분석하고 있다. 참으로 날카로운 안목이 아닐 수 없다.

'대가 끊어지는 현상'은 오늘날 중국 사회에서 아주 심각한 문제이다. 8, 90세 고령의 노인들이 국정을 좌지우지하는 일을 두고 비웃는 소리를 많이 듣는다. 그러나 필자는 아직 한번도 이를 문제 삼은 적이 없다. 후인들 가운데 마땅한 인물들이 거의 없으니 어쩔 수 없는 일이기 때문이다. 이런 현상은 중국에 인재가 없어서라기보다는 그간의 수많은 정치 운동의 와중에서 많은 인재들이 거의 '소탕'당했음을 말해 주는 것이다.

지금 그나마 '인재'라고 할 만한 사람들은 대부분이 '소탕'당했다가 명예를 다시 회복한 '운 좋은 사람'(幸存者)들이다. 이들은 비판의 날카로운 논조가 아직 남아 있는 경우도 있지만 대다수는 간과 쓸개를 거세당해 버린 정신적 고자들이다. 혹은 자기 자신의 참된 인성을 상실해 버리고, '조롱 속에 자기 자신을 가두고 사는 사람'(籠中人) 또는 '규범 속에 자신을 옭아 넣고 사는 사람'(套中人)이 되어 버렸다.

새로이 만들어지는 젊은 인재들조차 조악한 생장 환경으로 인해 중국에 사는 이방인처럼 생활하고 있다. 그들은 일단 해외에 나갈 기회만 생기면 장기간 체류할 만반의 준비를 갖추고 있다. 아닌 게 아니라 오히려 이국 땅에서 중국의 인재를 더 많이 만날 수 있다. 미국은 실로 중국 인재의 보고라고 할 만하다. 이러다 보니 중국 땅은 인재가 다 떠난 텅 빈 황무지가 되어 버렸다. 특히 중국 민족의 영속성을 이어 나갈 '동량棟梁'들이 다 사라져 버렸다.

'국무인國無人'이란, 나라 안에 걸출한 인재가 없다는 뜻이다. 그런데도 가환처럼 개뼈다귀 같은 인종들은 천지에 널려 있다. 이 책은, 오늘날 우수한 인물들을 찾아보기 힘들 정도로 인재난을 겪고 있는 반면 '꼭두각시 인간'(傀儡人), '고자'(閹人), '육인'(肉人), '교활한 인간'(巧人), '역겨운 인간'(酸人), '가축 인간'(畜人), '앞잡이'(倀人), '간신배'(讒人) 등과 같은 '특수 인종'들은 대량으로 번식하고 있는 중국의 상황을 개탄한 글이다. 이와 같은 '특수 인종'들은 그 '전공 분야'는 다를지라도 똑같은 특징 하나를 가지고 있다. 바로 노예 근성으로 똘똘 뭉쳐 있는 '노예 인간'(奴人)이라는 점이다.

20세기 후반 50여 년에 걸친 대륙 인민들의 삶을 살펴보면, 80년대에 들어서서야 비교적 그 상황이 호전되었다. 80년대 이전의 30년 동안은 살벌하기 짝이 없는 계급 투쟁이 온 국토를 횡행했으며 정치 운동 또한 지나칠 정도로 빈번했다. 이러한 정치 운동은 지식인들을 소위 "개과천선하여 새로운 사람으로 다시 태어나지 않을 수 없도록" 만들었다. 그 결과 '인재'들은 '노예 같은 재목'(奴才)이 될 수밖에 없었으며, 지식인은 날카로운 '재기才氣'를 거세당하고 '노예 근성'(奴氣)을 주입당했다. 그렇게 지식인들은 '순종하는 도구'로 개조되었다.

80년대 말, 정세가 급변하자 인재들은 다시 한번 소탕되었고, 나라에는 더더욱 사람다운 사람이 없어졌다. 이런 경우 유일한 해결책은 노재를 인재로 간주하여 중용하는 것이다. 한때는 "인재를 노재로 바꾸어 놓더니" 이제는 "노재를 인재로 여길 수밖에 없게" 된 것이다. '국무인'은 이런 노재를 가진 사람들을 가리키는 말은 결코 아니다.

필자가 묘사하고 있는 '육인', '앞잡이', '간신배' 등등은 사실 고서에도 등장한다. 중국이나 다른 나라의 지식인들이 이미 이런 유의 인간들을 그와 같이 명명한 바 있다. 그러므로 이들의 형상을 글로 묘사하는 일은 필자가 처음으로 하는 일은 아니다. 그러나 새로운 시대 속에서 그들도 새로운 의미를 가지기 마련이며, 게다가 각각의 인성들 또한 발전된 모습을 보이게 된다. 그래서 필자는 이들의 '사회상'을 묘사함에 있어서 가능한 한 '발전된' 새로운 모습을 그려 내려고 노력했다.

물론 이 중에는 필자가 명명한 것도 있다. 예를 들면, '역겨운 인간'(酸人)이 대표적인 경우이다. 하지만 이 역시 필자가 만들어 낸 것은 아니다. 만약에 구가謳歌 문학이 번성하지 않았다면, 그리고 그 작품들 속에서 '역겨운 맛'(酸味)이 그렇게 심하지 않았다면, 또한 유아적 작태를 일삼는 사람들이 그렇게 많이 등장하지 않았다면 필자는 결코 '역겨운 인간'이라는 뛰어난 이름을 생각해 낼 수조차 없었을 것이다.

필자는, 필자를 잉태하고 길러 준 이 인류에 대한 신념을 영원히 잃어버리지 않을 것이다. 그러나 1989년 이후 필자는 대륙의 수많은 유형의 인간들을 보고 절망감을 느끼지 않을 수 없었다. 위에서 아래에 이르기까지 기형적인 인간들이 너무나 많고 병적이고 변태적인 인격체들이 너무도 많았다. 5·4신문화운동이 일어난 당시, 문화적 선각자들은 '인간'이라는 기치를 높이 들고 병적 상태에 놓여 있는 당시의 사회와 인간을 묘사하고 폭로했다. 이때가 되어서야 아Q阿Q라고 하는 기형적 문학 형상이 창조되기에 이르렀다.

뜻밖에도, 사회가 20세기 하반기에 이르도록 이런 기형아들은 적어지기는커녕 도리어 대량으로 번식하고 있다. 한소공韓少功과 잔설殘雪 등의 작가들은 작품 속에서 수많은 기형아들을 묘사했다. 필자는 소설가가 아닌 연유로 그들과는 또 다른 문자 형식을 가지고 기형아들에게 이 기록을 남기려 한다.

기록하고 사색하는 동안 필자가 더욱 두렵게 느꼈던 점은, 아Q는 그 시대에 일개 평민으로서 그의 기형적 성격으로 인해 당시의 사회를 지배하기에는 역부족이었다는 사실이다. 반면 20세기 하반기가 되어 평민 아Q가 '압박에서 해방'되면서 각종 기형적인 인간들이 사회를 관리하는 주체 세력이 되었다.

'꼭두각시 인간'들이 꼭두각시극을 연출하고, 고개를 끄덕일 줄만 아는 '예스맨'(點頭人)들이 지도자(領頭人)가 되고, 백지 답안지나 제출하던 '말인末人'들이 홍기紅旗를 드는 선봉 세력이 되었다. '무뢰배'들이 이 시대를 밝혀 주는 등불이 되고, '앞잡이'들이 굳센 혁명 전사가 되었다. '역겨운 인간'들이 시인이 되었고 '망령된 인간'(妄人)들이 해방의 전위 부대가 되었다.

이러한 사회에서는 우열이 구분될 수 없다. 게다가 사람들에게, 자연계에서는 "우수한 것이 승리하고 열등한 것이 패배하지만" 이 사회는 정반대여서 항상 "열등한 것이 승리를 거두고 우수한 것이 패배한다"라는 인생 철학을 가지도록 만들었다. 이러한 퇴화 현상은 이 사회의 정신을 앗아 가서 모든 것을 한순간에 혼미한 상태로 몰아갔다.

필자가 이 책을 쓴 것은 "나라에 사람다운 사람이 없는 것"(國無人)이 안타깝기도 했지만, "나라에 정신이 바로 서지 않은 것"(國無魂) 또한 한탄스러웠기 때문이었다. 이 책은 주로 사람들의 부조리함과 병적인 상태, 인간에 대한 절망 등을 서술한 글이다. 그러면서도 필자는 부조리함과 절망에 대해 여전히 반항하고 있는 중이다. 인생의 의미는 부조리함과 절망에 대한 반항 속에 존재한다고 확신하기 때문이다.

필자가 '말인'의 형상을 그린 것은 이 세상이 더 이상의 망종들을 생산해 내지 못하도록 기계를 재정비해 보자는 바람에서였고, '육인肉人'을 쓴 것은 사회가 더 이상 인간의 정신을 깨끗이 후벼 파 내어 말살시키거나 인간의 심령을 국유화하지 못하도록 하는 바람에서였으며, '꼭두각시 인간'은 보다 신선하고 보다 활발하고 보다 자기 중심적인 영혼을 이 사회에 불러들이고자 하는 바람에서였다.

이외에 특별히 '기인'(怪人), '우직한 사람'(癡人), '은둔자'(逸人), '틈새인'(隙縫人) 등을 쓴 이유는 이들을 변호하기 위함이었다. 인간의 개성을 변호하고 인간의 집착성을 변호하고 인간의 자유 권리를 변호하기 위해서였다. 그리고 인간의 자유 의지를 세울 여지를 마련해 주기 위함이었다. '기인'의 존재를 인정하지 않는다면 개성은 끝내 '박멸'당할 것이고, 뭔가 특이한 생각들은 곧바로 인민재판식의 비판을 당할 것이다. 조그만 틈조차 주어지지 않은 채 은둔할 곳도 피난할 곳도 모두 파괴당하고 정치의 먹장구름이 모든 것을 뒤덮어 버린다면 과연 어디에서 인재를 길러 낼 수 있겠는가?

필자는 여러 형상들을 묘사하는 데 있어서 주로 중국의 사회상을 보여 주는데 중점을 두었다. 그렇다고 이들이 중국에만 있는 것은 아니다. 이들 중 많은 저열低劣한 인간들은 사실상 인류의 보편적인 나쁜 인성의 표현이다. 즉 동서양의 문화를 막론한 인류의 보편적 현상이란 얘기다.

'역겨운 인간'이 동양에 있다면 서양에도 있다. 단지 그 '역겨운' 정도가 다를 뿐이다. '육인'이 동양에 있다면 서양에도 있게 마련이다. 게다가 서양의 육체적인 인간의 발달 정도는 결코 동양보다 그 수준이 낮지 않다. 돈만 있으면 돼지고기를 사고 소고기를 사고 양고기를 살 수 있듯 사람도 살 수 있다. 어디에서나 '인간 시장'이 형성되어 있다. 마치 서구 사회의 위기를 나타내는 하나의 징조처럼. '원칙주의자'(套中人)가 중국에 있으면 서양에서는 훨씬 이전부터 있었다. 이런 판에 박힌 듯한 인간의 개념은 원래 러시아의 안톤 체호프에서 출발한다. '말인', '견유주의자', '예스맨' 등의 개념 또한 다른 나라에서 빌려 온 것이다.

필자가 이 글을 쓴 것은 다만 중국에 사람이 없는 현실을 개탄하고 아울러 인류 사회의 정신이 퇴화할지도 모른다는 우려에서였으며 중국의 정치적 시각은 조금도 개입시키지 않았다. 오히려 심미적 시각에서 출발하여 묘사의 중점을 인성의 악함보다 추함에 치중시켰다. 추함을 파헤치고 가려 낸 이 작업의 결과를 깨끗하고 맑은 어린이들과 아직 사회적으로 오염되지 않은 순결한 영혼을 지닌 이들에게 바친다. 이들이 갖가지 병적인 상태에 놓인 인간들과 정신적인 거리를 유지하며 저들과는 다른 경지의 삶을 살기 바라는 염원에서.

이 책의 일부분이 『명보월간明報月刊』에 발표되고 중국 대륙으로 전해지자, 당시에 답답하고 울적해하던 많은 친구들이 읽고서 모처럼 만에 활짝 웃을 수 있었다고 한다. 그리고는 필자에게 편지를 보내어 요 몇 년 사이에 필자가 그토록 유머러스해질 줄은 꿈에도 생각 못했노라 했다. 확실히 그렇다. 외국으로 나온 후 필자는 확실히 많이 가벼워졌다. '무거운 사람'(重人)에서 어느덧 '가벼운 사람'(輕人)으로 변한 것이다. 그래도 가벼움 뒤에는 여전히 무거운 짐과 기대가 매달려 있다. 그럼에도 내 친구들을 즐겁게 했다니 다행이다.

물론 이 글을 읽고 즐겁지 않은 이들도 있을 수 있다. 누군가를 에둘러서 너무 심하게 몰아 부치는 게 아니냐고 할 것이다. 당연히 인정한다. 아닌 게 아니라 글을 쓰는 동안 필자도 모르게 생각나는 이들이 있긴 하였다. '역겨운 인간'을 쓸 때에는 억지로 유아적 몸짓을 꾸며 내며 큰소리로 노래를 불러 제끼는 시인이 저절로 떠올랐는가 하면, '앞잡이', '가축 인간', '간신배'를 쓸 때에는 필자를 험악스럽게 비방하고 헐뜯던 논객들 즉 후민택侯敏澤이나 엄소주嚴昭柱 같은 이들이 생각나기도 했으니까.

그러나 한순간의 생각일 뿐, 이들을 신경 쓸 겨를도 없거니와 그리고자 하는 형상이 이들의 모습에 국한되어서는 더더욱 안 되는 일이었다. 필자가 쓴 것은 인류의 보편적인 현상 즉 인류가 성숙하지 못했을 때의 불행한 현상이다. 말하자면 필자의 감정과는 전혀 무관하다는 말이다. 필자의 눈은 저 넓은 세상을 노닐기도 바빠서 그다지 아름답지 못한 입들까지 살필 여력이 없었던 것이다.

류짜이푸의 얼굴 찌푸리게 하는 25가지 인간유형 ___ 차례

꼭두각시 인간 · 傀儡人 1

중국에는 아주 오래 전부터 나무 인형극이라고도 하는 꼭두각시극이 있었다. 나의 고향인 복건성福建省 민남閩南 일대에는 아직까지도 나무 인형극을 공연하고 있는데 외국에까지 나가 국위를 선양하는 모양이다. 나 자신이 꼭두각시놀음을 무척이나 좋아해서 어릴 적에는 작은 칼을 들고 나무 인형을 만들려다가 손가락만 베일 뻔하고 그만둔 적도 있었다.

소싯적의 그러한 전력이 있어서인지 어른이 되어서는 꼭두각시극에 남다른 관심을 가지게 되었다. 마침 내가 몸담고 있던 연구소에 꼭두각시극의 전문가이신 노학자 손해제孫楷第 선생님이 계셨다. 나는 그 분이 쓰신 「꼭두각시극의 원류를 찾아서」라든가 「근대희곡 창연唱演 형식의 원류 꼭두각시극과 그림자극에 관한 고찰」, 또 「꼭두각시극과 그림자극 보완」 등의 학술 논문들을 즐겨 읽었다.

손 선생님의 논문을 통해 나는 꼭두각시극과 꼭두각시를 올바르게 이해할 수 있었다. 이전까지 나는 꼭두각시극이 나무 인형극이고 꼭두각시가 나무 인형인 줄만 알았는데, 손 선생님의 글을 읽고 나서야 그것이 많은 꼭두각시극의 한 종류임을 알게 되었다. 실제로 꼭두각시의 종류는 나무 막대기로 조종하는 꼭두각시, 실을 매달아 조종하는 꼭두각시, 수중에서 장대로 조종하는 꼭두각시, 실제 사람이 연기하는 꼭두각시 등등 매우 많다. 그 중에서 진정으로 '꼭두각시 인간'의 자격을 갖춘 것이 실제 사람이 연기하는 꼭두각시이다. 지금 유행하고 있는 나무 인형극의 나무 인형은 나무 꼭두각시에 속하는 것이다. 사람의 형상을 하고는 있지만 사람은 아니어서 '꼭두각시 인간'으로 간주할 수는 없다. 손 선생님의 기준에 따르자면, 외국에서 국위를 선양하고 있는 우리 고향의 그 나무 인형들도 진정한 '꼭두각시 인간' 축에는 들지 못하는 셈이다.

끈질기고 집요한 학자인 손 선생님은 송원宋元 이래의 희문戱文(남방 음악을 사용하는 고전극)과 잡극雜劇(북방 음악을 사용하는 고전극)이 송대의 꼭두각시극과 그림자극에서부터 비롯된 것임을 논증하면서, 꼭두각시의 발전 과정을 세 단계로 정리하였다. 그 첫 번째 단계가 바로 '나무 인형'의 단계였다.

> 송대 꼭두각시극은 처음에는 나무 인형을 사용하였다. 나무 인형은 스스로 움직일 수 없어서 예인藝人들이 실이나 막대기를 가지고 인형들을 조종하여 진짜 사람처럼 움직이게 해야 했다. 또 나무 인형은 스스로 말을 할 수 없기 때문에 누군가가 대신 말을 해야 했다. 이것이 꼭두각시극의 최초 형식이다.

초기 나무 인형의 특징은 혼자 움직일 수도 없고 말도 할 수도 없어서 반드시 사람이 뒤에서 조종하고 대신 말을 해 줘야 했다.

다음 단계는 '꼭두각시 어린아이'를 사용하는 단계이다. 나무 인형이 어린아이로 대체되고 나무 꼭두각시가 사람 꼭두각시로 대체된다. 꼭두각시극에 일대 변혁이 일어난 것이다.

> 그 후 나무 꼭두각시극은 어린아이를 꼭두각시로 하는 사람 꼭두각시극으로 탈바꿈한다. 이때 예인藝人이 조종하는 대상은 나무로 만든 사람(木人)이 아닌 진짜 사람이라는 점에서 뒤의 분희扮戲와 유사한 면을 보여 준다. 그러나 어린아이의 활동을 무대 위에서 다른 사람이 도와줘야 하며, 또 어린아이 꼭두각시는 말을 해서는 안 되고 조종자가 대신 말을 해 줘야 한다. 이것이 꼭두각시극의 첫 번째 변화이다.

꼭두각시가 '목인'에서 어린아이로 대체된 것은 일대 진보라고 할 수 있다. 그런데 진짜 사람인데도 왜 여전히 꼭두각시라고 부르는가? 그것은 그 아이가 꼭두각시의 특징을 그대로 지니고 있기 때문이다. 첫째 특징은 "말을 해서는 안 된다"는 것이다. 즉 자기의 대사가 없다. 두 번째 특징은 "스스로 설 수 없다"는 것이다. 늘 타인의 조종을 받고 무대 뒤에 있는 조종자의 제약을 받아야 한다. 그래도 그 꼭두각시는 진짜 사람이기 때문에 손 선생님은 '사람 꼭두각시'라고 불렀다. 초기 단계의 사람 꼭두각시인 셈이다.

나에게는 이 '어린아이 꼭두각시'가 그렇게 놀라울 수가 없었다. 분명 살아 있는 진짜 사람이건만 말을 해서는 안 되고, 말을 해서는 안 되면서도 말하는 흉내를 내어 작자의 정신을 전달해야 하는 이 꼭두각시들의 고달픔이 얼마나 컸겠는가? 나약하기만 한 현대의 어린아이들에게 이 일을 시킨다면 아마도 해내지 못할 것이다.

손 선생님의 고증에 따르면, 이 '어린아이 꼭두각시'는 여전히 원시적인 꼭두각시이고, 이후 꼭두각시극에 다시 대변혁이 일어난다.

어린아이가 어른으로 대체된 것이다. 어른은 어린아이보다 키만 큰 것이 아니라 "스스로 움직일 수도 있고 다른 사람의 조종을 받지도 않는다." 그래도 그는 여전히 꼭두각시이다. 여전히 "말을 해서는 안 될" 뿐만 아니라 "조종자가 또 다른 사람으로서 조종하기 때문"이다. 이 '어른 꼭두각시'는 성인의 모습을 하고 또 자기의 행위가 있으면서도 꼭두각시의 두 가지 근본적인 특징을 지니고 있다. 즉 자신의 말을 할 수 없고 배후의 다른 사람의 제약을 받아야 한다. 손 선생님의 말을 빌린다면 '어른 꼭두각시'는 결국 "말해서는 안 되는 규칙을 지키며" "조종자의 제약을 받는 사람"이다.

꼭두각시극은 다시 발전을 거듭하여 드디어 마지막 단계에 진입한다. 이 단계에 들어서면 성인은 성숙해지고, 행동을 할 수도 있고 말을 할 수도 있게 된다. '말을 하지 못하는 금기'가 깨어지고 자신에게 속한 행동과 말을 하게 된 것이다. 이는 뒤의 분극扮劇과 상당히 유사하다. 그러나 연기자가 아무리 말을 할 수 있다 해도 그 말은 자기의 말이 아니고 조종자의 말이다.

이 시기에 이르러 꼭두각시극은 이미 희극에 접근하고 있다. 꼭두각시는 이제 움직일 수도 있고 말도 할 수 있는 진화된 단계의 사람 꼭두각시가 된 것이다. 표면상으로는 이 단계의 사람 꼭두각시와 진짜 사람 간에는 별 차이가 없는 듯하지만, 정신적인 면에서 매우 큰 차이를 발견할 수 있다. 그것은 사람 꼭두각시에게는 인간이 인간일 수 있는 필수 요건인 독립적인 인격과 그 인격을 표현하는 자신의 언어가 없다는 것이다. 즉 이들은 말은 해도 자기의 말을 할 수 없다.

이제까지 말한 내용을 통해서 우리는 소위 꼭두각시 인간이란 타인의 조종을 받으며 자기의 영혼도 없고 자기의 말도 할 수 없는 사람임을 알 수 있다.

꼭두각시 인간은 본시 연극 무대상의 인물이다. 그런데 중국의 근대사상가들은 연극 무대에나 있어야 할 이 꼭두각시 인간들이 중국이라는 땅 위에, 지위 고하를 막론하고 곳곳에 널려 있는 사실을 발견하게 되었다. 황제도 꼭두각시요, 신하도 꼭두각시요, 백성도 꼭두각시 백성일 뿐이다. 국가 공동체의 세포 하나하나가 모두 꼭두각시인 꼭두각시 나라가 되어 버렸다. 이러한 현상을 가장 먼저 발견하고 폭로한 인물이 양계초梁啓超[1]였다.

양계초는 『청의보淸議報』 일을 하면서 '애시객哀時客'(시대를 슬퍼하는 사람)이라는 필명으로 전 중국의 꼭두각시화를 애통해하며 「꼭두각시에 관하여」라는 글을 발표했다. 이 글에서 양계초는 "임금도 꼭두각시요 관리도 꼭두각시요, 백성도 꼭두각시요, 나라도 꼭두각시가 되어 버렸다"고 애통해하였다. 당시 광서황제光緖皇帝는 자희태후慈禧太后의 꼭두각시였고 관리와 백성은 만주족 애신각라愛新覺羅 왕실의 꼭두각시였다.

양계초가 설파한 근대 중국의 중대한 사회적 현상은 바로 나라가 혼을 잃고 나라의 황제가 혼을 잃었으며, 나라의 관리도 혼을 잃고 나라의 백성도 혼을 잃어, 광서황제에서 평민에 이르기까지 모두가 혼을 잃어버린 물건이 되어 버린 채, 자신의 말을 할 줄 모른다는 것이었다. 당시 지식인이라면 누구나 이렇듯 만연된 꼭두각시 현상을 강렬하게 인식하고 있었다. 그리하여 양계초의 이 글이 계기가 되어 전국의 유생들과 개혁자들은 죽어 가고 있는 국혼國魂과 민혼民魂을 되살려, 나라의 임금과 관리와 백성을 비롯한 전 국가적인 꼭두각시 현상을 바꾸어 나가자고 소리 높여 외치기 시작했다. 당시 '국혼편國魂篇'이라고 부르는 『절강조浙江潮』 창간호의 개편[2]에서는, 국가의 혼을 되살리는 가장 중요한 일로 먼저 꼭두각시가 되지 않는 것을 꼽았다.

> 오관五官과 사지를 다 갖추고 머리가 둥글고 발가락이 다섯 개라고 해서 사람인가? 어떤 이는 사람이 아니다. 꼭두각시다. 왜 그런가? 혼이 없기 때문이다. 찌르고 베어도 아픔을 느끼지 못한다.

꼭두각시는 사지와 오관을 다 갖추고 있어도 혼이 없으므로, 인간을 구제하고 나라를 구하려면 무엇보다도 먼저 꼭두각시의 형상을 벗어 던져야 한다는 뜻이다.

꼭두각시에게 채찍질을 가하는 양계초나 우국지사들의 글을 읽으면서 가장 잊을 수 없는 것은 그들의 '스스로를 살피는 정신'(自審精神)이었다. 당시 중국의 꼭두각시화가 가령 자희태후와 같은 어느 한 사람만의 책임은 결코 아니라는 것이 그들의 주장이었다. 자희태후가 광서황제를 자신의 꼭두각시 황제로 만들고, 대신들을 꼭두각시 대신으로 만든 것은 사실이다. 그러나 황제에서 백성들에 이르기까지 사람이라면 모두 자신만의 혼을 가지고 있다. 그렇기 때문에 스스로 설 수 있고 스스로를 아낄 줄 알며, 스스로 존경받는 행위를 할 수 있고 스스로의 말을 할 수 있다. 만약 이들이 자기가 하고 싶은 말을 담대히 말하고 자기의 인격을 스스로 지킬 수 있었다면 청말의 그와 같은 꼭두각시 현상이 어떻게 일어날 수 있었겠는가? 늙은 할머니에 불과한 자희태후에게 독립적 인격을 갖고 있는 수억의 신하와 백성을 조종할 수 있는 그만한 힘이 정말 있었겠는가?

이에 대해 양계초는 "중국이란 체격 좋고 건장한 꼭두각시라서, 한 사람의 힘만으로는 중국을 움직일 수 없다. 즉 서로서로가 함께 힘을 합하여 그를 꼭두각시로 만든 것이다"라고 말했다. 그가 깊이 통탄해마지 않은 것은 "사람들이 서로서로 힘을 합하여 함께 중국을 꼭두각시로 만들어 놓았으면서도" 그 사실을 알지 못하고, 혹은 알면서도 스스로를 부끄러워하고 반성할 줄 모른다는 점이었다. 그 결과 마침내 중국이 하나의 거대한 꼭두각시놀음장으로 변해 버리고, 백성들은 저마다 타인이 조종하는 꼭두각시극을 연기하게 되었다. 참으로 비참하기 이를 데 없는 일이다.

> 슬프도다! 스스로 꼭두각시가 되고 나면 필시 다른 이들을 꼭두각시로 만드는 법. 중국이라는 꼭두각시는 참으로 오래되었다. 그런데도 스스로 헤어나려 애쓰기는커녕 오히려 임금을 꼭두각시로 만들고 백성을 꼭두각시로 만드는 데 힘을 다하고 꾀를 다하며 기껏 조종자를 위해 죽을힘을 쏟고 있는 짓이라니. 장차에는 이 땅이 거대한 꼭두각시놀음장이 되어 버리고 말리라.

"스스로 꼭두각시가 된 후에 다른 사람들이 그를 꼭두각시라고 부른다"는 양계초의 말은 참으로 지당한 말이 아닐 수 없다. 청대에 위에서부터 아래에 이르는 그토록 거대한 꼭두각시놀음장이 형성된 까닭은 국민 한 사람 한 사람이 이 꼭두각시놀음장에 저마다 하나의 세포를, 하나의 조건을, 하나의 기초를 제공해 준 데 있다. 그러므로 꼭두각시에서 벗어나기 위해서는 한 사람 한 사람이 자성한 뒤, 다시는 꼭두각시가 되지 말아야 하겠다는 결심이 가장 중요하다. 이렇게 한다면 꼭두각시 조종자는 자기 마음대로 조종할 수 없게 되고 사람은 자기가 하고 싶은 것을 할 수 있게 된다. 양계초의 이런 정신이야말로 바로 이 시대 중국의 보배와도 같은 값진 우국 참회의 정신인 것이다.

스스로를 살펴보고 스스로를 구하자는 정신은 익히 아는 바와 같이 진독수陳獨秀[3]나 노신魯迅[4]과 같은 근・현대 사상가들에 의해 서로 다른 문화 형식으로 표현되었다. 그런데 자신이 꼭두각시였음을 참회하는 「참회록」이 있었다는 사실을 아는 사람은 그렇게 많지 않다. 그 글은 1920년에 출판된 황원생黃遠生 선생의 『원생유저遠生遺著』에 실려 있는데, 여기에서 황 선생은 바로 자신이 꼭두각시였다는 사실을 참회하고 있다. 즉 그는 자기 자신이 "진정한 소인도 아니었으며 진정한 군자도 될 수 없었노라"고 말한 것이다. 황 선생은 매우 정직한 지식인이었다. 과공진戈公振 선생은 『중국신문학사』(中國報學史)에서 그를 "언론계의 기재奇才"라고 칭찬했다. 황 선생은 21세 되던 해, 광서 연간의 갑진년 진사 시험에 합격하였고 그 후에 일본으로 유학을 갔다. 신해혁명 후에는 언론계에 투신하여 단번에 저명 언론인이 되었다. 그러다 중국이 격변에 휘말리면서 이런저런 세력들이 그의 명성을 이용하려 들었다.

독립적 인격을 지닌 그였지만 거대한 힘으로 내리누르는 압력 속에서 자신을 지키기란 무척이나 힘든 노릇이었다. 특히 그를 힘들게 한 것은 원세개袁世凱[5]가 황제로 즉위할 때, 속절없이 황제 제도를 찬양하는 「사시이비似是而非」라는 글을 쓴 일이었다. 그는 그 직후 결연히 북경을 떠나 상해로 도망가서 자구책을 강구하였다. 상해에 은거하는 동안, 그는 "수년 동안 북경에 머물면서 저질렀던 타락의 죄를 참회하는" 「참회록」을 썼다.

황원생 선생의 「참회록」은 자신이 꼭두각시가 된 데 대한 자책으로 시작한다.

> 한 몸 같은데 나는 둘이었다. 그 하나는 꼭두각시였으니 바로 내 본래의 모습으로, 누군가 조종하면 동작을 시작했다. 다른 하나는 나와는 관계없는 다른 사람의 눈이었다. 어쩌다 꼭두각시를 조종하는 모습을 우연찮게 보게 되면 그때마다 화를 내곤 했다.

그는 타인의 조종을 받고 행동하는 자신에게 수치를 느끼면서, 한때나마 자신이 '비아非我'의 꼭두각시 형상이었음을 진정으로 그리고 진지하게 자책했다. 그럼에도 끝내 "회한을 잘라 내지도, 방망이로 두들겨 내쫓아버리지도 못하고 말았다." 높은 자리에 있으면서 기꺼이 타인의 조종을 받고 있던 당시의 권세가들에 비할 때, 그 정신의 고귀함이란 나로서는 헤아릴 길이 없다.

5·4신문화운동의 선구자들도 사람이면서 꼭두각시로 살아가는 불행과, 사람과 꼭두각시가 서로 함께 존재할 수 없으며 인간이 되려면 우선 꼭두각시여서는 안 된다는 사실을 깨닫게 되었다. 그들은 인간의 존엄성을 부르짖고 '비인非人' 관념을 비판하면서 특히 노르웨이의 극작가 입센의 희곡과 그 사상을 환영하였다. 그래서 그들은 인형의 집에서 뛰쳐나간 노라를 좋아하였다.[6]

5·4 개혁가들은 아마도 그들의 '혁명' 후에도 중국이 여전히 무수한 꼭두각시들을, 그것도 혁명이라는 옷을 걸친 꼭두각시들을 만들어 내리라고는 생각하지 못했을 것이다. 이 꼭두각시들은 비록 입고 있는 옷은 서로 달라도, 하나같이 '자기의 말을 하지 못한다'는

근본적인 특징을 가지고 있다. 이들은 "주석께서 말씀하시기를……" 이라는 말밖에 할 줄 모른다. 정치판에서나 문화계에서나 회의장에서나 이들이 하는 말은 전부가 무대 뒤에 있는 설화자의 입에서 나오는 듯한 느낌을 준다. 거의가 이런 식이어서 어쩌다가 지식인이나 지도자들의 입에서 '자기의 말'이 튀어나오고 그 말 속에서 유머라든가 정취 같은 것이 배어 있기라도 하면 꼭두각시가 아닌 듯싶어 놀랍고 기쁘기까지 하다.

지금 이 순간, 몇 해 전 내가 '주체성'과 '참회 의식'이라는 명제를 제기했던 일이 새삼 떠오른다. 아마도 꼭두각시 현상과, 나 자신도 한때 꼭두각시에 불과했던 데 대한 반감에서 그랬으리라. 그때 꼭두각시의 번식을 막아 보고자 나름대로 무진 애를 썼건만 결과는 계란으로 바위치기였다. 고작 몇 편의 글로 어떻게 꼭두각시의 거대한 조류에 맞설 수 있었겠는가?

---

1) 중국 청말 중화민국 초기의 계몽사상가이자 문학가로 1895년 강유위와 함께 북경에 강학회를 설립하고, 상해에 강학회 분회를 설립하여 여러 나라 서적의 번역, 신문·잡지의 발행, 정치 학교의 개설 등 혁신 운동을 펼쳐 나갔다. 1895년 이후에는 담사동과 함께 변법자강 운동에 진력하였다.

2) 彈詞에서 이야기를 들려주기 전에 부르는 唱詞로 특히 江蘇·浙江 지역에서는 희곡을 공연하기 전에 내용과 전혀 무관한 '唱段'을 첨가하기도 했는데 이 역시 '開篇'이라고 했다.

3) 일본 및 프랑스에 유학한 후 1916년 상해에서 『신청년』 잡지를 발간하면서 문학혁명을 주창하여 5·4운동의 사상적 근거를 마련하였다. 1917년 북경대학에서 호적과 함께 백화문을 제창하는 한편 『신청년』을 통하여 유교 사상을 비판하는 글을 발표하였다.

4) 1904년 일본 센다이의학전문학교에 입학하였으나, 문학의 중요성을 통감하고 국민성 개조를 위한 문학을 지향하였다. 1918년 문학혁명을 계기로 『광인일기』를 발표하여 가족 제도와 예교의 폐해를 폭로하였다. 이어 『공을기』, 『고향』, 『축복』 등의 단편을 발표하여 중국 현대문학을 확립하였으며 대표작은 『아Q정전』이다.

5) 1911년 신해혁명 발발로 병권을 장악하고 혁명군과 연락하는 한편 황제를 퇴위시켰다. 그 후 그는 혁명파의 임시 대총통 손문을 사임시키고 1912년 2월 임시 총통에 취임함으로써 중화민국을 정식으로 탄생시켰다. 1913년 10월 정식으로 초대 대총통에 취임, 독재체제를 확립하였다. 황제추대 운동을 전개하여 1916년 스스로 황제라 칭하였으나 1915년 운남 봉기를 계기로 도처에서 일어난 反袁 운동의 확대로 인하여 1916년 3월 황제 제도 취소를 선언한 후, 반원 운동의 소용돌이 속에서 죽었다.
6) 입센이 쓴 『인형의 집』은 "아내이며 어머니이기 이전에 한 명의 인간으로서 살겠다"는 주인공 노라의 각성 과정을 그린 작품이다. 여기서 '인형의 집'이란 그동안 인형처럼 취급되어 온 노라의 삶을 비유적으로 표현한 것이다.

2 원칙주의자 · 套中人

중국에서 문학을 좋아하는 사람이라면 아마도 누구나 여룡汝龍 선생이 『투중인套中人』으로 번역한 안톤 체호프의 『상자 속의 남자』를 읽었을 것이다. 지금 쓰고자 하는 이 글은 엄밀하게 말한다면 『상자 속의 남자』의 독후감에 지나지 않겠지만 나는 체호프 시대의 원칙주의자와 오늘날 이 시대의 원칙주의자를 한번 비교해 보려고 한다.

안톤 체호프의 『상자 속의 남자』는 벨리코프라고 하는 중학교 희랍어 선생의 이야기이다. 그가 보통 사람들과 다른 점은 각양각색의 틀 속에서 생활하고 있다는 것이다. 집을 나설 때면, 날씨가 좋은 날에도 언제나 장화를 신고 우산을 들고, 거기다가 어김없이 따뜻한 솜외투까지 걸치고 나선다. 그는 자신의 모든 것을 틀 속에 가둔다. 얼굴은 외투 깃 깊숙이 파묻고, 눈동자는 검은 안경 뒤에 숨기고 귀는 솜마개로 가린다. 마차를 타도 오르기가 무섭게 마부에게 덮개를 씌우게 한다. 자신이 사용하는 우산이며 회중시계, 작은 칼, 그 밖의 모든 것들을 여러 가지 상자에 꼼꼼하게 넣어 둔다. 집에서의 잠옷이나 모자, 빗장까지에도 빠짐없이 일정한 규칙을 만들어 놓았다. 침실도 상자처럼 만들어서 침상 위에 모기장을 걸어 놓고, 잘 때는 이불을 머리끝까지 뒤집어 쓴 채 잔다.

"절대 무슨 일이 생기지 말아야 할 텐데!" 이것이 그의 구두선口頭禪이요 좌우명이다. 지금 중국인들이 "절대로 계급 투쟁을 잊어서는 안 된다"고 할 때처럼 사뭇 엄숙하고 진지하다. 행여 말썽이 생길까, 하는 말마다 틀에 박힌 듯한 대사들의 반복인데, 그 논조가 어찌나 고압적이던지 동료 교사들도 그에게 두 손을 들고 나중에는 교장까지도 그를 두려워하게 되어, 마침내는 온 학교가 그의 수중에서 십오 년 넘게 잡혀 있게 된다.

소설의 하이라이트는 늘 틀 속에 갇혀 사는 이 남자가 사람들이 꿈에도 생각지 못했던 일을 벌이는 대목이다. "생각이나 해 봤겠어, 그 사람이 결혼할 뻔했다는 걸." 날씨에 아랑곳없이 줄기차게 장화에 솜외투를 입고 다니는 그런 위인이 천만뜻밖에도 누군가를 사랑할 수 있다는 사실에 사람들은 입을 다물지 못했다. 그가 거의 결혼할 뻔한 대상은 새로 부임해 온 역사 선생 코발렌코의 누이 바렌카이다.

당시에 벨리코프는 마흔이 넘었고 바렌카는 서른 살이었다. 생기발랄하고 웃기 잘하는, 아가씨라기보다는 꿀에 절인 과일과 같은 여자였다. 바렌카는 노상 동생과 티격태격 싸우며 살다 보니 하루라도 빨리 자신의 보금자리를 만들어서 독립하고 싶었다. 게다가 나이도 나이니 만큼 대상을 고르고 말고 할 처지도 아니어서 누구에게든지 시집만 갈 수 있으면 그만인 참이었다. 거기에다 시간은 많고 할 일은 별로 없는 교장 부인과 여러 부인들의 끈질긴 권유도 있고 해서 그녀 자신도 벨리코프와 결혼하기로 거의 마음먹은 터였다.

그런데 이 원칙주의자는 자신의 '종신대사終身大事'를 두고도 예의 그 틀을 벗어나지 못했다. 나중에 혹여 무슨 일이 생기지 않을까 안절부절 못하고 밤마다 뜬눈으로 지새우더니 종당에는 결혼도 못하고 마지막 '상자'인 관 속으로 자기 자신을 들여보내고 말았다.

체호프가 이 소설을 쓴 시기는 1898년으로 근 백 년 전의 일이다. 기이한 점은, 그가 묘사했던 원칙주의자는 이미 관 속에 들어갔음에도 불구하고 인류 사회에는 끊임없이 새로운 의미의 원칙주의자들이 생겨난다는 사실이다. 이 시대의 원칙주의자는 그때보다 수적으로만 늘어난 것이 아니라 질적으로도 제고되었다. 현대인들이 살고 있는 '상자'는 이전의 '상자'에 비길 수 없을 정도로 한층 정교한 것이었으며 날이 갈수록 휘황찬란해졌다. 마찬가지로 이들의 운명 또한 벨리코프보다 훨씬 나아졌다. 체호프는 원칙주의자들이 앞으로도 계속해서 번성할 것임을 일찌감치 소설 속의 인물의 입을 빌어 예언한 바 있다.

> 정말 벨리코프는 무덤에 묻혔습니다. 그러나 아직도 벨리코프처럼 상자 속에서 사는 사람들이 얼마나 많이 있으며 또 앞으로 얼마나 많이 나타날까요?

체호프의 예언은 빗나가지 않았다. 원칙주의자는 여전히 존재하고 있고 그 수 또한 헤아릴 수 없을 정도로 많다. 형태만 끊임없이 변화할 뿐이다. 그러나 체호프도 미처 예상치 못한 것은, 그가 말한 '앞으로'에 해당하는 오늘날의 원칙주의자는 그 시절보다 훨씬 활달하고 훨씬 자유롭게 산다는 점이다. 벨리코프처럼 융통성 없이 고지식하지도 않으며 비나 바람도 개의치 않는다. 부단히 변해 가는 사회 속에서 언제나 위풍도 당당하다.

그럼에도 그들 역시 결국은 벨리코프와 같은 원칙주의자에 지나지 않는다. 장화에 솜 귀마개 대신, '중국적 특색'을 지닌 또 다른 상자 속에 산다. 가령 6, 70년대에는 모두가 일률적인 황색 군복과 남색 제복을 입고 손에는 『홍보서紅寶書』[1] 한 권을 들고 가슴에는 모택동 뺏지를 달았다. 생활의 질서에도 일정한 틀이 있어서 "아침에 업무를 시작할 때에는 지시를 받고 저녁에는 보고"(早請示, 晩彙報)[2]를 해야 했다. 회의를 시작할 때면 어록을 먼저 읽고, 다음에는 문건을 읽고, 마지막에는 만세삼창으로 끝을 맺어야 했다.

개혁을 거친 오늘날에도 그러한 인간에게서 볼 수 있는 가장 큰 특징은 벨리코프처럼 틀에 짜여진 대사만을 반복한다는 점이다. 중국식으로 말하자면, 판에 박힌 말만 하고 판에 박힌 논의만 한다는 말이다. 현대 중국의 원칙주의자는 이 점에 있어 매우 능수능란하다. 언제 어디서든 막히는 법이 없는데다 한결같이 의기양양하다. 체육 대회가 열리면 "참가에 의미가 있지 결코 일등이 중요한 게 아닙니다"라는 격려사를, 학습 모임에서는 "계급과 노선을 분명히 하자"는 주장을, 비판회 석상에서는 "수정주의와 자산계급 자유화에 반대하자"는 외침을 어김없이 동원한다.

하는 말마다 팔고문八股文[3]이니 팔고인八股人이라 해도 되리라. 오늘날 이들은 겉으로는 한층 기세등등해진 듯보여도 실은 벨리코프처럼 내심 '무슨 일이 생길까 봐' 전전긍긍하는 소심하기 짝이 없는 사람들이다. 날이면 날마다, 달이면 달마다, 똑같은 대사들을 하고 또 하지 않으면 금세 당이 망하고 지도자가 망하고 국가가 망할 것 같은가 보다.

판박이 대사를 능란하게 읊어 대는 원칙주의자는 대다수가 관리들이고, 말썽을 꺼리는 일반 사람들은 보다 안전함을 따져서 대세를 따르기 마련이다. 그러다 보니 원칙주의자는 아주 빠른 속도로 보편화되고 군중화되어 위에서든 아래서든 언제 어디서든 이들을 만나지 않을 수 없고 이들의 이야기를 듣지 않을 수가 없다. 체호프 시대와는 달리 드문 현상이 아니란 얘기다. 돌이켜 보면, 나조차도 아주 오랫동안 틀 속에 갇힌 채로 살아왔다.

오늘날에는 일반인이나 지식인이나 모두 문제가 생기는 걸 두려워한다. 그 중에서도 이단자, 자산 계급자, 우파 분자 혹은 '무슨무슨 주의자'로 지목되는 것을 가장 두려워한다. 말썽을 피하려면 혁명이라는 틀 속에 자신을 감출 필요가 있다. 이에 사람들은 자신의 신분 위에다 혁명의 틀 즉 혁명의 모자를 덧씌우려 안달을 하고, 사람들이 씌워 주지 않으면 아예 자신이 만들어 쓰기까지 한다. 예를 들어 '지식인'이라 하면 될 것을 꼭 '혁명 지식인'이라고 한다. '혁명'이라는 두 글자를 덧붙여야만 비로소 안전을 보장받을 수 있기 때문이다. 온갖 계층 사람들이 너도 나도 자신에게 '혁명'의 모자를 씌우기 시작한다. '소년'은 '혁명 소년'이 되고, '청년'은 '혁명 청년'이 되며, '노인'은 '혁명 노인', '여성'은 '혁명 여성'이 되었다. 간부, 작가, 시인, 과학자들까지 덩달아 혁명 간부, 혁명 작가요, 혁명 시인, 혁명 과학자가 되어 버렸다. 오랫동안 혁명 작가라는 칭호를 얻지 못하면 대번에 반동 작가라는 혐의를 받기 십상이었다.

안전제일이라는 측면에서는 부부일지라도 혁명 부부여야 한다.

부부 생활도 틀에 박힌 대로 이루어지면 잠도 편하게 잘 수 있고 여러모로 안온하게 지낼 수 있기 때문이다. 6, 70년대에는 남녀가 결혼하는 날 보통 문 앞에다 '혁명 부부'라는 대련을 가로로 붙여 놓았다. 세로로 붙인 대련에는 "기쁠 때 계급의 고통을 잊지 말며, 즐거울 때 더욱 혁명의 길을 걷자"라든가, "해방되었다고 공산당 잊지 말고, 결혼한다고 모주석 잊지 말자"라는 글을 써놓았다. 틀에 박힌 문장일지언정 그 효과는 대문에 붙이는 부적만큼이나 컸다. 그래야만 밀월의 달콤한 신혼을 즐기고 한층 안온한 결혼 생활을 영위할 수 있었다.

실질적으로 결혼식 날에는 '혁명 부부' 대련이 꼭 필요하다. 문제는 시간이 지나면서부터다. 상당수의 부부들이 지나치게 진지한 나머지 부부 관계마저 혁명적 관계 즉 계급 투쟁의 관계로 인식한 것이다. 결혼할 때에는 '한 쌍의 혁명 동지'(一對紅)였던 두 사람이 결혼 생활을 시작하면서부터는 서로가 서로를 반혁명 분자로 취급하기 시작한다. 혁명적 열기로 가득 차서 시시콜콜한 일까지 원칙을 따져가며 서로를 비판하다 급기야 싸움으로 번지면 어김없이 온갖 판박이 대사들이 난무한다.

예를 들어 친구를 저녁 식사에 초대하는 문제를 놓고 의견 충돌이 생기는 경우, 초대를 반대하는 쪽에서는 다음과 같은 '최고위층 지시'를 들먹인다. "혁명이란 손님을 초대해서 밥을 먹는 것도 아니요, 그림을 그리거나 꽃을 수놓는 따위의 것도 아니에요." 그러면 상대편도 지지 않고 역시 '최고위층 지시'를 동원하여 반박에 나선다. "우리 모두 자란 곳은 달라도 한 가지 공동의 혁명 목표를 위해 함께 달려가야 해." 또는 "혁명의 대오에는 상호 간의 관심과 상호 간의 사랑과 상호 간의 도움이 절실히 필요해." 그러다가 힘에 부치면 다시 또 최고위층 지시가 등장한다. "단결만이 살길이요 분열은 안 돼."

쌍방이 서로에게 실망하고 갈라설 결심을 하면 이혼 신청서를 작성하게 되는데, 그 격식이 결혼 신청서와 똑같아서 도장을 찍기 전에 예의 그 '최고위층 지시'를 한 단락 인용해야 한다. 내가 결혼할 때에는 무슨 지시였는지 잊었지만 이혼할 때에는 대개가 "투쟁과 비판과 개혁을 잘 완수하자"는 문장을 쓴다. 장현량張賢亮의 『남자의 반은 여자』라는 소설의 남자 주인공 장영린張永麟이 이혼 신청서를 쓸 때에 사용한 구절도 바로 위의 어록이다. 틀에 박힌 문장일지언정 그 간명함과 적절함만큼은 거의 예술이라고 할 수 있다.

'혁명'이라는 두 글자는 부부 외에도 각양 각층의 사람들에게 붙일 수 있긴 하지만, 붙이기가 번거롭거나 오해의 소지가 있는 그룹도 있다. 예를 들어 과학자를 '혁명 과학자'라고 부른다면 이는 혁명사革命史나 혁명 전략을 연구하는 전문가로 오해될 수 있다. 운동선수의 경우도 마찬가지이다. 자칭 '혁명 운동원'이라고 하면 이 또한 운동선수가 아닌 정치 운동원으로 오해하기 십상이다.[4] 이는 곧 '영웅본색英雄本色'의 상실이라 할 수 있어서, 똑똑한 운동선수들은 스스로를 '홍색 운동원'이라고 부르며 '정치 운동'을 하는 경호원이나 뺀질이와 구분한다.

나중에는 다소 진보적인 자본가들도 자신들을 '홍색 자본가'라 불렀다. '혁명 자본가'보다는 훨씬 적절한 용어인 듯싶다. 이들 말고도 좀도둑, 소매치기, 건달, 접대부 등 '특수 직종'에 종사하는 사람들도 혁명이라는 단어를 붙이기가 쉽지 않다. 자신들을 '혁명 좀도둑', '혁명 소매치기', '혁명 건달', '혁명 접대부' 등으로 부른들 믿어 줄 사람도 없을 뿐더러 도리어 혁명을 모독하는 반혁명분자로 보일 수도 있기 때문이다. 그런 점에서 '틀 속에 갇혀' 현대를 살아가는 사람들은 기본적으로 '판에 박힌 혁명적 인간'인 셈이니 명칭 한번 휘황찬란하다.

이들의 진화는 여기서 그치지 않는다. 오늘날의 '판에 박힌 혁명적 인간'은 더 이상 누런 군복과 남색 제복을 입은 촌뜨기들이 아니다. 서구식 싱글 양복에 넥타이를 멘 말쑥한 모습이다. 오로지 언어상으로는 변한 게 없어서 틀에 박힌 대사를 반복하는 일은 여전하다. 이 점이 정말 맥 빠진다. 6, 70년대에는 입만 열면 "계급 투쟁 절대 잊지 말자"고 부르짖었다면, 8, 90년대에 와서는 "수정주의 기필코 막아 내자"로 바뀐 것뿐이다.

학술계의 원로로 자부하고 있는 몇몇 분들도 틀 속에 갇혀 살기는 마찬가지이다. 철학은 '반영론'이라는 틀 속에, 정치는 "네가 죽어야 내가 산다"고 하는 틀 속에, 사상은 '사회주의와 자본주의'라는 틀 속에 갇혀 말이나 글이 하나같이 천편일률적이다. 이런 틀에 박힌 화법과 논법을 동원하여 공격하는 주요 대상은 50년대에도 개인주의요 90년대에도 개인주의이다. 그러나 수십 년 간의 '개조'를 거쳐 오면서 중국 대륙에 사는 대부분의 개개인에게는 이제 무슨 '주의'가 없다. '주의'가 없는데 개인주의를 성토한다 한들 사람들이 꿈적이나 하겠는가?

가장 번거로운 건 관리들이다. 이들의 고깔모자는 전적으로 판박이 대사만이 보호해 줄 수 있다. 대사의 비법이 곧 관직에 나아가는 비법이다. 그때그때 경우에 걸맞는 문장들을 학습해야 하는 이유다.

"굳세게 옹호하자"라는 아부성 문장이 필요할 때가 있는가 하면, "기필코 박살내고 말겠다"라는 협박성 문장이, 그런가 하면 "제 목을 걸고 시정하겠습니다"라는 책략성 문장이 필요할 때가 있다. 이런 대사들은 시간이 지날수록 알맹이는 깡그리 사라지고 순전히 껍데기만 남아 '틀'을 빼고 나면 아무것도 아닌 것이 된다.

대륙에 사는 인민 대중들은 지난 40여 년 간의 경험을 토대로, 혁명의 모자를 쓴 사람들이나 지도자들이 무대에서 떠드는 말들이 주문 외우기에 불과하다는 사실을 잘 알고 있다. 듣긴 들어도 자기와는 아무 상관이 없다. 매양 자기와 상관이 없다 보니 점점 자기만의 틀 속으로 침잠한다. 네가 틀이 있으면 나도 있다. 네가 무대 위에서 대사를 읊어 대면 무대 아래에서 나는 딴생각이나 하겠다. 네가 호랑이 눈을 부릅뜨면 나는 졸린 토끼 눈을 하겠다. 네가 자나 깨나 잊지 않으니 나는 자나 깨나 잊으련다. 네가 "굳세게 지켜 나가자"라고 떠들어 대니 나는 "발전시키자"라고 외치련다. 너에게 정책이 있다면 나에게는 대책이 있다.

위는 위대로 아래는 아래대로 수억 수십억의 사람들이 연쇄적으로 자신의 틀 속으로 빠져들고 있다. 이 연쇄적 틀은 마법의 틀과 같아서 아무도 모르게 청소년들의 생명력과 지혜의 활력을 야금야금 좀먹고 있다.

오늘날의 중국인들에게는 저마다의 틀이 있다. 문화에는 문화의 틀이, 정치에는 정치의 틀이 있다. 중국의 문인들은 수천 년에 걸쳐 저열한 세속의 틀 속으로 빠져서는 안 된다고 소리 높여 외쳐 왔다. 그런데 20세기 후반에 이르러서는, 문인들 스스로가 제 발로 떼를 지어 그 속으로 걸어 들어가더니, 한 술 더 떠 관직의 틀 안으로까지 깊숙이 들어갔다. 입에서 나오는 말들도 판에 박힌 관료적 언사 일색이다. 이렇게 살다 보니 어느덧 판박이 말에 익숙해져, 정작 그것과 다른, 예를 들어 사람의 도리라든가 인성, 주체성 등과 같은 '인간적 언어'(人話)를 뜻하지 않게 듣게 되면 도리어 놀란 가슴이 벌렁거리고 정신이 아득해진다.

"네가 어떻게 이럴 수가 있어?", "네가 그래서야 되겠어?", "이것이 어떻게 수정주의가 아닐 수 있어?" 등의 '인간적 언어'는 지극히 일상적인 것이건만, 대체로 인간적인 언어를 두려워하는 원칙주의자들이 이러한 말을 들으면 마치 큰일이라도 생긴 듯 한바탕 난리를 피울 것이다. 아니, 정말로 난리가 난다. 그들은 자신들에게 어떤 문제가 있는지 스스로에게 묻는 법이 없다. '상투적인 언어'(套話)를 거부했다 하여 곧바로 온갖 힐난을 쏟아 붓는다. '인간적인 언어'의 발설자를 놓고 엄청난 비판을 전개하면서 '틀'(套)을 부수고 사람들을 선동했다고 사정없이 몰아 부친다.

오늘날의 원칙주의자는 체호프 시대의 벨리코프보다 참으로 운이 좋은 사람들이다. 벨리코프처럼 완벽하게 '판에 박힌 말'로 사람들을 굴복시켜 손아귀에 움켜쥐고 있지는 않아도 사회적으로 보편적인 존경을 받고 있으며, 벨리코프처럼 뒤에서 사람들의 비웃음을 사는 일도 없고 결혼 문제를 가지고 그토록 고민하는 법도 없다. 지금 원칙주의자의 틀은 권력이나 지위와 상당히 밀접한 관계에 놓여 있어서 '판에 박힌 대사'의 비법만 꿰면 곧장 관직에 나아갈 수 있으며 잘하면 고위직에까지 오를 수 있다.

또 관직과 함께 넓은 집이며 비싼 승용차, 혁명을 지향하는 달콤한 과일 같은 여자를 가질 수도 있다. 자신을 덮고 있는 틀이 집과

차와 여자를 가져다 줄 수도 있다니. 체호프 시대의 원칙주의자는 절대 이루지 못했던 일이다. 결혼이란 것도 그다지 심각하게 보지 않는다. 정신적으로 현대인의 선진적 정신을 지니고 있는 이들은 결혼 생활의 사소한 문제쯤은 개의치 않는다. 혁명이란 큰 것만을 보며 작은 것은 보지 않으니까.

상술한 바를 전부 종합해 보면, 원칙주의자라 할지라도 19세기의 원칙주의자와 20세기의 원칙주의자 사이에는 현격한 차이가 있음을 알 수 있다. 전자가 대체로 성실성은 넘치나 영리함이 부족하다면 후자는 반대로 성실성은 부족하고 영리함이 넘친다. 그렇다면 우리는 이렇게 결론지을 수 있지 않을까? 19세기의 원칙주의자들은 그나마 20세기의 그들보다 훨씬 봐 줄만 하다고…….

---

1) 문화대혁명 기간 중에 모택동 어록이나 선집을 가리키는 말로 겉표지가 붉은 색이어서 '홍보서' 즉 '보석 같은 내용이 든 붉은 책'이라고 불렀다.
2) 문화대혁명 기간 특히 1967년부터 1969년까지 행해졌던 모택동 개인을 숭배하는 의식을 말한다.
3) 명·청시대의 과거 시험 답안용으로 정해진 문장 양식으로 청말에 과거 제도의 폐단이 논의되었을 때, 팔고문도 그 대상이 되어 1901년에 폐지되었다.
4) 중국에서는 운동선수를 '運動員'이라고 부른다.

견유주의자 · 犬儒人 3

'견유주의자'(犬儒人)라는 명칭은 고대 그리스에서 유래되었다. 그러므로 중국의 학자들이 '견유' 내지는 '견유학파'라는 단어를 사용하자면 반드시 먼저 그 이름에 합당한 정의를 내릴 필요가 있다. 3, 4년 전, 나는 어느 토론회에서 우연히 견유주의라는 단어를 언급하면서 미처 그 정의를 마련하지 못한 까닭에 상당한 공격을 받았고 심지어는 '상식적 오류'를 범했다는 비난까지 들어야만 했다. 그래서 나는 이 자리를 빌어 이 단어의 정의를 한번 내려 보고자 한다. 이 또한 아마도 '견유'라는 단어의 사전적 해석의 복사에 지나지 않을 테지만.

'견유'란 원래 고대 그리스의 시니크 학파(the Cynics)의 철학자를 가리키는 말이다. 언젠가 그리스어를 아는 친구에게 물어 봤더니 그리스어의 'Kunikoi'가 후에 영어로는 'Cynic', 독일어로는 'Zynicle', 불어로는 'Cynique'라고 번역되었으며 중국에서는 '견유犬儒'로 번역되었다고 한다. 내가 미국에 온 후 영문학을 다시 전공하면서 견유학파의 창시자 안티스테네스(Antisthenes)[1]에 관하여 배운 적이 있다. 그때 견유주의자들이란 참으로 재미있는 사람들이라고 생각했다. 이들은 금욕과 다름없는 아주 궁색한 생활을 하면서 일체의 것을 자기 마음대로 바라본다. 세계와 인생, 신앙과 진리를 차가운 눈으로 경멸하며 조소하고 분노하는 태도로 대한다.

이러한 태도는 생활을 항상 엄숙하게 바라보는 '집착자'들에게는 절대 용인될 수도 없었을 뿐더러 견유주의자들이 선택한 궁색한 생활 방식까지 더해져서 사람들은 그들을 일러 '궁벽한 개'(窮犬)라고 비꼬았다. 중국인들이 번역해 낸 견유학파라는 명칭 또한 이 '궁벽한 개'라는 의미를 수용한 것이다. 물론 이 번역 방식이 적절한가에 대한 문제는 말하기가 매우 어렵다. 몇 년 전에 유소명劉紹銘 선생의 「견유주의」라는 글을 읽은 적이 있다. 선생은 결론 부분에 "나는 Cynic이라는 단어가 중국어에서 영원히 그에 합당한 대응어를 찾을 수 없게 되기를 희망한다"라는 바람을 적어 놓았다.

지나치게 자유롭고 세상을 업신여기는 듯한 냉소적인 견유주의자들의 생활 태도와 학문 태도를 세상 사람들이 받아들이기란 쉬운 일이 아닐 뿐더러 나아가 혐오감까지 줄 수도 있다. 그렇다고 그들이 아주 나쁜 사람들이냐 하면, 그것은 결코 아니다. 이 점에 있어서 만큼은 나도 유소명 선생의 의견에 찬성한다. 유소명 선생은 『도덕문장道德文章』에서 다음과 같이 이야기한 바 있다.

> 영어의 Cynicism이라고 하는 단어를 사전에서는 주로 '견유주의' 또는 '견유사상' 또는 '조롱'이라고 번역한다. Cynic을 이치에 맞게 보다 분명하게 번역하자면 '견유학파의 무리' 내지는 '조롱을 즐기는 사람들'이라고 해야 마땅하다. 일반적인 중국 독자들을 상대로 이야기하자면 '조롱을 즐기는 사람들'이란 기껏해야 '선의를 가지지 않은 사람' 내지

는 '다른 사람을 비꼬기를 좋아하는 사람'일 뿐이지 그렇게 나쁜 사람들은 결코 아니다.

이 글의 요지가 사람들에게 견유적 태도의 해악을 각성시키는 데 있긴 해도 "그렇게 나쁜 사람들은 결코 아니다"라는 견유주의자에 대한 그의 평가는 공정하다 할 만하다. 앞서 말한 1987년의 토론회에서 요설은姚雪垠과 진용陳涌이 나를 비판하자, 나는 그 비판에 응수하다가 견유주의까지 언급한 적이 있었다. 젊은 학자들을 대하는 그들의 태도와 진리 탐구에 임하는 태도는 내가 보기에 견유주의자들과 비슷하면서도 실지로는 '조롱'에 가까웠다.

나는 그들을 '궁벽한 개'라고 말한 적도 없거니와 그들을 아주 나쁜 사람이라고 말한 일은 더군다나 없다. 그런데도 그들은 내가 인신공격을 한다고 오해하고는 법원에 고소하겠다고 공언까지 했다. 이는 그들이 내 뜻을 잘못 받아들인 것이다. 정녕 필묵송사를 벌이고자 한다면 법정에서 'Cynic'에 대한 번역 문제와 'Cynicism'을 어떻게 받아들인 것인가에 대한 학술 논쟁이 우선시되어야만 하며 또한 이 재판을 진행하는 법관은 필히 그리스어와 영어와 고대 그리스 철학에 정통한 학자여야만 할 것이다. 이런 법관을 중국에서 찾기란 거의 불가능하다. 요설은의 공언에도 불구하고 나는 아직까지 법원의 출두 명령서를 받지 못했다. 다만 진용이 편집을 맡고 있는 간행물에서 견유주의에 대해서는 별다른 지식도 없는 사람들이 견유주의를 두고 제멋대로 써 놓은 몇 편의 글을 보았을 뿐이다.

견유주의자과 중국인을 서로 비교하다 보면 나는 종종 두 부류의 사람들이 생각나곤 한다. 내가 심히 못마땅해하는 나보다 나이 어린

'젊은애'들과, 마찬가지로 나를 몹시도 실망시키는 나보다 나이 많은 '어르신'들이다. '젊은애'들이 못마땅한 건 그들에게서 자주 보이는 견유주의자들과 흡사한 생활 태도이다. 지나치게 이기주의적이고 지나치게 자유주의적이며 지나치게 자기도취에 빠져서 세상을 업신여기며 모든 것을 조롱하고 비웃고 멸시한다. 반면 '어르신'들에 대한 실망은 이들이 또 다른 면에서 견유주의 '분'들과 닮았다는 데 있다. 스스로에 대한 자부심으로 꽉 차서 지나치게 냉정하고, 젊은 사람들의 탐구적 노력에 지나치게 냉소적인가 하면, 근본적 의미를 자기 멋대로 해석하고 써먹기를 좋아하여 성실함 없이 함부로 '주의主義'를 갖다 붙인다.

몇 년 전, 논박의 대상이 '어르신'이었기에 자연 그들의 '조소'에 대해 짚고 넘어가지 않을 수 없었다. 나는 이 '어르신'들이 실제로 마르크스주의를 바르게 이해하고 있다고 보지 않는다. 마르크스주의를 수호하는 전사라고 자처하는 이들은 정작 마르크스와 레닌을 배운 적도 없으면서 아무 데나 제멋대로 갖다 붙인다. 그들에게 마르크스주의는 때에 따라 그릇도 되었다가 도구도 되었다가 장난감이 되기도 한다. 이제는 마르크스주의를 '장거리 대포'로 삼아 나에게 포격을 퍼부어 대고 있다. 또다시 '주의'를 무기로 들고 나선 것이다. 나는 그들의 이러한 망녕된 분노와 성실치 않은 태도가 견딜 수 없이 싫다. 그래서 나는 그들에게 붙여 준 견유주의자라는 이름이 참으로 적절하다고 믿는다.

일찍부터 나는 견유주의자의 이기주의와 자신에 대한 자부심, 세상에 대한 경멸과 '냉소' 등의 특징을 매우 인상 깊게 생각해 왔다. 나는 어려서부터 노신의 저작들을 읽기 좋아했는데, 노신은 책을 통해서 견유주의자의 특징을 매우 명쾌하게 지적하고 있었다. 1927년에 쓴 『이이집而已集』의 「소잡감小雜感」의 첫 구절에 이런 내용이 있다.

> 꿀벌은 침을 한번 쓰면 그 자리에서 목숨을 잃게 된다. 이에 반해 견유는 침을 써야 그 생명을 구차하게 부지해 나갈 수 있다……둘은 이렇듯 다르다.

그 후 2년 뒤에 노신은 장정겸章廷謙에게 보내는 편지에서 '견유주의자'의 특징을 한층 분명하게 보여 준다.

> 견유 = Cynic, 그 '침'은 바로 '냉소'이다.

Cynicism을 '조롱'이라고 번역한 유소명 선생의 번역 방식과 노신의 방식에 일맥상통하는 점을 발견할 수 있는데, 둘 다 견유주의자의 조소성嘲笑性 내지 냉소성冷笑性을 강조하고 있다. 나는 이에 근거해서 요설은과 진용의 견유주의적 태도를 비판한 것이지 결코 내가 지어 낸 말이 아니었다. 견유주의자는 자신의 생명 즉 세상을 향한 지나치게 이기주의적이고 냉소적 태도를 구차스레 부지해 나가고자 애쓰는 특징이 있다는 노신의 말을 그 당시에 대놓고 말하지는 않았다. 그랬다면 '어르신'들뿐 아니라 '젊은애'들까지 싸잡아서 비판하는 꼴이 될 뻔했다.

나는 요 몇 년 동안 왕삭王朔 등 새롭게 떠오르는 청년 작가들의 소설을 읽어 보았다. 그들의 글에는 일체의 것을 간파한 듯하고 일체의 것을 가지고 놀듯이 대하는 견유주의자의 면모가 잘 드러나 있다. 이 젊은 견유주의자들은 일체의 진리와 일체의 성실을 조롱하면서 진실한 이야기도 한낱 우스갯소리로 만들어 버린다. '가지고 논다'(玩玩)는 단어만으로 모든 것을 해석하고 쓸어내 버리고는 어디에도 마음을 의탁하지 않는 '천하제일'의 자아만을 남겨 놓는다. 이들이야말로 동양의 '잃어버린 세대'인 것이다.

지금껏 이들의 소설 속에 등장하는 많은 인물들이 바로 '궁벽한 개'와 같은 견유주의자였음을 지적해 낸 비평가는 아무도 없다. 물론 작가가 견유주의자를 그렸다든지, 작가 자신이 견유주의자라는 얘기는 결코 아니다. 이는 헤밍웨이가 초기에 미국의 '잃어버린 세대' 문학을 대표한 것과는 달리, 그 자신은 생활과 예술에 있어서 호탕한 열혈남아였던 사실과 같다.

그런데 내가 이전에 품었던 인상을 가지고 생각해 본다면, 전형적인 견유주의자는 중국보다는 러시아의 문학 작품에 등장한다. 견유주의자라는 단어를 생각할 때마다 나는 도스토예프스키의 『카라마조프의 형제들』에 등장하는 표도르 파블로비치라는 색마가 떠오른다. 소설의 주인공 카라마조프 형제들의 아버지인 그는 괴팍스럽고 저열하고 제멋대로이면서 우둔함까지 갖춘 인물이다. 아무리 낮게 잡아도 소지주 이상의 재산을 가졌으면서도 노상 이집 저집을 다니며 공밥을 얻어먹고 식객 노릇을 할 만큼 지독히 이기적이다. 그는 죽을 때까지도 그 마을에서 가장 머리가 우둔한 미치광이였다. 그렇다고 미련스러운 건 절대 아니었다. 도스토예프스키의 말을 빌리자면 당시 러시아에 살던 이런 종류의 미치광이들은 모두 머리가 좋고 교활한 인간들이었다. 그러면서도 어리석은 면이 있었는데 그 어리석음에는 독특한, 일종의 민족적 특색이 담겨 있다는 것이다.

표도르 파블로비치는 친척, 친구 등 어느 누구에게도 도무지 진실하게 대하는 법이 없었다. 첫째 부인과 둘째 부인 그리고 집에서 동거했던 수많은 여인네들은 물론, 하느님과 친구와 아버지와 자식들에게조차 일종의 조롱하는 듯한 태도로 일관했다. 못 말리는 호색한인 그는 아무 여자나 눈만 찡긋해도 쏜살같이 달려가 그 붉은 치마 앞에 엎드리는 위인이었다. 첫째 부인이 견디다 못해 가출하자 금세 집을 매음굴로 만들어 버렸다. 자신은 집에서 수많은 여인네들을 거느리고 제멋대로 놀아나면서도 집 나간 부인이 밉다고, 보통사람 같으면 입에 담기도 어려운 규방의 은밀한 일까지 쉴 새 없이 떠벌리면서, 사람들 앞에서 배반당한 남편의 모습을 자못 희극적으로 연출해 내곤 했다. 나중에 부인이 죽었다는 소식을 듣고는 미친 듯이 길거리로 달려 나와 "이젠 해방"이라고 만세를 부르며 날뛸 정도였다. 첫째 부인이 남겨 놓은 아들 드미트리에게도 그런 아들이 있다는 사실조차 망각한 듯 건성이더니 성년이 되자 그제서야 아들을 놓고 잔머리를 굴리기 시작한다.

둘째 부인은 천진난만한 고아였는데 결혼할 때 그녀 나이 고작 16세였다. 그녀를 처음 보았을 때, 그녀의 천진난만한 모습은 저속한 여인네들을 데리고 놀 줄만 알던 호색한에게는 엄청난 충격이었다. "그녀의 순진무구한 눈동자는 정녕 나의 심령에 날카로운 면도칼을 긋는 듯하구나." 이 노회한 색마는 순수하고 진실한 여성과 대화를 나누면서도 여전히 뻔뻔스럽고 괴이쩍은 웃음을 흘리며 색욕의 충동만을 느낄 뿐, 진실한 마음은 조금도 찾아볼 수 없었다. 그녀를 속여서 자기 품안에 넣은 후에는 볼 때마다 온갖 말 못할 모욕을 주었다. 질 나쁜 여자들을 집안에 끌어들여 미친 듯이 술을 퍼마시며 집안을 온통 뒤집어 놓는 등 갖은 행패를 다 부렸다. 그녀가 낳은 두 아들 이반과 알료샤 또한 그에게서 버림받았다.

하느님에게는 더더욱 진실하지 않았다. 경건하지도 않았거니와 내내 하느님과 하느님을 믿는 장로를 조롱했다. 장로의 면전에서 어릿광대짓을 하거나 일부러 미친 척을 하기도 하고 거짓말을 꾸며 내는가 하면 하느님마저 자기 마음대로 해석했다. 그도 모자라 디드로가 하느님을 우롱하는 이야기까지 날조해 냈다.

예카테리나 여왕 시대의 철학자 디드로가 플라톤 대주교를 알현하려 대주교의 접견실에 들어서자마자 단도직입적으로 "하느님은 없습니다"라고 말했다. 그러자 대주교는 손가락으로 하늘을 가리키며 "가장 어리석은 자의 마음에도 하느님은 계시는도다!"라고 대답하였고, 이에 디드로가 무릎을 꿇고는 "저는 믿습니다. 세례받기를 원합니다" 하고 외치며 그 자리에서 세례를 받았다는 것이다. 불경한 디드로 이야기를 꾸며 내어 자신의 불경스러움을 변호하려는 속셈이었다. 장로가 거짓말이라 하자 거짓말을 하는 게 부끄러운 일인지도 모르는지 자신을 "태생이 거짓말쟁이인 거짓말의 아버지"라고 털어놓더니, 금세 말을 바꿔 거짓말의 아버지가 아니고 "거짓말의 아들"이란다. 이토록 진실치 못한 주제에 다른 사람의 진실함을 비웃는다. 그에게 있어서 진실한 사람은 모두 바보이며 자신만이 가장 똑똑한 사람이다. 그런데 하느님의 정신과는 멀어도 한참 먼 이런 사람이 도리어 하느님의 이름을 꿰차고 있다.

문학예술에서 견유주의자의 전형이 표도르 파블로비치라면, 현실 사회에서 견유주의자의 전형은 '프롤레타리아 계급의 대표'라고 하는 위선적 교조주의자들일 것이다. 그들이 진정한 교조주의자라면 적어도 교조 내지는 진리에 대한 최소한의 진지함은 지녀야 한다. 그러나 자신들이 독점하려 하는 '주의'까지 포함해서 모든 진리를 대하는 그들의 태도에서 일말의 진지함도 찾아볼 수가 없다. 그들은 단지 '주의'를 간판으로 내걸고 광고를 할 따름이다.

이미 작고한 좌익 작가였던 서무용徐懋用 선생이 말한 바와 같이 그들은 한때는 '주의'를 사업의 도구로 이용하다가, 한때는 다른 사람을 공격하는 무기로, 한때는 또 자신을 치장하고 꾸미는 화장품으로 써먹기도 한다(서무용 선생은 이 말로 우파분자로 몰렸다). '주의'를 가지고 놀며 함부로 대하고, '진리'를 남용하며 다른 것은 일체 무시해 버리는 그들의 태도는 표도르 파블로비치가 하느님을 대하는 태도와 아주 똑같다.

나는 불행하게도 위선적 교조주의자들의 공격 대상이 된 적도 있고 해서 그들의 글을 읽어 보았다. 논조는 높은데 맛은 신통치 않았다. 우선 고대 그리스 견유주의자들과 마찬가지로 터무니없는 자부심에 넘쳐 글마다 자아도취로 가득 차 있었다. 자신들이 마지막 진리의 지배자라고 자처할 정도다. 다음으로는 진리를 대하는 그들의 불성실한 태도다. 한때는 마르크스주의를 '무기'로 삼아 포격을 가하는가 하면 '깃발'로 삼아 휘두르기도 하고, 때로는 '등불'로 쓰다가 다시 '보루'로 써먹는 등 제멋대로다.

그들은 마르크스주의를 토론과 회의를 통하여 발전시키고 재창조시킬 수 있는 과학의 일종으로 보지 않는다. 그러기에 혹자가 마르크스의 어떤 관점을 놓고 토론을 벌이거나 또는 일부분을 인용하여 진리 추구의 자유의지를 표현하려 하면 그 즉시 분연히 떨쳐 일어나 자신들의 권위적 해석에 대한 도전이니 '주의'에 대한 공격이니 하면서 신경질적인 힐난을 퍼붓는다. 그런데 그 해석이라는 게 조악하고 단순하기 이를 데 없어서, 그들의 관점에서 보면 마르크스주의는 계급 투쟁과 계급 독재이다. 위선적 교조주의자들이 '주의'를 대하는 이러한 태도는 진지함이 결핍된 견유주의자들과 다를 게 없다. 즉 과학을 정치적 수단으로 삼아 버린 것이다. 하이예크(F.A. Hayek)[2]는 그의 유명한 저서 『종속從屬에의 길』(*The Road to Serfdom*)에서 이 점을 날카롭게 지적한 바 있다. 진리를 실용적으로 다루는 태도를 견유학파적 정신과 연관시킨 그의 안목이 예리하다.

> 일단 과학이 진리가 아닌 하나의 계급, 하나의 사회, 하나의 국가 이익에 이바지하는 수단으로 전락하면, 논증과 토론은 오로지 자신과 다른 일체의 사상을 막아 버리는 일에 이용된다. 동시에 한 걸음 더 나아가 이를 이용하여 신앙을 널리 유포하고, 이 신앙을 이용하여 사회의 모든 생활을 통제하게 된다. 나치 법무장관의 해석처럼, 무릇 모든 새로운 과학 이론은 스스로에게 "나는 모든 사람들의 최대 이익을 위해 국가사회주의에 봉사하고 있는가?"를 물어야 할 것이다. 더는 '진리'란 단어가 가지는 본래 의미는 존재하지 않는다……진리를 다루는 이러한 태도가 형성해 놓은 일반적인 지적 풍토, 진리를 완전히 견유주의적 시각으로 바라보려는 정신, 진리의 의미를 상실한 방식, 자주적 탐구 정신과 합리적 설득력에 대한 믿음의 상실 등은 곧 각 분야의 지식이 가질 수 있는 서로 다른 견해들을 순전히 권위에 의해 결정하는 정치적 논의거리로 만들어 버렸다.

나의 논적들은 아마 하이예크에게도 '반동 분자'라는 모자를 씌워 놓고 제쳐 버릴 것이다. 그러나 나에게 그러했던 것처럼 하이예크에게도 아무것도 모르면서 견유주의를 언급하는 '상식적 오류'를 범했다고 비난할 수 있을까? 그의 비판은 실로 정곡을 찌른 것이었다. 당시 나치 국가 사회주의자들은 바로 파시스트 정치 독재자들이나 진리의 화신을 자처하는 견유주의자들과 진배없다. 이들은 당당하고 떳떳하며 사람들이 눈치 채기 아주 힘든, 표도르 파블로비치라는 색마보다 훨씬 고명하고 훨씬 위풍당당한 견유주의자들이다.

---

1) 그리스의 철학자. 고르기아스에게서 변론술을 배우고, 뒤에 소크라테스의 제자가 되어 그의 실천적인 면을 찬미·계승하였다. 이후 금욕주의자가 되었다.

2) 오스트리아 태생의 영국 경제학자. 그는 1944년에 『종속에의 길』을 통해 온건한 점진적 개혁이나 정부의 개입은 궁극적으로 히틀러의 전체주의에 길을 열어주는 것과 같은 국가적인 재앙을 불가피하게 초래하게 될 것이라고 주장했다.

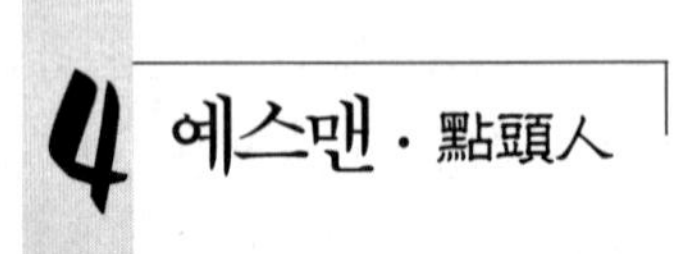

4 예스맨 · 點頭人

중국에서는 지도급 인사가 어떤 계획에 동의하거나 하급 기관이나 일반 백성의 요구를 들어 준다는 의미로 '점두點頭'라는 단어를 즐겨 쓴다. '지도자께서 고개를 끄덕거리셨다', '의장이 고개를 끄덕거렸다'라 함은 상대방의 의견이나 요구를 들어 주기로 결정했음을 나타내는 좋은 소식이다. 그런 점에서 '고개를 끄덕거리는' 사람은 곧 지도자의 위치에 있는 사람이다. 그런데 여기서 내가 말하고자 하는 '고개를 끄덕이는 사람'이란 그런 영도자나 지도자 말고도 사안에 관계없이 무조건 고개를 끄덕거리며 "네, 알겠습니다"를 연발하며 입에 발린 칭송을 늘어놓는 예스맨까지를 포함한다.

전종서錢鍾書 선생은 『관추편管錐編』에서 영어 'nod-guy'를 '점두인點頭人'으로 번역하면서 이런 부류의 인간을 다음과 같이 논하고 있다.

삼국시대의 이강李康은 그의 「운명론」에서 다음과 같이 말하고 있다. "높은 사람 앞에서는 그저 허리를 굽신거리며 옳은지 그른지 묻는 법 없이 칭찬을 늘어놓기는 유수와 같고, 윗사람의 말에 메아리처럼 따라만 한다."……이강이 말한 위의 구절들을 보면 영어의 'yes-man'이나 'nod-guy'의 형상이 머릿속에 그려진다.

'점두인'을 일러 시비是非의 가치관도 없이 고개를 끄덕거리기만 하는 예스맨으로 정의한 전종서 선생의 표현은 참으로 적확하다. 예나 지금이나 이런 부류의 인간을 묘사한 글은 세계 어디서든 쉽게 눈에 띈다. 그 중에서도 전종서 선생이 인용한 주돈유朱敦儒(남송 말 격율사파 사인)의 「억제경憶帝京」에는 그들의 특징이 매우 적확하게 묘사되어 있는데, "사리분별이 어두워 바람 부는 대로 이리 쓰러지고 저리 쓰러지면서 높은 사람의 말에는 그저 '나리의 말씀이 옳습니다'밖에는 할 줄 모른다"고 하였다. 역시 『관추편』에서 인용된 신기질辛棄疾의 「천가조千家調」에도 그러한 표현을 찾아볼 수 있는데, "이들의 말은 '그렇습니다! 그렇습니다!', '옳습니다! 옳습니다!'의 반복이며 무슨 일이든 오로지 '좋습니다'뿐이다. 덥다고 이야기하고 춥다고 이야기하는 것조차 다른 이의 의견을 따르고 입만 열면 '나리 말씀이 옳습지요'다"라고 하였다. 단 몇 구절이지만 '예스맨'의 초상이 남김없이 잘 드러나 있다.

이강은 예스맨이 "옳은지 그른지 묻는 법이 없고", "칭송을 늘어놓기가 유수와 같으며", "윗사람의 말을 메아리처럼 따라만 한다"고 하였는데, 나는 그 중에서도 "윗사람의 말을 메아리처럼 따라만 한다"는 표현이 특히 맘에 든다. 이는 우리들이 늘상 입에 달고 있는 정치 용어 '열렬한 호응'과 자못 비슷하면서도 형상감까지 더해져 마치 그 모습이며 목소리를 보고 듣는 듯하다.

나와 내 동년배들은 수십 년 동안 거의 '열렬한 호응'의 길을 걸어 왔다. '최고위층의 지시'가 떨어지면 우리들은 '메아리처럼' 움직였다. '지시'가 떨어지기 무섭게 그 즉시 지지 발언을 하고 거리를 다닐 때면 자못 격앙된 모습으로 목청을 드높여 가며 열렬히 호응하였다. 자신의 '메아리'가 울리지 못할까 봐 혹은 울린다 해도 다른 사람보다 작을까 봐 전전긍긍해 왔다. 이강의 '메아리'라는 표현을 접하면서 나 자신 바로 일찍이 '지시'에 전전긍긍하는 '메아리꾼'이었던 '점두당點頭黨'의 반열에 속한 사람이었음을 깨닫게 되었다.

다음으로 주돈유가 두 가지로 개괄해 놓은 특징 또한 참으로 정확하다 싶다. 주돈유는 예스맨을 두고 "바람 부는 대로 이리 쓰러지고 저리 쓰러진다"고 특징지었는데 상당히 일리 있는 말이다. 사실 예스맨은 '풍파風派'라 이를 만큼 '기후 변화'에 굉장히 민감하다. 주돈유가 살던 시대까지 거슬러 올라갈 필요도 없이 우리가 사는 이 시대만 보더라도 바람 따라 쓰러지고 바람 따라 끄덕이는 일은 일일이 셀 수가 없을 정도이다. "나는 담장 밑에 피어 있는 풀잎이랍니다. 바람 따라 이리저리 쓰러지지요."(我是牆頭草, 風吹兩邊倒)라는 민요가 이미 수많은 사람들의 자화상이 되다시피 하였다. 나 또한 '예스맨'을 "담장 밑에 피어 있는 풀잎"(牆頭草)과 동의어로 규정하고 싶다. 이런 바람이 불면 이런 태도를 보이고, 저런 바람이 불면 저런 태도를 보이며, 이렇게 바람이 불면 이렇게 끄덕이고 저렇게 바람이 불면 저렇게 끄덕였다. 우리 모두가 이미 정치적으로 경험한 바요 우리 모두의 비극이라 할 것이다.

인문과학 분야에서 정치경제학을 연구하는 친구 몇몇이 바람 부는 대로 고개를 끄덕이다가 낭패를 본 적이 있다. 인민공사人民公社 운동이 한창이던 5, 60년대에, 처음에 '당 중앙'은 인민공사의 특징을 '일대이공一大二公'[1]에 두고 거기에 맞춰 공사를 기초로 삼겠다고 했었다. 인민공사를 경제의 핵심 단위로 삼겠다는 뜻이다. 친구들은 즉시 "옳소"라는 화답과 함께 애써 논문까지 써 가며 '인민공사를 기초로 삼는 10가지 장점'을 논증해 내놓았다. 그런데 얼마 지나지도 않아 '당 중앙'은 인민공사를 기초로 삼는 것이 타당치 못하다는 결론을 내리고 다시 '대대大隊'를 기초로 삼겠다는 것이다. 친구들은 "옳소"를 연발했고, '대대를 기초로 삼는 10가지 장점'을 증명하는 논문을 기꺼이 써 냈다. 여기서 그쳤으면 얼마나 좋았을까. 또 얼마 되지도 않아 '당 중앙'은 대대보다는 '소대小隊'를 기초로 삼는 것이 낫다고 말을 바꾸고 말았다. 친구들은 싫은 내색 없이 "옳소"를 반복했고, 다시 공들여 '소대를 기초로 삼는 10가지 장점'에 관한 논문을 내놓았다.

무슨 바람이든 불어만 오면 "옳소" 하며 고개를 끄덕였고 그때마다 '당 중앙'의 '영명하심'을 증명하고 찬양했다. "가설은 대담하게 증명은 치밀하게"라는 구호와 딱 들어맞는 행태를 연출한 셈이다. 인문과학의 또 다른 분야에서 일하는 친구들 역시 이와 비슷한 일로 '심각한 체험'을 한 바 있다.

무릇 연구하는 학자들이 이렇듯 '바람 부는 대로 쓰러지는 예스맨'이 되어 버리면 학자로서의 존엄과 '위신'을 상실하기 마련이다. 문화대혁명 이후 '철학이나 사회과학에 종사하는 학자'들을 풍자하는 이런 말이 생겨났다. "철학이나 사회과학을 연구하는 사람들이여! 당신들의 그 잘난 '철학'의 '철哲'자는 '입구자'(口) 위에 '꺾을절자'(折)이지요. 그래서 사람들은 당신네 철학자들의 입에서 나오는 말들은 모두 '에누리해서'[2] 새겨듣는답니다." 친구들은 얼굴이 빨개

졌지만, 보통 사람들의 이 비아냥거림이야말로 정곡을 찌르는 말이었다.

그밖에 당선전부나, 당정치부, 신문, 정기간행물, 텔레비전, 광고 등의 '기타 분야'는 그 정도가 훨씬 심해서 더 많이 에누리해야 했다. 이를 두고 한 친구가 억울하다는 듯 볼멘소리를 한 적이 있었다. "우리들의 이론이나 논문을 30% 에누리해서 들어야 한다면 당선전부나 홍기紅旗는 90%나 에누리해야 될 걸." 당시에 우리들은 이렇게라도 자위를 해야 그나마 마음이 편할 수 있었다.

주돈유가 제시한 나머지 특징, "나리 말씀이 옳습지요" 또한 매우 흥미롭다. 주돈유의 '나리 말씀'을 현대식으로 옮긴다면 '당신의 말' 정도가 되겠는데, 이를 '최고위층 지시'와 연관해 보면 한층 재미있어진다. 문화대혁명 기간 중의 '나리 말씀'은 그 한마디가 다른 사람들의 만마디와 맞먹었으며 구구절절이 '진리'요 구구절절이 '지당한 말씀'이었다.

그런데 나중에 문제가 발생했다. 문화대혁명이 내전과 같은 상황으로 변질되자 전국은 그야말로 아비규환의 도가니가 되었다. 셀 수 없이 많은 혁명 간부나 지식인들이 죄다 '시정잡배'로 몰리고, 온통 '반동 분자' 투성이에 도처에서 '약탈 행위'가 자행되었으며 어디서나 파업과 휴교가 판을 쳤다. 그런데도 최고위층의 말씀은 한사코 "상황이 조금 좋은 것도 아니요, 대충 좋은 것도 아니며, 아주 좋다"는 것이었다. 현실적으로 과연 이 최고위층 '말씀'에 고개를 끄덕일 것인가 말 것인가를 선택하기란 상당히 큰 문제가 아닐 수 없었다.

기억하는 바로는 '최고위층의 지시 말씀'을 '학습'했던 그 당시, 이의를 제기하는 사람 하나 없이 주돈유의 말대로 한결같이 머리를 끄덕이며 "맞습니다! 옳습니다!"만을 연호했던 것으로 안다. 이때 '상황이 아주 좋다'는 최고위층의 말씀은 두 가지 의미를 갖는다. 하나는 '최고위층의 지시가 아주 좋다'는 뜻이고 다른 하나는 '상황이 아주 좋다'는 뜻이다. 이 둘을 합하면 "상황이 아주 좋다는 최고위층 지시가 아주 좋다"가 된다. 나 또한 이때 고개를 끄덕이는 태도를 취했다. 이를테면 "나리 말씀이 지극히 옳습니다"파의 일원이었던 것이다.

정치적 운동에 단련되면서 우리들은 성숙해졌다. 시비를 가리지 말고 일단 고개부터 끄덕이는 것이 무엇보다 중요하다는 처세술도 터득했다. 고개만 끄덕이면 안전이 보장되고 안심해도 됐으며 모든 것이 안온해졌다. 설령 내전적 상황이 하늘을 삼킬 듯한 홍수가 되어 몰아치더라도 우리들은 낚싯배에 안온하게 앉아 있을 수 있었다. 머리를 쓸 필요도 없이 고개만 끄덕이면 만사형통이었다. 그것만이 이 세상을 살아나가는 비법이었다.

10년쯤 지나서 나는 당시를 풍미했던 '예스맨'이 실은 추호의 양심도 없는 이기적인 자들이었음을 깨닫게 되었다. 그들이 고개를 끄덕이고 거짓말을 하며 지시마다 '메아리처럼 따라한 것'은 오로지 자신의 보신을 위해서였다. 이기심의 발로의 극치가 아닐 수 없다. '상황이 아주 좋다'는 지시에 고개를 끄덕였음은 다름 아닌 모든 '약탈 행위'도, 수억 중국 민족의 정수라 할 지식인을 '시정잡배'로 몰아붙인 일도, 모함과 오판이 빚어 낸 수많은 필화 사건이나 여타의 사건들도 모두 다 옳은 일이었음을 동의했다는 의미다. 이것이야말로 정녕 에누리하면 안 될 양심을 에누리한 것이 아니고 무엇인가?

고대 사상가 이강과 주돈유 등의 '예스맨'에 대한 서술을 살펴보면 그들의 서술에 '시대적 한계'가 있음을 알 수 있다. 두 사람 모두 '예스맨'으로서 누리는 편안함은 알았어도 그 나름대로의 어려움과 고통은 미처 인지해 내지 못했던 듯싶다. 중국 땅에서 '예스맨'으로 '잘' 살아가기란 그리 쉬운 노릇이 아님을 몰랐다는 말이다.

20세기 중국에서 있었던 숱한 정치 운동 속에서 천변만화千變萬化하는 시대적 풍운을 헤치면서, 더군다나 언제나 양극단의 대립으로 치닫는 정치판도 속에서의 사회생활이란 늘 '네가 죽어야 내가 사는' 긴장의 연속이었다. 그러니 양극단 중 어느 하나를 선택한다는 것이 얼마나 어려운 일이었으랴. 오늘 이 극단에 고개를 끄덕였다가 내일 반대 극단이 판세를 뒤집으면 어제의 '수긍'을 청산하고 다시 반대 극단을 향해 고개를 끄덕여야만 했다. 이리저리 오가며 '고개를 끄덕이는 일' 또한 그 얼마나 괴롭고 고통스러운 노릇이었겠는가?

예스맨 중에서도 최고위층의 예스맨은 참으로 편하다. 고개만 한 번 끄덕이면 모든 일이 결정되기 때문이다. 가장 번거로운 이들이 중간층의 예스맨 즉 부장部長, 성장省長, 현장縣長 등이다. 이들은 고개를 끄덕이고 나면 '좌'나 '우' 어느 쪽으로부터 빰따귀를 맞기 십상이다. 어느 때는 '좌'측에서 어느 때는 '우'측에서 빰따귀를 때리는데 심하면 '좌'와 '우'가 함께 협공을 하는 경우도 있다. '머리'를 때려서 바로잡는다는 명분이었지만 결과는 반대로 '머리'를 때려서 바보로 만들어 버리는 바람에 어느덧 '예스맨'은 멍청이로 변해 갔다.

지식인들이 예스맨 노릇을 하기는 더더욱 힘들다. 어느 원로 학자 한 분이 나에게 이런 말을 한 적이 있다. "유평백兪平伯을 숙청하고 호풍胡風[3])을 숙청하고 우파분자를 숙청하고, 문화대혁명 시기에는 '주자파走資派'와 '반동적인 학술 권위'를 숙청한다고 할 때마다 나는 그 뒤에 바싹 붙어 언제나 고개를 끄덕였다네. 한 차례 한 차례 운동을 겪을 때마다 내 얼굴에는 줄이 하나씩 그려졌지. 하도 많은 정치 운동을 겪다 보니 종내는 나 자신이 어릿광대가 되고 말았다네."

두 사람 외의 고대 사상가들은 현대 중국의 '예스맨'들이 충분히 동정이 가는 큰 고충을 갖게 되리라고는 생각지 못했을 것이다. 이는 지도층에 속하는 '예스맨'과 '지도자'를 겸한 사람들에게만 해당된다. 이들은 늘상 지극히 원칙적인 문제에 직면해야만 한다. 정치 운동은 그때마다 신성한 명분과, 논쟁을 불허하는 나름의 논리를 지녔으며, 더군다나 자신의 정치적인 지위에까지 영향을 미쳤다. 머리를 끄덕이고 끄덕이지 않고의 관계는 극과 극이었다. 고개를 끄덕이면 어사모御賜帽를 유지할 수 있지만 아니면 그 어사모를 잃어버릴 수도 있었다. 말하자면 고개를 끄덕이면 머리 위의 월계관이 무사하고 그렇지 않으면 사라진다는 얘기다.

게다가 그 어사모나 월계관은 집이며 차, 처자식과 관계된 각종 현실적인 문제 곧 가족의 운명과 직결되어 있었다. 옳지 않다는 것을 명명백백하게 알고 양심적으로 지나칠 수 없다 할지라도 눈앞의 이익을 위해서는 우선 고개부터 끄덕일 수밖에 없었다. 이렇게 해서 정치판에서는 고개 끄덕이는 광대놀음이 서서히 형성되어 갔다.

최고위층에서 고개를 끄덕이면 그 아래의 우리 '예스맨'은 줄줄이 끄덕이긴 하는데 끄덕이고 나서는 딴 짓을 한다. 끄덕이는 건 끄덕이는 거고 행동은 행동이다. 윗사람을 만나서는 고개를 끄덕여 놓고 아랫사람한테는 반대로 고개를 젓기도 하니 이들이 정말로 고개를 끄덕이는 건지 아닌지 종잡을 수가 없게 되었다. '고개를 끄덕이기만 하는 인간'이 점차 '잔머리 굴리는 인간'(滑頭人)으로 변화해 가고 '점두點頭 정치'가 '활두滑頭 정치'로 변화하면서 '잔머리주의'가 온 세상을 풍미하게 되었다. 부장이 되면 부장 직을 수행하는 것이 아니라 부장 직을 '연출'해 내고 성장이 되어서는 성장 직을 연출해 내고 장관이 되면 그야말로 노신의 말처럼 "연극만 일삼는 허무당虛無黨"으로 변질해 버렸다.

아무리 예스맨에게 나름의 고충이 있다고 해도, 제 마음대로 끄덕이지도 못하고 '모가지' 보전에만 급급한 '존엄'한 사람들에 비하면 그래도 편안하고 행복한 편이다. 그러기에 예스맨은 바로 코앞에까지 퍼져 있을 만큼 끊임없는 번식을 거듭하며 정치적 지모智謀라 할 '아부 기술'까지 훤히 꿰고 있다. 덕분에 시대가 어떻게 변하든, 정치 판도가 어떻게 뒤바뀌든, 그때마다 능수능란하게 자신의 분명한 태도를 보여 줄 요량으로 "가열차게 옹호합니다"라는 존경 가득한 메시지를 보내어 충성을 다짐하며, 덧붙여 토론하고 종합보고까지 올리는데 구구절절이 감동적이다.

때마다 머리를 끄덕이며 아부를 일삼는 지도층의 '위신'이 민중 사이에서 땅에 떨어지는 건 당연한 일이다. 그래도 세상 돌아가는 이치를 아는 민중은 관료들의 부조리를 풍자하면서도 그들의 '고충' 또한 십분 이해하기도 한다. 지금의 관료들이란 노신의 소설 『풍파風波』에 나오는 평민들, 곧 변발 하나로 자신의 태도를 표명할 수 있었던 그들 마냥 그리 간단치가 않기 때문이다. 『풍파』의 평민들은 혁명당이 우위에 설 때는 변발을 둘둘 감아 올리고, 황제가 우위를 차지할 때면 변발을 아래로 늘어뜨렸다가 후에 혁명당이 다시 우위를 점하자 다시 변발을 감아 올렸다. 이런 일을 줄곧 반복하다가 실제로 혁명이 성공을 거두고 난 뒤부터는 변발을 가위로 싹둑 잘라 버렸다. 오늘날의 관료라면 아마도 이렇듯 솔직하지 못할 것이다.

이들이 '고개를 끄덕이면' 곧장 신문지상에 공개될 게 뻔하니 자기보다 윗선에 있는 결정자들의 눈치를 살피지 않을 수가 없다. 만약에 윗선에 계신 '분'께서 자신이 끄덕였던 문제에 대해 '고개를 가로젓기'(搖頭)라도 한다면 이는 곧 '변발을 움켜잡히는' 정도가 아니라 하루아침에 '지도자'에서 '반동의 괴수'로 전락하여, 만신창이가 될 만큼 비판을 받아야 하는 등 이루 말할 수 없는 고통과 수모를 받게 된다. 그들의 이러한 고충은 사실 동정받아 마땅하다.

나 또한 고개를 끄덕일 수밖에 없는 예스맨의 형편은 충분히 납득이 간다. 그런데 이들이 한편으로 자주 '고개를 가로젓기'도 한다는 점은 상당히 의아스럽다. 지금 중국의 예스맨에게 아부 기술만 있다고 한다면 이는 전혀 틀린 말이다. 이들은 고개를 끄덕이는데 능숙하기도 하지만 가로젓는데도 선수다. 위로는 끄덕이자는 주의로, 아래로는 가로젓자는 주의로 나가기로 한 듯 하층 민중의 비판이나 건의, 그들의 외침에는 거의 고개를 가로젓는다. 그렇다고 늘 그런 것도 아니어서 내심으로는 고개를 가로저으면서 겉으로는 고개를 끄덕이는 경우도 있다. 그러니 세상에 절대적인 예스맨이란 없다. 언제나 예스맨이 요두인搖頭人(부정의 의미로 고개를 가로젓는 사람)도 겸하는 법이다. 그래도 끄덕이는 특징만 유독 드러나 보이는 연유로 예스맨이라 부르는 데는 별 하자가 없을 듯하다.

마지막으로 한 가지 더 짚고 넘어가야 할 것은, 시간이 흐름에 따라 예스맨 또한 어느 정도 진보한다는 점이다. 그들도 유연성을 지넜다는 뜻이다. 지도자급에 속했던 과거의 예스맨은 지나칠 정도로 융통성이 없었다. 오직 상사가 끄덕일 것을 요구하는 그 순간에만 끄덕였다. 다시 말해 권력을 유지하기 위하여 고개를 끄덕였다. 사회가 진보하고 경제적 조류가 정치적 조류를 압도함에 따라 이들 또한 그런 경직성에서 벗어나게 되었다.

이제는 돈 앞에서 고개를 끄덕이기 시작했다. 자신의 이익과 맞아떨어져 한몫 잡을 수만 있으면 그만이다. 이때의 원칙은 오로지 이익 한 가지다. "춥거나 덥다는 것조차 다른 이의 말을 따르는 자들"에게 다른 이를 좇아서 한몫 잡는 일 또한 안 될 것 없다. 법률이나 질서나 국가의 이익 따위는 고개를 끄덕이고 난 다음의 일이다. 이는 이익을 얻고자 끄덕인다는 면에서 "가열차게 옹호합니다"라는 경의의 메시지를 보내는 이치와도 일맥상통한다.

이런 '점두술'을 익히 봐 온 터인지, 원칙을 가진 지도자와 원칙 없는 예스맨은 판이하게 다르다는 생각이 든다. 만약 어떤 사회의 지도층이 점두술로 무장한 뺀질이나 잔머리 굴리는 인간으로 가득 찬다면, 그 사회는 조만간에 암흑의 심연으로 빠져 들어갈 것임에 틀림없다.

---

1) 인민공사 조직화의 주요 방침으로 '大'는 공사의 규모가 크고 사람이 많고 토지가 많아 대규모적인 생산과 건설이 행해지는 것을 말하고, '公'은 사회주의화와 집단소유화를 말한다.

2) 현대 중국어에서 '할인하다', '에누리하다'라는 단어가 '折扣'이기 때문에 이런 표현을 썼다.

3) 문예 정책의 수정을 요구하는 장문의 의견서를 공산당 중앙당에 제출하여 비판의 대상이 되었고, 게다가 국민당 정부의 특무기관과 연관된 私信이 폭로되어 반혁명 분자로서 1955년 공직에서 추방되었다.

속물 · 媚俗人 5

중국의 고대 경전이나 기타 고서적에서 '속물'(媚俗人)에 대한 언급은 무척 많다. 따라서 이 단어에 대한 더 이상의 정의는 필요없을 듯싶다.

5·4운동 이전에 '속물'에 대한 평판은 상당히 좋지 않았다. 한번 속물로 낙인찍히거나 속물스럽다는 소리를 듣게 되면 손상된 명성을 되돌릴 길이 없었다. 그래서 중국의 고대 지식인들은 '속물'과 뚜렷한 경계를 긋고자 꽤나 애를 썼다. 자신은 속물이 절대 아니라고 못을 박거나, 혹은 속물을 싫어한다고 분명히 밝히거나, 혹은 드러내놓고 속물을 욕하는 일도 서슴지 않았다.

멀게는 2000년 전의 철학자 노자老子조차도 이 점을 분명히 밝히고 있다. "속물들은 밝게 빛나지만 나는 홀로 어둡도다. 속물들은 치밀하게 재지만 나는 홀로 둔하도다."(俗人昭昭, 我獨昏昏, 俗人察察, 我獨悶悶) 비할 바 없이 명철하고 비할 바 없이 뛰어난 사상을 지닌 노자는 '속물'들과 분명한 경계선을 긋지 않으면 안 되겠다고 생각했다. 그가 보기에 속물들은 지나치게 똑똑하고 지나치게 이익을 따지고 시비是非가 지나치게 밝은 사람들이었다. 시비가 지나치게 밝다 함은 곧 '치밀하게 잰다'(察察)는 것을 의미한다.

'치밀하게 재는 사람들'과 비교해 볼 때, "도라고 말할 수 있는 것은 항상된 도가 아니다"(道可道, 非常道)라는 식의 주장을 펴는 사람은 자연히 '어두운 사람'이 될 수밖에 없다. 사실 지혜가 뛰어난 사람은 '어두운' 법이다. 위대한 철학자들과 대문호들은 거의가 다소 '둔한' 사람들이었다. 자신의 일에만 전심전력하다 보니 다른 일에 대해서는 자연 '둔한' 부분이 있게 마련이다. 그들은 속물들처럼 그렇듯 '명쾌'할 수도 그렇듯 '밝게 빛날 수'도 없을 터이다.

철학자 노자가 속물을 형용하면서 사용한 '찰찰察察'이라는 두 글자는 매우 적절하면서도 흥미롭다. 이 글자가 사람들에게 여러 가지 형상을 떠올리게 함 직하니 보충 설명이 필요할 것 같다. '치밀하게 재는 사람'을 머릿속에 그려 보면, 조근조근 따지며 얘기하는 사람, 청산유수처럼 말 잘하는 사람, 은밀하게 소곤거리는 사람, 말썽 일으키기를 좋아하는 사람 등을 떠올릴 수 있다. 노자가 죽은 뒤 후세의 학자들이 속물을 두고 "속물은 위험한 마음을 가지고 있다"(俗人險心)라든지, "속물은 다른 사람을 흉보기 좋아한다"(俗人喜言人之過)라고 정의 내린 것도 '찰찰'의 연장선상에 있다 할 수 있다.

치밀하게 이것저것 재는 데 뛰어난 속물을 맑고 고아한 사람들이 싫어함은 당연하다. 아니 멸시한다. 그 예로 "속물들은 모두 부귀영화를 좋아하여"(俗人皆喜榮華) "결코 서로 친해질 수 없기 때문이니"(俗人不可親) "영원히 속물과 이별을 고하노라"(長與俗人別)고 한 혜강嵇康[1] 또한 속물과 거리를 두려 했던 문인이었다. 독특한 정신적 면을 추구하는 사상가나 작가들이 '속물'을 경멸함은 지극히 자연스러운 일이다. 왜냐하면 속물의 특징은 다름 아닌 '속(俗)'과 '세속적 이익'을 향한 어리석은 열정에 있기 때문이다. "부귀영화를 좋아한다"는 것은 바로 속물의 형상이다.

속물의 눈으로 보면 인생의 목적은 부귀영화에 있다. 권세와 재물을 소유하는 일이 그 무엇보다도 중요한 이들은 그것을 얻고자 수단과 방법을 가리지 않는다. 그러니 속물의 속된 눈은 권세와 이익만을 좇게 되어 있다. 권력과 재력에 눈이 어두운 이들은 여러 측면에서 갖가지 방법으로 저급한 각축과 투쟁에 개입한다. 당연히 '위험한 마음'과 '시기심'과 '다른 사람을 해치고자 하는 마음'이 생겨 날 수밖에 없다. "속물은 위험한 마음을 가지고 있다", "속물은 남을 헐뜯기 좋아한다"라고 갈파한 선인의 말씀이야말로 이들에게 딱 들어맞는다.

'좋아하다'(喜)라는 글자를 가지고 속물을 살펴보는 일도 그들을 제대로 볼 수 있는 한 방법이다. '좋아하다'는 곧 생활의 취미를 말한다. 속물의 취미는 예외 없이 저급하다. 어떤 이가 삼백 마지기 논을 가진 것을 두고는 입을 벌리고 부러워하고 대부분의 시간을 흉보는 일로 보낸다. 이 역시 저급한 취미가 아니고 무엇이랴. 삶은 비속하고 정신적 추구와는 담을 쌓고 게다가 적막함을 견뎌 내지도 못하니 자연 쓸데없는 말로 시간을 때우거나 아니면 다른 사람 흉보는 일로 세월을 보내기 일쑤다. 그럼으로써 이들은 가장 중요한 심리적인 보상을 얻게 된다. 자신의 일이 제대로 안 풀려도 다른 사람의 상황이 더 나쁘다 싶으면 곧바로 마음이 편안해질 수 있는 것이다.

아Q 또한 이런 속물이었다. 그가 읍내 사람들을 헐뜯는 가장 중요한 이유는 그럼으로써 자신의 '존엄함'을 증명할 수 있기 때문이다. 학문이라든가 우주와 인생 혹은 예술에 대한 이야기를 꺼내노라면 부담스러워하며 말문을 닫아 버리면서도, 화제가 다른 사람들의 허물이나 개인적인 비밀에 이르면 기다렸다는 듯 만면에 희색을 띠고 사방에 침을 튀겨 가면서 열을 올리는 사람들이 현실 생활 속에 참으로 많다. 이런 사람들도 속물에 속할 것이다.

속물들은 '좋아한다'는 특징 외에도 '아첨한다'(媚)는 특징을 가지고 있다. 원굉도袁宏道[2]는 그의 「행소원존고인行素園存稿引」에서 "세속적인 것을 좋아하는 사람은 반드시 아첨하기 마련이다"(悅俗者必媚)라고 했는데, 이는 참으로 맞는 말이다. 돈 있는 부자나 권력을 가진 관료들을 한없이 부러워하고 연모하는 속물들은 이들 앞에서 맥을 못 추고 이들의 비위를 맞추려고 자신을 한층 더 작게 만들지 못해 안달한다. 일찍이 사마천司馬遷은 이 점을 다음과 같이 갈파했다. "사람들은 자기보다 열 배 정도 부유한 사람을 보면 자신을 보잘것없게 여긴다. 백 배 정도 부유하면 주눅이 들고 그들을 두려워하게 되며 천 배 정도가 되면 그들의 종이 되고 만 배가 되면 그들의 노예가 된다." 타인 앞에서 비천함을 느끼고 주눅이 들며 종이 되고 노예가 되는 것, 이것이 '미媚'다.

속물들은 정신적인 경지가 매우 낮은 탓에 '속俗'이라는 것은 항상 졸렬하고 비속한 것으로 여겨져 왔다. 그러기에 식견 있는 지식인은 정신적으로 늘 탈속脫俗의 경지를 추구했다. 그러다 5·4운동 이후 가치 관념이 변화하면서 '속'이라는 글자의 가치가 통화팽창처럼 갑자기 증폭되었다. 당시 개혁의 선구자들은 귀족 문학을 타도하기 위해 평민 문학을 제창하고 나섰다. 이와 상응하여 미학적으로는

'속미학俗美學'의 원칙을 극력 옹호하면서 민중의 삶에서 벗어난 '아미학雅美學'의 가치를 가차 없이 폄하했다. 평민 문학을 위해 말하고 속미학의 원칙을 천명하는 일은 본디 좋은 뜻이요 좋은 일이다. 그러나 이들의 사유 방식은 "너 죽고 나 살자"는 식의 극단적인 대립으로, 그 의도가 한쪽이 다른 한쪽을 먹어치우는 데에 있었다. 그 결과 '아雅'를 공격하는 일에는 한 가지도 옳은 것이 없는 반면 '속俗'이라는 글자는 지고무상至高無上의 경지에까지 올려놓는 데 성공했다.

이 무렵의 진보적이거나 혁명적인 사람들은 누구나 다 '속된 것'을 지지했고 '속된 것'을 추구하면서, 고아高雅한 '귀족적인 것'과 경계를 분명히 그어 버렸다. 그 결과 이후의 중국에서는 수많은 '신속물'(新俗人)이 만들어졌다. 처음에는 속물을 경멸하던 일부 지식인들조차 입장을 바꾸어 속물들의 행렬 속으로 자진해서 들어가거나 속물을 위한 변호인과 대변인의 역할을 자처하고 나섰다. 명사名士가 전사戰士로 변한 것이다. 이들은 자연 이전보다 더욱 고상한 '신속물'이 되었다.

'신속물'은 '구속물'(舊俗人)과는 다르지만 '좋아하고' '아부하는' 특징을 가지기는 마찬가지다. 꽤나 혁명적인 이들은 "돈을 좋아한다"는 소리를 입 밖에 내는 법 없이 지주 계급의 타도만을 부르짖었을 따름이다. 그러나 수십 년이 지나자 사람들은 이 신속물들 역시 '열애熱愛'의 대상이 될 수 없음을 깨달았다. 이들은 '돈' 이야기는 별로 하지 않는 대신 다른 사람들의 허물을 들추어내기를 '좋아하기' 때문이었다. 그냥 좋아하는 것이 아니라 미치듯이 좋아했다. 이들은 '계급 투쟁'이라는 명목 하에 다른 사람의 상처를 들추어내고 이웃의 잘못을 후벼 파내었다. 이웃집 사돈의 팔촌의 삼대에 이르는 가족사를 까발리거나 다른 사람의 사생활에 밥 먹듯이 끼어들어 간섭하곤 했다.

자기 자신이 '좋아하는' 것까지는 괜찮았다. 혁명의 명분과 인민대중의 명분으로 사람들에게 자신들의 과실까지 억지로 복명케 하고 각종 죄목을 덮어씌워 제멋대로 비판했다. 수많은 지식인들을 '우파'로 몰아붙여 오갈 데 없는 신세로 만들어 버렸다. 본래는 숭고한 혁명이 이들 속물의 손을 거치면서 줄곧 다른 이의 단점을 들추어내고 다른 이의 과실을 질타하는 운동으로 변질되었다.

'신속물'들은 '치밀하게 이것저것 재는' '구속물'들처럼 소심하지 않았다. 이들에게는 과감히 타인의 허물을 들추어내는 '웅혼한 기백'이 있다. 그래서 사람들은 이들을 '속물스럽다' 생각지 않고 도리어 숭고하고 비장하다는 느낌마저 갖게 되었다. 그러나 얼마간의 시간이 지나면서 이들이 염불하는 스님과 진배없다는 사실을 깨닫게 되었다. 스님처럼 말도 판에 박힌 말들이요 염불도 같은 경전만 되풀이하는 이들을 보고 '찰찰'에 속하는 부류임을 눈치 챈 것이다. 아울러 의미만 바뀌었을 뿐 그들 역시 영화를 무척이나 좋아한다는 사실도 알게 되었다. 이들이 좋아하는 영화는 경력과 계급, 지위와 명패 같은 것들이다. 이들은 그 대열에 일 년 먼저 들어서려고 몇 년간 공을 들인다. 일단 좋은 계급에 오르면 자동차와 고급 주택이 자동으로 생긴다. 돈이 싫다 아무리 말해도 돈이 저절로 굴러 들어온다. 그래서 숭고는 비숭고非崇高로 신성은 비신성非神聖으로 곤두박질 쳤다.

아부하고 아첨하는 데 있어서도 '신속물'들은 남다른 '기백'을 가지고 있다. '영도자'와 각급 지도자들을 대대적으로 칭송하고 이들을 위한 경축행사를 대규모로 거행했다. 나아가 영도자에게 태고 이래의 절대적 권위를 부여하는 대혁명을 거국적으로 치러 냈다. 대혁명의 기치 아래 날이면 날마다 모택동의 개인 숭배를 위해 지시를 내리고 보고를 올렸으며, 날이면 날마다 공덕을 찬양하는 노래를 부르고, 날이면 날마다 옹호성 발언을 해야만 했다. 옹호성 발언이 서투르면 곧바로 비판의 대상이 됐다. '윗분에게 아부하는' 규모 또한 전무후무한 것이어서 조직 관념을 강화한다는 명목 아래 대규모로 보급되었다.

20세기 하반기의 중국에서는 각급 관원들의 이름자가 순식간에 사라져 버렸다. 관원들은 성씨 뒤에 이름을 뺀 '주석', '부장', '부주석', '부서기', '부주임', '부부장', '과장', '계장' 등의 호칭을 덧붙여 불렀다. 다섯 명의 당원을 관장하는 서기와 열 명밖에 안 되는 노조의 주석인 두 말단 관리가 만나도 매우 정중하게 "X서기 안녕하십니까?" "X주석 안녕하십니까?"라며 서로를 추켜세워 준다. 사마천이 말했던 "보잘것없게 여기고" "두려워하며" "종이 되고" "노예가 되는" 현상이 이들 신속물들 사이에서는 미증유의 규모와 기상으로 발전했던 것이다.

현실 사회 속에서 '신속물'들의 새로운 '패기'가 문인 사회라고 비켜나갈 턱이 없다. 자칭 혁명 작가라는 문인들도 '속'으로부터 자유로울 수 없었다. 그들은 "밝게 빛나기"(昭昭)를 좋아하고 "치밀하게 재기"(察察) 좋아하는 속물의 특징을 사람들이 경탄할 지경으로까지 발전시켜 놓았다. 옛날 작가들은 작가 협회가 없었으므로 협회 이사나 부주석과 같은 이름만 거창한 자리를 놓고 머리 터지도록 싸울 일이 없었을 터이다. 새로운 시대의 작가들은 완전히 다르다. 겉만 번지르르한 명예를 놓고, 아니면 협회에서 주는 시시껄렁한 상 하나를 둘러싸고 툭 하면 머리가 터지도록 싸운다. 심지어는 너 죽고 나 살자는 식의 노선 투쟁도 불사한다. 자신의 지위와 소위 '영도권'을 고수하려는 일념 하에 윗분에게 충성을 다짐하는 서신을 보내는 자가 있는가 하면, 패거리를 만들거나 새로운 '문자옥文字獄'[3]을 일으키고, 심지어 동료들에 대한 대규모 비판을 선동하는 자들도 생겨났다. '잿밥에만 관심 있는' 이들의 작태는 그 속됨이 도저히 참을 수 없을 정도였다.

'아부'에 있어서는 이들에게 더 이상 보탤 게 없다. 한 시대의 문학이 구가謳歌 문학으로 변질됐다는 것은 잘못돼도 한참 잘못된 일이다. 억지로 노래할 때는 어린아이나 여자 같은 소리를 내는가 하면, 소리 높여 노래할 때에는 짐짓 흐느껴 오열하거나 심하면 가슴을 치고 발을 동동 구르는 작태를 보이기도 한다. 이들은 문학을 자신의 태도를 보여 주거나 공적을 자랑하는 도구로 만들어 버렸다. 그도 모자라 문학을 '황제'를 위한 전위 부대로 전락시키고 '황제'를 위해 모든 것을 소탕하는 '군대'로 만들었다. 문학이 정치에 아부하는 그 '기백'과 규모 또한 이제 유례를 찾아볼 수 없을 만큼 웅대해졌다.

숭고의 명분 아래 자행되는 이러한 극단적인 '미속媚俗'은 중국의 현대 문학을 철저히 파괴해 버렸다. 다행히도 70년대 말 이후 찬물을 뒤집어쓰면서부터는 그 기세가 훨씬 예전만 못하게 되었다. 뱃속에 억울함을 가득 채우고 있던 그들은 1989년 여름부터 다시 한번 '소리 높여 노래를 부르려고' 뱃속의 쓴 물을 토해 내었다. 그러나 이미 시대가 예전 같지 않아 아무도 그들의 속된 노래를 들어 주지 않았다. 애써 간신히 예전의 '노래' 몇 구절을 불러 보지만 이미 '미속물'의 말류로 전락한 이들의 기세는 별 볼일 없는 것이 되었다.

세속에 영합하는 이러한 현상은 문화적 과도기에는 으레 나타나는 현상인 듯하다. 밀란 쿤데라(Milan Kundera)[4]는 일찍이 이런 현상을 '속물'(Kitsch)이라는 한 단어로 집약하였다. 그가 발견한 것은 바로 대규모적으로 이루어지는 자발적 '속물화' 현상인데, 대표적인 것이 바로 극단적인 모습으로 나타난 동구권 국가들의 '선전 공작'이다. 이러한 '속물화'는 공포도 아니요 압박도 아니며 진저리나는 공식화된 것들을 좋아하는 척하며 노래까지 부르는 일이다.

이를테면 정치적인 행사가 있는 날이면 광장에서는 대규모의 경축 행사가 벌어지곤 하는데 매번 예외 없이 모두들 일률적인 구호를 외치고 일률적인 송가頌歌를 바치고 일률적으로 혁명적 결심을 보여야만 한다. 예술가들이 사진을 찍을 때면 영도자는 어김없이 뺨이 사과처럼 발그스름하고 오동통한 어린아이를 가슴에 안은 모습으로 포즈를 취한다. 쿤데라는 말한다. "이때 몇몇은 두 방울의 눈물을 흘린다. 첫 번째 눈물방울은 '어린아이들이 질푸른 풀밭 위에서 마음껏 뛰어노는 모습은 얼마나 아름다운가'를 말해 주는 것이며, 두 번째 눈물방울은 '우리가 전 인류와 함께 이 아름다운 정경을 본다면 얼마나 감동적일까'를 말해 주는 것이다." 쿤데라는 '전 인류'라는 명분을 띤 두 번째 눈물방울이야말로 '숭고함'을 속물화하는 것이라고 생각했다. 이것이 바로 현대적인 의미의 '속물'이다. 쿤데라는 이러한 속물적인 대규모 군중 집회를 받아들일 수가 없었고 이러한 희극적 '속물'들에게 참을 수 없는 분노마저 느꼈다.

이상을 종합하자면 '속물'은 위로 아부하고 아래로 아부하는 사람이다. '위'는 최고위층 영도자이고 '아래'는 이른 바 민중이다. 양계초 선생은 "전제 사회에서 정치인들이 아부할 대상은 하나뿐이었지만 민주 사회에서 그 대상은 바로 뭇 백성"이라고 말한 적이 있다. 그리고 쿤데라가 인지한 사회는 이 두 가지를 공히 겸비하고 있는 사회이며, 게다가 아부할 때보다 떳떳한 느낌이 들게 하는 사회이다. 이상을 통해 우리는 사회가 진보함에 따라 속물들 또한 끊임없이 진보한다는 사실을 알 수 있다.

---

1) 위나라의 왕족과 결혼하여 중산대부로 승진하였으나 부정을 용서하지 않는 성격과 反유교적 사상으로 당시 권력층의 미움을 받아 처형되었다. 竹林七賢의 중심 인물로, 전통적 유교사상을 통렬하게 비판하고 인간 본래의 진실성을 키워야 한다고 주장하였다.

2) 형 宗道, 아우 中道와 함께 三袁으로 일컬어지며, 출신지 이름을 따서 공안파로 불린다. 형제들과 함께 李贄의 문하에서 수학하여 반전통 · 반권위 사상의 감화를 받아 性靈說의 선구가 되었다.

3) 주로 청대 강희 옹정 건륭 연간(1662~1795)에 일어난 필화사건을 말한다. 청나라는 만주족이 세운 왕조였기 때문에, 당시 한족에게는 攘夷思想이 팽배했다. 문자옥은 이런 양이사상을 꺾으려는 청 왕조의 의지로 발생했다.

4) 체코의 시인이자 소설가로 주요 저서로는 1995년에 발표된 『느림』(*La Lenteur*) 등이 있다. 프라하예술대학 영화학과에서 수업하였고, 시 · 평론과 예술적인 에세이, 희곡 · 단편 · 장편 등 어느 장르에서나 뛰어난 작품을 발표하였다. 조국이 아닌 프랑스 등 제삼국에서 발표된 장편소설 『웃음과 망각의 책』, 『참을 수 없는 존재의 가벼움』 등은 큰 반향을 불러일으켰다.

육인 · 肉人 6

1987년에 나는 중국 작가 방불訪佛 대표단의 일원으로 파리를 방문한 일이 있었다. 그때 프랑스 친구들과 프랑스 문화에 대해서 이야기를 나누는 자리에서 나는 이런 이야기를 했다. "프랑스 문화의 양극단은 정말 놀랍다. 루브르 궁전이나 베르사이유 궁전, 그리고 여러 전시관들은 입을 다물지 못할 정도로 아雅의 극치를 보여 주는 한편, 홍등가에는 속俗의 극치가 자리하고 있다. 그곳은 '육인'(肉人, 육체적 인간)들의 세계이다. 속문화俗文化가 '육인' 문화로 변성된 그곳을 보면 놀라우면서도 받아들이기 힘든 면이 있다."

그러자 함께 자리했던 프랑스 친구가 바로 사뭇 엄숙한 목소리로 반박을 하고 나섰다. "육인 문화는 프랑스에만 있는 게 아니다. 당신네 중국에도 17세기에 이미 그런 문화가 있었으며, 게다가 프랑스와는 비교도 할 수 없을 정도로 발달했다."

그의 반박에 우리 사이에는 잠시 어색한 침묵이 흘렀다. 사실 『금병매金甁梅』가[1] 저작된 시대에 이미 육인 문화가 상당히 발달되어 있었고 『금병매』의 등장인물 대부분이 육인이라는 사실을 부인하기

어렵기 때문이었다.

우리 대화에 등장한 육인은 기생들 즉 육체적 매매를 주요 생존 방식으로 삼고 살아가는 사람들을 가리킨다. 그러나 선불리 기녀만을 육인이라 한다면 동의하지 않을 사람들이 많을 듯하다. 특히 중국 문인의 경우가 그렇다. 중국 고대의 선비들은 항상 기녀와 관계를 맺어 왔고 기녀는 문인의 둘도 없는 친구였다. 이는 중국에서는 엄연히 일종의 전통적 미담으로 자리 잡은 일이다.

기생과 문인의 이런 '관계'는 매우 감동적인 슬픈 이야기들을 숱하게 만들어 내었다. 기생은 문인의 '여자 친구'로서 그들이 실의에 빠질 때면 정신적인 친구가 되어 주곤 했다. 문인의 작품 속에서 사랑스럽게 묘사된 기생들이 많은 것은 이런 이유 때문이다. 미색에 재색까지 겸비한 기녀들은 정신적인 면과 육체적인 면을 함께 갖추고 있으면서 악기나 잡기 글씨 그림 등에 모두 뛰어난 재주를 보여주었다. 이에 더하여 곧은 절개까지 지녔으니 키 크고 늘씬하고 지적으로 뛰어난 현대 여성들에 견주어도 그 아름다움에 전혀 손색이 없다.

중국 문학사의 불후의 명작에 등장하는 주인공 두십랑杜十娘(『警世通言』)이나 이향군李香君(『桃花扇』), 그리고 문인 전겸익錢謙益의 첩인 유여시柳如是 같은 기생이 대표적인 인물이라 할 수 있다. 육체 못지않게 정신적으로도 사람들에게 깊은 감동을 안겨 준 이들을 '육인'이라는 단어로 일반화시킬 수는 없는 노릇이다. 기생의 발전사를 서술한 서적들을 읽어 보면 역대 기생들이 연극과 음악, 시사詩詞 발전에 기여한 바 크다고 밝히면서, 기생의 세계는 음악의 세계였기에 기원妓院의 음악이 없었다면 중국의 음악 수준도 상당히 낙후되었을 것이라고 단언하고 있다. 사서 편찬자들은 심지어 송사宋詞[2])를 기원 문학으로 일컬을 정도다.

결론적으로 정신적 전통을 가진 중국의 기생들과 육체와 돈을 맞바꾸는 서양식 매매는 상당한 차이가 있다는 말이다. 그러나 아마도 서양 작가들은 여기에 동의하지 않을 법하다. 에밀 졸라(Emile Zola)의 『나나』나 모파상(Maupassant)의 『비곗덩어리』, 알렉상드르 뒤마(A. Dumas Père)의 『춘희』 등에 나오는 서양의 기녀들에게는 영혼이 없다는 말인가 하고 대번에 반박할 것이다.

이상의 변호를 무시하고 그래도 기생이 육인임을 주장한다면 항의하는 사람이 많을 터이기에 서술 방법을 바꾸어 봄 직하다. 즉 기원은 기원이며 육인은 육인이다. 기원에는 육인이 우글거리지만 그렇다고 '육인국肉人國'에 기원만 있는 건 아니다. 이렇게 육인에게 별도의 타당한 경계를 부여해 줌이 옳을 듯싶다.

중국의 고서 가운데 육인肉人이 성인聖人, 지인至人, 신인神人 등과 함께 정식으로 순열에 올려진 일은 문자文子에게서 비롯한다. 『문자찬의文子讚義』 제7권을 보면 인간을 25등급으로 나누고 그 중 육인을 끝에서 두 번째에 자리매기고 있다. 문자는 다음과 같이 말했다.

> 세상에는 25가지 사람이 있다. 상등으로는 신인神人과 진인眞人과 도인道人과 지인至人과 성인聖人이 있고 그 다음으로는 덕인德人과 현인賢人과 지인智人과 선인善人과 변인辯人이 있다. 중등으로는 공인公人과 충인忠人과 신인信人과 의인義人과 예인禮人이 있고 그 다음에는 사인士人과 공인工人과 우인虞人과 농인農人과 상인商人이 있다. 하등으로는 중인衆人과 노인奴人과 우인愚人과 '육인肉人'과 소인小人이 있다. 상등 5종과 하등 5종의 관계는 사람과 소·말의 관계와 같다.

나는 2년 전 「육인에 관하여」(關於肉人)라는 글을 썼을 당시에는 위의 글을 인용하지 않았다. 문자의 이런 품인표品人表에 온전히 동의할 수 없었기 때문이다. 이러한 인간 등급표는 적잖은 '편견'과 또 다른 '폭력'을 내포하고 있다. 중인衆人을 소나 말처럼 간주하는 데 나는 절대 동의할 수 없다. 더구나 문자의 안목으로 본 상등 다섯 종류의 인간들은 사실 너무나 높고 심원하다.

문자가 상등 다섯 종류의 사람들 중에서 '성인'을 다섯 번째에 둔 이유는, 성인들도 눈으로 보고 귀로 들어야만 하는 일반 사람들과 똑같은 면을 가지고 있기 때문이며 '신인'이나 '진인'은 그럴 필요가 없다는 점에서 성인보다 더 높이 두었다는 부연 설명과 함께 다음과 같은 말을 덧붙였다. "성인은 눈으로 보고 귀로 듣고 입으로 말하고 다리로 걷는다. 그러나 진인은 보지 않아도 환히 알고, 들으려 애쓰지 않아도 잘 들리고, 앞장서지 않아도 사람이 따르고, 말하지 않아도 사람들이 다 안다."

성인의 존재 여부를 놓고 본디 회의적이었던 나로서는 성인 위에 지극히 '오묘하고 심원한 경지'의 신인과 진인을 두는 점에 대해서는 더더욱 수긍키가 어렵다. 이 외에도 그가 품평한 기준은 논쟁이 됨 직한 여지가 많다. 그러나 문자의 이 표에는 매우 뛰어난 점도 있어서 가령 '변인'이라든지 '육인'과 같은 개념을 제시한 점은 꽤 흥미롭다.

전종서錢鍾書 선생은 『관추편管錐編』에서 중국 고서에 등장하는 육인과 관계된 문장을 한데 모아놓고 논평을 한 바 있는데 그 중 유독 나의 관심을 끌었던 부분을 옮겨 적어 본다.

『신선전神仙傳』「호공壺公」에서는 "감히 머리 조아리며 말씀드리옵건대 '육인에 대해서는 모르겠습니다'"라고 했고 『신선감우전神仙感遇傳』「완기阮基」에서는 "평범한 사내인 '육인'은 큰 도道를 모릅니다"라고 했다. '육인'이라는 명사는 『진고眞誥』에 자주 나온다. 예를 들어 1권에서는 "신묘한 필체를 가진 사람은 애초부터 아래로 '육인'과 사귈 수 없다"고 했으며, 8권에서는 "공부하면서도 생각하지 않는 것은 우물을 쳐내되 그 쳐낸 것을 치우지 않는 것과 같으니 아마도 '육인'들의 결점이리라"고 했다. 또 11권에서는 "'육인'들이 절실히 갈망하는 것은 그들이 하고자 하는 일을 보면 알 수 있다"고 했다.

'육인'이라는 명칭은 앞에서도 인용했듯이 『문자찬의』「미명微明」에서 처음 보이는데 황자黃子는 "온 세상에는 25종류의 인간이 있으니 그 하등의 5종류는 중인, 노인, 우인, 육인, 소인이다"라고 했다. 도사道士들은 이들을 가리켜 '아직 환골탈태하지 않은 평범한 육체를 가진 사람들'이라고 하였는데 이는 '문자'의 본의가 아니다. 환골탈태하지 않은 아둔한 육체를 가진 사람들이라면 25종의 인간들 가운데 '상등의 5종'을 제외하고는 육인 아닌 사람들이 없기 때문이다.

『태평광기太平廣記』「왕원王遠」을 보면 다음과 같은 구절이 있다. "채경蔡經에게 말하기를 '너는 기氣가 적고 살(肉)이 많아서 신선 세계로 올라갈 수 없다. 몸은 남겨 두고 혼백만 빠져나가 신선이 되는 것은 마치 개구멍을 빠져나가는 것과 같다'"고 하였다. 도사들이 이야기하는 '육인'의 개념은 이를 통해 알 수 있다. 『대당삼장취경시화大唐三藏取經時話』「입대범축천왕궁入大梵天王宮」을 보면 현장玄奘 스님이 수정 구슬 위로 올라가 앉을 수 없는 장면이 나온다. 이때 나한들이 "속된 '육신'을 가진 사람들은 올라갈 수 없습니다"라는 말을 건네는데 이 구절이 충분한 증거가 될 것이다.

『태평광기』「정광업鄭光業」에는 "당시 사람들은 귀인을 알아보지 못하는 평범한 인간의 '육안肉眼'을 가지고 있었다"라는 구절이 있고, 『구당서舊唐書』「가서한전哥舒翰傳」에는 "'육안'으로 폐하를 알아보지 못함이 지금 이 지경에까지 이르렀나이다"라 했다. 또 노동盧仝의 「금아산인 심사로에게 주는 시」(贈金鵝山人沈師魯)를 보면 "'육안'으로는 천하의 책들을 알아볼 수 없거늘 평범한 선비가 어찌 감히 오묘한 비밀을 엿볼 수 있으랴"라고 했다. 여기서 말하는 '육안'의 '육'은 바로 '육인肉人'이나 '육마肉馬'의 '육'으로 범속하다는 의미이다.
시인들, 예를 들어 여악厲鶚은 『번사산방집樊榭山房集』「동부송수선화오본東扶送水仙花五本」에서 "육인을 만나서는 늘상 좋지 않구나! 등불 그림자 아리따운데 반쯤 걷힌 발너머로 비 내리네"라 했고, 심덕잠沈德潛은 『귀우시초歸愚詩鈔』「원대 사람 당백용의 '백준도'에 장홍훈을 위해 제자하며」(爲張鴻勳題元人唐伯庸白駿圖)라는 시에서 "갈매기 잔물결 일으키는 법을 탓해서는 아니 될 일, 세상 사람들은 끊임없이 '육인'을 그리고 있거늘"이라 했다. 이 시들은 도가의 어구를 습용한 것으로서 이 시에서의 '육인'이란 모두 용속한 사람을 가리키는 것으로 원의에서 벗어나지 않았다.

전종서 선생이 인용한 글들을 보면 '육인'이란 바로 "큰 도를 알지 못하는 사람", "배우면서도 생각하지 않으며 우물을 쳐내되 그 쳐낸 것을 치우지 않는 사람", "기는 적으면서 살집은 많은 사람", "욕망을 보면 알 수 있는 사람"이다. 이로써만 본다면 서로 간에 약간의 차이는 있을지언정 대체로 영혼과 사상이 없고 학식이 없는 범속한 사람을 지칭하는 것임을 알 수 있다. 만일 우리들이 사람이란 정신과 영혼과 육신의 결합물임을 확신한다면 '육인'이란 바로 정신적인 부분이 거의 소실되고 육체적인 부분만 남아 있는 사람들이다.

전종서 선생에 따르면 문자文子가 황자黃子의 입을 빌어 논술한 25

종의 인간 중에서 상등 5종을 제외한 20종의 인간들이 모두 '육인'의 기질을 가지고 있다. 모두가 다 신인神人 진인眞人처럼 순수한 영적 인간은 아니라는 말이다. 문자의 논단論斷에 다소 지나친 면이 없잖아 있어도 틀린 말은 아니다. 우리는 스스로를 지인智人 즉 지식인으로 자부하지만 학문적 연구를 게을리 하고 사고하지 않으며, 스스로 움츠리거나 사회적 분위기로 말미암아 독립적인 사색 능력을 박탈당한다면 언제든지 '육인'으로 변화할 수 있는 위험성을 늘 지니고 있다.

문자가 '육인'을 '중인', '노인', '우인', '소인'과 병렬 개념으로 분류해 놓은 까닭은 이 세상에는 '육체적인 것'으로만 특징지어질 수 있는 단면적 인간이 존재함을 인식시켜 주기 위함이었다. 그렇다고 이들이 나쁜 사람은 결코 아니며 간사하고 졸렬한 사람은 더욱 아니다. 단지 무식하고 무지할 뿐이다. 아담과 하와가 선악과를 따먹기 전만 해도 이들은 아마 '육인'의 범주에 들 수밖에 없었을 터, 만약 이런 가설이 성립될 수 있다면 어쩌면 하느님은 본디 인간 세계를 육인만의 세계로 만드시려고 했던 게 아닐까?

덕인, 현인에서부터 우인愚人과 소인小人에 이르기까지 죄다 육체적인 요소를 가지고 있다 하더라도, '육인'만을 따로 떼어 내어 별도의 개념으로 독립시키는 게 타당하다는 생각이 든다. '육인'과 '소인'이 완전히 똑같을 수는 없다. '소인'은 육적인 요소를 많이 가지고는 있어도 육인처럼 그렇게 우둔하거나 굼뜨지 않다. 오히려 지나칠 정도로 영악하고 약삭빠르며 여우처럼 교활하고 비열한 심사의 소유자들이다. 심지어는 독사나 전갈처럼 악랄하기까지 하다. 육인에게는 '소인'의 그런 성질이 전혀 없다. 그렇다면 '육인'으로 분류되지도 않았을 것이다.

그들은 '중인衆人'이나 '우인'과도 다르다. '중인'이나 '우인' 또한 육체적인 요소가 정신적인 요소보다 더 큰 세속적인 인간들임에는 분명하나 육체적인 비중이 '육인'처럼 그렇게 크지 않다. 가령 뼈만 남은 앙상한 무식꾼이 자신을 '육인'이라고 부른들 맞는 말이라고 생각하는 사람은 없을 것이다. 이런 사람에게 가장 잘 어울리는 호칭은 '우인' 즉 '어리석은 인간'이다. 아Q가 자신을 일러 '어리석은 인간'이라 한다면 그럭저럭 수긍할 만하지만 '육인'이라 한다면 배꼽을 잡고 웃을 일이다. 육체적으로는 풍만하지만 머리가 텅 빈 기생은 '우인'보다는 '육인'이 더 걸맞은 이름일 듯싶다. 서두에서 말했듯이 호칭을 붙일 때는 조심해야 한다. 기생이라고 해서 전부 '육인'은 아니다. 기생들 중에서도 '지인至人'이나 '덕인'이 적지 않다. 단지 성인이 될 수 없을 따름이다.

고대 중국의 지식인들의 사유 능력은 현대인만큼 치밀하지도 못했고 글을 쓰기도 지금보다 불편했다. 그런 그들에게 확실하고 분명하게 말할 것을 요구한다면 지나친 일이다. 옛 사람들은 한두 마디 화두를 가지고 사물의 핵심으로 접근했다. 이를 이어받아 우리는 거기에 치밀한 사유를 더하여 불명확한 것들을 가려내야 할 것이다.

우리 현대인들이 고대인들에 견주어 어느 정도 '진보'했음은 물론이다. 한 가지 개념을 가지고 어떤 종류의 사람을 특징지을 때 이 개념은 이미 많은 것들을 놓치고 걸러내기 마련이다. 이로 인해 이러한 개념은 그들이 본래부터 풍부하게 가지고 있는 존재적 특징과는 거리가 멀 경우도 더러 있다. 한 가지 개념만으로 어떤 종류의 사람을 규정하는 것은 사실 굉장히 어려운 작업이다. 이 25종에 이르는 인간 개념을 가지고 어떤 한 사람을 설명할 때조차도 여러 가지 개념으로 그 사람을 형용할 수밖에 없는 이유가 여기에 있다.

저팔계를 예로 들면, 사람들은 그를 '육인'이라 부른다. 그는 물론 육인에 걸맞는 모든 특징을 가지고 있다. 먹는 것을 좋아하고 한없이 게으르며 잠자기를 좋아하고 색을 밝히는 점에 있어서는 돼지와 똑같다. 그리고 생기기도 돼지처럼 디룩디룩 살이 쪘으며 지능이 낮아 낫 놓고 기역자도 모른다. 이러한 점들 모두가 육인의 조건에 딱 들어맞는다. 그러나 어떤 경우에는 잔머리를 굴리기도 하고 교활하기까지 하며 제법 무예도 갖추고 있어서 그의 사형師兄인 손오공과 협동 작전을 펼치는데 전혀 지장이 없다. 게다가 그는 목숨을 건 여행 끝에 마침내 삼장 법사와 함께 성불成佛에 이른다. 24번째 등급의 '육인'에서 일약 최상등의 신인神人, 진인眞人이 된 것이다.

육인을 놓고 지능적인 면에서 판단하는 일은 비교적 쉬워도 도덕적으로 판단을 내리기는 힘들다. 심지어 도덕적 가치 판단을 내릴 수 없을 법도 하다. 흉악무도한 육인도 있고 선량하기 짝이 없는 육인도 있기 때문이다. 저팔계가 선량한 육인이듯, 육인은 결코 나쁜 사람이 아니다. 물론 육인과 비슷한 사람들 가운데 악랄한 사람도 있다. 『홍루몽』의 설반薛蟠이 그러하다. 술자리의 흥을 돋운답시고 벌주를 내릴 때면 저속한 해학시 몇 구절을 읊곤 하는데, 구절마다 조악하고 상스럽기가 이를 데 없다. 그가 비록 도덕성이 부족하고 정은 많다 하더라도 그 두 가지 특징은 아주 미미해서 '육체적'인 특징이 크게 두드러지는 까닭에 그를 '육인'과 비슷한 사람이라고 불러도 무리는 없을 듯싶다.

나는 중국 당대當代 문학 작품들 속에서 '육인'의 정확한 형상을 지닌 두 사람을 발견했다. 그 하나는 대만 작가 이앙李昻의 작품에 등장한다. 그녀의 소설 『남편 죽이기』(殺夫)를 보면 진강수陳江水라는 백정이 등장하는데 이 사람이야말로 짐승을 때려잡는 일밖에는 모르는 육인이다. 그는 오직 육적인 세계에서만 살고 있으며 반대편의 정신적인 세계와는 담을 쌓았다. 그는 돼지고기이건 사람고기이건 고깃덩어리 속에서만 자신의 폭력 즉 자기 자신의 본질적인 힘을 만끽하는 사람이다. 그는 육인이었기에 마누라인 임시에게도 육인으로 대했다. 그러나 육인이 아니었던 그의 마누라 임시는 결국 그의 육체적인 폭력을 견디다 못해 그를 죽이고 만다. 나는 이미 「백정」(屠人)[3]이라는 글을 통해 이 사람을 분석한 바 있으니 여기서는 더 이상의 설명은 생략하기로 한다.

다른 하나는 대륙 작가 우라금遇羅錦의 작품 속에 등장한다. 그녀의 소설 『어느 겨울날의 동화』(一個冬天的童話)의 여주인공 '나'의 첫 번째 남편인 동위국이 바로 육인이다. 이 사람은 선량하고 힘도 있지만, 튼튼한 몸뚱아리 말고는 인간의 정신 세계에 속하는 부분은 전혀 갖고 있지 못하다. 그러나 그에게는 죄가 없다. 죄가 있다면 단지 무지하고 정신적으로 메말랐다는 것뿐이다. 그는 거의 단순하고 육체적인 존재이다.

여주인공이 북방에서 극단적인 고립무원의 지경에 처해 있을 때 찾아낸 사람이 바로 이 '출신 성분' 좋은 육체적 존재 동위국이었으며, 어쩔 수 없이 그를 남편으로 맞아들였다. 이 존재는 도무지 지탄받을 만한 점이 하나도 없다. 그에게는 지혜도 없지만 죄도 없다. 그에게는 정신적인 기도 없지만 사악한 기도 보이지 않는다. 웅대한 꿈도 없지만 나쁜 생각도 가지고 있지 않다. 그에게는 사랑이 있는 듯도 하지만 없는 듯도 하다. 그의 사랑이라는 것은 고작해야 육적인 형태의 '사랑'에 불과하다. 여주인공인 '나'는 혼인 첫날밤 침대 옆에 우뚝 서 있는 이 거구의 사내를 보고 말할 수 없는 두려움을 느끼긴 했지만 이 거구의 사내의 죄를 꼬집어 말하기는 힘들다. '내'가 이 사나이를 도덕적 심판 법정에 피고인으로 내세우는 일은 불가능하다.

'나'는 '나'의 생활이 불평과 불행으로 가득 차 있음을 가슴속 깊이 느끼면서도 그 불평과 불행의 이유를 구체적으로 열거해 내지 못한다. 그러나 우리들이 제삼자의 관점에서 살펴보면 그 이유는 이내 드러난다. 그것은 아무런 죄 없는 선량한 인간이지만 정신적인 면은 전혀 갖추지 못한 육인을 풍부한 정신의 소유자인 그녀가 남편으로 받아들여만 하는 비극에 있다. 누군가의 말처럼 인간의 영혼이 육체 속에 소실되어 없어질 수밖에 없는 비극이다. 그러나 남자 주인공이 육체적인 존재 그 자체가 된 점 또한 비극이긴 마찬가지다. 이는 문화대혁명 기간 중 정신적 성장의 기회를 박탈당해 버린 중국 인민의 비극이기도 하다.

동위국이 애초부터 육체적인 존재 그 자체가 되어야 할 운명은 아니었다. 육체적으로 태어났어도 이후에 '인간'이 되기 위해 채워 넣어야 할 다양한 측면의 것들, 이를테면 문화와 지식과 영혼을 박탈당했던 것이다. 스스로의 박탈이 아닌 사회에 의한 강제적 박탈이었다. 6, 70년대를 살아왔던 대륙의 청년들은 너나없이 이런 비극을 경험했다. 문화대혁명만 보더라도 이런 동위국과 같은 육인들을 숱하게 양산했다. 기실 자유로운 사고를 비판하고 지식인을 질타하는 정치 운동이 이런 육인들을 만들어 내는 메카니즘이었다. 만일 정치 운동과 문화대혁명이 끊임없이 이어졌다면 지식인 어느 누구도 육인으로의 퇴화에서 벗어날 수 없었을 것이다. 아울러 사회 전체의 '육화'는 자명한 일이다. 이여진李汝珍은 『경화연鏡花緣』[4]에서 각양각색의 기이한 나라들은 상상해 냈으면서도 이런 '육인국'은 미처 생각해 내지 못한 모양이다. 그가 만일 이런 국가를 생각해 냈다면 쓴 웃음과 함께 비애에 잠길 법한 이야기들을 많이 만들어 냈을 터이다.

육인화 현상은 비단 중국에만 있는 일은 아니다. 서양 또한 지금도 이러한 육인들을 대량으로 번식시키고 있다. 고도로 발달한 물질문명이 인간의 정신을 질식시키고 첨단 기술은 기술적 노예만을 양산해 내었다. 이른바 기계에 예속된 기계 인간이다. 고도로 발달한 경제 구조는 사람들을 광고의 노예로 전락시켰는데 그 중의 상당수가 육인이다. 게다가 육인 사업은 나날이 번창하여, 기녀나 남자 기생이 아닌 그저 육체적인 맛을 알기만 하는 보통 사람들까지 텔레비전에서 완벽한 육적인 행태들을 연출해 내고 있다. 이들의 생활은 정신적인 생활로부터 완전히 동떨어진 것이다.

개발도상국에서는 선망의 대상인 세계적인 현대화와 물질주의의 홍수가 사회를 육화시키고 육인들을 대규모로 양산하고 있는 것이다. 이것은 과연 우려할 만한 일이 아닐까? 사회를 현대화시키는데 앞장선 설계사들과 선도자들은 현대화를 부르짖는 동시에, 날로 육화 일로를 걸어가는 인류 사회의 흐름을 감지하기나 하는 걸까? 나는 줄곧 중국의 현대화를 위해 목청을 높여 왔다. 그러나 이후로 급속하게 퍼져 나갈 육화 현상을 생각하면 대번에 머릿속이 싸늘해지고 심하면 악몽까지 꾼다. 꿈속에서 나는 미래의 지구 세계를 본다. 돈을 잔뜩 움켜쥔 육인만이 들끓는 미래의 세계를.

1) 『수호전』에 나오는 서문경과 반금련의 정사에 이야기를 보태어 당시 사회의 상인과 관료, 그리고 무뢰한의 어둡고 추악한 작태를 폭로한 중국 명대의 장편소설이다. 금병매라는 제목은 주인공 서문경의 첩 반금련・이병아, 그리고 반금련의 시녀 춘매에서 한 글자씩을 따온 것이다.
2) 사와는 또 다른 운문 형식으로 송대에 유행하던 여러 가지 곡조에 맞추어 부르던 가사이다.
3) 이 책의 '17. 백정'에 그 내용이 실려 있다.
4) 청대 소설가인 이여진의 대표작인 『경화연』은 1828년 간행되었으며 100회로 되어 있다. 당대 則天武后 시대를 배경으로 唐小山이 멀리 아버지를 찾아가는 과정를 통해 신기하고 기이한 이야기를 펼쳐간다.

7 난사람·猛人

'난사람'(猛人)의 개념을 처음 접한 것은 노신의 『이이집而已集』 중의 「구사잡감扣絲雜感」이라는 글에서였다. 노신은 여기서 "'난사람'이라는 단어는 '명성 높고'(名人)·'수완 좋고'(能人)·'돈 많은'(闊人) 세 부류의 사람을 가리키는 광주廣州 지방의 상용어"라 하면서, 대표적인 인물로 원세개袁世凱를 들었다. 원세개가 유명하고 부자인 것은 사실이지만 수완가라고 단정할 수 있을까? 유명인이나 부자 중에서도 무능한 바보가 상당히 많으므로 과연 원세개가 수완가였는지 바보였는지는 잠시 판단을 보류토록 하자.

난사람을 뜻하는 '맹猛'이라는 글자를 접할 때면 사람들은 곧잘 '힘'을 연상한다. 동물의 세계를 보더라도 우리가 '맹수'라고 말할 때 들고양이나 들개 따위를 떠올리는 사람은 거의 없을 것이다. 대부분의 사람들은 사자나 호랑이, 곰, 표범 따위의 짐승에게만 접두어로 '맹'을 붙일 수 있다고 생각할 것이다. 그러한 관점에서 '난사람' 또한 사람들 속에서 사자나 호랑이만큼 힘 있고 수완 있는 사람을 가리키는 말일 듯싶다. 단, 맹수 가운데에도 대소의 구분이 있듯이 '난사람' 속에서도 대소의 구별이 있을 따름이다.

'난사람'은 뛰어난 점에 따라 종류도 여러 가지다. 돈이 많아 '난사람'의 칭호를 얻는 이가 있고, 권력을 쥐고 있어 '난사람'이라 불리는 이도 있다. 혹은 힘이 세서, 혹은 돈 많은 할아버지나 아버지를 둔 덕분에 이런 호칭을 얻는 이도 있다. 어떤 이는 유능한 '부하'를 둔 덕에, 어떤 이는 아편을 심거나 룸살롱을 경영하거나 비행기나 탱크를 팔아서 얻는다. 그리고 어떤 이는 달콤한 시가詩歌나 눈물 꽤나 빼는 소설을 써서 아니면 팔고문八股文을 잘 지어서, 혹은 아부 잘하는 자신에다 아부 잘하는 마누라까지 둔 덕분에 '난사람'의 칭호를 얻기도 한다.

세계 각국의 여러 민족들 사이에서 '난사람'의 여부를 결정하는 척도에는 같은 점도 있고 다른 점도 있다. 어떤 민족은 수염이 짧으면서 체력이 뛰어난 사람에게 '난사람'이라는 수식어를 붙인다. 이런 민족에서는 젊은이가 득세한다. 반면 수염이 길고 경력이 뛰어난 사람에게 '난사람'을 붙이는 민족에서는 나이 지긋한 사람이 득세한다. 그리고 어떤 민족에서는 부인 숫자를 가지고 결정하며 심지어는 밥 먹는 양에 따라 결정하는 민족도 있다고 한다. 그런데 나는 불행하게도 이 부분에 대해서는 그다지 조예가 깊지 않다.

원세개와 동등한 등급에 올릴 정치적인 난사람은 대통령이나 총리나 국왕과 같은 권력을 가진 사람들이다. 그러나 이들이 '난사람'이 될 수 있는 근거는 서로 다르다. 법률과 유권자가 부여하는 미국 대통령의 권위는 '법'으로부터 나온다. 중국 지도자의 권위는 일반적으로 '법'이 아닌 '세력'(경력)에서 나오고 '권력'에서 나오고 개인의 정치적인 능력과 조직 능력이라고 할 수 있는 '술수'에서 나온다.

잘난 아버지, 잘난 남편, 잘난 엄마로부터 나오는 경우도 물론 있다. 그러나 고위직 '난사람'이 가지고 있는 절대적인 권위는 보통 '권력'과 '세력'과 '술수'의 결합물이다.

일반적인 '난사람' 또한 그 근거가 각기 다르다. '갑부'(闊人)를 예로 들어 보자. 서양에서 갑부는 전적으로 돈으로 만들어진다. 일단 돈만 많으면 '갑부'도 되고 '유명인'도 되며 수많은 '수완가'(能人)를 거느리고 부릴 수 있는 '최고 유명인'(大名人)이 될 수도 있다. 말하자면 '난사람'은 돈으로 '수완가'를 사서, '수완가'를 거느리고 부린다는 말이다. 그러나 중국의 '갑부'는 영 딴판이다. 이들이 갑부가 될 수 있었던 근거는 전적으로 권력이다. 일단 권력이 커지면 '갑부'도 '유명인'도 될 수 있다. 수많은 '수완가'들을 거느리고 부릴 수 있는 '최고 유명인'이 될 수도 있다. 그렇다고 자신이 반드시 공인된 수완가가 될 수 있다는 말은 아니다. 중국의 유명한 '갑부'들은 동시에 모두 유명한 바보 멍청이였다. 개혁개방 이후 십여 년 동안 중국에는 확실히 많은 변화가 있었다. 개혁개방을 틈타서 돈으로 떼부자가 된 '난사람'들이 등장한 것이다. 이들은 관직 없이도 자가용차를 타고 양옥집에 살면서 '유명인'을 거느리고 '수완가'를 이용하기에 충분한 '난사람'들이었다.

'난사람'이 난사람이 될 수 있는 근거도 서로 다르지만 정신적 기질의 차이 또한 무척이나 크다. 예를 들어 항우項羽와 유방劉邦은 둘 다 '난사람'이었으되 항우에게는 귀족적인 기질이, 유방에게는 무뢰배적인 기질이 다분했다. 이들 둘이 천하를 다툴 때의 일이다. 광무廣武라는 곳에 진을 치고 서로 수개월을 대치하고 있을 때 항우는 군량미가 떨어지자 유방의 아버지 태공太公을 포로로 잡고는 유방에게 경고했다. 만일 유방이 군사를 이끌고 물러나지 않으면 "내가 그대의 아버지를 삶아 죽이리라."(吾烹太公) 그러자 유방은 무지막지한 자나 내뱉을 법한 말로 되받았다. "내가 항우 당신과 함께 한자리에서 회왕懷王에게 명을 받으며 형제가 되기로 약속을 했으니 내 아버지이면 당신 아버지도 되오. 만약 당신 아버지를 삶아 죽이겠다면 그 고기 한 점을 나에게도 맛볼 수 있게 해 주시오."

본디 여인네 같은 심성을 지닌 항우는 유방처럼 무뢰배적인 술수를 쓸 줄 몰라 어떻게 대처할지 안절부절 했다. 유방이 황제에 등극하고 난 뒤 조신朝臣들에게 자기가 천하를 얻은 이유와 항우가 천하를 잃은 이유에 대해 물은 적이 있었다. 그러자 고기高起와 왕릉王陵이 "폐하는 거만하여 사람들을 업신여기지만 항우는 인자하여 사람들을 사랑합니다"라고 대답했다. 항우에게는 확실히 여인네의 인자함이 있었다. 이를 통해서 우리는 '정말 잘난 사람'(大猛人)의 가슴속에도 연약한 부분은 있기 마련이어서 성미가 거칠고 급할지라도 결코 잔인하지는 않음을 알 수 있다. 유방은 천하를 통일하고 황제의 자리에까지 오를 정도의 '난사람'이었지만, 무뢰배적인 기질 속에 잔인함을 감춘 난사람이었다. 결론적으로 '난사람'에는 무뢰배 같은 건달도 있으니 이들을 맹신적으로 신봉해서는 아니 될 일이다.

만약 유방처럼 거대한 권력을 장악한 정치적 '난사람'이 포악하고 잔인한 성격의 소유자라면 정녕 공포의 대상이 됐을 것이다. 그러나 유방의 포악하고 잔인한 성격은 그다지 두드러지지는 않았다. 현대 사회에서 이러한 성격이 가장 두드러졌던 사람이 바로 히틀러이다. 히틀러와 같은 '난사람'은 일단 발광하기 시작하면 사람이기를 포기한 '맹수'로 돌변해 버린다. 제2차 세계대전 기간 동안 히틀러가 연설을 하면 신문은 "히틀러가 사자후獅子吼를 토했다"라는 표현을 즐겨 썼는데 딱 들어맞는 수식어가 아닐 수 없다. 히틀러와 그의 장군들은 정말로 끊임없이 울부짖는 맹수였다. 히틀러의 예에서 볼 수 있듯이 권력을 가진 '난사람' 집단은 자칫하면 '맹수' 집단으로 변하기 쉽다. 난사람과 맹수는 단지 종이 한 장 차이일 뿐이기 때문이다.

난사람이 맹수가 되는 것, 이는 일종의 변환 형식이기 때문에 전혀 다른 쪽으로 변환될 수도 있다. 즉 한층 더 '난사람'다워지는 게 아니라 아둔해지는 쪽으로 변하여 바보 멍청이가 되는 것이다. 노신이 원세개라는 난사람을 평하면서 "사실 그는 본래 뛰어난 사람으로 결코 아둔하지 않았다. 뒤에 가서 '뛰어남'(猛)이 '아둔함'으로 바뀐 것"이라고 했다. 원세개가 아둔해진 까닭은 수많은 사람들에 의해서 그 주위가 봉쇄당했기 때문이다. 노신은 「구사잡감」에서 이렇게 적고 있다.

> 누구든지 일단 난사람이 되고 나면 그 '뛰어남'이 크든 작든 간에 주위에는 늘상 사람들이 물 한 방울 새어 나갈 틈도 없이 에워싸기 마련이다. 그 결과 난사람은 내적으로 서서히 아둔하고 어리석어져서 마침내는 허수아비같이 되어 버린다. 외적으로 보이는 모습은 난사람의 진면목이 아니요 포위한 사람들에 의해 왜곡되어 나타난 환영에 불과하다.

난사람은 포위되고 나면 자신이 신임하는 측근들의 참모습은 물론, 자신이 통치하는 세계의 참모습도 알 길이 없다. 우리에게 보이는 '난사람'의 측근들은 터무니없이 교만방자하다. 반면 난사람 앞에서의 그들의 모습은 영 딴판이다. 난사람의 눈에 그들은, 아뢸 때는 황송한 듯 떠듬거리고 이야기를 나눌 때는 부끄러운 듯 얼굴을 붉히는 연약하고 온순한 사람들이다.

자신이 다스리는 세계가 형편없이 무너지고 곳곳에 재앙이 닥쳐와도 전혀 알 길이 없는 난사람은 정치가 무척이나 잘되어 가는 줄로 착각한다. 원세개가 황제로 있을 당시 원세개가 신문을 보려고 하면 주위에서 그를 포위한 최측근들이 그만을 위하여 특별히 인쇄된 신문을 갖다 바치곤 했다. 신문을 다 읽은 원세개는 "백성들이 전부 자신을 황제로 추대하기를 원하고 여론이 전부 찬성하는 줄"로만 알았다. 이에 대해 노신은 "채송파蔡松坡의 운남기의雲南起義[1]가 일어나자 그제서야 '아야' 하며 한 차례 비명을 지르더니, 계속해서 20여 차례나 두들겨 맞는데도 전혀 눈치 채지 못했다"라고 말했다. 그리고는 머잖아 염라대왕을 만나러 가는 신세가 되었다.

노신은 이러한 현상을 파헤쳐 보고자 「포위신론包圍新論」이라는 글을 구상한 적이 있었다. 그는 "먼저 포위 방법을 서술한 다음 중국이 영원히 낙후된 길을 걸을 수밖에 없는 원인이 이런 포위에 있음을 논하려 했다. 난사람은 흥망의 기복이 있어도 포위꾼들은 늘 그 자리에 존재하기 때문이다. 그 다음으로 난사람들이 이러한 포위에서 벗어날 수만 있다면 중국은 그 자체만으로도 반 이상은 구원받는 셈임을 주지시키고, 결말 부분으로는 포위를 벗어날 수 있는 방법을 쓰려 했다. 그런데 포위를 벗어날 수 있는 좋은 방법이 떠오르지 않아 글쓰기를 포기했다"고 털어놓았다.

노신은 '포위에서 벗어날 수 있는 좋은 방법'이 생각나지 않은 게 아니었다. 막상 글을 쓰려니 이만저만 큰일이 아니었다. 이는 기술상의 세부적인 문제가 아니라 사회 제도적으로 예전부터 답습돼 온 문제들이 너무 많이 산적하여 문인 한 사람이 명쾌하게 집어내기에는 상당히 힘든 작업이었던 까닭이다. 그렇다 해도 그는 이런 현상을 갈파하고, 이런 현상이 깊이 연구할 만한 가치가 있는 흥미로운 현상임을 주지시켰다. 특히 골치 아프게도 이런 현상이 왜 중국에서만 끊임없이 되풀이되고 있는가를 곰곰이 생각하게 만들었다.

원세개와 같은 거대한 권력을 가진 정치적으로 난사람이 멍청이가 되기는 한순간의 일이다. 뿐만 아니라 일반적인 난사람 또한 그럴 가능성이 충분하다. 사람이 난사람이 되면 자연 귀에 듣기 좋은 말만 많이 들려오기 마련이다. 이럴 때 그를 둘러싸고 있는 사람들이 진정한 친구가 아닐 경우에는 쉽사리 착각에 빠져 자신을 대단한 사람으로 잘못 인식한 나머지 아주 손쉽게 멍청이가 되고 만다. 작가나 시인들 중에서도 자신을 제대로 인식하지 못하고 지나치게 과대평가하는 이들을 더러 보게 되는데 이 역시 그들을 에워싸고 있는 비평가들 탓이다. 시인이나 작가들의 머리 구조는 본래가 '부풀어 오르기' 쉽게 되어 있다. 그런데다 자신을 에워싸고 있는 사람들의 갈채라도 받게 되면 팽창하다 못해 찢어지는 일도 있다. 이런 연유로, 기실 난사람들은 항상 위험 속에 있다. 그것이 위험스러운 이유는 자신의 명예와 지위와 금전과 권력으로 말미암아 외부와 격리된 가공의 비현실적 세계 속에서 생활하기 때문이다.

포위론包圍論을 말할 때, 포위하는 사람에게 모든 죄를 덮어 씌워서는 안 될 일이다. 오히려 포위된 채 살아가는 난사람들이 자신의 주제도 파악 못하고, 자기 아닌 다른 사람도 세상을 제대로 볼 수 있다는 사실조차 깨닫지 못하는 데 죄가 있다 해야 할 것이다. 어쨌든 '맹猛'에서 '불맹不猛'으로, 마침내는 '멍청이'로 변하는 데 있어서 가장 중요한 건 자기 자신이다. 만약 자신의 정신 세계가 뛰어나게 건강하다면 포위꾼들의 그 어떠한 짓에도 변형되지 않을 터이기 때문이다. 아인슈타인은 죽는 순간까지도 그를 둘러싼 포위꾼들에게 우롱당하지 않았다. 우롱당할 수 있다는 것은 난사람 자신의 내면적 세계에 탁월하지 못한 어떤 면 내지는 상당히 어두운 어떤 면이 있음을 말해 주는 방증이다.

난사람이 자아를 제대로 인식하기란 일반인들보다 한층 어려운 모양이다. 특히나 '맹'이 지닌 유한성이나 가변성을 이해하기는 더더욱 어려운가 보다. 한 정치인이 중년 시절에는 뛰어난 능력과 사회에 대한 높은 통찰력으로 난사람 축에 들었다고 하자. 그러다 80이 넘은 노인네가 되어 두 다리에 힘이 빠져 대문 밖 출입도 힘들어지고 사회를 이해할 능력도 사라지게 되면 그의 '맹'도 자연스럽게 사라진다. 그럼에도 여전히 자신이 이 세계를 모조리 파악하고 있으며 무엇이든지 다 알고 있다고 생각한 나머지 독단적으로 결정하고 처리하려 한다면 이는 바로 '난사람'(猛人)이 '망녕든 사람'(妄人)으로 가는 지름길이다. 그러므로 때가 되면 난사람은 자신을 제대로 파악하여 세상 사람들에게 쇠락의 인상을 남겨 주지 않고 물러나는 일이 매우 중요하다. 그러나 스스로를 제대로 알 수 있는 지혜와 자신을 잘 다스릴 수 있는 힘을 지닌 난사람이 얼마나 되겠는가?

'난사람' 노릇을 하기란 확실히 힘든 일이다. 외국에 온 이후로 나는 텔레비전을 볼 때마다 이런 생각을 더욱 자주 하게 된다. 언론 매체가 난사람들에게 활동 공간을 제공하는 현대 사회에서는 또한 그로 인해 골치 아픈 일도 많다. 현대 사회에서 정치적으로 난사람들, 가령 대통령이나 총리 등은 독립적 언론 매체가 얼마나 두려운 상대인지 잘 알고 있다. 이들은 텔레비전 등의 매체를 통해 만들어지는 자신의 대중적 이미지에 극도로 신경을 쏟는다. 그리고 이들은 그 이미지를 가지고 유권자에게 접근해서 표를 얻는다.

설령 텔레비전 브라운관에 '복제'된 이미지가 자신의 참 이미지가 아닐지라도, 텔레비전 브라운관이 이들에게 가하는 제약은 엄청난 것이다. 텔레비전은 이들 난사람들이 지나치게 '흉악'(凶猛)해지거나 함부로 비리를 저지를 수 없도록 제어하는 역할을 담당한다. 어찌됐든 난사람은 자신의 대중적 이미지가 흉악하고 건달처럼 비춰지기를 원하지 않기에 늘 이 점에 신경을 곤두세운다. 항상 대중들과 함께 하는 난사람들로서는 도덕성과 말투, 태도와 도량, 정치적인 지혜와 지식 수준 등을 놓고 시시때때로 유권자의 감독과 비판을 받을 수밖에 없다. 이렇듯 난사람이 그 자리를 감당하기란 대단히 힘든 노릇이 아닐 수 없다. 현대 서양에서 정치적으로 난사람들이 제 발로 그토록 번다한 일을 찾아서 하는 걸 보면 중국에서 정치적으로 난사람들보다 덜 똑똑한가 보다.

중국의 최고위급 정치적 난사람들은 서양의 그들과는 반대로 자신의 모습을 공공연히 드러내기를 매우 꺼린다. 그들은 집 안 깊숙이 틀어박혀 좀처럼 모습을 드러내지 않는다. 그 바로 밑의 고위급 난사람들의 경우에는 텔레비전 등의 방송 매체에 얼굴을 내밀기는 한다. 그러나 언론 매체란 것도 따지고 보면 그들이 장악하고 있는 도구에 지나지 않아서, 좋은 모습 좋은 이미지로 나올 수 있도록 이 도구들이 '알아서' 포장하고, 좋지 않은 모습이나 이미지는 '알아서' 삭제해 버린다. 그런 점에서 이들은 서양의 난사람들처럼 언론 매체에 괜히 힘을 쏟을 필요가 없다. 그러니 난사람의 입장에서는 매체들이 독립하지 않는 게 낫다. 독립을 못해야 난사람들은 더욱 '맹'해질 수 있고 이러쿵저러쿵 떠들어 대는 사람이 세상에서 없어질 터이기 때문이다.

맹수나 멍청이가 난사람의 필연적 종말은 결코 아니다. 탁월한 정치가나 군사가, 사상가나 문학가들 중에는 인생과 사업 모든 분야에서 눈부신 업적을 남긴 이들이 허다하다. 그들을 '유명인'이라 하면 '명불허전名不虛傳'(이름값에 걸맞다)이요, '갑부'라 하면 '활이불속闊而不俗'(부자이면서도 속물스럽지 않다)이요, '수완가'라 하면 '능이불교能而不驕'(뛰어난 능력을 지녔어도 교만하지 않다)일 것이다. 세계는 여전히 이러한 난사람들을 원한다. 이런 난사람들이 없다면 세계는 얼마나 무미건조한 세상이 될까?

---

1) 민국 4년인 서기 1915년에 원세개의 복벽 운동이 벌어지자 蔡鍔 등이 운남에 잠입, 당계요唐繼堯 등과 공모하여 거사를 일으키고 황제 제도를 취소할 것을 요구하였다. 독립을 선포하고 호국군을 조직하여 출병했으나 원세개의 군대에게 패했다. 그러나 서남의 여러 성에서 향응하여 출병하자 원세개는 황제 제도를 철회하였다.

8 말인 · 末人

'말인'(末人)의 개념은 원래 니체(Nietzshe)의 '초인'에 대응하는 개념으로 사용되었다. 니체는 진화의 긴 사슬 가운데 인류의 어떤 부류가 일반인들에 비해 한층 고차원적으로 진화하여 비범한 지혜와 힘을 가진 사람들이 생겨났는데 이들이 바로 '초인'이라고 했다. 반면 일반인들보다 하급으로 퇴화하여 위축되고 창조력이라고는 거의 찾아볼 수 없는 보잘것없는 인간들도 생겨났는데 이들이 바로 '말인'이라고 했다.

현대 중국어에서 '말인'의 개념은 아마도 노신이 만들어 냈을 것이다. 노신이 번역한 『짜라투스트라는 이렇게 말했다』의 서문 제5절 번역문을 보면 "'나는 행복을 발견했다'라고 '말인'이 눈을 깜박거리며 말했다. 그들은 그곳을 떠나서는 아마도 생활하기 힘들 것이다. 왜냐하면 사람이란 어느 정도의 온기가 필요하기 때문이다"라는 구절이 나온다. 노신의 저작에서 '말인'의 개념은 수차례 등장한다. 중국 청소년들의 자질에 대해서 우려를 나타낼 때에도, 그는 중국의 청소년들이 극도로 열악한 인문 환경 속에서 마침내는 사람의 모습이 말끔히 제거되어 버린 '말인'으로 전락할까 봐 자못 걱정이 컸다. 그는 『회풍월담淮風月談』의 「귀머거리여서 벙어리가 된다」(由聾而啞)라는 잡문에서 다음과 같이 적고 있다.

> 청소년들에게 짐승 사료를 먹이면 절대 건강하게 자랄 수 없다. 따라서 장래의 성과는 더욱 더 작아질 수밖에 없다. 그렇게 계속 하다 보면 니체가 말한 '말인'도 만나 볼 수 있을 것이다.

만약 노신이 아니었다면 현대 중국어에서 '말인'의 개념은 등장하지 않았을 법하다. '말인'은 독일어로는 'der letzt Mensch', 영어로는 'the last men'이다. 이 말을 그대로 직역하면 '최후의 사람' 정도의 의미이다. 요 몇 년 전에 나는 진고응陳鼓應 선생이 쓴 『비극의 철학자 니체』를 읽었는데, 진 선생은 『짜라투스트라는 이렇게 말했다』의 서문을 중역重譯하면서 '최후의 사람'(最後的人)이라는 말을 썼다. 그러나 이 '최후의 사람'이라는 말은 원문의 의미를 정확하게 반영하지 못한다. '최후의 사람'이 '초인'의 대응어가 되기에는 부족할 뿐더러 원문이 담고 있는 특수한 의미를 포괄하기에는 무리가 있기 때문이다.

나는 '말인'이라는 단어가 니체가 말하고자 했던 원래의 의미에서 벗어나지 않는다고 확신한다. 니체는 이 책의 서문에서 이상적인 인간 짜라투스트라(니체의 인격적 화신)를 통해서 신의 죽음과 '초인'의 탄생을 선포함과 아울러 자신이 가장 멸시하는 인간이 '말인'임을 선언하였다. 그는 자신이 하고 있는 일이 쇠귀에 경 읽기와 같은 짓이라고 스스로를 조롱하면서, 군중들에게 "나는 가장 멸시받아

마땅한 것을 여러분들에게 알려 주려 합니다. 그것은 바로 '말인'입니다"라고 말했다. 그는 '말인'을 다음과 같이 묘사하고 있다.

> 뭐가 사랑인가? 뭐가 창조이며 뭐가 희망인가? 그리고 뭐가 별인가? '말인'은 실눈을 게슴츠레 뜨면서 이렇게 물었다. 지구는 작아지고 말인은 지구 위에서 이리저리 뛰어놀았다. 그는 이 세상 만물도 죄다 작아지게 만들 것이다. 그의 인종은 벼룩처럼 번식하여 끊이지 않을 것이다. 말인은 이 세상에서 가장 오랫동안 뛰어놀 것이다. "우리는 이미 행복을 발견했다."……말인은 이렇게 말하며 눈을 껌벅거렸다.

니체가 말하는 '말인'은 무엇이 사랑이고 무엇이 창조인지, 무엇이 희망이고 무엇이 별인지도 모르는 사람이다. 이들은 위대함을 추구하는 사람들과는 반대쪽에 있으면서 작은 것에 만족하고 앎이 없는 사람들이다. 니체는 엄청난 힘을 가지고 투쟁을 해야만 행복을 얻을 수 있으며 안온함 속에 빠진 행복은 진정한 행복이 아니라고 생각했다. 위대함을 추구하는 정신과 개인의 행복을 추구하는 정신을 절대적인 대립 관계로 인식하는 그의 사상이 과연 타당한 것인가의 여부는 아직도 논쟁의 여지가 있다. 여기서의 '말인'은 '인간 진화의 미완성'이라는 니체의 개념뿐 아니라 노신이 번역을 통하여 부여한 모종의 특수한 의미까지도 포함하는 개념이다. '말인'은 개인의 행복만을 추구할 뿐 위대함 따위에는 일절 관심이 없는 사람이 아니라, 정신적인 부분이 밑바닥까지 퇴화한 나머지 정신 세계가 거의 고갈되다시피 한 사람을 가리킨다.

중국에서는 '말인'의 개념이 고대부터 많은 작품 속에 등장한다. 『수호전水滸傳』의 무대武大나 『홍루몽』의 '바보 언니'(傻大姐) 등이 그들이다. 떡을 팔러 다니는 무대가 맨손으로 호랑이를 때려잡은 영웅 무송武松의 형이라는 사실은 익히 알고 있을 것이다. 재미있는 것은 이들 형제가 한 사람은 '초인'에 비길 만한 용맹성을 가진 반면, 다른 한 사람은 난쟁이처럼 왜소한 '말인'이라는 점이다. 『수호전』의 작자는 이들 형제를 다음과 같이 소개하고 있다.

> 독자 여러분! 제가 듣자하니 무대와 무송은 한 어머니의 뱃속에서 나온 형제들입니다. 무송은 신장이 8척이나 되며 위풍당당하고 온몸이 차돌처럼 단단하여 그 힘이 얼마나 센지 짐작도 못할 정도입니다. 그렇지 않았다면 어찌 그 무지막지한 호랑이를 맨손으로 때려잡을 수 있었겠습니까? 그런데 무대는 5척도 안 되는 키에 얼굴은 구역질 날 정도로 못생겼고 머리도 약간 모자랐습니다. 청하현清河縣 사람들이 그의 생김새를 보고 '삼촌정곡수피三寸丁穀樹皮'라는 별명을 붙였습니다.

무대는 누가 보아도 정신적으로나 육체적으로 문제가 있는 사람이다. 청하현의 대부호가 반금련潘金蓮에게 앙심을 품은 나머지 키 작고 왜소한데다 '풍류'에는 전혀 깜깜인 무대 같은 사람에게 시집을 보낸 것은 특이하고 잔혹하기 그지없는 벌이었다. 그러나 무대는 지극히 선량한 사람이다. 『수호전』에서도 그를 "나쁜 것은 하나도 없는 사람"이라고 기록하고 있듯이 단지 발육이 정상인에 못 미칠 뿐이었다. 그러기에 아무 죄 없는 이 같은 사람을 박해하거나 괴롭히는 일은 일종의 죄악이라고 할 수 있다.

'바보 언니'에 관해서 나는 「나는 '바보 언니'를 제일 좋아해요」라는 글을 통해 소개한 바 있다. 그녀는 무대와 마찬가지로 아무 죄도 없는 여인이다. 그저 무지하고 정신적으로나 지적으로 발육이 정상인에 미치지 못할 따름이다. 그녀는 덩치는 컸지만 내적인 정신 세계는 텅 빈 여인이었다. 대관원大觀園에서 노닐다가 남녀가 교접하는 장면이 수놓인 향주머니를 주웠어도 '춘정春情'이 무언지조차 모르는 그녀였다. 주머니를 가지고 이리저리 생각을 해 보다가 기껏 요정妖精 둘이서 장난치고 있다는 생각밖에 못한다. 니체가 지적한 "뭐가 사랑인지"조차도 모르는 현상을 보여 주는 대목이다. 이런 사람은 타인과 다투지도 않고 타인에게 피해도 주지 않으면서 살아간다. 이 세상 어떤 것도 이해하지 못한 채, 어떠한 지식도 어떠한 희망도 없이 그렇게 살아간다.

이런 종류의 '말인'은 '군자'와 '소인'이라는 전통적 구분 방식으로 보자면 '소인'에도 해당되지 않는다. '소인'은 생리적이거나 지적인 면에서는 일반 사람과 동일하지만 품격이 떨어지고 인격이 보잘것없는 사람들이다. 그들의 영혼은 살아 숨쉬지 않는 게 아니라 그저 지저분할 뿐이다. 그러나 '말인'은 대부분 우매하면서 선량하다. 그들에게는 천박한 짓을 할 만한 능력이 없다. 인격이라고 할 만한 것도 없을 뿐더러 심지어는 언급할 만한 성격조차도 가지고 있지 않다.

1920년대에 노신은 중국의 시골에 이러한 말인들이 대거 서식하고 있는 사실을 발견했다. 그의 고향조차도 반은 정상인이고 반은 말인으로 이루어진 세계였다. 그의 작품 속에 나오는 윤토, 상림댁, 화로전 부자, 왕호, 소D(小D) 등은 죄다 정신적으로 멍청하면서 사고가 마비된 사람들이다. 아무 생각 없이 하루하루를 살아가면서 불알에서 요령 소리 나도록 바쁘게 움직인다. 뭐가 별이고 뭐가 창조이고 뭐가 희망인지 그리고 뭐가 사랑인지도 모른다. 그들은 단지 살아야 한다는 것만 알고 있을 뿐 왜 살아야 하는지 그리고 어떻게 살아야 하는지도 모른다.

이들 외에, 삼척동자도 알 법한 유명한 아Q가 있다. 아Q에게는 어느 정도의 교활함은 있었지만 사실은 그 또한 말인에 불과하다. 그는 생존을 위한 생리적인 기능 말고는 아무것도 모른다. 사상도 없고 정신적인 생활도 없으며 정감어린 생활도 없고 기억도 없고 희망도 없다. 무엇이 별인지도 모르고 심지어는 무엇이 중국이고 무엇이 자기인지조차도 모른다. 성도 이름도 제대로 모른다. 사형을 받으려고 끌려나와 서명을 할 때에, 그는 동그라미조차 동그랗게 그리지 못했다.

그는 삶에 대해서도 아무런 생각이 없고 죽음에 대해서도 아무런 생각이 없다. 굴욕에 대해서, 노예와 같은 삶에 대해서, 지독한 가난에 대해서, 자기에게 몰아닥친 재난에 대해서 아무런 생각이 없었다. 그의 '정신 승리법'이라는 것도 문학비평가들이 개괄해 낸 것이지, 아Q 자신은 인간에게 정신적인 어떤 것이 있다는 사실조차 의식하지 못했다. 그의 정신 승리법은 그저 일종의 쇠잔해진 정신적 본능이다. 얻어맞아 죽어 가는 짐승이 죽기 전에 몸을 한 번 꿈틀거리는 것과 같을 뿐, 전투적인 도구는 아니었다. 짐승도 도망쳐 달아날 줄 안다. 아Q처럼 조리 있게 말할 줄 모를 뿐이다. 그렇다면 아Q는 짐승과 인간 사이의 존재라고 할 수 있다. 동물계를 벗어날 만큼은 진화했지만 아직 진정한 인간의 세계로는 진입하지 못한 그런 존재……. 아Q에게도 물론 '정신적'이라 할 만한 것이 있기는 있었다. 그러나 그가 가진 '정신적'인 것은 기형적이고 바싹 말라 비틀어져서 형체조차 알아볼 수 없는 것이다. 아Q와 같은 사람들은 중국의 탄생부터 지금까지 중국의 광대한 농촌마을에 보편적으로 존재하고 있다.

나는 일찍이 한소공韓少公의 『아빠아빠아빠』(爸爸爸)라는 작품을 추천한 적이 있다. 한소공이 그의 소설 속에서 창조해 놓은 말인의 형상 때문이었다. 이 말인은 언뜻 사유할 줄 아는 것처럼 보인다. 그러나 그의 사유라는 게 '아빠아빠아빠'와 'X엄마' 사이를 왔다갔다할 줄만 아는, 보잘것없고 양극단적인 사유에 불과하다. 병새丙崽의 고향에는 그의 엄마로부터 이웃 사람들에 이르기까지 온통 말인들 천지다. 이들은 '닭대가리 마을'에 살고 있는데 오직 아는 건 세상에 '닭꽁지 마을'이 있다는 사실 하나다. 닭대가리 마을 사람들이 닭꽁지 마을 사람들을 밟아 버리지 못하면 이번엔 닭꽁지 마을 사람들이 닭대가리 마을 사람들을 밟아 버리므로, 언제나 너 죽고 나 살자는 식이다. 이것 말고 이들이 알고 있는 것은 아무것도 없다.

이예李鋭의 소설 『후토厚土』를 다시 읽어 본다면 지금의 산서山西 고원에, 정신적으로는 이미 고사枯死 상태인 채 오직 끼닛거리를 찾아 헤맬 줄밖에 모르는 가련한 사람들이 도처에 널려있다는 사실을 알게 될 것이다. 이들은 바로 정신과 영혼과 희망을 가난이라는 괴물에게 빼앗겨 버린 우리들의 동포이다. 니체가 말했듯이 얼마간의 끼닛거리만 있으면 "너무 행복하고 너무 따스하다"고 느끼는 사람들이다.

노신은 '말인'을 니체처럼 극단적으로 '멸시'하는 대신 동정어린 눈으로 바라보았다. 그는 말인들의 상태 즉 정신적인 장애와 영혼의 고갈을 동시대의 작가나 사상가들보다 한층 깊이 들여다보았다. 그리고 영혼이 메말라 버린 말인들이 들끓는 시골 마을에서 이러한 증상이 이미 어린아이들에게까지 전염되어 있다는 사실도 간파했다.

노신이 5·4운동 시기에 쓴 「사진의 종류를 논한다」(論照相之類)라는 글에서 그는 중국 어린이들의 사진과 다른 나라 어린이들의 사진을 비교 분석한 적이 있다. 그는 중국 어린이들의 사진에서는 살아 있는 생동감은 전혀 없이 바보스럽고 죽은 듯 경직된 모습만 보인다며 크게 개탄하였다. 1933년 노신은 「중국의 어린이」(中國的兒童)라는 글을 발표했는데, 여기에서 당시의 어린이를 소재로 한 그림에 대해 다음과 같이 비판하였다.

> 그림 속에 등장하는 어린이들은 거칠거나 바보 같은 모습이 대부분이다. 심지어는 떠돌이 건달이나 조잡하기 짝이 없는 연극 속에 등장하는 개구쟁이 같은 모습도 보인다. 그렇지 않으면 고개를 떨구고 꼽추처럼 등을 구부리고 눈꼬리가 축 처진 순둥이 형상의 소위 '착한 어린이'의 모습이다……다른 나라 어린이 그림을 살펴보면 영국의 어린이들은 침착하고 독일의 어린이들은 호쾌한 인상을 주며 러시아의 어린이들은 웅혼한 느낌을 주고 프랑스의 어린이들은 예쁘고, 일본의 어린이들은 똑똑한 느낌을 준다. 이들 나라의 어린이 모습 속에서 중국의 경우처럼 무기력한 애늙은이 같은 느낌은 전혀 찾아볼 수가 없다.

노신은 "서양 것만을 숭상하고 외세에 아부하려는 것"이 아니라고 하였다. 그는 자신의 민족을 걱정한 것이다. 그는 "어린이의 모습이 바로 중국의 미래를 알 수 있는 운명"이라고 확신하고 있었다. 어린이 그림에 등장하는 어린이들의 모습이 모두 '말인'의 형상이라면 이런 민족의 멸망은 명약관화한 사실이다. '말인'과 '말인' 모습을 한 어린이들을 대량으로 만들어 낸 사회에서, 이들 '말인'과 장차 '말인'이 될 어린이들만을 책망할 수는 없는 노릇임을 노신은 누구보다 잘 알고 있었다. 먼저 그렇게 만들어 놓은 사회, 그 중에서도 특히 사회 교육에 대한 질책이 앞서야 한다는 사실도 잘 알고 있었다. 사회적으로 정신적 양식이 결핍되어 있으니 어린이들의 정신적 영양이 부족한 것은 당연한 일이다. 노신의 "어린이를 구하자"는 외침은 정신적 빈곤과 영적 고사 상태로부터 어린이들을 구해 내자는 의미를 담고 있다.

그는 「귀머거리여서 벙어리가 된다」에서 중국의 청소년들은 정신적 양식이 크게 부족하고 보잘것없는 탓에 정신적 영양실조에 걸려 있다며 통탄을 금치 못하였다. 그는 귀머거리로 말미암아 벙어리가 되듯 어린이들도 정신적인 귀머거리와 함께 벙어리가 되어 버렸다고 하였다. 이와 같은 현상이 지속된다면 중국 민족의 정신 문명은 순식간에 퇴화할 수밖에 없으며 중국 인종 또한 동반 퇴화할 수밖에 없게 된다. 이러한 상황 하에서 "어린이들을 구할 수 있는" 방법 중 하나가 바로 "외국의 사조를 보다 많이 소개하고 세계적인 명작을 더 많이 번역하여" 어린이들에게 영양가 높은 정신적 양식을 공급해 주는 일이었다. 그러나 그의 이러한 호소는 늘 이런저런 비난과 공격에 맞닥뜨리곤 하였다. 그는 이를 도저히 참을 수 없었다.

> 이들이 청년들의 귀를 틀어막고 있다. 그래서 청년들은 귀머거리가 되고 벙어리가 되어 정신적으로 황폐해진 나머지 마침내는 '말인'이 되어 말초적인 포르노에만 탐닉할 줄 알게 된다. 수많은 작가와 번역자들의 충정어린 노력에도 불구하고 이제는 더 이상 늦춰서는 안 될 시점에

이르고 말았다. 청소년들에게 절실하게 필요한 정신적인 양식을 사력을 다해 운반해서 청소년들 주위에 풀어 놓아야 한다. 그리고 '벙어리 제조자'들을 감옥이나 지옥의 암흑 동굴로 보내 버려야 한다.

노신의 「귀머거리여서 벙어리가 된다」라는 작품은 또 하나의 이치를 설명해 준다. 그것은 말인의 탄생이 전적으로 영양 부족 특히 정신적 양식의 부족에 기인하며, 한 사람의 정신적 육체적 풍모는 그가 받아들인 것과 불가분의 관계에 있다는 점이다. 사실 이러한 이치는 그렇게 심오하지도 않을 뿐더러 더 이상의 증명이 필요하지도 않다. 나는 그의 이 글을 생각할 때마다 백조라는 새가 떠오른다. 백조의 아름다움에 대해서는 누구도 이의를 달지 않는다. 그런데 백조가 아름다워질 수 있는 이유는 백조가 일상적으로 먹는 좋은 먹이와 관계가 있다.

공자도 "식불염정食不厭精"(좋은 음식은 싫어하지 않는다)이라 했다. 정신적인 양식을 지칭한 것이라면 나무랄 데 없는 말이다. 백조가 먹는 것은 바로 극도로 '정미精美'한 '의이薏苡'(율무쌀)로써 남방에서는 '이인미苡仁米'라고 한다. 백조가 가려 먹는 대자연의 정화精華와 백조의 품위와의 상관 관계를 읊은 문장이 『포봉문초布封文抄』라는 책에 들어 있다. 정판교鄭板橋[1])의 도정시道情詩[2])에 나오는 "남방에서 온 이인미를 공연히 비방했구려, 일곱 척이나 되는 산호가 절로 보잘것없어지는 것을"이라는 구절만 보아도 이인미가 얼마나 귀중한지 알 수 있다. 이인미는 그 맛이 약간 쓰지만 영양가는 만점이다. 그래서 한의학에서도 이인미를 처방해서 비장과 폐를 보하기도 하고 관절염, 수종증水腫症, 각기병, 위장병, 간장병 등에 처방한다. 천

지음양의 조화의 신비가 종종 이러한 아주 미세한 것들 속에 남모르게 들어 있나 보다.

백조가 군계일학의 아름다움을 지닐 수 있는 연유는 대자연의 정화를 알아보고 먹을 수 있는 천성을 가지고 태어난 까닭이다. 이 얼마나 감탄할 만한 일인가? 조류 세계에서 백조가 차지하는 위치는 인간 세계에서의 '초인'의 그것과 맞먹는다. 그리고 인류의 '말인'은 조류의 까마귀와 같다. 까마귀가 먹는 것은 거의가 구더기나 쥐 따위의 지상에 존재하는 찌꺼기들이다. 죽은 사람의 살점만 먹고사는 대머리독수리는 그 생김새가 더더욱 가증스럽다. 이 대머리독수리는 인류의 사납기 그지없는 잔학한 무리에 비길 수 있다. 이들이 받아들이는 것은 야수野獸의 문화이며 이들이 만들어 내는 것도 야수의 문화일 뿐이다.

노신은 '벙어리를 만들어 내는 사람들'이 분명코 이 사회에 존재한다고 확신한다. '벙어리를 만들어 내는 사람들'이 바로 말인을 만들어 내는 사람들이라고 생각하는 나 역시 노신의 의견에 전적으로 공감한다. 인류 사회는 위대한 천재를 만들어 낼 수도 있지만 동시에 지극히 보잘것없는 말인을 만들어 낼 수도 있으며 제조 방법 또한 매우 다양하다. 한 아이를 학교에 보냈는데 그 아이가 섭취할 수 있는 정신적 양식이라는 것이 기껏해야 거짓말, 판에 박힌 상투적인 말, 뻥치는 소리, 허튼소리뿐이라면 이 아이는 과연 어떤 폐품이 되어서 나올 것인가?

노신의 위의 글은 '벙어리를 만들어 내는 사람들'을 질타함과 동시에 말인을 만들어 내는 사람들을 겨냥하고 있다. 이들은 대체로 큰소리 잘 치고 폼 잡기를 좋아한다. 그래서 자칭 혁명가라는 둥 애국자라는 둥 혹은 청소년 선도자라는 둥 하며 허풍을 떨곤 하지만 본디 정신적으로는 가난하기 이를 데 없는 사람들이다. 이들은 그저 목청만 높일 줄 알았지 머릿속에는 들은 게 아무것도 없는 '새장 속에 갇혀 사는 사람'(籠中人)이 아니면 '틀에 박힌 인간'이기 십상이다. 그러면서도 각양각색의 혁명적 명분 하에 새로운 지식을 거부한 채 신新말인을 만들어 내고 있다. 노신이 극도로 미워했던 자들이 바로 이와 같은 말인 제조자들이었다. 그가 이들을 감옥으로 보내거나 지옥의 어두운 동굴로 보내 버려야 한다고 잘라 말한 이유가 여기에 있다.

애석하게도 현대 중국의 말인들은 갈수록 그 수가 늘어만 간다. 게다가 말인 제조자들도 날로 세를 더해 가고 있다. 현재 대륙에는 약 2억 5천만 명가량이 문맹이다. 이들 문맹만 가지고도 거대한 말인 왕국을 건설할 수 있다. 만일 이러한 거대한 말인 왕국이 존재한다면 현대화된 왕국은 언제 건설할 것인가? 문맹은 아니어도, 학교 교육을 받은 사람들조차 전혀 사고할 줄 모르고 남의 말만 잘 듣도록 교육받았으니 말이다.

문화대혁명 기간 동안에 사람들은 '입을 모으는'(門合) '학습'을 받았다. 그 중에 가장 기억에 남는 것이 "너도나도 모주석을 생각하고 너도나도 모주석을 따르고 너도나도 모주석을 위하자"는 구호였다. 이는 곧 너도나도 자신의 두뇌와 영혼을 가지지 말자는 말과 진배없다. 이런 종류의 '학습'이 바로 '말인'을 만들어 내는 지름길이 아니고 무엇이랴?

뇌봉雷鋒[3])을 본받아 배우자는 구호도 마찬가지다. 임표林彪[4])가 뇌봉을 정의한 내용에 따르면 학습의 목적은 바로 말 잘 듣는 좋은 전사(戰士)를 만들어 내는 데 있다. 이는 나의 일체를 다른 사람의 정신세계에 묶어 놓는 것과 같다. 그렇게 되면 구호가 아무리 비장한들 끝내는 지식적인 면에서나 인격적인 면에서 공히 메말라 비틀어져 죽어갈 게 뻔하다. 이는 곧 정신적으로 아무 특색도 없는 말인을 만들어 내는 행위와 다를 바 없다.

그러므로 모범적인 것을 '학습'하더라도 좋은 대상을 고르는 일이 무엇보다 중요하다. 선택한 대상 자체가 말인이든지 말인의 성질을 띠고 있어서는 곤란하다. 보다 우려되는 일은 중국 사회에서 '세속에 영합하는'(媚俗) 풍조가 날로 심화돼 간다는 점이다. 각계 각층의 지도자란 사람들이 한결같이 비판적인 말은 들으려 하지 않고 자기에게 아부하는 말이나 순종하는 말만 듣고 싶어한다.

'말인'은 지혜가 없는 대신 어느 말에나 순종한다. 힘은 없는 대신 상대방의 기분을 잘 맞춘다. 이렇게 되면 사회적으로 대량의 '바보 언니'가 세세 대대로 뒤를 이을 것이며 미래 사회는 말인이 좌지우지하는 사회가 될 것이다. 이러한 사회의 미래에 멸망의 어두운 그림자가 짙게 드리워질 것은 누가 봐도 자명한 일이다. 우리들이 한사코 말인의 대량 출현을 막아야 하는 이유가 여기에 있다. 특히 이러한 말인들이 사회의 주체가 되는 일은 철저히 막아야 한다. 이는 우리들에게 주어진 너무도 엄중한 사명이다. 정치인들뿐 아니라 교육자와 중국의 미래를 염려하는 모든 사람들이 주의를 기울여야 할 중차대한 사명이다.

---

1) 정판교로 더 잘 알려진 정섭은 그림의 개성이 너무 강하고 괴상하여, 18세기 중기에 양주지방에서 작품 활동을 한 다른 일곱 명의 화가와 더불어 양주 팔

괴 또는 양주 팔가라 불리웠다.

2) 唱 위주의 곡예로 원래는 도교의 도사들이 講唱한 도교 고사의 곡이었는데, 뒤에 일반 민간 고사를 제재로 삼아서 쓴 시도 있다.

3) 중화인민공화국 인민 영웅의 한 사람으로 1962년 8월 공무로 순직하여서 '모택동 주석의 좋은 전사(毛主席的好戰士)'라는 영예를 얻었다. 평소의 행동과 순직한 정신이 대중의 모범이 될만하다 하여서 전국적으로 '뇌봉을 본받자(學習雷鋒)'는 운동이 전개되었다.

4) 중국의 정치가이자 군인으로 한국전쟁에 중국인민지원군 총사령으로 참전하였다. 1967년 문화대혁명 속에서 江靑과 결합, 군의 힘을 동원해 권력을 탈취하였다. 1971년 9월 실각하였으며, 反모택동 쿠데타를 음모하다가 사전에 발각되어 실패로 돌아가자 가족과 함께 비행기로 탈출하여 소련으로 망명하던 중 몽골 지방에서 비행기가 추락하여 사망한 것으로 알려졌다.

9 가벼운 사람 · 輕人

서양 세계로 오기 전에 나는 인문학자로서 자연스럽게 정신적인 것과 육체적인 것의 충돌에 관심이 많았다. 밀란 쿤데라의 『참을 수 없는 존재의 가벼움』(*The Unbearable Lightness of Being*)이라는 책을 읽고서는 이번에는 '가벼움'(輕)과 '무거움'(重)의 충돌에 관심이 쏠렸다. 근 2, 3년 사이에 이 '가벼움'과 '무거움'의 모순은 내 마음속에 더욱 깊이 자리하였다. 시카고에 있을 때, 친구들과 함께 모여서 이 문제를 두고 토론한 일이 있었다. 그때 모두가 다음과 같은 정의에 동조하는 듯했다. 즉 '무거운 사람'(重人)이란 숭고하고 위대한 것과 책임 있는 행동을 추구하는 사람이며, '가벼운 사람'(輕人)이란 쾌락이나 평범한 것을 추구하든지 아니면 아무것도 추구하지 않는 사람이라는 것이었다. 한 친구는 더 간단하게 '무거운 사람'은 이상을 추구하고 '가벼운 사람'은 몽상을 추구한다고 했다.

토론을 하다 보니, 다들 중국의 지식인들은 너무 '무겁다'고 생각하는 모양이었다. 어디서든지 어깨에는 무겁디무거운 황토黃土를 걸머메고, 등에는 수천 년 전통을 둘러메며, 온종일 조국과 민족을 걱정하고, 중국과 전 세계의 고민을 한 몸에 지닌 채, 얼굴에는 가벼운 미소 한 번 지을 줄 모르고, 입으로는 시시한 유머 한 마디 할 줄 모른다는 얘기다. 이러한 인식을 바탕으로 보다 '가벼운' 생활을 통해 '무거운' 정신적 짐을 벗어 버릴 방도를 찾아야 한다는 결론에 이른 바, 우리들은 음악을 듣고 화랑을 찾으며 영화도 관람하기 시작하면서 정신적 해탈을 얻을 수 있는 길을 다방면으로 모색하였다.

나 역시 자연스럽게 '무거운 사람' 취급을 받았다. 아닌 게 아니라 나를 포함한 중국의 지식인 중 상당수가 확실히 '무거운 사람'인 것 같다. 중국의 지식인과 서양의 지식인을 비교한다면 서양의 지식인들은 '가벼운 사람'으로 분류되어야 마땅하다. 중국인에 비해 한결 단순하고 수월하게 살아가기 때문이다. 중국인들처럼 '나라를 다스리고 국가를 보위하는' 이데올로기도 없고 두고두고 읽어 가며 잊지 말아야 하는 '이론'도 없으며 무엇보다도 어마어마하게 산적된 골칫거리가 없기 때문이다. 더군다나 무겁디무거운 황토의 대지와 길고 긴 만리장성을 걸머지고 갈 일도 없다.

서양의 지식인들이 가장 사랑하는 것은 자기 자신인 듯싶다. 설령 인류와 국가와 과학과 문화를 '생각'은 한다 하더라도 그 '생각'들이 그들을 짓누르다 못해 뭉개 버리거나 일상생활에서 누려야 할 즐거움을 빼앗아 가지는 않을 것이다. 바빠서 헐떡거리고 열심히 일하느라 직업에 따른 스트레스는 있을지언정 늘상 정신적인 압박 속에서 살아가는 중국의 지식인들과는 사뭇 다르다. 이런 의미에서 서양의 지식인은 '가벼운 사람'이라 부름 직하다.

그렇다면 쿤데라의 작품 속에 등장하는 주인공 토마스(Thomas)는 '가벼운 사람'인가 '무거운 사람'인가? 이 질문에 한 마디로 딱 잘라

서 대답할 수는 없을 듯싶다. 그가 체코에 있을 때는 본디 '가벼운 사람'이었다. 한꺼번에 수많은 여인들을 사랑하고 또 수많은 여인들로부터 사랑받는 사람이었다. 잔혹한 독재 정치의 틈바구니 속에서도 그의 생활은 도리어 만족스러울 정도였다. 육체적인 측면에서만 본다면 그는 '가벼운 사람'이다. 그러나 한편으로는 정직하고 사리분별 바르고 직업에 대한 책임감도 남다른 사람이다. 그는 소련군 탱크의 그 무거운 캐터필러가 자기의 조국을 유린하고 자신의 자유를 깔아뭉개는 짓을 용납할 수 없었다. 그래서 항쟁에 뛰어들었고 시위대에 끼어들었으며 끝내는 자신의 조국을 떠날 수밖에 없었다. 정신적인 측면에서 보자면 그는 '무거운 사람'이다. 그는 외국 생활을 통해서 흡혈귀보다 더 무서운 소련제 탱크와 기관총에서 벗어났고 영혼의 무거운 짐을 벗어 던질 수 있었으며 생활의 모든 부분들이 홀가분해질 수 있었다.

그러나 사실은 그렇지만은 않았다. 어느 세상이든 권력과 이익을 좇아 돌아가는 법이다. 다른 나라 역시 또 다른 무관심과 규범이 존재한다. 거기에는 더 깊은 정치적 문화적 괴리가 존재하는 바, 서로간에 마음과 마음이 통하기가 그만큼 더 어렵기 마련이다. 그와 가족들은 늘 고독했다. 고독, 사실은 자유로운 것이다. 고독 속에서만큼은 천마天馬가 하늘을 날듯 아무런 구속 없이 자유로이 비상할 수 있다. 누구의 간섭도 받지 않고, 어느 누구도 추적하거나 미행하거나 압박하지 않는다. 고독과 압박을 비교해 보면 누가 봐도 고독이 훨씬 가볍다. 그러나 그들은 단절과 고독을 견딜 수가 없었다. 일찍이 경험한 적 없는 '가벼움'을 생명은 받아들이기 힘들었던 것이다. 그들은 '무거움'으로부터 도망가기를 포기하고 결국은 '가벼움'으로부터 도망치고 싶어했다. 독재에서 벗어나기보다는 자유로부터 도피하고 싶어했다. 끝내 그들은 그 가벼움으로 인해 고국으로 돌아올 수밖에 없었다. 이런 토마스가 '가벼운 사람'인지 아니면 '무거운 사람'인지를 결정하기란 대단히 어려운 문제다.

생명이란 원래 모순 덩어리 그 자체이다. '가벼움'도 있고 '무거움'도 있으며 가벼울 때가 있는가 하면 무거울 때도 있다. 가벼움과 무거움이 서로 맞물려 있는 것이다. 세상에는 사실 완전히 '가벼운 사람'도 완전히 '무거운 사람'도 존재할 수 없는 법이다. 육체적 향락을 일삼는 기녀들도 때로는 무겁고 굵은 눈물방울을 흘린다는 사실이 그 방증이다. 어떤 사람을 100% 완전히 '무거운 사람'이라거나 100% 완전히 '가벼운 사람'이라고 잘라 말할 수는 없다. 그 자체가 이미 말이 안 되는 소리이기 때문이다.

사람은 경우에 따라 '무거운 쪽'으로 쏠리거나 반대로 '가벼운 쪽'으로 쏠릴 때가 있다. 지나치게 무거운 경우는 인위적으로 한사코 무거움을 보태 온 탓이고, 반대로 지나치게 가벼운 경우는 인위적으로 한사코 무거움을 덜어 낸 탓이다. 둘 다 자연스러운 일도 아닐뿐더러 진실한 존재랄 수도 진실한 인생이랄 수도 없다.

그런데 중국 지식인의 경우, 그들이 지니고 있는 '무거움'에는 자연스럽다 함 직한 측면이 없잖아 있다. 자신들의 조국이 겪었던 숱한 재난과 고통은 다른 나라와 비교도 안 될 정도다. 뿐만 아니라 오랜 역사와 전통이 개개인의 마음속에 쌓아 놓은 잡다한 것들과 책임져야 할 것들 또한 너무 많다. 그러니 그들의 조국에 대한 애정은 남들보다 더 절절할 수밖에 없다. 이러한 애정은 나쁜 것이 아니니 자괴감을 느낄 필요도 없거니와 방관자들 역시 이들을 비웃을 일도 아니다. 비웃는 사람들이 언제나 고명한 사람들은 아니므로 그렇다고는 하나 중국의 지식인에게는 번번이 인위적으로 '무거운 짐'을 더 짊어지려 하고 무엇이든 '확대 해석'하려 하고 무엇이든 '근본적으로 해결'하려는 경향이 있는 것만은 확실하다.

본디 "천하의 흥망성쇠는 보통 사람에게 책임이 있다"는 관념과 자신을 동일시한다는 것은 바람직한 일이다. 그러나 이러한 관념이 일단 생기고 나면 십중팔구 온 세상의 흥망의 책임을 자기 한 몸에 집중시킨 나머지, 자신을 꽤나 대단한 인물쯤으로 착각하는 부작용을 낳기 일쑤다. 마치 자기의 말 한 마디로 국가가 부흥하고 자기가 쓴 문장 한 줄 때문에 나라가 망하며, 자기의 말 한 마디 글자 한 자가 모두 국가와 '이데올로기'의 운명을 좌우하기라도 하는 양, 매사를 심각하고 격렬하게 만들어 버린다. 이런 심각함과 격렬함은 국가의 신경 조직을 극도로 팽팽하게 긴장시켜, 도리어 민족의 생활을 지극히 무미건조하고 취약하게 만들어 버리는 결과를 가져왔다. 정반대로 나타난 이런 효과는 사람들에게 조국에서의 생활을 더욱 짜증나고 갑갑한 것으로 여기게 만들었다.

인위적으로 '무거운 짐'을 더 짊어짐으로 해서 일신상에 이러한 '발전'이 오면 자연히 성격에도 변화가 일어난다. 정신적으로 내내 결투의 줄을 팽팽하게 당긴 채, 목숨을 걸 만큼의 무겁고 견고한 보루를 구축하노라니 종내에는 신경질적으로 변하기 마련이다. 노신은 "혁명 전사가 되거나 항일 전사가 되는 것은 본래 영광스러운 일이며 자연스럽게 중책을 짊어지는 일"이라고 말한 바 있다.

그러나 전사의 생활에도 전투라는 무거운 면을 빼면 가벼운 측면도 있는 법이다. 밥 먹는 일이라든지 남녀 간의 애틋한 사랑이라든지 혹은 막간을 이용한 게임 등이 그러하다. 언제 어디서나 무거울 수만은 없는 일이다. 그러나 훗날의 혁명 전사들은 스스로를 '무겁게' 만들어 버렸다. 자신들의 일거수일투족, 말 한 마디 한 마디를 일일이 국가의 운명, 계급 투쟁, 민족의 항쟁 등과 연결시킨다. 그 결과 황당하기 짝이 없는 일이 벌어졌다. 더운 여름날 수박을 먹을 때는 수박을 먹기만 하면 된다. 더 이상의 것을 생각할 필요가 없다. 전사들은 수박을 먹으면서도 수박 껍질 무늬처럼 쪼개진 조국의 분열을 생각하고 조국 통일을 위한 항전 의지를 불사른다. 지나치게 무겁고 자연스럽지 못한 일이다.

그런데 중국의 지식인들이 종종 이런 '무거운 사람'이 되는 경우가 있다. 언제 어디서나 천하 사직을 생각하고 일거수일투족을 국가 대사와 결부시키며, 개인의 혼인과 연애마저 국가의 흥망과 관계 짓고, 당 조직의 지시를 청하고 보고를 올리면서 혁명 대업에 동참하려는 경우 말이다.

이들은 심지어 밥상 앞에서도 가벼울 수가 없다. 만두를 먹다가 배가 불러 더 이상 먹을 수 없는 지경이 되어도 억지로 먹어치워야 한다. 지구상에서 먹지 못해 고통받는 '형제'들을 생각해야 되기 때문이다. 문화대혁명 기간 동안 우리들은 해방군 전사들이 '입을 모아' 외친 "언제 어디서나 모택동 주석을 생각하고, 언제 어디서나 모택동 주석을 위하자"는 구호를 학습했다. 이 "언제 어디서나"의 무거움이란. 아침 일찍 일어나 숲 속에 가서 신선한 공기를 들이마시고 새들의 경쾌한 지저귐을 듣노라면 아무 생각도 나지 않는 게 정상이다. 그 순간에도 모택동 주석을 생각한다면 이는 무거워도 한참 무거운 일이다. 현대 중국인들에게는 생활의 모든 것이 정치화되어

오로지 정치만이 두드러진 시기가 있었다. 그러니 자연 피곤할밖에. "언제 어디서고 무조건 정치를 내밀기만 해서는 안 된다. 예를 들어 수영할 때에는 마음을 편하게 먹고 코를 내밀어야 한다. 이때도 정치를 내밀면 익사할 수밖에 없다"는 호요방胡耀邦[1]의 말이 기억난다. 중국의 지식인 중에는 20세기라는 모진 비바람 속에서 종종 자기의 코를 내미는 것을 잊어버리고 정치만 내밀다가 익사한 사람이 드물지 않다.

인위적으로 '무거운 짐'을 짊어지우다가 또 다른 '무거운 사람'을 만들어 내는 경우도 있다. 이런 '무거운' 사람들은 헤비급 격투기 선수와 같아서 다른 사람들과 싸움박질하며 때려눕히는 일을 삶의 재미로 여긴다. 이런 인생은 원래 그 자체만으로도 무겁기 그지없건만, 그것도 성에 안 차는지, 어처구니없게도 인류의 삶이란 싸움박질과 때려눕히는 일을 근간으로 삼아야 한다며 더 무거워지지 못해 안달을 떤다. 만일 그렇지 않고 인간의 감정이라든지 인간의 도리 혹은 인간의 행복 등을 거론하면 곧바로 수정주의자로 매도당한다.

이런 '무거운 사람'들의 두뇌 구조나 눈, 귀, 이빨들은 다들 별쭝나서, 언제 어디서나 눈에 보이는 건 싸움박질이요, 생각하는 건 상대가 죽어야 내가 산다는 식의 계급 투쟁과 노선 투쟁뿐이다. 어떤 작가나 학자가 쓴 글이 자신들이 세워놓은 기준에 맞지 않는 경우, 곧장 열을 받은 뇌는 천 배 만 배로 팽창해 버린다. 그리고는 그러한 노선을 '평화적 반동'[2]이라고 매도하면서 하늘이 무너질 듯 땅이 꺼질 듯, 마치 국가의 운명이 풍전등화인 양 호들갑을 떨어 대다 끝내는 날카롭게 갈아세운 '이빨'로 사람들을 피투성이가 되도록 자근자근 씹고 물어뜯는다. 격투기 선수 같은 이런 '무거운 사람'들은 매사를 다른 사람들이 견디기 힘들 정도로 '무겁게' 만들어 놓는다.

이들 무거운 사람들의 그 엄숙한 얼굴 속에 감추어진 것들은 도대체 명확하게 들여다볼 길이 없다. 그래서 중국의 젊은이들은 지금도 '무거운 사람'을 싫어한다. 나아가 무거운 사람이라면 무조건 혐오스러워하고, 책임감이라든지 윤리 도덕 따위가 들어간 무거운 말이라면 증오부터 한다. 그들이 '무거운 사람'들의 '무거움'에 반항하는 방법은 가벼운 노래와 가벼운 춤, 가벼운 말과 가벼운 행동이다. 무거운 탱크를 뒤집어엎기 위해 이들은 온갖 가볍고 부드러운 노래와 각종 사투리, 심지어는 건달과 부랑자의 말투까지 동원하여 모든 무거운 말들을 개그화시켜 버린다. 대륙에서는 부랑자풍의 소설과 음악이 빠른 속도로 유행하고 있다. 이는 아마도 이들을 눌러온 지나치게 무거운 사람들과 이들이 살아온 무겁디무거운 생활에 대한 일종의 징벌일 것이다.

이런 반항과 징벌에 걱정스런 구석도 없잖아 있다. 모든 무거운 말을 개그화시켜 버리는 일이 잘못되었다는 것은 아니다. '위대한 거짓말'을 우스갯소리로 만들어 버리는 것과 같이 정의로운 일이다. 그러나 일단 도를 넘어서면 일체의 진실 또한 개그화되어 버린다. 최소한의 책임감과 윤리 도덕을 언급하는 말까지도 진부하기 짝이 없는 꼰대들의 '훈계'가 되어 버린다. 이렇게 된다면 가벼움은 홀가분함이 아닌 방종, 경박, 경솔 등의 단어와 동일한 것이 되어 버린다. 이러한 가벼움이 갈 데까지 간다면 정작 이 세상의 모든 중요한 일들조차 '웃기는 소리'가 되고 만다. 웃기는 소리가 이 세상의 모든 것을 압도하고 모든 것을 녹여 버리는 만병통치약이 되는 것이다. 인생의 신념이라든지 인류 사회의 생존 발전을 유지시키는 데 필요한 최소한의 도덕까지도 그 안에서는 녹아 버리고 만다. 이런 천박한 가벼움을 정상적인 생명이 감당할 수 있을까 하는 것도 문제다. 그러나 지금 문제를 제기하는 일은 위험할 법하다. 소위 전위대 선봉대원들이 젊은이의 명분을 가지고 다음과 같이 가르치려 할 수도 있기 때문이다. "그런 시대에 뒤떨어진 썩어빠진 이야기는 집어치워라. 어느 젊은이도 동의하지 않는다"라고.

확실히 현재의 중국은 대변혁의 격동기에 서 있다. 아직은 '무거운 사람'들이 길을 인도하지만 '가벼운 사람'들이 주류를 이루는 시대가 되었다. '무거운 사람'들의 이야기가 '가벼운 사람'들의 귀에 들어올 리 없고 가벼운 사람들의 행동거지가 무거운 사람들의 눈에 들 리도 없다. 가벼움과 무거움 사이의 골은 너무나 넓고 깊다. 나의 말이 유난히 무거운 사람이나 유난히 가벼운 사람 모두에게 공히 환영받지 못할 것으로 안다. 한쪽은 지나치게 무겁고 또 다른 한쪽은 지나치게 가벼워 협공의 세를 이루지 못하는 덕에 지금껏 살아서 이렇게 떠벌릴 수 있으니 그나마 다행스러운 일이다.

나는 몇 년 전에 유난히 '무거운 분'들로부터 죄인이 된 적이 있었다. 그 '분'들의 심기를 고의로 건드리려는 의도는 결코 없었으되 글의 어떤 부분이 그 무겁디무거운 분들이 쳐 놓은 '그물'을 살짝 건드렸던 모양이다. 당시 그 분들이 쳐 놓은 '그물'이라는 것이 지나치게 심오하고 지나치게 무거운 바람에 사람들은 거의 굶어죽을 판이었다. 그 몇 년 동안 사람들은 중국은 이미 "돌이킬 수 없을 정도까지 무거움이 쌓였다"(積重難返)며 다들 분통을 터뜨렸다. 그 책임은 전적으로 이 유별나게 무거운 분들에게 있다. 이 사회는 계급 투쟁이란 장거리포밖에 아는 게 없고, 공업에서는 중공업밖에 모르며 입에서 나오는 말이라곤 '위대한 거짓말'이 전부였다. 그 결과 사회가 얼기설기 헐거워져서 사람들은 생계를 유지할 수조차 없게 되었다. 그런데도 이 무거운 분들께서는 자신들이 마치 태산처럼 무거워서 누구도 감히 대들지 못하고, 설령 대든다고 한들 때려눕히면 그만이라는 생각뿐이었다. 이는 당시에 규율이 되다시피 했다.

나는 결코 '무거움'의 중요성을 부정하자는 게 아니다. 내가 비판하고자 하는 바는 바로 지나치게 무거운 분들의 그 '무거움'이다. 나는 지금도 책임감의 중요성을 역설하고, 우리의 대지와 조국을 사랑해야 하는 당위성을 소리 높여 외치고 있다. 사회의 이상을 쓸어버리지 말아야 한다는 점도 아울러서 말이다. 덕분에 지나치게 가벼운 이들의 조롱도 동시에 받고 있다.

나는 가벼운 사람이 늘 옳다고는 생각지 않는다. 이는 내가 너무 깊이 중독되어 있기 때문인지도 모르겠다. 중국에서는 『노자』에서 비롯된 "무거움이 가벼움의 뿌리가 된다"(重爲輕根)는 가르침이 있어 왔다. 일리 있는 가르침이라고 생각한다. 무거움이 뿌리가 된 가벼움은 그 무거움이 기초가 되며 그렇다면 이런 가벼움은 '뿌리' 있는 가벼움이요 기초가 있는 '가벼움'인 것이다. 안으로 들어갈 수도 있고 바깥으로 나올 수도 있다. 이런 가벼움이야말로 비로소 진정한 자유요, 내 마음대로 할 수 있는 진정한 '홀가분함'이다. 중국에는 "무거운 것을 가볍게 든다"(擧重若輕)라는 속담이 있는데 최고의 경지를 보여 주는 말이 아닐 수 없다. 이 경지는 백정이 소를 잡는 것과 같고, 스페인의 투우사들이 사나운 소 앞에서 보여 주는 것과 같은 그런 경쾌함이다. 이러한 가벼움이 배어 나올 때, 최고의 격조를 지닌 유머가 되고 의미 있는 웃음이 되고 세속을 벗어난 홀가분함이 되고 문장 속의 중후한 풍자가 된다.

이와는 반대로 만일 무거움이 뿌리가 되지 못하고 인위적으로 유행을 드러내는 가벼움이라면 몹시 자연스럽지 못하여 어색한 느낌을 줄 것이다. 뿌리 없는 가벼움은 자칫 경박함으로 흐르기 쉬운 법이어서, 천박함을 재미로 알고 용속함을 유행으로 안다. 『홍루몽』에 나오는 인물 가운데 가정賈政을 그 한 예로 드는 데 별 이견이 없을 줄 안다. 그는 가씨 집안에서 가족에 대한 책임감이 가장 투철하고 전통적인 규칙을 가장 잘 따르는 사람이다. 집안의 희로애락이 전부 그와 관계있는 탓에 그는 언제나 무겁디무겁다. 반면 그의 자식들은 주로 가벼운 사람에 속한다. 가보옥에서 가환에 이르기까지, 그리고 가련에서 가용에 이르기까지 한결같이 가벼운 사람들이다.

그런데 그 가벼움이란 것도 제각각이다. 가련과 가용의 가벼움은 경박함 그 자체이다. 가환의 가벼움은 경박하면서 경망스럽다. 그러나 가보옥의 가벼움은 이와 다르다. 그의 가벼움 속에는 무거움이 스며있다. 가벼움 속에 깊이가 있다. 가보옥은 팔고문八股文을 좋아하지 않고 『서상기西廂記』를 읽고 싶어한다. 이는 바로 그 시대의 가벼움과 무거움을 구별하는 상징적인 대목 중의 하나이다. 그가 좋아하는 것들 속에는 경박함이 들어 있지 않다. 도리어 전통적인 가치체계에 대한 일종의 반항이 배어 있다. 그의 가벼움은 세속적이지도 인위적이지도 않다. 가벼운 사람들의 시대를 맞이하여 시대의 조류에 몸을 맡기고 그 파도를 타려고 노력한다. 만일 가보옥이 가련이나 가용과 같은 탕아가 되거나 혹은 가환과 같은 경망스런 인간이 된다면 그것은 또 하나의 비극이라 할 일이다.

1) 문화대혁명 기간 중 실각되었다가 1973년 등소평이 복권됨에 따라 다시 활약하였으며, 1981년 당 제11기 6회 중전회에서 문화대혁명에서의 모택동의 오류를 비난하고 중국공산당 중앙위원회 주석에 선출되었다. 1982년 당 기구 개편으로 중앙서기처 총서기가 되었다.
2) 문화대혁명 기간 중의 용어로 사회주의에서 자본주의로 변질하는 것을 비난하는 말이다.

10 역겨운 인간 · 酸人

'역겨운 인간'(酸人)을 얘기하자면 맨 먼저 떠오르는 것이 강짜를 잘 부리는 사람이다. 역사상으로 그 예에 해당하는 황후와 황비 몇몇이 떠오르는데, 모두 강짜를 부리다가 스스로를 위험에 빠뜨렸던 여인들이었다. 이를테면 건륭황제乾隆皇帝[1]의 첫 번째 황후였던 부후씨富后氏는 황제를 따라 덕주德州에 갔다가 황제의 호색적인 취미를 보고는 질투심에 불타오른 나머지 그만 화병으로 죽고 말았다. 건륭황제의 두 번째 황후였던 오랍납나烏拉納喇 역시 황제를 따라 강남으로 갔다가 마찬가지로 황제의 호색적인 취미를 목격하고는 질투심에 눈이 멀어 머리를 깎고 산으로 들어가 비구니가 되려 하였다. 다행히 '대범'했던 건륭황제가 그녀를 먼저 환궁시키는 선에서 마무리했으나 이듬해 그녀 또한 울분을 견디다 못해 결국 화병으로 죽고 말았다.

이처럼 질투심 강한 황후가 있다면 질투심 강한 황제도 있었겠으나 이에 대해서는 내가 꼼꼼히 고찰해 보지 못했다. 더구나 여기에서 묘사하려는 '역겨운 인간'이라 함은 위에서와 같은 질투심 강한 사람 이외에도, 주로 사람들을 "역겹게 만드는 일을 재미로 삼는 사람"들을 지칭한다. 그들의 역겨움은 주로 "억지로 꾸미는 수줍음", "억지로 꾸미는 부드러움", "억지로 꾸미는 달콤함" 특히 "노인들의 억지로 꾸미는 유아적 행태"나 "남자들의 억지로 구미는 여성스러움"을 통해 드러난다. 왜냐하면 억지로 꾸민 탓에 부자연스러울 수밖에 없고, 이는 곧 사람들을 역겹게 만들기 때문이다. 대체로 이렇듯 억지로 꾸미는 행태로 사람들을 역겹게 만드는 이들을 '역겨운 인간'이라 칭할 수 있을 것이다.

'역겨움'(酸)과 '역겹지 않음'(不酸)의 경계는 확연하게 구분된다. 예를 들면 모파상의 『좋은 친구』에 등장하는 남자 주인공의 다섯 애인 중 네 명에게는 그다지 역겨운 느낌이 들지 않는다. 유난히 역겨워 보이는 이가 있으니 나머지 한 명의 중년 귀부인이다. 귀족적 품위도 잃고 싶지 않고 평민 출신의 잘생긴 젊은 장교도 갖고 싶은 이 귀부인이 짐짓 수줍은 몸짓으로 '좋은 친구'의 품에 안기어 "이런 일은 처음이에요"라고 속삭이는 모습은 역겹기 그지없다.

조우曹禺의 『일출日出』에 등장하는 돈 많은 과부 고팔顧八 할머니와 그녀의 기둥서방인 호사胡四도 썩 어울리는 한 쌍의 '역겨운 인간'이다. 하는 말마다 역겹고, 나이 어린 기둥서방이 화단花旦[2]의 대사를 노래로 불러 대는 것도 역겹다. 이들 둘이 함께 있을 때면 온 집안에 역겨운 맛이 진동한다. 극본을 통해서 두 '역겨운 인간'들이 진백로陳白露 집에서 벌이는 유아적인 짓거리를 보자.

고 팔 : (순진한 여자아이처럼 교태를 부리며) 저를 따라오세요! 그러나 저는 당신께 저를 보여 드리지 않을 거예요! 저는 당신께 저

를 보여 드리지 않겠어요. 제가 당신께 저를 보여 드리지 않으면 당신은 저를 보실 수 없어요! 듣고 계신가요?

호 사 : 좋아요. 좋아요. 듣고 있어요. 그런데 당신도 자신을 한번 보아요. 옷이 얼마나 좋은지.

고 팔 : 당신도 자신을 한번 보아요.

진백로 : 두 분께서는 어떻게 되신 겁니까?

호 사 : 아무 일도 아니에요. (한 손으로 고팔의 손을 잡고 아양 떨듯 웃으며 나간다)

고 팔 : (진백로에게) 당신이 보기에는 우리가 온종일 싸우는 것 같지요? 우리 둘이 정말 잘 놀지 않나요?

진백로 : 두 분께서 이렇게 노시다니 정말 어린아이가 되셨군요.

고 팔 : 우리는 원래 어린아이예요. (호사에게) 그렇지요?

호사라는 기둥서방이 고팔 할머니의 앞에서 애교를 부리는 모습이나 이미 나이를 먹을 만큼 먹은 고팔 할머니가 호사나 다른 사람 앞에서 교태를 떨며 자신을 '어린아이'라고 말하는 모습이야말로 억지로 꾸미는 유아적 행태요, 역겨운 짓을 재미로 삼는 완벽한 예라 할 것이다.

이런 소아적 작태를 견딜 수 없었던지 일찍이 노신은 『아침 꽃을 저녁에 줍다』(朝花夕拾)에 수록된 「효에 관한 그림 스물네 가지」(二十四孝圖) 중 '노래자가 어버이를 즐겁게 하다'(老萊娛親)라는 고사를 통해 이를 풍자하였다. 노신은 효도를 실천하는 24가지 모범 방안 모두를 마땅치 않게 여겼는데 그 중 특히 '노래자가 어버이를 즐겁게 하다'와 '곽거가 자식을 땅에 묻다'(郭巨埋兒)라는 고사에 대해 강한 거부감을 보여 주었다.

효의 대명사처럼 간주되는 노래자는 춘추시대 조楚나라 사람이다.『예문유취藝文類聚』의[3]「인부人部」에 따르면 그의 나이 70이 되었을 때 부모에게 효도하기 위해 부모의 면전에서 일부러 어린아이 같은 수줍은 행동을 보였다고 한다. 색동옷을 입고 절름발이 행세를 하며 넘어지곤 했는데 이를 본 그의 부모들이 박장대소를 했다고 한다. 이미 그 자신이 할아버지 중의 상할아버지가 다 된 노래자가 갖은 어리광을 부리며 절름발이 행세를 하고 색동북을 두드린다. 역겹기 이를 데 없는 이런 행동을 두고 노신은 "역겨운 짓을 재미 삼아 하는 짓거리"라고 평했다. "어린아이가 부모에게 애교를 부리는 것은 재미로 봐 줄만 하나 성인이 이런 짓을 한다면 꼴불견"이라 했다. 자유분방한 부부가 사람들 앞에서 거리낌 없이 서로 간의 애정을 표현하는 일도 어느 순간 재미의 경계를 넘어서면 역겨움으로 변하기 십상이다. 고팔 할머니와 노래자 둘 다 경계를 넘어 역겨움으로 들어선 이들이다.

어린아이가 애교를 떠는 것과 성인이 애교를 떠는 것은 다르다. 어린아이의 애교는 자연스러운 일이나 성인의 그것은 억지로 꾸민 것이기 때문이다. 어린아이의 애교는 천진스러우나 성인의 그것은 천진스러움을 가장한 것이다. 이렇듯 애교를 부리는 것도 연령의 한계선에 주의할 일이다.

말하다 보니 불현듯 문화대혁명 시기가 떠오른다. 그 당시 소년 홍위병들은 모택동을 '어버이 모택동 주석'이라고 불렀다. 나이 어린 소년 홍위병들의 이런 화법에는 오히려 나이든 분을 존경하는 천진스러운 맛이 배어 있었다. 그러나 7, 80이나 된 '나이든 동지 선생'들께서 말끝마다 갖다 붙이는 '어버이 모택동 주석'에서 배어 나오는 맛은 소년 홍위병들의 그것과는 영 다르다. 후에 소년 홍위병들이 「아빠 엄마가 모주석만 못해요」라는 노래를 부르고 다녔는데, 그 노래를 듣노라면 뭔가 가슴 찡하면서 달콤한 맛이 느껴졌다. 한데 7, 80이나 된 '나이든 동지 선생'들께서 이 노래를 부를 때면 온몸에 소름이 돋으면서 달콤하기는커녕 구역질이 나려 하는 것이다. 심지어는 노래를 불러 대는 노래자의 역겨운 모습이 겹쳐지는 것을 떨쳐 버릴 수가 없었다.

그때 어린 학생들 사이에는 같은 또래인 뇌봉이 지은 「산가山歌[4]를 노래하여 당에게 들려 드리세」(唱支山歌給黨聽)라는 노래를 배우려는 붐이 일었다. 특히 어린 소녀가 이 노래를 부르면 그 맑고 낭랑한 목소리가 참으로 듣기 좋았다. 그런데 7, 80의 '원로 동지선생'이나 할머니들이 이 노래를 부르면 죽을 맛이었다. 게다가 그들이 흡사 동요를 부르는 아동처럼 다소곳한 포즈를 취하면서 노래하는 모습을 보노라면 '산가山歌'가 아니라 「역겨운 노래(酸歌)를 불러 당에게 들려 드리세」라는 노래를 부르는 것처럼 들렸다.

이 밖에도 가장 괴로웠던 일은 '문학 연구'에 종사하는 사람들이 본인의 의사와는 무관하게 읽기 싫은 '문학 작품'을 읽어야 했던 일이다. 칭송(頌體) 일색의 시가나 산문, 송가, 소설을 한두 편도 아닌 수십 편씩 읽어야 했다. 읽노라면 70 넘은 원로 시인이 모주석과 악수하고는 감격에 겨워 어린아이처럼 엉엉 울었다는 내용이나, 죽을 날이 얼마 남지 않은 원로 작가들이 자기보다 한참이나 나이 어린 '화국봉 주석'[5]의 얼굴을 "어버이 같이 자상한 화주석의 얼굴"로 표현한 구절 등이 어김없이 눈에 띈다. 이때마다 나는 온몸에 힘이 빠지고 속이 울렁거렸다.

중국 대륙의 20세기 후반기에는 이런 억지 꾸밈과 영 어울리지 않는 애교로 도배된 시문들이 대량으로 창작되었다. 역겨운 맛만 강하게 풍기는 이런 작품을 읽다 보면 시인과 '역겨운 인간'이 분간 안 될 만큼 워낙 잘 뒤섞여 있는 바람에, 사람들이 '역겨운 인간'을 시인으로 오해하는 일이 일어나지 않을까 하는 의구심이 들 정도였다. 의구심의 뒤를 이어, 80년대 이전의 문학은 미성숙한 문학이었음에도 불구하고, 수많은 원로시인과 원로작가들은 "더 이상 자라지 않는 겉늙은이"와 같다는 생각이 머리에서 떠나질 않았다.

이런 점에 비춰 보면, 내 생각으로는 역사적으로 황제나 황후 그리고 노래자와 같은 '역겨운 인간'도 있었겠지만, 사회의 여러 계층 가운데 '역겨운 인간'을 가장 많이 배출한 곳은 문인집단이 아니었나 싶다. 문인들 스스로 '역겨운 인간'이 되지 않도록 늘 경계해야 하는 까닭이 이에 있다. 호쾌한 무인이나 교활한 건달과 달리, 유독 "머리 좋은 사람의 인간성은 반쪽짜리 종이와 같아서" 쉽사리 '역겨운 인간'으로 변질되기 일쑤다.

문인들이 항상 웅대한 포부를 가지고 있다 하더라도 독자적으로 한 무리를 형성하기란 참으로 힘들다. 그러기에 황제에게 아부하거나 권세가를 극구 찬양함으로써 출세의 줄을 잡으려 하거나, 그들의 업무를 도와주거나 무료함을 달래 주어 출세하려는 어용 문인으로 전락하는 경우가 종종 있었다. 문인들이 황제나 권세가의 업무를 도와준다면 그나마 지략가나 책사 정도는 될 법하겠으나 이들의 무료함을 달래 주다 보면 늘상 온몸에 '역겨운 맛'만이 물씬 풍기기 마련이다.

무료함을 달래 주는 문인이 권세가의 마음에 들 속셈으로 자신을 어린아이로 축소시키려 애를 쓰노라니 '역겨운 수작'(酸態)에, '역겨운 노래'(酸歌)에, '역겨운 말'(酸話)에, 급기야는 '역겨운 눈물'(酸淚)까지 흘리게 된다. 세상 어디서나 장군이나 원수元帥 같은 무인이 '역겨운 인간'이 되는 경우는 찾아보기 힘들어도 '역겨운 인간'이 된 문인과 작가는 곳곳에서 발견된다. 이로 인한 문단 타락 현상이 매우 심각한 참에, 특별한 주의를 기울이지 않는다면 시인 협회는 곧바로 역겨운 인간들의 협회(酸人協會)로 둔갑하게 될 게 뻔하다.

얼마 전 나는 「역겨움에 대해 논함」(酸論)이라는 글을 썼는데 그 글에서 가보옥과 견보옥이 만나는 장면을 인용했었다. 가보옥은 누구에게선가 견보옥이 자기와 아주 똑같이 생겨서 거의 분간해 낼 수 없다는 이야기를 듣고는 그를 만나 친구로 삼고 싶어했다. 그런데 뜻밖에도, 처음 만난 견보옥의 입에서 나오는 말은 온통 벼슬과 금의옥식錦衣玉食 따위의 팔고문뿐이었고, 게다가 옆에 있던 가란까지 한술 더 떠 그의 말에 맞장구를 치고 나서는 것이었다. "이 녀석은 이런 말만 배웠나 보군"이라는 생각이 들면서 가보옥은 기분이 언짢아졌다. 역겹기 그지없는 이 나이 어린 두 놈을 만나서 이들의 썩어빠진 말을 듣고는 실망을 금치 못하던 가보옥은 드디어 출가할 결심을 굳히게 된다.

가보옥과 견보옥의 차이는 한쪽은 참된 성정을 가지고 있고 다른 한쪽은 참된 성정을 가지고 있지 않다는 데 있다. '역겨운 논리'(酸論)를 펼치고, '역겨운 노래'를 불러 대고, '역겨운 말'을 내뱉는 것은 바로 참된 성정이 없는 '수작'에 불과하다. 견보옥과 가란의 벼슬 타령만을 담은 틀에 박힌 문장은 껍데기만 그럴싸한 속 빈 강정이다. 자신의 진솔한 감정에서 나오는 것이 아닌 이런 문장은 낡고 진부하다 못해 교조적이기까지 하다. 교조적인 문장은 마치 항아리에 담겨 절여진 야채와 같다. 처음에는 신선하지만 줄곧 밀폐된 채로 오랫동안 햇볕을 보지 못한 채 절여져서 결국에는 신맛이 나게 된다. 견보옥과 가란의 '팔고문'은 어찌나 오래도록 절여진 것인지 가보옥은 듣자마자 그 '역겨운 맛'(酸味)에 속이 울렁거렸다.

마찬가지로 혁명 이론 몇 가지를 예로 들자면 마르크스주의 창시자들이 처음 계급론을 들고 나왔을 때만 해도 확실히 신선한 느낌이 있었다. 그래서 1930년대의 중국 작가들은 잇달아 진화론을 포기하고 계급론을 받아들였다. 한데 수십 년 동안 특히 문화대혁명 기간 동안 계급론은 극도로 세속화(庸俗化)되어 버렸다. 전 사회가 날이면 날마다, 달이면 달마다 이것에 대해 토론하였다. 심지어는 하루에도 수십 번씩 토론에 토론을 거듭했다. 이는 마치 계급론을 사회라는 거대한 항아리에 매일매일 절여 놓는 것과 같다. 날마다 절이고 달마다 절이고 해마다 절이더니 결국 '역겨운 맛'만 등천하게 되었다. 현재의 비판적인 문장에서 다시금 언급되는 계급론에서 '역겨운 맛'이 풍기는 이유가 여기에 있다. 이는 2, 30년대의 계급론에서 풍기던 신선한 맛과는 사뭇 다른 것이다.

문인 계층에 '역겨운 인간'이 많다고는 해도 그렇지 않은 사람도 굉장히 많다. 이들의 참된 성정을 '역겨움'(酸)으로 잘못 받아들여서는 안 될 일이다. 임대옥은 걸핏하면 울고 쉽게 상처받는 여인이지만 '역겨운 인간'은 아니다. 그녀에게는 참된 성정이 있기 때문이다. 임대옥에게서 느껴지는 '역겨움'과, 왕희봉의 면전에서 늘어놓는 가서의 '역겨운 말'을 같은 선상에 놓고 평가할 수는 없다. 진정한 슬픔과 비애를 지닌 일부 작가들의 작품 속에는 진지한 눈물이 배어 있다. 이 눈물은 억지로 짜낸 '역겨운 눈물'이 아니다. 마찬가지로 여기에 등장하는 인물들을 '역겨운 인간'으로 오해해서는 안 될 것이다.

견보옥과 가란이 '역겨운 논리'만을 일삼는 '역겨운 인간'이기는 하나 이들의 '역겨운 논리' 또한 흉악하고 곡학아세曲學阿世하는 저질 문인들의 '역겨운 논리'와는 사뭇 다르다. 이들 저질 문인들은 '역겨운 수작'을 재미로 또 무기로 삼는다. 게다가 이들은 '역겨움'(酸) 속에다 비상과 같은 독약을 숨겨 놓고 있다. '역겨움'을 아부의 수단으로 삼고 사람들의 인심을 얻는 수단으로 삼고 있기에 이들의 '역겨움'은 이미 염산이나 초산 혹은 그보다 더 무서운 것이다. 그러하기에 이런 '철저히 역겨운 인간'들은 일반적으로 '역겨운 인간'과는 차원이 다르다. 그래서 이들을 '염산인鹽酸人', '초산인醋酸人', '독산인毒酸人'으로 불러야 할 것이다.

그러나 이런 '염산인', '초산인', '독산인'들도 그렇게 많지는 않다. 대부분의 '역겨운 인간'들은 심리적으로 불안정할 뿐, 이들과 같은 변태적인 '역겨운 맛'은 없다. 여기에는 자연계의 산성비 현상과 비슷한 점이 있다. 대기의 오존층에 일단 구멍이 뚫리고 나면 생태계의 균형이 깨져서 산성비가 내리게 된다. 인간들 사이에서의 '역겨운 수작', '역겨운 논리', '역겨운 말' 또한 심리적 균형이 깨진 데서 기인한다는 점이 산성비와 유사하다. 생태학자의 말로는 산성비는 대자연에 백해무익하다고 한다. 마찬가지로 인간 세계의 '역겨운 논리'나 '역겨운 말'은 정상적인 사회에서는 필요하지도 않거니와 정상적인 사람이라면 즐기지도 않는 바, 그러니 우리 모두 '역겨운 인간'이 되지 않도록 노력하는 것이 좋지 않겠는가?

1) 청나라 제6대 황제로 묘호는 高宗이다. 고증학의 번영을 배경으로 『四庫全書』가 편집되고 『明史』가 완성되는 등 修史事業도 활발히 벌였다.
2) 중국 전통극에 등장하는 말괄량이 역할의 여자 배역.
3) 당나라 구양순 등이 칙명을 받들어 편찬한 類書(100권)로 내용 구성은 天·歲時·地·州·郡·山·水·符命·帝王 등 48부로 나누어 수록하였다. 명나라 嘉靖 연간의 간행본이 전한다.
4) 중국 중남부의 초야에서 즉흥적으로 불리는 短詩型의 민요
5) 모택동의 신임을 받아 문화대혁명 기간동안 급속히 승진했다. 모택동이 죽은 후 군부 실력파와 협조하여 문화혁명파의 주도자인 사인방을 제거하였지만 그 역시 실용주의정책을 견지하는 등소평에게 실권을 빼앗겼다.

11 고자 · 閹人

주지하다시피 '고자'(閹人)란 생식 기능을 거세당한 사람을 가리키는 말이며, 주로 옛날 궁궐에서 일하던 '내시'를 가리킨다. 『후한서後漢書』에는 "중흥中興 초기에 고자를 환관으로 사용하였다"고 적혀 있다.

중국에서 '고자'라는 단어가 내시의 총칭이 된 지는 오래다. 사람들은 거세당한 내시들을 무능한 인간으로 생각하지만 사실 이는 엄청난 오해다. 정치적 역량을 가진 내시가 득세하게 되면 조정을 좌지우지하여 궁정의 색깔을 바꿔 놓고 천하를 경악케 하는 일이 왕왕 있었다. 명대明代 영종英宗 때의 내시 왕진王振은 황제의 총애를 한몸에 받으면서 병부상서인 서랍徐臘을 무릎 꿇릴 정도로 권세가 하늘을 찔렀다. 대리사大理寺 소경小卿 설선薛瑄, 국자감國子監 제주祭酒 이시면李時勉, 어사御使 이엄李儼, 부마도위駙馬都尉 석경石景 등이 그 앞에서 무릎을 꿇으려 하지 않자 이들을 바로 하옥시키고 목숨마저 빼앗아 버렸다.

무종武宗 때의 유근劉瑾은 왕진보다 더 휘황찬란하게 한 세대를 풍미했던 인물이다. 그의 정치적 힘은 조정의 내각을 완전히 뛰어넘는 것이었다. 이부吏部든 병부兵部든, 문무백관을 임용하거나 퇴진시킬 때에는 우선 그의 허락을 받아야만 했다. 그는 300여 명의 관료들을 '간사한 무리'(奸黨)라는 죄목 하나로 한꺼번에 하옥시켰고 대학사大學士 유건劉健 등 675명을 일시에 보충병으로 강제 입영시켰다. 명나라 조정의 모든 권한이 그를 우두머리로 하는 '팔호八虎'의 손아귀에 송두리째 들어갔다.

희종熹宗 때에는 중국 역사상 가장 유명한 내시 독재정권이 생겨났는데 바로 위충현魏忠賢의 독재 정치였다. 그는 정보 기관인 '동창東廠'을 장악하고 이를 발전시켰다. 그리고는 희종의 유모인 객씨客氏와 결탁하여 국정을 농단하면서 구천세九千歲로 자칭했다. 그의 밑에 '오호五虎', '오표五彪', '십구十狗' 등을 두어서, 내각의 육부와 사방의 감독監督과 순무巡撫들이 위충현 사당私黨의 통제 아래 놓이게 되었다. 당시에 그는 하늘을 찌를 듯한 무소불위의 권력을 가지게 되었고 사회 구석구석에 이들 내시 집단의 암울한 그림자가 짙게 드리워졌다. 중국 역사를 아는 사람이라면 누구나 내시들의 정치가 정상인보다 훨씬 가혹하고 무섭다는 사실을 익히 알고 있을 것이다.

어느 책에서는 내시를 중국 고유의 문화라고 주장하나 본데 이는 터무니없는 주장이며, 기원전 수세기 전부터 아시아와 아프리카의 많은 국가에도 환관들이 있었다. 고대 로마제국이 동방화 정책을 펴면서부터 내시와 관련된 것들도 발전에 발전을 거듭하였고 내시의 정치적인 지위 또한 높아져 갔다. 클라우디우스, 네로, 비텔리우스 황제 가까이에 있던 자들이 모두 내시였다. 자기의 어머니와 처자식을 살해하고 포학 방탕으로 이름을 날렸던 네로 황제는 내시와 결혼 아닌 결혼을 했는가 하면 공포 정치의 돌격대장으로 내시 나라크를 임명하기도 했다.

비잔틴 제국[1]에서는 18등급의 관제 중에서 내시가 8등급까지 담당할 수 있었다. 이런 비잔틴 왕궁은 그야말로 내시들의 천국이었다. 근동 지역의 몇몇 국가에서는 내시를 군대의 통수권자로 임명하는 일도 있었다. 기원전 434년 페르시아가 이집트와 전쟁을 벌였을 때 페르시아 군대의 통수권자가 바로 그 유명한 바고아스[2]라는 환관이었다. 그는 결국 이집트를 정복하고 파라오와 그의 왕자들을 살해하였다. 9세기 이후 모슬렘 제국의 중심이었던 아바스(Abbasids)[3] 왕조의 역대 칼리프(Khalifa)[4]들은 내시들을 육군과 해군의 장수로 임명하였다. 919년 바그다드와 파티마에집트[5]의 해전에서 쌍방 함대를 지휘했던 장군들도 모두 내시였다.

내시가 중국 문화의 정수는 아닐지라도 중국의 내시 제도는 역사적으로 유구할 뿐 아니라 상당히 발달하였다. 일찍이 진시황의 가장 친밀한 친구가 바로 내시 조고趙高였다. 그는 진시황이 살아 있을 때에는 중거부령中車府令(황제의 수레를 담당하는 부서의 우두머리) 겸 행부새령行符璽令(황제의 명령을 내리는 부서의 우두머리)으로 재직하였다. 진시황이 죽은 후에는 진시황의 유조遺詔를 위조해서 진시황의 장자 부소扶蘇를 핍박하여 자살케 한 다음 호해胡亥를 다음 황제로 옹립하였다. 조정의 실권을 장악한 후에는 승상 이사李斯를 살해하고 스스로 중승상中丞相에 올랐다. 그 후에 다시 황제를 살해하고 자영子嬰을 진왕秦王으로 격하하여 봉했다. 중국의 유명한 고사 '지록위마指鹿爲馬'(윗사람을 농락하여 권세를 마음대로 휘두르는 짓)의 주인공이 바로 이 조고였다. 북송 때의 내시 동관童貫은 전국 군대의 최고 지휘자가 되어서 거의 20여 년 간 병권을 장악하고, 선화宣和 3년(1121년)에는 군대를 이끌고 방랍方臘의 난[6]을 진압했다.

나는 여기서 내시와 관련된 역사를 기술하려는 게 아니다. 그리고 내시에 관해서 세세히 다룰 만큼 많이 아는 바도 없다. 내가 다루려는 것은 내시들이 거세당한 후 어떤 정신 현상들이 나타나는가 하는 점이다. 생식기의 거세란 그 자체가 매우 비정상적인 것이며 비인간적인 사회에서나 행해지는 일종의 변태적인 행위다. 이 때문에 우리들이 고자에 대해서 가지는 첫 번째 생각은 일종의 불쌍하다는 감정이다.

고자도 가지각색이다. 늑대처럼 잔학한 정객이 있는가 하면 걸출한 장군이나 학자도 있으니 한 가지 개념으로 단정 지을 수는 없다. 예를 들어 사마천司馬遷[7]은 고자였지만 그가 저술한 『사기史記』는 역사에 길이 남을 만한 역사서이다. 명대에 전함 300척과 수군 이만 명을 이끌고 대양을 원정했던 '삼보태감三寶太監' 정화鄭和[8] 장군의 그 비범한 기개에 대한 경외심은 오늘날까지도 사그라지지 않는다.

그러나 고자들 대부분이 생식기관의 거세로 인해 신체적으로나 심리적으로 그 형태가 변질되기 십상이다. 특히 심리 상태가 괴이하리 만치 기형적으로 꼬여 있는 경우도 있다. 고자들은 성격적으로 신랄하거나 황폐하거나 의심이 많거나 질투심이 강하거나 음침하거나 차가워지기 쉽다. 이들은 생명의 대가를 무척이나 크게 치른 까닭에 지위가 변하기만 하면 곧장 자신의 희생에 대한 보상을 바란다. 정상인과 비교해 볼 때 이들의 육체적 정신적 보상 욕구는 훨씬 더 절박하다. 이들의 행동 방식이 정상적인 상태를 벗어나는 이유가 여기에 있다.

노신은 「과부주의寡婦主義」라는 글에서 이런 현상을 분석하면서 다음과 같이 말했다.

> 부득이하게 독신 생활을 하는 사람들은 남자든 여자든 정신적인 변화가 일어나기 마련이다. 그래서 많은 경우 집요하고 의심 많고 음흉한 성질을 갖게 된다. 중세 유럽의 수도사들이나 유신시대 일본의 어전여중御殿女中(여자 내시)이나 역대 중국의 환관들의 냉혹하고 음험한 성질은 정상인의 몇 배에 달했다.……생활이 자연스럽지 못하니 심리상태가 완전히 변해 버리는 것이다. 이들은 세상의 모든 일을 재미없어하고 모든 인물들을 증오하게 된다. 천진난만하게 모든 것을 즐기면서 생활하는 사람을 보면 자기도 모르는 사이에 증오심이 끓어오른다. 성적으로 억압당하고 있는 까닭에 다른 사람의 성적인 사안에 민감해지고 궁금해하고 호기심을 가지게 되다가 끝내는 질투까지 하게 된다.

중국의 그 유명한 마지막 내시 소덕장小德張의 일생을 살펴보면 고자들의 변태적인 행위에 대해 조금이나마 이해할 수 있을 것이다. 소덕장은 찢어지게 가난한 집안에서 태어났다. 내시가 되는 길만이 집안을 일으키는 길이라 생각하고는 자기 성기를 스스로 잘라 버렸다. 고상하게 이야기하자면 "스스로 자기 몸을 깨끗하게 한 것"이다. 15세에 궁정에 들어간 후, 온갖 아이디어를 다 짜내어 자희태후慈禧太后의 시중을 들며 그녀의 마음을 사로잡았다. 8국 연합군이 북경 함락을 목전에 두고 있을 때[9], 자희태후는 무조건 서쪽으로 도망을 쳤다. 도망 길 내내 소덕장은 정성스럽게 태후를 보살폈다. 서안西安에 도착한 후 날씨가 추워지자 소덕장은 자기는 얼어죽어도 괜찮다는 듯, 겨울 마고자를 벗어서 태후의 가마에 덮어 주기까지 했다.

서태후가 죽은 후 소덕장은 태후궁의 총책임자가 되었고 월급만도 은자 오천 냥에 달했다. 이렇게 권력을 잡고 나자 그의 마음속 한구석에 자리 잡고 있던 병적인 열등감이 발작하듯 밖으로 터져 나왔다. 고자 주제에 여러 명의 처첩을 거느리고 그도 모자라 늘상 기방에 출입하며 창기와 놀아났다. 심지어는 기방에서 양가집 숫처녀인 장소선張小仙을 물건 사듯 사들이기까지 했다. 소덕장은 장소선과 화려한 결혼식을 올렸으며 장씨 집안의 모든 사람들이 그 앞에서 무릎을 꿇고 엎드려 절을 올리도록 했다.

그는 자신이 그동안 겪었던 모든 굴욕을 한꺼번에 보상받으려는 듯 궁중에서나 사용하는 의식을 자신의 집 안으로 끌어들였다. 그래서 집 안에다 사무장, 경리, 수위, 주방장, 잡역부, 시녀 등 일체의 일꾼들을 갖추어 놓고는 매일 아침마다 대청에 올라 앉아 자신의 양자와 용인들의 문안인사 받는 것을 거르지 않았다. 뿐만 아니라 집안 사람들에게 자신을 '나리'라고 부를 것을 강요했으며, 밥을 먹을 때에는 우선 그에게 먼저 "나리, 진지 드시지요"라고 문안을 드리게 했다.

소덕장은 어린 나이에 거세하고 내시가 되었던 자신의 열등감을 보상받기 위해 이런 방법을 사용하였다. 그런 소덕장이기에 궁중에서의 잔혹함은 유별났다. 나이 어린 태감들을 때릴 때면 소금물이나 핏물에 절인 대나무 막대기를 사용하였다. 아무리 죽으라고 두들겨 패도 뼈와 살에만 고통을 줄 뿐 절대 죽음에 이르게 하지는 않았다. 죽도록 두들겨 맞은 자는 고통 속에서 아픔을 참아 내며 일할 수밖에 없다. 이토록 잔인하기 그지없는 소덕장은 사람들에게 "궁궐에서 일하는 태감놈들은 모두 다 내 성깔을 알고 있거든. 내가 사람을 팰 적이면 어느 놈이고 간에 살려 달라는 말을 안 해. 살려 달라고 하면 할수록 더 세게 패 버리거든" 하며 으스대곤 했다. 소덕장은 천수를 누리며 살다가 1957년 81세가 되어서야 세상을 떠났다. 그의 일련의 행동은 우리에게 다음과 같은 사실을 깨우쳐 준다. 정치적인 내시들이 일단 권력을 잡고 나면 필시 보상을 받으려고 미친 듯이 날뛰는데 그 화기가 일반 사람들보다 훨씬 더 하면 더 했지 덜 하지 않다는 사실이다. 이런 현상이 나타나는 이유를 곰곰이 생각해 보았지만 생리학자가 아닌 나로서는 도무지 대답할 길이 없다.

고자라 하면 사람들은 바로 생리적으로 거세당한 내시를 떠올린다. 그러나 생리적으로 거세당한 내시 말고 정신적 영적으로 거세당한 사람들도 있다. 나는 이런 사람들도 고자로 봐야 마땅하다고 생각한다. 정신적으로 거세당했다는 것은 인격과 앎과 개성과 독립적인 사고 능력을 거세당했음을 뜻한다. 내시들은 거세당한 후 궁중의 충실하면서도 유능한 통치 도구가 되듯이, 정신적으로 거세당한 사람들도 특정 정치집단의 변형되고 변태적인 '특별한 도구'로 둔갑한다. 정신적으로 어떻게 거세당하느냐 하는 문제는 생리적으로 거세당하는 것 보다 훨씬 더 복잡하다. 지금껏 세계의 어느 학자도 정신적으로 거세당한 사람들의 역사를 문자화시키지 못한 터에 내가 여기서 한마디로 단정하기는 힘든 일이다.

그러나 중국의 경험으로 말하자면 정신적 거세는 20세기 중국의 중대한 정신 현상 중의 하나이다. 1957년 한 해만을 놓고 보더라도 '거세당한 지식인'이 50여만 명에 이른다. 문화대혁명 중에는 거세의 범위가 지식인에게만 머무르지 않고 훨씬 더 광범위해졌다. 생리적인 거세와 정신적인 거세는 비록 '거세'라는 형태는 같지만 그 원인과 결과는 완전 딴판이다. 거세당한 사람들 중에는 '수난' 이후에도 여전히 자기의 독립적인 인격을 견지하는 경우도 있다. 결코 범상치 않은 이들은 20여 년에 걸친 시련 속에서도 시종일관 정상적이고 건강한 정신 상태를 유지하는 놀라움을 보여 주었다.

어떤 두 종류의 상황이 아주 판이하면 결과 또한 판이하게 다른 형태로 나타난다고 볼 수 있을 터, 정신적인 고자 현상도 두 종류의 병적인 상태로 나타났다. 그 하나는 거세당한 후 음기만 성해지며 양기가 쇠하고 인격이 약화되는 상태이다. 심지어는 남자가 점차 여성화되어 남자에게 있어야 할 최소한의 용기마저도 상실해 버린 것이다. 진인락陳寅烙 선생이 시에서 언급한 것처럼, "남자들은 잇달아 게이화되어 가고, 한 사람 한 사람씩 온순하게 길들여져, 성질이나 기골은 흔적도 없이 사라져서, 본래는 긍지를 지닌 '인민'이었건만, 어느새 스스로를 하찮게 여기는 순둥이가 되어 버린 것"이다. 순둥이도 때로는 거세당한 수탉처럼 겉으로는 시뻘건 볏에 선명한 깃털을 가진 멀쩡한 겉모습을 하고 있지만, 그 안에는 이미 생명의 활력과 선천적 기개가 사라지고 없다.

다른 하나는 거세당한 뒤 자신의 분노를 삭일 길 없어 가슴속의 화기火氣만이 날로 거세지는 상태이다. 이런 불은 정상적인 것이 아닌 사악한 불이다. 이런 불은 어느 정도 타오르게 놓아둘 시간이 필요한 법인데, 누구 말대로 일정 기간의 '단련'을 겪고 나면 정치적 내시와 꼭 같아진다. 나이 어린 내시 시절 가슴 가득 끓어오르던 화기가 권력을 쥐고 나면 어김없이 다른 사람들을 능멸하는 왕성한 사기邪氣로 변하는 것과 같다.

정신적 거세를 당했던 지식인들이 몸을 추슬러서 재차 권력의 길에 들어서면 이때부터 자신의 사악한 불을 마구 방출해 낸다. 이런 사악한 불은 괴상야릇한데다 흉포하기까지 하다. 애초 '우파'라는 죄목으로 두들겨 맞았던 그들이 이번에는 극좌파로 둔갑하여, 어찌 된 영문인지 자신들이야말로 혁명 학설과 '연을 맺은' '진정한 마르크스주의자'라며 목청껏 떠벌리고 다니는 것이다. 이는 양갓집 처녀 장소선과의 결혼에 집착하는 소덕장과 똑같은 사고선상에 서 있는 것이다.

이들은 과거의 불합리하고 불공평한 사회적 상황 하에서 '우파'로 분류되어 좌익 혁명학설과 연을 맺을 권리를 박탈당했던 사람들이다. 그러던 이들이 이제 몸을 추스르고 명성까지 거머쥐게 되자 마치 전투하듯 성대한 결혼식을 올림으로써 보다 열렬하고, 보다 혁명의 원칙을 견지하는 듯보이는 것이다. 거기다 이들은 사람들이 자신들을 '혁명의 원로' 내지는 '좌파의 원로'라고 불러 주기를 원한다. 이들 원로들은 흉악무도하고, 그 행동이나 비판 문장은 황당무계하기 일쑤여서 사람들을 어리둥절케 하는 일이 다반사다. 이들이 사용하는 '비판의 몽둥이' 또한 괴이쩍기 그지없다. 그 몽둥이는 소덕장이 사용한 소금물과 핏물에 절인—소금물과 핏물은 아니더라도 최소한 쓴 물에라도 절였을 법한—대나무 막대기와 같아서 사람에게 극도의 육체적 고통을 주지만 죽음에 이르게는 하지 않는, 그럼으로써 정책에 주의하도록 만드는 것이다.

상술한 황당무계한 정신적 고자들은 고자들 중의 한 부류에 불과하다. 이들은 분명 정신적으로 거세당한 진짜 고자들이다. 그러나 이들보다 더 무서운 부류는 거세당하지 않았으면서도 거세당한 척하는 가짜 고자들이다. 가장 유명한 가짜 고자는 바로 여불위呂不

韋[10]가 진시황의 어머니에게 보내 준 그 유명한 노애嫪毐였다. 얼마나 감쪽같았던지 진시황조차 한참이나 속았다. 사람들이 거세당한 사람들에게 동정심을 가지며, 별다른 경계심 없이 좋은 말만 해 준다는 점을 가짜 고자들은 잘 알고 있다. 실제로 거세당한 적이 없는 이들은 여전히 신체 건장한 극좌파로서 남다른 정치 감각과 뛰어난 욕망 제어의 능력을 지닌 자들이다. 그런 만큼 그들이 갖는 위험성은 더욱 크다. 1957년에 '우파'로 몰려 타도되었다가 복권된 후 현 정권의 이론가로 자처하는 사람들이 어째서 그토록 악독한지를 수많은 선량한 사람들은 전혀 알지 못한다. 이 의문점도 어쩌면 앞서 말한 진짜 고자와 가짜 고자의 현상 중에서 일말의 실마리를 얻을 수 있지 않을까 싶다.

최근 몇 년 동안 나 자신이 몇몇 정치적 고자들에게서 시달림을 받노라니, 영혼이 결핍된 이들의 성격이 유난히 괴팍하여서 시도 때도 없이 열을 내다가도 순식간에 차가워지는 등, 나를 핍박함으로써 자신들의 심리적 보상을 받으려 한다는 것을 직접 느낄 수 있었다. 그러고 나서 나는 이들 고자들에게 통절지감痛切之感을 갖게 되었다. 나는 정신적 고자들의 이런 기이한 현상들을 겪으면서 인간의 정신과 영혼은 충분히 존중되어야 마땅하며, 인간의 정신과 영혼 또한 육체적인 생식기와 마찬가지로 함부로 거세해서는 안 된다는 생각이 들었다.

정신과 영혼이 거세당하고 나면 정신적으로 심각한 붕괴 현상이 일어나게 된다. 이런 정신적 장애인들의 정신적 보상에 대한 욕망은 육체적인 생식기를 거세당한 사람의 그것보다 훨씬 강렬하다. 육체적으로 거세당한 내시는 천민이 아닌 신민臣民으로 궁궐에서 생활하는 반면, 정신적으로 거세당한 사람들은 예외 없이 천민의 일을 담당하기 마련이어서 그들이 견뎌야 할 압박 또한 내시에 견주어 훨씬 무겁기 때문이다.

육체적 거세 현상은 사람들에게 쉽게 발견된다. 그러나 정신적 거세 현상은 사람들이 좀처럼 알아채기 어렵다. 정신적 거세로 야기되는 대대적인 사회적 심리적 변태와 민족성의 변형은 실로 경악할 만한 것이다. 현재 중국의 지식인들이 담대하지 못하고 유약하다는 많은 지적이 터무니없지만은 않다. 이런 비평을 들을 때마다 나는 늘 침묵으로 일관한다. 거의 모든 중국의 지식인들이 정도는 다를지언정 정신적으로 거세당한 것은 사실이기 때문이다. 지식인을 대상으로 한 사상개조 운동의 소용돌이 속에서 지식인들은 줄줄이 자신의 태도를 보여 준답시고 스스로 자신의 꼬리를 잘라 내야겠다고 느꼈다. 이는 기실 지식인들 스스로 마지막 남은 독립적 정신과 독립적 인격 역량을 잘라 내야겠다고 느낀 것과 진배없다.

중국 대륙에서 지식인을 대상으로 자행된 가장 강력한 거세 행위는 바로 정치 운동이다. 강제성 정치 운동이 아니었다면 뿌리 깊은 나무처럼 굳세었던 지식인의 정신과 영혼이 그토록 쉽게 거세당하지는 않았을 것이다. 인간의 정신과 성격에 끼치는 정치 운동의 영향은 그토록 지대하다. 정치 운동이 야기한 민족성의 변형과 변태에 대한 책임은 쉽사리 벗어 버리지 못할 것이다. 인위적인 정치 운동은 늘 방대한 고자 집단만을 만들어 내는 법이다. 그 정신적 고자 몇몇이 나를 붙잡고 놓아 주지 않고 있지만 나는 그들에게 아무런 감정이 없다. 도리어 그들의 거세당한 정신과 영혼에 연민을 느낀다. 이제 고자 현상을 빚어 낸 정치 운동은 궁정의 내시들처럼 역사의 흔적으로만 남아야 한다는 생각뿐이다.

---

1) 테오도시우스 1세가 죽은 뒤 동·서로 분열한 로마제국 중 동방제국(330~1453)으로 동로마제국이라고도 한다. 1453년 오스만투르크 제국의 술탄 메메드 2세의 점령으로 멸망했다.
2) 아르타크세르크세스 3세와 그 아들을 죽인 뒤 왕조의 친족인 다리우스를 왕위에 앉혀 임의로 정권을 농락하려 했다. 그러나 결국 다리우스에게 피살당했다.
3) 옴미아드 왕조의 뒤를 이어 750~1258년에 동방 이슬람 세계를 지배한 왕조로. 945년에 이르러서는 부와이 왕조가 수도 바그다드를 점령함으로써 사실상 아바스 왕조는 붕괴되었으며, 1258년 바그다드가 몽골군에게 유린되면서 칼리프制는 완전히 몰락했다. 아라베스크라고 불리는 유명한 장식 무늬를 낳았다.
4) 이슬람 제국의 주권자라는 뜻의 칭호로 '대행자'라는 뜻의 아라비아어 하리파가 와전된 말이다. 예언자 마호메트가 죽은 후 그가 이룩한 교단 국가의 최고 지도자로 뽑힌 아부 바크르가 '신의 사도의 대행자'라고 칭한 이래 '대행자', 즉 칼리프가 이슬람 제국 주권자의 칭호가 되었다.
5) 북아프리카에서 이집트 및 시리아까지 지배한 시아파 이슬람왕조로 969년 이집트를 정복하여 카이로를 건설하고 이곳으로 수도를 옮기고부터는 시리아에도 지배력을 넓혀갔으나 십자군에 패하여 점차 쇠퇴했다. 1171년 살라딘에 의해 멸망당했다.
6) 북송 말기인 1120년 수탈을 견디다 못한 방랍 등이 절강성에서 일으킨 농민반란.
7) 『史記』의 저자로 흉노의 포위 속에서 부득이 투항하지 않을 수 없었던 벗 이릉 장군을 변호하다 황제의 노여움을 사서, BC 99년 남자로서 가장 치욕스러운 궁형을 당했다. 『사기』의 완성을 위하여 죽음을 선택할 수 없었던 그는 기원전 90년에 드디어 『사기』를 완성했다.
8) 명나라의 환관·무장으로 영락제가 황제에 즉위하자 환관의 장관인 태감에 발탁되었으며, 鄭씨 성을 하사받았다. 1405년부터 1433년까지 영락제의 명을 받아 전후 7회에 걸쳐 대선단을 지휘하여 동남아시아에서 서남아시아에 이르는 30여 국에 원정하여 명나라의 국위를 선양하고 무역상의 실리를 획득하였다.
9) 의화단 사건 때 영국과 프랑스 주축의 연합국이 중국을 침략하여 북경을 함락시킨 사건을 말한다.
10) 전국시대 말기 秦나라의 정치가이자 상인으로 주요저서로는 『여씨춘추』가 있다. 조나라의 한단으로 갔을 때, 볼모로 잡혀 있던 진나라의 서공자 자초를 도왔다. 그의 도움으로 귀국한 자초는 왕위에 올라 莊襄王이 되었고, 그 공로에 의해 그는 승상이 되어 문신후에 봉해졌다. 장양왕이 죽은 뒤 『사기』에 여불위의 친자식이라고 기록된 태자 政(진시황)이 왕위에 올랐다. 후에 태후(진시황의 모후)의 밀통사건에 연루되어 상국에서 파면된 후 압박에 못 이겨 마침내 자살하였다.

12 잔인한 인간 · 忍人

'잔인한 인간'(忍人)이라는 단어는 내가 만들어 낸 것이 아니다. 일찍이 『좌전정의左傳正義』[1) 「문공원년文公元年」에 자상子上이 상신商臣을 평가하면서 "상신의 눈은 벌처럼 생겼고 목소리는 승냥이 같으니 상신은 '잔인한 인간'(忍人)"이라는 문장에서 사용되고 있다. '벌 눈'이란 벌처럼 툭 튀어나온 눈을 말하며 '승냥이 소리'란 승냥이의 울음소리와 같은 음성을 의미한다.

중국의 관상가들은 관상과 함께 심상心相을 즐겨 보았다. 심상을 살피다 보면 자연스레 목소리도 참고하지 않을 수 없는데, 벌 눈이 관상이면 승냥이 소리는 심상에 해당하는 부분이다. 조익趙翼[2)]은 『구북집甌北集』 제7권의 「관상쟁이 팽철취彭鐵嘴에게 보내는 편지」에서 "옛날 사람들이 관상과 심상을 보는 방법은 다음과 같으니; 승냥이 소리를 내는 사람은 잔인하고, 새 부리와 같은 입을 가진 사람은 독종이고, 솔개의 골격을 가진 사람은 성질이 조급하고, 소의 배를 가진 사람은 행동거지가 경망스럽습니다"라고 말했다. 이 또한 승냥이 소리를 내는 사람의 성격에 '잔인'(忍)한 면이 있음을 말해 준다. 벌 눈과 승냥이 소리는 다 잔인한 사람의 표징이다.

그러나 반드시 이러한 표징대로만 되는 것은 아니어서, 중국에서 '잔인한 인간'의 대명사인 진시황도 그 생김새가 벌과 관계가 있긴 했지만 벌 눈이 아닌 벌 코의 형상을 하고 있다. 『사기』「진시황본기」에는 "진시황의 생김새는 벌 코에 눈이 기다랗다"라고 적혀 있다. 아마도 '벌 코'가 '벌 눈'보다 더 잔인한 모양이다. 그렇지 않고서야 분서갱유焚書坑儒 같은 엄청난 짓을 감히 저지를 수 있었겠는가? 진시황이 '잔인한 인간'이 아니었다면 지식인을 도살하고 문화를 말살하는 선례를 남길 수 없었을 것이다.

나는 관상쟁이는 아니지만 '벌 눈'과 '승냥이 소리'를 '잔인한 인간'의 관상학적 표징으로 꼽은 점은 이해가 간다. 중국인들은 동물적 특성을 가지고 인간의 특정 성질에 비유하기를 좋아한다. 예컨대 돼지는 바보같이 미련한 인간을, 여우는 교활한 인간을, 개는 천한 인간을, 고양이는 아첨하는 아부꾼을, 호랑이는 용맹한 인간을 비유하는 데 쓴다. 누군가 "이 세상 모든 만물이 내 안에 갖추어져 있는"(萬物皆備於我) 경지에 이르렀다고 말한 적이 있는데 이는 이 세상 모든 만물을 다 자신의 품 안에 아우른다는 뜻이 아니라 각종 동물적 특성을 한 몸에 모아 놓았다는 의미이다. 승냥이의 흉악함과 벌의 악독함을 한 몸에 가지고 있는 사람을 '잔인한 인간'이라고 부르는 것은 지극히 타당한 일이다.

그러나 내가 말하려고 하는 '잔인한 인간'은 관상과 심상을 개괄해서 나온 개념이 아니다. 벌 눈과 벌 코는 알아보기가 그나마 낫지만 승냥이 소리를 가려내기란 몹시 힘들기 때문이다. 특히 오늘날의 중국에는 무차별적인 산림 남벌로 승냥이가 거의 사라진데다, 나도 지금껏 승냥이 소리를 들어 본 적이 없으니 어떤 목소리가 승냥이를 닮은 소리인지 구별하기는 애당초 불가능한 일이다. 오늘날 우리 사회에서 살육을 들먹이거나, 계급 투쟁이 지상 목표가 돼야 한다고 떠들어 대는 소리를 승냥이 소리라고 한다면 가능할지도 모르겠다. 그렇지만 보나마나 한동안 논쟁이 끊이지 않을 터, 차라리 벌 눈과 승냥이 소리를 '잔인한 인간'의 표징으로 삼는 게 더 나을 듯싶다.

내가 생각하는 '잔인함'(忍)은 '불인不忍'(인간으로서 차마 하지 못함)과 상응하는 개념이다. 이 '불인'은 중국의 문화적 전통에서 굉장히 중요한 개념으로, 맹자가 불인지심不忍之心을 특히 강조하였다. 맹자는 인성人性 중에 있는 선량한 일면을 불인지심과 측은지심惻隱之心이라고 보았다. 즉 불인지심은 양심良心이다. 인간이 인간일 수 있는 가장 큰 특징이며 야수와 구별되는 바로 그 구분점이다. 누군가가 학대받거나 죽임을 당하거나 박해받는 모습을 본다면 틀림없이 불쌍한 마음이 들 것이다. 이런 동정심은 야수에게는 없는 것이다. 아녀자나 어린아이가 강물에 빠져 허우적거리는 광경을 보면 누구나 안타까움을 느끼기 마련이다. 또한 인간 백정이 사람의 팔과 다리를 자르거나 머리를 베어 죽이는 장면을 태연히 눈 뜨고 볼 수 있는 사람은 거의 없을 것이다. 이것은 인성의 세계에서 아주 신비한 어떤 힘이 작용하기 때문이다. 중국의 옛 성인들은 이런 신비한 힘을 일러 '불인지심'이라고 하였다.

나는 불인지심을 가진 사람이 바로 정상적인 사람인 줄 안다. 반면 '잔인한 인간'은 불인지심을 말끔하게 씻어 내버린 사람이다. 이들은 인류가 당하는 혹독한 불행과 재난과 잔학한 폭력 앞에서도 결코 동정하거나 동요하지 않는다. 잔인한 광경을 목도하고도 마음의 동요가 전혀 일지 않으니, 그 자신이 언제든지 살인자로 돌아설 가능성을 충분히 지닌 셈이다. 더욱 중요한 것은, 이들은 스스로가 잔인한 짓을 저지를 수 있는데 그치지 않고, 일말의 동요도 없이 태연하게 그 행위를 즐기듯 감상한다는 점이다. 이들이 바로 '잔인한 인간'이다.

중국에 "눈 하나 깜짝 않고 사람 죽일 놈"이라는 욕이 있는데 이런 욕을 듣는 놈이 바로 '잔인한 인간'이다. 만약 인간의 내면에 야수와 구별될 수 있는 인성이 조금이라도 있다면, 자신의 동료가 죽어나가는데도 눈 하나 깜짝하지 않을 수 있으며 한순간이나마 마음의 동요가 일지 않을 수 있겠는가? 그러나 세상에는 이런 사람들이 실제로 존재하며 중국 역사만을 보더라도 적잖다. '능지처참', '살가죽 벗겨 죽이기', '기름에 튀겨 죽이기', '말 다섯 필로 시체 찢기'(五馬分尸), '구족의 씨 말리기'(株連九族) 따위의 형벌을 고안해 낸 자들이 그들이다. 이런 형벌을 고안해 내거나 집행하는 사람 모두를 '잔인한 인간'이라고 불러도 아무 무리가 없을 듯하다.

나는 예전에 친구에게 "잔인한 인간은 인간으로 진화가 덜 된 사람일 것"이라고 말한 적이 있었다. 그때 친구는 "인간과 동물의 구분은 도구를 만들어 쓸 수 있느냐 아니냐 하는 데 있다. 만약 이들을 진화가 덜 된 인간이라 한다면 이들이 어떻게 그토록 정교한 형구刑具를 만들 수 있었겠는가"라며 반박하였다. 생각해 보니 친구의 말에도 일리가 있어 종래의 주장에서 한 걸음 물러나 '잔인한 인간'이란 기본적으로 인간으로의 진화는 끝났으되 야수와 가장 근접한 사람이라고 생각을 바꾸었다.

중국의 '잔인한 인간' 중에서 비교적 유명한 사람들은 대부분이 궁정宮廷에서 나왔다. 일반 사람 중에도 물론 많은 '잔인한 자'들이 있었겠으나 일반 사람들의 '잔인함'에 관한 이야기들이 후세에까지 전해지기란 사실 쉽지 않다. 반면 궁정에서 살거나 고위 관직에 있으면서 난폭하고 잔인한 짓을 행한 사람들의 이야기는 역사가들이 이를 기록으로 남긴 탓에 후세까지 전해질 수 있었다.

중국에는 잔인하기 짝이 없는 황제나 황후의 이야기가 매우 많다. 일찍이 기원전 천여 년경에 주紂[3]라고 하는 아주 잔인한 인간이 있었다. 주왕은 '포격지형炮格之刑'[4]이라고 하는 형벌을 썼는데 조정의 대신들이나 일반인을 바비큐처럼 구워 내는 형벌이었다. 더욱이 직언을 하는 제후 매백梅伯을 죽여서 육포와 젓갈로 만든 후 여러 제후들에게 나누어 주어 먹게 했다. 심지어는 직언을 하는 왕자 비간比干[5]을 죽인 후 심장을 끄집어내게 했으며, 문왕의 아들 백읍고伯邑考[6]를 삶아서 고깃국을 만들어 먹었다. 보통 사람으로서는 도무지 믿기지 않는 일이다.

주왕의 잔인함은 그가 살육을 저지른 데 있지 않고 살육을 즐겼다는 데 있다. 그는 비간을 죽인 후에 심장을 꺼내 감상하기까지 했다. 『사기』는 "왕자 비간의 가슴을 가른 후에 그 심장을 보았다"라고 기록하고 있다. 잔학무도한 짓을 애첩 달기妲己[7]와 즐기는 오락쯤으로 여긴 그는 인육人肉으로 먹을거리를 만들어 제후와 왕들에게 나누어 주기까지 했다. 이러한 짓을 저지르자면 우리의 인성 속에 들어 있는 불인지심을 하나도 남기지 않고 솔로 박박 문질러서 깨끗이 씻어 없애야 한다. 그렇지 않고 위와 같은 행동을 하기란 실로 불가능하다.

한대漢代의 여후呂后[8] 또한 '잔인한 인간'으로 상당히 유명했다. 한

고조漢高祖 유방劉邦이 죽은 후에 조정을 장악한 그녀는, 공신功臣을 죽이고 적들을 하나하나 토벌하며 섬멸해 가는 과정에서 역사상 유례없는 악랄하고 잔인한 방법을 사용하였다. 문화대혁명 시기에 "적에게는 좁쌀만큼의 인정도 베풀지 말라"는 구호와 딱 맞아떨어지는 그런 방법이었다. 그녀가 척부인戚夫人과 그 아들 조왕趙王을 죽인 방법은 사람으로서는 정녕 눈뜨고 볼 수 없을 정도로 끔찍스러운 것이었다. 『여태후본기』에 기록된 내용은 이렇다.

> 태후가 마침내 척부인의 손과 발을 자르고 눈알을 빼고, 귀를 지져 멀게 했으며 벙어리가 되는 약을 먹이고는 변소의 똥 떨어지는 곳에 살게 했다. 그리고는 '사람 돼지'라고 이름하였다. 며칠이 지난 후 효혜제孝惠帝를 불러서 '사람 돼지'를 감상토록 했다. 효혜제가 이를 보고는 누구냐고 물었다. 그는 그 '사람 돼지'가 척부인임을 알고는 울부짖다가 그만 병이 들어 한 해가 다 가도록 일어나지 못했다. 측근을 통해서 여태후에게 "이런 짓은 사람이 할 일이 아닙니다. 당신의 아들로서 저는 도저히 이 천하를 다스릴 수 없습니다"라고 말했다.

여태후의 이런 잔인한 행위는 '잔인한 인간'의 전형적인 모습이다. 효혜제는 여태후의 아들에다 황제의 신분이었다. 그럼에도 아직 불인지심이 남아 있어서 척부인에게 가해지는 잔혹한 참상을 차마 눈뜨고 볼 수 없었다. 그는 이때부터 병을 핑계로 정치에 관여하지 않았다.

황제의 신분으로 사람을 죽인 기록도 있는데, 이는 결코 놀랄 일이 아니다. 잔인한 황제로 후대에 이름을 떨친 황제들 거개가 그 잔악함이 유별났다. 예를 들어 영락대제永樂大帝로 불리웠던 명대의 성조成祖 주태朱棣는 죽인 사람의 엄청난 수와 극도로 잔혹한 방법으로 이름을 떨쳤다. 그는 정난靖難을 명분으로 내세우며 혜제惠帝를 내몬 후에 정난군에 대항했던 전조의 고관들을 몽땅 사형에 처하고, 심지어는 삼족에서 구족까지 2,500여 명을 죽여 버렸다.

그 중에서도 혜제의 어전시강御前侍講이었던 방효유方孝孺와 어사대부御史大夫였던 경청景清을 죽인 방법은 일찍이 유례를 찾아볼 수 없는 극악무도한 것이었다. 성조가 수도를 점령한 후에 방효유에게 황제 등극을 알리는 조서詔書를 기초하라고 명하였는데, 방효유는 이를 거부했을 뿐 아니라 '연적찬위燕賊簒位'(북경의 도적놈이 황제의 자리를 찬탈하다)라는 네 글자를 큼직하게 써 놓았다. 머리끝까지 노기가 치민 성조가 방효유에게 물었다. "너는 너의 구족이 멸문의 화를 당하여도 좋으냐?" 그러자 방효유가 욕을 하며 대들었다. "십족을 멸한다 할지라도 나를 어찌할 수는 없을 것이외다!"

이 말을 들은 성조는 과연 방효유의 구족에다 학생의 일족을 더해서 십족을 멸하였으니, 한번에 죽인 자가 800여 명에 이르렀다. 그리고 방효유는 양쪽 귀뿌리까지 갈라 죽인 다음 저잣거리에서 사지를 찢어 버렸다. 경청 또한 구족이 멸문의 화를 입었다. 멀리 시골에 있는 친척들까지 남기지 않았으니 그야말로 '일망타진'한 셈이다.

이 외에도 명 성조 주태가 병사를 일으켰을 때 혜제의 산동山東 참정參政(재상 밑에서 국정을 보좌하던 벼슬)이었던 철현鐵弦은 제남濟南에서 주태의 군대를 수차에 걸쳐 패배시켰다는 죄목으로(물론 철현은 그 덕에 혜제 밑에서 병부상서에까지 올랐다) 가장 잔인한 처벌을 받았다. 철현의 처벌은 이해 못할 바도 아니다. 헌데 이미 황제의 지위에 오른 그는 "철현의 귀와 코를 베어 버리고……그의 몸을 한 촌寸

씩 깍두기 썰 듯 토막 내어 버려라……그리고는 큰 가마솥에 기름을 가득 채우고 기름이 졸을 때까지 바글바글 끓인 후에 깍두기 모양으로 만든 철현의 시체를 넣고는 숯을 만들어 버려라!"고 명령한다. 자르고 토막 내어 기름에 튀기고 인체를 숯 덩어리로 만들어 버리는 행위는 잔인함의 극치를 보여 준다. 이런 잔인한 행위는 중국 사람들의 정신 상태에 깊은 영향을 주었다. 중국의 정치 투쟁사에서 변절자가 유달리 많은 것은 중국의 흉악무도하고 잔혹한 형벌과 무관치 않은 듯싶다.

'잔인한 인간'을 향한 일반인의 분노는 지극히 당연한 일이다. 주왕紂王이나 여태후 등은 후인들에게 저주의 대상이 되었고, 황제의 자리에 오른 후 문무文武를 아우르며 뛰어난 재능과 원대한 포부를 펼친 영락제 역시 잔인함만큼은 후인들이 도저히 용인할 수 없는 부분이다. 중국어의 '용인容忍'이라는 두 글자에도 한계는 있다. 여태후의 척부인 살육과 주태의 정적 살해는 그 이유를 불문하고 인류의 보편적 도덕으로는 용인하기 힘든 부분이다. 만약 이런 잔인한 행위를 거부할 수 있는 지각력知覺力이 인류에게 없다면 인류는 멀지 않아 야수처럼 퇴화하고 말 것이다.

이 세상의 일이란 참으로 복잡다단한 법이어서 어떤 행위든지 절대적이고 유일한 해석은 존재하지 않으며 여러 가지 해석이 동시에 존재할 수밖에 없다. 아무리 잔인한 행위일지라도 지극히 합리적인 행위로, 심지어는 신성한 행위로까지 해석될 수도 있다. 잔인한 행위를 신성시하는 구실은 시간이 지나면서 바뀐다. 때로는 '법치法治의 필요'에 따라, 때로는 '예치禮治의 필요'에 따라, 혹은 '혁명적 필요'와 '개혁적 필요성'에 따라 수차례 바뀌어 왔다. 이는 학자적 양심을 가진 학자들이 늘상 고뇌하는 문제이기도 하다.

벌 코의 진시황은 분서갱유를 통해서 그 당시에는 희귀했던 지식인 400여명을 생매장시켜 버렸다. 그 이유가 어떠하든 잔인한 방법으로 지식인을 까닭 없이 살해한 야만적 행위는 인간이 인간일 수 있는 도덕적 준칙에 절대 맞지 않는 것이다. 그럼에도 역사적으로 이런 진시황을 변호하려 애쓴 사람이 없지 않다. 그들이 진시황 변호의 구실로 내세운 것은 '법치의 필요'였다. 1970년대에 들어서면서 인류 사회는 전에 없이 비약적으로 문명화되었다. 그런데 문명화된 이 시대에도 분서갱유는 역사적인 '업적'으로 부각되었고, 진시황은 '위대한 법치주의자'로, 즉 지식인을 대대적으로 핍박하던 당시 문화대혁명의 선구자로 추앙되었다.

'유가를 비판하고 법가를 재평가하는'(批儒評法) 운동의 와중에서는 진시황을 비판하거나 욕하는 행위는 '죄'로 간주되어, 이 죄를 범한 사람은 반드시 '개인주의와 투쟁하고 수정주의를 비판'(鬪私批修)하는 '속죄'의 과정을 거쳐야만 했다. 문화대혁명 시기를 살던 청년들은 분서갱유라는 잔학 행위를 어떻게 평가해야 할지 갈피를 잡을 수가 없게 되었다. 옳고 그름이 너무도 빤한 역사적 사건임에도 불구하고 그 시비를 분명하게 가려내지 못하게 된 것이다. 이렇게 되자 분서갱유를 저질렀던 진시황은 다 그럴 만한 이유가 있어서 그런 것이고 유생들은 그런 일을 당해도 싸다고 간주되어 또다시 생매장당하는 꼴이 되었다.

법치의 명분으로 행하는 변호도 경악할 만하지만, 예치의 명분으로 이루어지는 변호는 경악을 뛰어 넘어 공포의 전율마저 느끼게 한다. 오우吳虞[9]는 『식인과 예교』(吃人與禮教)에서 장홍臧洪과 장순張巡

이 첩을 죽인 사례를 들어, 군신지예君臣之禮를 명분으로 사람을 죽이고 먹는 일이 옳다는 생각은 잘못됐음을 강조하고 있다.

안록산安祿山의 난 때, 현종玄宗의 휴양성睢陽城을 수비하던 장수 장순은 안록산의 포위가 오래가자 성안의 식량이 다 떨어져 기아선상을 헤매게 되었다. 장순은 성을 끝까지 지켜 냄으로써 왕조에 충성을 다할 마음으로 자신의 애첩을 죽인 후 그 고기를 병졸들에게 나누어 주어 먹게 했다. 그는 휘하의 군사들에게 "국가를 위해서 힘을 다해 성을 지키자. 우리에게 항복이란 없다. 내 비록 나의 살을 도려내어서 그대들을 먹일 수는 없지만 어찌 내 부인의 뼈와 살을 아까워하겠는가!"라고 했다. 장순이 그의 애첩을 죽인 후에 모든 군사들이 눈물을 흘렸으며 성안의 모든 백성들이 감동하였다. 성안의 백성들은 장순을 본받아서 너도나도 자신의 부인과 자식을 죽였고 대략 2, 3만 명 정도를 먹어치웠다.

장순이 자기의 애첩을 죽이고 그 인육을 군사들에게 나누어 주어 먹게 한 짓이 옳으냐 그르냐 하는 문제는 지금까지도 논쟁거리로 남아 있다. 장순의 고사는 『당서唐書』「충의전」에 수록되어 지금껏 충의의 전범으로 전해져 내려온다. 그의 행위가 잔인하기는 하지만 충성의 원칙과 군신지예에 걸맞다는 이유에서이다. 최고 지도자에게 충성을 다한다는 명분 하나만으로 대규모의 직접적 식인 행위가 신성한 행위가 되고, '잔인한 인간'이 성인聖人으로 당연하게 둔갑할 수도 있는 것이다.

역사의 황당무계함이 현대인에 의해 거듭되다 보면 자연 그 도가 더 심해지기 마련이다. 5·4운동 때, 장순이 자신의 애첩을 죽인 행위는 비난받을 일이었다. 문화대혁명 시기에 이르러서는 장순이 누구인지도 모르는 나이 어린 홍위병 지휘자들이 "최고지도자에게 충성을 다하자"는 기치 아래, 마구 사람을 때리고 살인도 서슴지 않았으며, 일만一萬의 다리로 사람을 짓밟는 짓을 '충의忠義'의 장렬한 행위로 여겼다. 이들의 도덕적 기준은 장순과 같은 선상에 있는 셈이다. 이 시기에는 잔인함이 신성함으로 둔갑하여 성인聖人의 명분으로 '잔인한' 행위를 저지르는 일이 유행처럼 번졌다. 어떤 잔인한 행위와 맞닥뜨렸을 때, "아주 훌륭합니다"라고 하지 않고 "정말 X같군요"라고 솔직하게 말한다면 그 순간부터 숱한 문제들이 생겨나기 때문이다. 더욱 기가 막히는 것은 혁명의 명분으로 행해지는 변호이다. 장헌충張獻忠(명나라 말기의 流敵)이나 손가망孫可望 같은 농민혁명 지도자들의 잔인성은 삼척동자도 아는 바다. 이들은 적에게 '살가죽 벗기기'와 같은 극도의 잔악한 행위를 저질렀는데도 혁명 중이었다 해서 모든 죄악에 면죄부를 주고, 이들을 기리는 송가頌歌까지 바쳤다.

문화대혁명 동안 "XXX를 기름에 튀겨 죽이자"라든지 "XXX를 갈가리 찢어 죽이자"라는 구호를 들을 때면 그만 모골이 송연해지곤 했다. 6, 70년대의 중국에서는 날마다 이런 구호들 천지였고 그때마다 심장이 벌렁벌렁 뛰었다. 문화대혁명이 막을 내리고 나서도, 장지신張志新의 목구멍을 갈라 버린 일을 비롯하여 허다한 참상을 들을 때면 며칠을 내리 악몽에 시달렸다. 잔인한 구호와 행위는 언제나 '혁명'이라는 단어에 의해 엄폐되었다. 엄폐하는 이들이 주로 들이대는 것은 '반란을 일으키는 데에는 이유가 있다'(造反有理)는 최고위층의 지시 사항이었다. 아울러 "혁명은 손님을 초대해서 밥을 먹거나 그림을 그리거나 자수 놓는 일이 아니며 한 계급이 다른 계급을 전복시키는 치열한 행위"라는 말도 덧붙였다. 그러므로 장지신의 기도를 갈라 버리는 일도 혁명이며 그 격렬한 행위 또한 혁명을 하는 데 반드시 필요하다는 것이다. 심지어는 "기름에 튀겨 죽이거나" "갈기갈기 찢어 죽이는 일" 등등도 혁명의 당연한 논리라고 한다.

잔인한 행위에 주어지는 구실이 날로 많아지고 날로 신성시되어 가면서 '잔인한 인간'들은 "굳건한 법가法家" 또는 "강철 같은 혁명 전사" 등의 이름으로 급속하게 그 세를 넓혀 갔다. 내가 아무리 생각해도 이해가 안 되는 일은, 문명의 번식은 그토록 지난至難한데 야만의 번식은 어찌도 그리 빠를 수 있는가 하는 점이다.

현대 중국에서 벌 눈을 가진 사람 수가 많아졌는지 어쩐지는 모르겠으나 승냥이 소리가 이 세상을 가득 채우고 있는 것만큼은 확실하다. 승냥이 소리를 내는 '잔인한 인간'들이 이 세상을 거리낌 없이 제멋대로 휘젓고 다니면서 숭고한 사람으로 존경까지 받는 판이니 불인지심을 가진 사람들이 남의 웃음거리가 되는 것은 당연한 일이다. 불인지심을 지닌 이들은 시대의 변화에도 뒤쳐질 뿐더러 '인간의 도리'를 간직하고 있기에 혁명의 반대편, 다시 말해 역사의 '죄인'이 될 수밖에 없다. 이대로 가다가는 잔인함과 숭고함, '잔인한 인간'과 성인, 죄인과 비죄인非罪人의 경계가 모호해지는 일이 벌어지고 말 터이다.

중국인 대다수는 이제 잔인함을 거부할 수 있는 지각력을 상실한 지 오래되었다. 이렇게 나가면 앞으로 '잔인한 인간' 집단만이 더욱 불어날 것이다. 만약 미래 사회에 계급 투쟁이 존재한다면 그것은 아마도 '잔인한 인간' 계급과 '불인지심'을 가진 계급 간의 투쟁 곧 인간과 야수의 투쟁이 될 것이다.

1) 『春秋左氏傳』을 말하며, 『左氏春秋』라고도 한다.
2) 청나라의 시인으로 호는 구북이다. 주저로는 『二十二史箚記』(36권)가 있으며, 그 외에 『구북집』(53권) 등이 있다.
3) 은나라의 마지막 왕으로 하나라의 마지막 왕인 걸과 함께 포악한 군주의 대명사로 병칭된다. 주왕은 궁중에 연못을 파서 바닥에 자갈을 평평하게 깔고 연못 안에는 술을 가득 붓고 연못 사방에는 비단을 감은 나뭇가지에 고기를 매달아두고 肉林이라 하였다고 전해진다. '酒池肉林'의 주인공이다.
4) '炮烙'이라고도 하며 구리 기둥에 기름을 바르고 아래에 숯불을 피운 후 구리 기둥 위를 걷게 하여 탄불 속으로 떨어뜨리는 형벌이다.
5) 주왕의 숙부로 비간이 주왕에게 충고를 하자 주왕은 "성인의 심장은 구멍이 일곱 개라던데 당신의 심장은 구멍이 몇 개인지 내가 한번 봐야겠소!"라고 하면서 비간을 죽이고 그의 심장을 꺼내 보았다고 전해진다.
6) 서백창(문왕)이 유리라는 유배지에서 학문에 정진하여 성인이 되었다는 소문이 나자 주왕은 인질로 도성에 와 있던 그의 아들 백읍고를 죽여 곰탕을 만들어 서백창에게 보냈다. 서백창이 정녕 성인이라면 자식의 살과 뼈로 만든 곰탕을 안 먹을 테니까 죽여 버리고, 만일 먹는다면 평범한 인간이니까 두려울 것 없으니 살려 주자는 방침이었다. 서백창은 자식의 곰탕인 것을 알면서도 후일을 기약하기 위해 눈물을 머금고 그것을 먹었다.
7) 은나라 마지막 왕인 주왕의 비로 주나라의 武王이 주왕을 토벌하였을 때 달기도 같이 살해하였다. 달기가 실재 인물인지 아닌지는 확실하지 않으나, 주나라 幽王의 애비인 포사와 함께 중국 역사상 대표적인 독부이다.
8) 前漢의 시조인 유방의 황후로 무명의 유방과 결혼하여 평정사업을 도왔고, 유방이 죽은 뒤 아들 혜제를 즉위시키고 실권은 자신이 잡았다. 혜제가 23세의 나이로 죽자, 혜제의 후궁에서 출생한 여러 왕자들을 차례로 등극시키면서 황제를 대행, 여씨 일족을 고위 관리에 등용시켜 사실상의 여씨 정권을 수립하였다.
9) 중국 근대의 사상가로 1906년 일본에 유학하여 중국의 쇠퇴 원인을 유교사상 및 가족 제도의 속박에 있다고 생각하게 되었다. 1915년 진독수가 『신청년』을 창간하자 이 잡지에 그의 反공자사상과 신사상을 호소하였다.

앞잡이 · 倀人 13

'앞잡이'(倀人)라는 단어를 생각하다 보면 절로 『정자통正字通』[1]에 나오는 '위호작창爲虎作倀'(식인호랑이 앞잡이 노릇을 하다)이라는 고사가 떠오른다. 사실 '앞잡이'는 호랑이와 떼려야 뗄 수 없는 관계에 있다. 중국 고대 전설에 호랑이에게 잡아먹힌 사람의 영혼은 그 식인호랑이의 앞잡이가 되어 못된 짓을 일삼는다고 한다. 식인호랑이가 어디서 사람을 잡아먹건 이 '창귀倀鬼'가 붙어 다니며 식인호랑이의 앞잡이가 되어 호랑이를 '모시고' 다닌다고 한다. 그래서 현실 속에서도 호랑이처럼 흉악한 상전을 모시며 그 흉악함을 부추기고 거들어 주는 사람을 '앞잡이'라고 부른다.

나는 앞에서, 명대의 내시였던 유근과 위충현이 수하에 각각 '칠호七虎', '구호九虎' 등을 두고 있었다고 말한 바 있다. 모두 사납고 흉포하기가 그지없어 사람들이 이들을 부를 때 뒤에다 '호虎'를 붙인 것이다. 그러나 사실 이들이 진짜 호랑이는 아니다. 진짜 호랑이는 바로 유근과 위충현이다. 이들은 호랑이의 '창귀' 노릇을 하는 '앞잡이'에 불과하다. 그렇기는 해도 호랑이에 기대어 호가호위狐假虎威를 일삼고, 하수인 내지는 보디가드 역할을 자처하고 나섰으니 이들을 호랑이로 부른들 안 될 것도 없다.

황제는 황제대로 자신만의 앞잡이가 있었고 고위 관료는 고위 관료대로, 하급 관리는 하급 관리대로 다들 자신만의 앞잡이를 두었다. 직위의 높고 낮음을 떠나서 앞잡이들은 하나같이 흉포하고 잔학하며 냉정하고 음험하다는 특징을 지닌다. 체면이니 인의 도덕 따위도 포기한지 오래다. 이들에게 인간적인 면이 조금이라도 남아 있다면 결코 앞잡이가 될 수도 없을 뿐더러 앞잡이 티도 내지 못했을 것이다.

황제의 앞잡이는 고위 관료인 경우가 많다. 이들의 흉악함은 그 대상이 한두 사람이 아닌 다수 대중인 탓에 일종의 기세까지 나타난다. 예컨대 측천무후[2] 밑에서 혹리酷吏로 이름을 떨쳤던 내준신來俊臣이 그렇다. 측천무후는 여자이면서도 빼어난 '난사람'이었다. 여자로서 황제의 자리에 오른다는 것이 결코 쉬운 일이 아니었을진대 그녀는 타고난 영리함으로 황제의 자리에 올랐다. 황제의 자리에 오르고 나서 그녀는 크고 작은 앞잡이들을 아끼고 신임했는데 내준신은 그녀의 앞잡이 중 우두머리였다.

내준신은 측천무후의 신임을 얻어서 시어사侍御史, 좌대어사左台御使, 중승中丞 등의 직책을 역임했다. 성격이 흉악스러운 그는 재임 기간에 추사원推事院을 만들어 크고 작은 사건들을 조작해 내었다. 그는 도당들과 함께 『고밀라직경告密羅織經』(밀고와 고문을 위한 지침서)을 편찬하였으며, 이 책에 기재된 대로 사람들에게 고문을 가해 무고한 죄인을 대량으로 만들어 내었다. 그는 혹독한 고문으로 이름을 떨쳤는데 그의 압박과 고문 때문에 억울하게 자백하고 죽임을 당한 집안의 숫자가 일천을 넘었다. 그의 고문 방법은 다양하기도 한데 그 중에서도 가장 유명한 것이 바로 '열 개의 걸이'(十枷)였다. 당대唐代의 『혹리전酷吏傳』에는 내준신에 대해 이렇게 적고 있다.

> 내준신이 죄수들을 문책할 때면 이들의 죄의 경중을 가리지 않고 무조건 식초를 코에 들이 붓고 나서 옥중에 땅을 파고 이들을 매장했다. 죄수를 항아리에 담아서는 그 둘레에 불을 지펴서 구워 내기도 하였으며 곡식 한 톨 주지 않고 굶겨서 죄수들이 옷 솜을 뽑아 먹는 지경에 이르도록 만들었다. 그가 만든 큰 '걸이'(枷)는 모두 10개가 있었는데 그 이름은 다음과 같다. 첫째는 '빠른 맥박', 둘째는 '호흡 정지', 셋째는 '(인체의) 각종 구멍 돌출'……아홉째는 '빨리 죽기를 원함', 열째는 '집안이 망해도 좋음' 등이었다. 그는 또 죄수들을 똥통 속에서 잠자게 하는 등, 이 세상의 모진 고문 방법은 다 갖추어 놓았다.

고위 관료의 수하에 있던 앞잡이들은 황제의 앞잡이보다 위세는 덜 하나 냉혹하기는 마찬가지다. 『수호전水滸傳』에 등장하는 고태위高太尉('태위'는 무관의 최고 관직명) 고구高俅의 수하에 있던 육겸陸謙을 예로 들어보자. 그는 내준신과 같은 가혹한 고문 도구나 경전은 없었지만 그 잔혹한 성질만큼은 내준신에 절대 뒤지지 않았다. 육겸은 당시 '난사람'이었던 고구의 앞잡이가 되고 나서 고구에게 절대적인 충성을 맹세했다. 그리고 고구를 위해서는 어떤 나쁜 짓도 서슴지 않고 해치웠다. 앞잡이의 사명완수를 위해서라면 어려서부터 호형호제할 정도로 친한 사이였던 임충任沖에게조차 "눈을 돌려 사람을 못 알아본 것처럼" 굴 수 있는 자였다.

그는 고태위의 아들이 임충의 아내를 강탈할 수 있도록 임충이 백호당白虎堂으로 잘못 들어가게 만드는 악랄한 계책도 마다하지 않았다. 임충이 그의 계략에 말려들어 창주滄洲로 귀양을 가자 임충을 압송하는 임무를 맡은 동초董超와 설패薛覇를 돈으로 매수하여서 도중에 그를 죽이려고까지 하였다. 임충이 창주에 도착한 뒤에 육겸은 다시 부안富安과 똘마니들을 데리고 창주에 가서 군사용 건초 보관 창고를 불살라 버렸다. 임충이 불에 타 죽든지 아니면 군사용 건초 보관 창고를 불태운 죄를 임충에게 덮어씌워 사형시키려는 속셈이었다. 계략 하나하나가 한결같이 흉악무도한 것들이었다.

앞잡이 노릇을 하면서 잔혹한 짓을 서슴지 않은 육겸에게는 자신이 섬기는 고태위와는 또 다른 특징이 있다. 그것은 바로 노예 근성이다. '험악한 일'을 해 주는 대가로 주인의 총애를 얻은 탓에, 나쁜 짓을 저지를 때마다 매번 주인에게 알랑거리는 일을 잊지 않는다. 건초 보관 창고에 큰불이 났을 때, 그는 자신의 계략이 맞아떨어진 것을 기뻐하며 똘마니들과 함께 불구경을 하면서도 말끝마다 '주인나리'에 대한 충성의 언사를 빠뜨리지 않았다. "서울에 돌아가서 고태위 나리께 이 일을 알리고 청원을 하면 틀림없이 벼슬자리 몇 개는 나올 걸세. 내가 보장하지"라든가, "임충이라는 놈도 이번 계략에는 빠져 나오지 못할 거야. 그러면 고태위의 병든 아드님께서 틀림없이 쾌차하실 거야." 임충의 뼈다귀 몇 개를 주워서 주인에게 갖다 바치라는 분부도 잊지 않는다. "잘 살펴보아라. 임충의 뼈다귀 몇 개만 주워서 서울로 돌아가면 고태위 나리와 도련님이 우리에게 잘했다고 칭찬을 아끼지 않으실 거야." 이 마지막 말에는 앞잡이들의 노예 근성이 가장 잘 드러나 있다. 주인에게서 "일을 아주 잘한다"는 칭찬만 들을 수 있다면 어떤 악랄한 짓도 서슴지 않을 수 있다.

이처럼 앞잡이에도 대소의 구분이 있다. 육겸과 같은 앞잡이는 내준신과 같은 거물급과는 비교가 되지 않는 중간급이라 할 만하고, 동초나 설패를 비롯한 앞잡이들은 똘마니급이라 할 만하다. 똘마니급은 모략이나 음험함에서는 거물급이나 중간급에 못 미치나 호랑이나 이리의 흉악함이며 다른 사람을 못살게 구는 저질 기술은 상당히 뛰어난 편이다.

동초와 설패를 예로 들어 보자. 이들은 육겸에게서 금 열 냥을 얻은 뒤, 갖가지 저질 기술을 동원하여 임충을 고통 속에 죽어 가게 만든다. 펄펄 끓는 물에 임충의 발을 담그게 하여 발바닥에 온통 물집이 잡히게 만든 다음 새로 삼은 짚신을 신긴 채 하루 종일 걷게 한다. 발에 잡혔던 물집이 다 터져 피가 낭자하도록 고통을 주고 나서 마지막으로는 야저림野豬林(멧돼지 숲)에서 나무에 묶어 놓고 곤장 몽둥이로 때려죽이려고 하였다. 이때 노지심이 등장하여 임충의 목숨을 구해 주고 두 똘마니에게 "좆같은 놈"이라고 한바탕 욕지거리를 퍼붓는다. 도무지 인격이라고는 없는 흉악무도하고 악랄하기 짝이 없는 놈들이니 욕을 먹어도 싸다. 할 줄 아는 건 펄펄 끓는 물에 발을 담그게 하고 고통스러워하는 모습을 즐기는 얻는 몰인성沒人性의 저질 기술이 전부다. 이러니 사람들이 앞잡이들을 업신여기는 것도 지극히 당연한 일이다.

앞잡이는 영웅이나 일반 사람에게 경멸의 대상임은 두말할 나위도 없다. 그러나 야심만만한 정치인들에게 있어서는 멀리할 수만은 없는 존재다. 앞잡이들이 지금껏 대가 끊기는 법 없이 번성하고 득세하는 까닭은 이들이 사냥개의 역할에 충실하기 때문이다. 사냥개는 미더운데다 주인보다 더 뛰어난 후각과 더 날카로운 이빨을 가지고 있다. 사냥개는 늘 주인보다 더 포악을 떨고 더 노골적이며 죽음도 불사한다. 고위 관직에 있는 주인은 자신의 체면이나 정치적인 이미지를 고려하지 않을 수 없고 따라서 체면이나 이미지를 손상시킬 만한 나쁜 짓을 몸소 하기에는 많은 무리가 따른다. 임충을 제거하고 아들을 위해 임충의 부인을 뺏으려는 패악을 고위 관료인 고구가 '몸소' 저지를 수는 없는 만큼 이런 일은 심복을 앞세워서 손을 써야 한다. 앞잡이가 고관에 빌붙어 있긴 해도 고관 역시 이 앞잡이 없이는 꾸려 나가기가 어렵다. 고관과 앞잡이의 상호 결탁은 중국 정치사에 있어서 또 하나의 절묘한 결합 구조라 할 것이다.

호랑이 앞잡이일 뿐 진짜 호랑이도 아닌 자들이 백성들 앞에서는 호랑이의 권세를 빌어 호랑이보다 더 혹독하게 군다. 노신은 일찍이 『이이집而已集』「소잡감小雜感」에서 "허름한 옷을 입은 거지가 동네를 지나가면 동네 똥개들이 미친 듯이 짖어 댄다. 개들이 짖어 대는 것은 사실 주인의 의지와는 상관없는 일이며 주인이 시킨 일도 아니다……동네 똥개들이 종종 그 주인보다 더 무서울 때가 있다"라고 말했다. 앞잡이의 성질이야말로 동네 똥개와 영락없다.

앞잡이들이 일을 그르쳐 주인의 속셈이 들통 난 경우 주인은 주저 없이 이들을 속죄양으로 삼는다. 중국의 정치는 거의 대부분이 이런 속죄양의 정치였다. 어떤 때는 정말로 주인이 앞잡이를 속죄양으로 삼을 때가 있는데 평민들의 분노를 진정시켜야 하는 경우가 그렇다. 이런 경우 앞잡이는 한 바탕 곤욕을 치르게 되는데, 심하게는 주인 대신 형장의 이슬로 사라지는 경우도 있다. 그러나 눈가림용으로 속죄양을 만들어 낸 때도 있다. 주인이 앞잡이를 총애한 나머지 겉으로만 매섭게 대하고 뒤로는 보호해 주는 것이다. 앞잡이를 감옥에 보낸 후에는 이들을 구해 낼 계책을 꾸미고 그 가족의 뒤를 봐준다. 그러면 입은 은혜에 감동한 앞잡이들은 감방 문을 나서는 순간부터 더욱 충실한 사냥개 노릇을 자임하고 나선다.

중국 고대 희극에는 수많은 앞잡이들이 등장한다. 이들 앞잡이들은 살인죄를 저질러도 형장으로 끌려가는 법 없이 도도하고 거만하게 거리를 활보하고 다닌다. 그러다가 여의치 않을 때에는 잠깐 옥살이를 하면 그만이다. 원잡극元雜劇(원대에 유행한 연극으로 북방 음악을 사용함) 『호접몽蝴蝶夢』[3]에서 무대에 오르기 바쁘게 자기 소개를 하는 갈표葛彪의 말을 들어 보자. "저는 갈표라는 놈이올시다. 나는 힘도 있고 빽도 든든해서 사람을 때려 죽여도 까딱없고, 여의치 않으면 그저 감옥살이 좀 하고 나오면 그만입죠. 오늘은 별일도 없으니 저잣거리에 가서 한바탕 휘저어 볼까나!" 갈표는 주인의 심리 상태를 정확하게 파악할 줄 아는 사냥개 중의 사냥개다.

앞잡이들이란 보통 주인보다 더 흉악하고 더 극성인 만큼 현대사회에서도 주인이 '지시 사항'을 내리면 꼭 자기의 생각까지 덧붙여 행동하곤 한다. 예를 들어 주인이 "나 대신 저 놈을 좀 때려 달라"고 지시한다면 이는 그저 몇 대 아프게 쥐어박으라는 뜻이다. 그런데 앞잡이들은 자신의 능력을 과시할 마음으로 더러 그 사람을 때려죽이기까지 한다. 이때도 앞잡이는 주인에게 "일이 좀 잘못돼서 죽어 버렸습니다"라고 보고하면 그만이다. 지금 이 순간에도 되풀이되고 있는 이런 현상을 현대 중국인들은 "더욱 철저하게"라고 말한다.

예나 지금이나 앞잡이들은 '철저하다'는 공통성을 지닌다. 엄정하게 조사하라는 우두머리의 지시는 말 그대로 엄정하게 조사하라는 의미이지 고문을 통해 자백을 받아내라는 뜻은 아니다. 앞잡이들은 수단과 방법을 가리지 않는 모진 고문으로 초죽음이 되게 한 다음 자백을 받아낸다. 고위층에서 누구를 겨냥하여 '자산계급 학술연구가'라고 한마디만 하면 앞잡이들은 한술 더 떠서 아예 누구는 '반동 괴뢰분자'라고 몰아붙인다. 고위층에서 누군가를 그냥 '주자파走資派'라고만 해도 앞잡이들은 그를 '죽어도 반성할 줄 모르는 주자파', 심지어는 '반동 분자' 내지는 '내부의 적'이라고 부풀려서 떠벌린다. 그런가 하면 지도자가 "누구는 자산계급 자유주의자"라고 지목하면 앞잡이들은 그를 '반혁명분자' 또는 '총만 들지 않은 적'이라고 맹비난을 퍼붓는다.

고깔모자를 높이 씌우고는 더 신랄하고 더 세게 몰아붙이는데 그치지 않고 공격 부위까지 한껏 넓히고 나선다. 예를 들어 상급기관에서 300명의 '우파분자'를 척결하라고 하면 앞잡이들은 기어이 400명을 타도한다. 부과된 임무의 초과 완수는 "계급의 적을 강력하고 철저하고 깨끗하게 소멸시키려는" 자신의 충성심을 과시하는 방법이다. "노약자와 병자와 장애자를 제외한 모든 지식인들을 5·7간부학교로 하방下放시키라"는 지시에 이들은 노약자나 병자나 장애자까지 몽땅 다 간부학교로 하방시켜 버린다. 지도자가 "이런 자유주의자는 구속 수사해야 한다"라고 하면 앞잡이들은 이들에게 5년 형, 10년 형을 언도한다. 지도자가 누구누구를 엄중히 처벌하라는 지시를 내리면 앞잡이들은 아예 당연하다는 듯 그를 사형에 처해 버린다.

앞잡이들은 자신의 주인처럼 명성도 없고 체면 차릴 일도 없으니, 그 사회에서 살아남아 출세하기 위해서는 자신의 노력과 흉악함과 충성심에 의지할 수밖에 없기에, 주인의 지시 사항을 더욱 철저히

행하고 두 배로 힘을 쏟는 것이다. 이 점을 이해 못할 바는 아니나 문화대혁명이 끝나고 문혁 기간 동안 잘못 처리되거나 날조된 사건들이 무더기로 쏟아져 나와 세상을 시끄럽게 했던 일도 각계각층에서 '활약'하던 앞잡이들의 '노력'과 무관치 않다.

앞잡이들도 계보가 있어서 여러 등급으로 나눌 수 있는데, 일반적으로 등급이 낮을수록 흉악의 도가 더하기 일쑤다. 지도자 동지께서 하급 기관의 정책 집행이 원래의 모습을 잃었다고 책망하는 것도 전혀 이상할 게 없다. 앞잡이 계보에도 유명한 사람이 많다. 히틀러의 수하에 있던 괴펠스나 스탈린의 수하에 있던 베리아 같은 자들, 그리고 중국의 강생康生 등은 모두 인면수심의 혹리들이었다. 고급 앞잡이인 이들은 수하에 마찬가지로 '앞잡이 조직'을 거느리고 있었다. 이들이 사람들에게 공포심을 주고 위세를 떨칠 수 있었던 이유는 이들이 장악했던 '앞잡이 조직' 덕분이다.

명인 반열에 오른 고급 앞잡이들은 사실 그다지 많지 않다. 대다수의 앞잡이들은 단지 가노家奴이거나 관노官奴에 불과했다. 그러니까 일반인들 말대로 주구에 지나지 않는다. 권력도 빽도 없는 평민들은 이들에게 대들어 봤자 손해만 볼 게 뻔하므로 똥을 피하듯 이들을 피해 다니곤 했다. 앞잡이들의 위세는 바로 그들 주인에게서 나온다. 구장인세狗仗人勢(개가 주인의 위세를 믿고 까부는 것)인 셈이다. 그러니 주인에게 정의롭고 공정한 말을 해줄 수 있는 벗이나 친족이 있다면 이들 앞잡이들을 옴짝달싹 못할 터이다. 『홍루몽』에 등장하는 왕선보의 마누라 같은 앞잡이의 경우가 그러하다.

이 여자는 원래 형부인刑夫人의 몸종에 지나지 않는 사실 가노인 셈이다. 형부인이 대관원大觀園(홍루몽의 남자 주인공 가보옥의 화원)에서 알몸의 남녀가 교접하는 장면이 수 놓여진 향香주머니를 주워 이를 왕부인王夫人에게 갖다 드리라고 왕선보의 마누라에게 시켰다. 왕선보의 마누라는 평소에 대관원의 계집종들이 자신의 비위를 그다지 잘 맞춰주지 않는데 기분이 상해 있던 터라, 이 참에 왕부인을 부추겨 앙갚음을 해 보려고 했다. 그래서 먼저 가보옥의 하녀인 청문을 중상모략하여 끝내 죽음에 이르게 하였다. 여기에 그치지 않고 계속 대관원을 수색하라는 계책을 바쳤다.

주인의 명령을 받은 그녀는 사람들을 거느리고 수색을 진두지휘했는데, '완장'을 차니 눈에 보이는 게 없을 정도로 안하무인이 되었다. 왕희봉조차도 그녀를 어려워할 정도였다. 왕희봉은 왕선보의 마누라가 꾸며 낸 계책을 듣고 나서 말을 했어야 옳았다. 그렇지만 "형부인의 눈과 귀 노릇을 하는 왕선보의 마누라가 노상 형부인을 꼬드겨서 일을 꾸며 내니, 지금도 입을 다물고 있어야 한다"는 것을 알고 있는 그녀로서는 왕선보의 마누라가 사람들을 데리고 하녀들의 방으로 들이닥치는 광경을 속절없이 보고 있을 수밖에 없었다.

이처럼 기세등등한 앞잡이한테 '감히' 대항하는 사람은 탐춘 한 사람이었다. 위세가 하늘을 찌를 듯 등등한 왕선보의 마누라가 탐춘의 치맛자락을 들치자 탐춘은 더는 그녀를 참고 볼 수가 없었다. '철썩' 하는 소리와 함께 이 앞잡이의 따귀를 올려붙이더니 끓어오르는 분노로 인해 새파래진 얼굴로 왕선보의 마누에게 삿대질을 하며 쏘아붙였다. "넌 대체 뭐하는 계집년이냐? 감히 내 치맛자락을 들치다니? 큰어머님의 얼굴도 있고 또 네가 나이 많이 먹은 것을 생각해서 '어멈'이라고 대접을 해 주었더니 개가 주인을 믿고 날뛰는 양 날마다 못된 짓을 일삼더니 이제 우리 앞에서까지 거들먹거리는구나." 탐춘이 쏘아붙인 말이나 행동은 당연한 것이다. 그녀가 왕선보의 마누라에게 쏘아붙인 "주인 믿고 날뛰는 개처럼 날마다 못된 짓을 일삼는다"라는 꾸짖음은 '앞잡이'라는 단어의 뜻을 적확하게 풀이해 주고 있다. 탐춘이 보기에 날마다 못된 짓을 저지르는 이런 종것에게는 시시비비 가릴 것 없이 그저 얼굴에 독을 가득 품고 따귀를 올려붙이는 게 제일이었다.

탐춘이 앞잡이를 대하는 방법은 지극히 간단한, 따귀 한 대 올려붙이는 일이었다. 이 방법은 일반 사람을 상대하기에는 썩 문명적인 방법은 아니다. 그러나 앞잡이를 대하는 데에는 이보다 더 좋은 방법이 없다. 앞잡이에게는 일상적인 도리를 무시하는 특징 말고도 사람들 앞에서 거들먹거리기를 좋아하는 특징도 있기 때문이다. 주인집 아가씨인 탐춘에게 예의며 도리를 따지지 않는 왕선보의 마누라에게는 빰 한 대 올려붙이는 게 제일 좋은 방법이다. 그러면 앞잡이는 더는 거들먹거리지 못하게 된다. 위세 당당하던 왕선보의 마누라도 따귀 한 대에, 그 위세는 온데간데없이 사라지고 고개를 처박은 채 쥐새끼처럼 도망쳐 버렸다. 옛말에 '종이 호랑이'라는 말이 있는데 이는 분명 앞잡이를 두고 한 말이리라.

앞잡이에게는 더 큰 비극이 있다. 이를테면 왕선보의 마누라가 대부인인 왕부인을 부추긴 끝에 진두지휘했던 그 기세등등한 수색에서 아무 것도 찾아내지 못한 마당에, 정작 자기 외손녀의 짐 꾸러미 속에서 연애편지 한 통이 발각되었다. 게다가 형부인이 주웠던 그 수놓은 향주머니도 외손녀의 것으로 드러났다. 일이 이렇게 되자 앞잡이 노릇을 했던 왕선보의 마누라는 자기가 뭔가 잘못했음을 직감적으로 깨달았다. 결국 자업자득인 셈이다. 화풀이 할 곳 없는 그녀는 제 손으로 제 뺨을 때리면서 악을 썼다. "이 몹쓸 년이 어쩌자고 이런 죄를 지었나? 자랑 끝에 쉬 슨다고 죗값을 치루는 것이여!" 일은 여기서 끝나지 않았다. 그녀의 주인이 이 일을 알게 되자, 종것이 일 처리를 제대로 못해서 자기 체면이 말이 아니게 되었다고 한껏 신경질을 부리고 나서는 다시 그녀의 뺨을 몇 대 갈겼다. 도합 세 차례나 따귀를 맞은 셈이다.

주인의 세력을 믿고 앞뒤 없이 설쳐 대는 앞잡이들은 끝내는 왕선보의 마누라와 같은 종말을 맞게 된다. 목숨을 다 바쳐 충성을 합네, 주인을 대신해서 죽네 해 가며 법석을 떨지만 종당에는 주인의 손에 의해 속죄양이 되고 만다. 귀부인으로서는 다소 부족하고 천박한 형부인조차도 종이 일을 잘못하면 자기 체면이 깎인다는 것쯤은 알고 뺨을 갈길 정도니 말이다. 형부인의 이런 행동 양식은 앞서 내가 언급한 바, 중국 관료 계급이 수족처럼 부려먹던 앞잡이들을 속죄양으로 이용한 정치 행태와 다름없다.

중국의 정치는 앞잡이를 속죄양으로 삼는 '속죄양의 정치'이다. 공산화 이후 중국이 사인방四人帮[4]이라는 앞잡이에게 내린 형벌이야말로 전형적인 속죄양 정치의 표본이다. 측천무후는 유희를 즐기듯 속죄양을 가지고 놀았다. 앞잡이를 앞세워 귀족을 무력화시키고, 무력화된 귀족의 불만이 커지면, 이들의 불만을 해소하기 위해 앞잡이를 죽였다. 앞잡이를 속죄양으로 삼은 경우다. 그 후에 귀족 세력이 다시 대두하면 다시금 새로운 앞잡이들을 이용하였다. 새로이 등장한 앞잡이들은 또다시 새로운 속죄양이 되고 만다. 이와 같은 패턴을 끊임없이 반복하면서 그녀는 40년 이상 권좌에서 안온하게 지낼 수 있었다. 이를 통해 알 수 있듯이 앞잡이와 그 이용법은 중국 정치

사에 있어서 연구해 볼 만한 가치가 충분하다.

---

1) 명나라 말 장자열의 저서로 체재는 『字彙』의 형식을 따랐으며, 한자를 부수로 배열로 하였고 획으로 찾게 하였다. 이 체재는 『康熙字典』에 계승되었다.
2) 당나라 제3대 고종의 황후로 뛰어난 미모 덕에 14세 때 태종의 후궁이 되었다. 황제가 죽자 비구니가 되었는데, 고종의 눈에 띄게 되어 총애를 받게 되었다. 그 후 간계를 써서 황후 왕씨를 모함하여 쫓아내고 655년 스스로 황후가 되었다. 690년 국호를 周로 개칭하고 스스로 황제라 칭하며 중국사상 유일한 女帝로서 약 15년 간 전국을 지배하였다.
3) 원나라 때의 잡극작가 관한경의 작품으로, 智者 포증의 재판극이다.
4) 중국공산당 중앙위원회 부주석 왕홍문, 정치국 상임위원 겸 국무원 부총리 장춘교, 정치국 위원 강청과 요문원 등 4인의 소위 '反黨집단'을 의미한다. 이들의 체포와 재판으로 문화대혁명이 종결되고 등소평 일파가 실권을 장악했다.

14 망녕된 인간 · 妄人

'망녕된 인간'(妄人)은 '잔인한 인간', '육인', '말인' 등과는 달리 그 정의를 내리자면 꽤나 긴 설명이 필요할 것 같다. 우선 '망녕된 인간'이라는 단어를 들으면 누구나 "쥐뿔도 모르면서 마구잡이로 행동하는 사람"을 떠올릴 것이다.

'망녕된 인간'이라는 단어는 고래로부터 있어 왔다. 『맹자』「이루離婁」편에는 "나 자신을 돌이켜 보아 성실했다고 생각하지만 다른 사람이 나를 함부로 대하는 태도가 전과 같다면, 군자는 '이런 사람은 망녕된 인간에 지나지 않는다'라고 말한다"고 씌어 있다. 그리고 『순자』「비상非相」편에는 "망인들은 지금 눈으로 환히 보이는 일을 두고도 무기誣欺(거짓말로 속임)하려 드는 정도이니 천년 전 먼 옛일이야 말해 무엇하랴"라고 적혀 있다. 순자가 망녕된 인간을 형용하면서 사용한 '무기誣欺'라는 단어는 참으로 적절하다 하지 않을 수 없다. '무기'는 이 세상 어디서든 존재하지 않는 곳이 없다. '망녕된 인간'들은 사실과 상관없이 제 마음 내키는 대로 지껄인다. 더군다나 아무도 본 적 없는 오래 전의 일인 경우 제멋대로 지어 내어 사람들을 헷갈리게 만들기 일쑤다.

망녕된 인간에도 여러 유형이 있으며, 최소한 세 부류로 나눌 수 있다. 첫째는 평범형이고 둘째는 보수형, 그리고 셋째는 급진형이다.

평범형은 주로 쥐뿔도 모르면서 떠벌리기를 좋아하거나 무능하면서도 공리功利에는 눈이 밝은 사람이다. 이런 사람은 분명하고 투철한 견해와 이렇다 할 소견도 없고 진정한 재능과 견실한 학식도 가지고 있지 못하다. 그저 평범하기만 해서 사실 비난할 만한 가치조차 없다. 그런데도 제 주제를 파악하지 못하고 함부로 이래라 저래라 시키기를 좋아하며 공리를 탐하다 보니 망녕된 인간이 되는 것이다. 중국 고서에서 이야기하고 있는 '망용妄庸'(터무니없고 어리석다)이라는 단어는 이런 사람을 가리키는 말이다. 『사기』「제도혜왕세가齊悼惠王世家」에는 "사람들은 위발魏勃을 용맹하다고 칭찬하지만 망용한 사람일뿐이다. 그가 무엇을 잘 할 수 있단 말인가?"라는 구절이 나온다. 사마천은 위발이 제대로 할 줄 아는 게 하나도 없다는 점을 들어 망용한 사람으로 보았다.

『한서』「이광전李廣傳」에서 풍자하고 있는 '망교위妄校尉'(교위는 둔병을 담당하는 관리로 망교위란 형편없고 망녕된 교위를 말한다)도 이런 사람이다. 전한前漢의 장군이었던 이광은 "한나라가 흉노를 토벌할 때 제가 빠진 적은 한번도 없었습니다. 그러나 '망교위' 이하의 사람들 중에서 재주는 중간에도 미치지 못하는데도 군공軍功으로 벼슬자리에 오른 자들이 수십에 이릅니다. 저는 그리 부족한 사람도 아니거늘 봉읍으로 땅 한 평도 얻지 못했으니 이 어찌된 일입니까?"라며 불만을 토로한다. 푸념이긴 해도 사실이다. 그는 뛰어난 능력을 갖춘 장수였던 반면 교위들은 망녕된 인간에 지나지 않았기 때문이다.

그러나 세상이란 불공평한 법, 망녕된 사람들이 벼락출세를 하고 거꾸로 영웅들은 땅속에 묻혀 버리기 일쑤다. 원대元代의 시인 왕욱王旭이 이 일을 두고 시를 지은 바 있다. "꺽다리들이 쌀을 구해 놓았더니 난쟁이들만 배가 터지고, 비장군飛將軍 이광에겐 아무 보상도 없건만 형편없는 교위들만 벼락출세를 하였구나."

보수형은 '협애狹隘하게 망녕된 인간'이라고 부를 수 있다. 보수라는 것이 꼭 나쁜 것만은 아니다. 식견과 이성을 가지고 전통적인 풍습을 잘 보존할 수 있게 한다는 점에서 우매한 인간으로만 볼 일은 아니다. 그러나 보수가 '망녕되게' 되는 것은 보통 저마다 자기의 사사로운 이익과 편협한 지식만을 고집하다가 황당무계한 엉터리로 빠져들기 때문이다. 『순자』「유효儒效」편에서 "보고도 알지 못한다면 비록 식견이 있다 할지라도 반드시 '망녕되게' 된다"라고 했다. 눈앞의 사람들과 세상을 보고서 무슨 일이 일어났다는 표피적인 현상은 알아도 그 속에 숨어 있는 의미를 알아채지 못한 채 옹졸하게 자기의 편견만을 고수하는 일을 두고 하는 말이다. 더 나아가 이들은 진리를 설파하는 사람들을 비난하면서 그들을 몰아내거나 사지로 몰아넣어야 직성이 풀리는 사람들이다. 포용력도 없고 분명한 식견도 없는 이런 협애하게 망녕된 인간들에게서 희미하나마 지혜로운 구석을 찾기란 애초에 불가능할 터이다.

『수호전』을 보면 양산박 산채를 차지하고 왕노릇하던 백의수사白衣秀士 왕륜王倫이 등장하는데, 이 왕륜이야말로 협애하게 망녕된 인간의 전형이라고 할 수 있다. 왕륜은 원래 과거 시험에 낙방한 선비였다. 기왕 양산박에서 기의起義한 이상에는 가슴을 활짝 열고 천하의 영웅호걸들을 끌어 모아 더불어 '큰일'을 도모하는 게 마땅한 일일 것이다. 특히나 임충과 같은 진짜 영웅호걸이 산채에 들어 왔다면 응당 크게 기뻐하며 대접의 소홀함을 걱정할 일이다. 이 정도의 정감은 가지고 있어야 지혜롭다거나 큰일을 할 만한 사람이라 할 수 있을 터, 그러나 왕륜은 도리어 임충을 쫓아낼 궁리에만 골몰한다. 경사京師의 금군교두禁軍敎頭로서 무예가 출중한 임충에게, 자칫하면 자신의 산채를 뺏길 수 있다는 생각에 지레 겁을 먹은 것이다. 자기의 좁은 소견으로 임충의 생각을 섣불리 넘겨짚은 끝에 그는 임충의 입산을 거절한다. 임충이 사정사정하자 왕륜은 그가 진심으로 산채에 들어오려고 하는지를 의심하며 '투명장投名狀'을 요구한다. 산채에서 내려가 사람을 죽이고 그 머리를 가져와 바침으로써 그의 진심을 증명하라는 것이었다. 당시 막다른 골목에 이르렀던 임충은 하는 수 없이 인적이 드문 오솔길에 3일간 매복하면서 살해 대상을 물색해야만 했다. 이런저런 과정을 거치고 입산을 허락하지 않을 수 없게 돼서야 왕륜은 마지못해 그를 4번째 두령으로 앉힌다.

후에 조개晁蓋, 오용吳用, 공손승公孫勝, 완씨阮氏 형제 등의 영웅들이 '생신강生辰綱'(고관들에게 바치는 생일 선물 운송 조직)을 털고 나서 관의 추적이 심해지자 양산박에 들어온다. 산채에 들어온 후 조개는 진심으로 가슴속에 있는 생각들을 시시콜콜이 모조리 왕륜에게 털어놓았다. 이야기를 다 들은 왕륜은 놀라 어찌 줄 몰라 하다가, 고민 끝에 임충을 거절할 때 써먹었던 그 황당한 계책을 다시 한번 써먹기로 마음먹는다. 양산박의 산채가 "양식이 부족하고 비좁기도 해서 훗날 여러 영웅들의 체면에 손상을 끼칠까 두렵다"는 핑계로 이들의 하산을 종용한다. 이에 더 이상 참을 수 없게 된 임충은 그를 제거하기에 이른다. 임충이 왕륜을 죽인 것은 물론 끔찍한 일이다.

그렇지만 임충이 그를 죽이기 전에 "똑똑한 사람을 시기하고 능력 있는 사람을 질투하는 너 같은 도적놈을 죽이지 않으면 어디다가 써먹겠느냐? 그릇도 작고 재주도 없는 너 같은 놈이 더 이상 산채 주인 노릇을 하게 할 수 없다"라고 말했듯이 왕륜은 자기의 주제를 제대로 파악하지 못한 망녕된 인간일 따름이었다.

전형적으로 '협애하게 망녕된 인간'인 왕륜에게는 진취성도 적극성도 찾아볼 수 없다. 왕륜의 '망녕됨'(妄)은 '망녕된 행동'(妄行)도 '망녕된 말'(妄言)도 아닌 바로 '망녕된 마음'(妄心)에 있었다. 그는 그저 조그만 산채의 우두머리 노릇에 만족한 채, 인재가 절실히 필요한 때임에도 재능 있는 이를 시기하고 질투하였다. 만약 이들의 반역이 성공을 거두어 왕륜이 황제 자리에 오른들 '망녕된 군주'(妄君)가 되어 재능 있는 공신들과 지식인들을 배척하고 제거하였을 것임은 두말할 나위가 없다. 망녕된 군주는 소중히 여겨야 할 것들을 소중히 여기지 않는다. 왕륜도 자기의 머리 위에 쓴 감투—그 감투가 어떤 감투이든지—를 지키는 일이 다른 무엇보다도 소중한 자였다.

'망녕된 인간'들 중에서 파괴성이 가장 큰 '급진적인 망녕된 인간'은 대체로 적극적 성향을 가진 사람들이다. 중국인들은 이들을 비아냥대면서 흔히 "하늘 높고 땅 두터운지 모른다"고 하는데 아주 딱 들어맞는 말이 아닐 수 없다. 『관자管子』「산지수山至數」편에 나오는 "경輕하고 중重한 것에 통달하지 못한 것을 '망녕된 말'(妄言)이라 한다"는 말도 사람들의 이런 표현과 그 의미가 거의 같다고 볼 수 있다. 그러니까 급진적인 망녕된 인간들의 '망녕됨'은 그들이 고저高低를 모르고 후박厚薄을 가려내지 못하며 경중輕重에 통달하지 못하고 사리에 밝지 못함에 있다 할 것이다. 『후한서』「마원전馬援傳」을 보면

"자양子陽은 우물 안 개구리밖에는 안 된다. 그런데도 터무니없이 자신을 대단하게 여긴다"는 구절이 나온다. 자양은 일찍이 촉蜀에서 황제를 자칭했던 공손술公孫述[1])을 말한다. 우물 안 개구리의 특징은 세상이 얼마나 넓은 줄도 모를 뿐더러 세상의 이치도 제대로 이해하지 못한다는 데 있다.

사람이 일단 세상의 높고 낮음을 알지 못하고 중요한 것과 중요하지 않은 것에 통달하지 못하면 쉽사리 망녕되어지는 법이다. 과대망상증이나 신경병에 걸리기 십상이며 뭐든지 제멋대로다. 중국의 똑똑한 일반 백성들은 물정 없이 나대는 이들의 망상妄想적인 모습을 "두꺼비가 백조를 잡아먹으려고 눈을 껌뻑거린다"고 표현했다. 망상광妄想狂의 망상을 한마디 말로 완벽하게 묘사해 낸 천재적인 비유다. 헛된 '망상妄想'이 생각으로만 그친다면 그나마 다행이다. 망상만으로는 피해자가 생기지 않기 때문이다. 두꺼비가 황당무계한 생각을 해도 망상으로만 그친다면 자기도 다치지 않고 백조도 다치지 않는다.

망상이 발전하면 망언이 된다. 헛소리가 되고 미친 소리가 되는 것이다. 이제는 다른 사람에게 그 영향이 미치고 사회에도 그 영향이 미치게 된다. 현대 중국 사회는 온통 망언투성이다. 앉으나 서나 한다는 말이 "이십 년 뒤면 나는 사나이 대장부가 될 거야"라는 둥, 아니면 "십 년 안에 영국을 추월하고 미국을 따라잡는다"라는 둥, "한 마지기 땅에서 만 근, 십만 근 이상을 수확할 수 있다"라는 허풍이 판을 쳤다. 이런 말들이 한낱 망언으로 머문다면 그나마 다행이겠으나, 어처구니없는 일은 이런 '망언'과 '망상'을 '실제 행동'으로 옮겼다는 것이다. 바야흐로 '황당무계한 짓거리'(妄行妄爲)로 접어든 것이다.

중국인들은 이런 황당무계한 짓거리를 '망모妄冒'(미친 듯한 무모함) 또는 '망진妄進'(미친 듯한 전진)이라고 부른다. 이미 고서에도 나타난 바 있는 두 단어였지만, 한결 영리해진 현대 중국인들은 왠지 불리할 듯한 '망妄'자를 피하고 싶어서, '망'자를 떼어 버리고 '모冒'(무모함)자와 '진進'(전진)자만을 취했다. 그리고는 일반적인 상식과 사리에서 벗어난 행동을 가리켜 '모진冒進'(무모한 전진)이라 하였다. 이를테면 1958년의 대련강철大煉鋼鐵과 그 후의 "삼면에 홍기紅旗를 높이 세우자"는 운동을 두고 사람들은 끝끝내 '모진冒進'이라 불렀다.

이 단어를 가지고 당시의 일을 반성해 보는 것도 상당히 일리 있는 일일 듯싶다. 당시에는 너나없이 흥분하여 이성을 잃고 주제도 모르고 분수에도 맞지 않는 '무모한 전진'만을 감행했다. 그러다가 결국에는 끼니를 때울 먹을거리조차 없어져 몇 년 동안을 혹독한 굶주림에 시달려야만 했다. 정말 망녕된 '모진'이었다. 그런데도 재난은 이미 지나간 일이기에, 체면 살려 주기를 몹시도 좋아하는 사람들은 '망'자를 떼어 내고는 '모진'이라 불러 주었다. 어찌됐든 '진보'를 위한 것이었고, 기껏 해 봐야 조금 무모했을 뿐인데 꼭 '망'을 붙여야겠냐는 이유를 들이대면서 말이다.

체면 살리기가 아니라면, '망妄'자를 바로 보는 일도 나쁘지는 않을 듯싶다. '망'자를 바로 봄으로써 급진주의로부터 교훈을 얻을 수 있기 때문이다. 무슨 일을 하든지 좀 더 이성적으로 접근하고 좀 더 과학을 존중하며, 좀 더 지식을 존중하고, 좀 더 사실을 존중하자는 것이다. 1958년에는 온 국민이 망언을 외쳐 댔다. "1년 안에 4배로 증가시키자"며 목청을 높였다. 사물의 이치를 가장 잘 알고 있는 과학자들조차 연단에 나와 이를 증명하곤 했다. 과학자들이 앞장서서 논 한 마지기에서 만 근 이상 생산할 수 있음을 증명하면서 무지한 대중들의 망언 행렬에 동참했다. 상하를 막론하고 너도나도 흥분 상태에 휩쓸려 이성을 잃었다. 망언 행렬에 동참하지 않거나 '모진'에 참여하기를 꺼리는 사람을 '우파분자'로 몰아세웠다.

그 시절을 돌이켜 보면 중국은 '망인국妄人國'에 다름 아니었다. 모두가 망녕된 인간이었으며 하는 일마다 '망녕된 짓거리'(妄行)였다. 망녕이 들지 않고는 도리어 편히 살 수가 없었다. 나와 내 동년배들은 당시 중학생 정도의 나이였다. 나 역시 당시에 '망진' 대열을 따라 산림山林 싹쓸이 판에 참여한 적이 있었다. 멀쩡한 아름드리 나무들을 마구 베어 숯덩이로 만들었는데 어린 나이에도 기가 막혔다. 언젠가 나는 어느 글에서 당시의 내 모습을 '실성한 붉은 개미'라고 묘사한 바 있다. 그러나 우리 같은 학생들이야 그저 망녕든 시류를 따랐을 뿐인, 망녕든 나라의 최말단에 지나지 않았다.

1958년에는 주로 경제 분야에서 이루어졌던 '미친 듯한 무모함'과 '미친 듯한 전진'이 문화대혁명 시기에 이르러서는 정치 분야로까지 확산되었다. 정치상의 '미친 듯한 무모함'와 '미친 듯한 전진'은 참으로 가공할 만한 것이었다. "모든 것을 싹 쓸어버리자"라든가, 거리마다 물결치던 "타도하자 XXX", "XXX를 기름에 튀겨 죽이자"는 끔찍스런 구호들, 수많은 지식인들이 반동 분자의 표상인 고깔모자를 쓰고 거리로 끌려 다니던 일 등등의 '망녕된 짓거리'는 그만두더라도 당시의 '망언' 하나만으로도 온 몸에 전율을 느끼기에 충분한 것이었다.

"사회주의의 풀이 될지언정 자본주의의 싹은 되지 말자", "백지답

안을 제출하는 것이야말로 프롤레타리아가 지배하는 혁명의 홍기紅旗를 지속하는 길이다", "진시황의 분서갱유야말로 최초의 법가적 혁명이다" 등의 갖가지 망언들이 그것이다. 이런 망언들이 모든 신문과 정기간행물과 대자보와 도시와 지방 각지의 벽보들을 가득 채웠다. 정녕 망언 천하였다. 이때 나는 비로소 깨달았다. 한 인간의 망녕됨은 슬퍼하면 그만이지만 한 국가의 망녕됨은 상상을 초월할 정도로 두려운 것임을.

20세기의 중국에는 온통 '망언妄言'과 '망행妄行'이 난무하였다. 그렇듯 난무할 수 있었던 것은 감정적인 것은 넘쳐 났던 반면 이성적인 것은 결핍되었기 때문이며, 유달리 허기가 넘쳐 났던 반면 실제적인 것이 결핍되었기 때문이라고 말할 수도 있다. '망녕됨'이란 반이성적이고 반지성적인 것이다. '망녕됨'으로 인한 손실이 너무나 컸기에, 정신을 차리기 시작한 중국인들은 급진주의와 공상주의와 여타의 각종 좌경화된 소아병적 열광 등을 반성하기 시작했다. 몇몇 지도자들과 지식인들이 다시 새롭게 이성적 정신과 실사구시 정신을 강조하고 나섰다. 이러한 새로운 움직임은 의심할 여지없이 바람직한 일이다. 중국은 '허망虛妄'에 반대하면서 새롭게 자아를 인식하게 되었고 자아를 구원할 수 있게 되었다. 그러나 중국과 중국인이 앓았던 그 '허망병虛妄病'은 중국의 아주 뿌리 깊은 고질병으로 치유하기가 만만찮을 것이다.

지금 현재 '실사구시'의 깃발을 세우고 있지만, 입만 열면 망언을 일삼고 붓만 들면 망언을 써 대는 사람들과 그들이 발행하는 간행물 또한 상당수에 이르고 있다. "계급 투쟁을 근본 강령으로 삼는" 또 다른 돌연변이들이 곳곳에서 기승을 부리고, 특히 간행물의 대중 비판란에는 무지한 망언들이 또다시 '활약'하기 시작하고 있다. 글을 보면 그들은 여전히 "하늘 높고 땅 두터운지 모르고" 있다. 대중 비판란에 글 쓰는 일을 입신양명의 수단으로 생각하는 '망녕된 인간'을 두꺼비와 견주어 본다면, 물론 두꺼비보다야 문화적이기는 하나 그 허망함만큼은 백조를 먹어치우려고 눈을 껌뻑이는 두꺼비에 결코 뒤지지 않는다.

'망녕된 인간'의 무지함을 거론하자면 으레 '우매한 인간'(愚人)이 떠오른다. 무지하기는 마찬가지이나 우매한 인간은 망녕된 인간처럼 그렇게 터무니없이 황당하지는 않다. 우매한 인간이 바보스럽다고는 하나 동작이 굼떠서 할 일이 없는 것뿐이다. 그러나 망녕된 인간은 무지하면서도 자기가 마치 이 세상의 모든 것을 다 알고 있다는 착각 속에 빠져 있다. 이보다 더 결정적인 것은 간덩이가 너무 크다는 점이다. 그들이 늘상 지식인에게 너무 소심하다고 탓하는 것도 그들 자신의 간덩이가 너무 큰 까닭이다. 아는 것은 적고 간만 큰 사람, 아는 것 없이 생각하고 말하고 행동하는데 담대한 사람의 파괴성이란 상상을 초월할 정도로 엄청난 것이다. 세상에 이런 사람들이 많아지면 이 세상은 속수무책이 되고 만다. 다행히도 현대 세계는 이미 이성과 법률의 중요성을 인식하고 있다. 망녕된 인간들이 설쳐 댈 넓디넓은 땅을 법률이 좁혀 줌으로써, 세상은 아직도 별 탈 없이 그럭저럭 살아갈 만하다.

---

1) 후한 때의 群雄으로 처음에는 왕망을 섬겼으나, 成都에서 군사를 일으켜 스스로 천자라 일컫고 국호를 成家라고 하였다. 후한의 광무제에게 패하여 일족과 함께 멸망하였다.

15 음산한 인간 · 陰人

'음산한 인간'(陰人)이라는 말은 일반적으로 "저 세상 사람 즉 귀신"을 의미한다. 그러나 여기에서 말하고자 하는 '음산한 인간'은 저 세상 사람이 아니다. 태양 아래 이 지상에 살면서 귀기鬼氣와 귀질鬼質을 띠고 있는 이승의 인간을 가리킨다.

양계초는 1900년 2월 20일 발표한 「음산한 인간을 질타하며」라는 글에서, 이 '음산한 인간'이라는 단어를 가지고 현실 속의 사람들을 비판하며 다음과 같이 정의 내렸다.

> 이런 사람들은 '방관자'라기보다 '후관자後觀者'라 해야 옳다. 이들은 항상 사람들 뒤편에 서 있다가 때론 싸늘하고 때론 신랄한 말로 비난을 한다. 이들은 자신이 방관자임을 모른 채 도리어 다른 사람들을 방관자가 되지 않을 수 없게 만드는 자들이다. 수구守舊를 욕하다가 유신維新을 욕하는가 하면 소인을 욕하다가도 군자를 욕한다. 나이든 사람에게는 그들이 "갈 때까지 다 갔다"고 헐뜯다가 청년들에게는 "좋은 일을 너무 성급하게 몰아간다"며 나무란다. 일이 성공하면 "피라미 같은 놈이 유명해졌다"고 비꼬고 실패하면 "내 그럴 줄 알았다"고 이죽거린다.

이들은 늘 지적받지 않는 곳에 서 있다. 왜 그런가? 지적받을 만한 일은 전혀 하지 않기 때문이다. 방관자이니 지적할 게 없다. 아무 일도 하지 않은 채, 일하는 사람 뒤에 서서, 서로 짜고 그 사람을 따돌리고 조롱하며 비난을 퍼붓는다. 이것이 이들의 가장 교활한 술책이다. 용기 있는 자는 이로 인해 낙담하게 되고 용기 없는 자는 더욱 주눅이 든다. 이들이 하는 일이 어찌 사람들을 실망시키고 낙담하도록 만드는 정도로만 그치겠는가? 되어 가는 일에는 비웃고 헐뜯어 기어이 안 되게 하고, 이미 된 일은 비웃고 헐뜯어 실패로 끝나게 하는 데 선수다. 그러기에 세상은 이 치들을 '음산한 인간'(陰人)이라 부른다.

양계초가 묘사한 바, '음산한 인간'이란 다른 사람 뒤에 서서 비웃고 헐뜯기만 할 뿐, 열정도 없고 책임감도 없는 사람이다. 사람과 귀신의 다름은 한쪽은 생명이 있고 다른 한쪽은 생명이 없다는 데 있다. '음산한 인간'은 인간과 귀신 사이에 있는 중간자적인 존재로서 생명과 격정을 상실한 인간이다. 혈기도 없고 생명의 격정도 없이 세상만사를 이미 꿰뚫은 듯, 이도 저도 싫다는 식이다. 그러면서도 의외로 적막함을 견디지 못하여 인간의 열정을 원수 보듯 한다. 그래서 음울하고 차가운 눈초리로 세계와 세계의 모든 생명 활동을 바라본다. 그 활동이 무엇이든 이들은 한결같이 비웃고 욕하고 질책하며 불만을 품는다. 동업자나 주위의 다른 사람이 어떤 성과라도 거두면 어김없이 차가운 비수를 등 뒤에서 내리꽂아 중상을 입히고 만다. 만약 이런 사람들이 인류 사회에 많아진다면 이 세계는 귀기鬼氣로 뒤덮여 무슨 일을 해도 그 의미를 상실하게 될 것이다.

이런 사람을 짐승에 비유한다면 뱀이 맞을 듯싶다. 뱀은 피가 차고 혈기라고는 없는 냉혈동물이다. 뱀은 풀숲이나 굴속에 숨어 살면서 음산하고 차가운 눈으로 밖의 세계를 살핀다. 그런데 뱀도 살아야 하기에 생존을 위해서 수시로 생명이 있는 모든 것들에게 달려든다. 그것도 무자비하게. 이 동물에게는 혈기가 없는 대신 독이 있다. 그러기에 뱀은 차면서 독을 가진 아주 무서운 동물이다.

'음산한 인간'은 앞서 말했듯이 사회에 반하고 생명의 격정에 반하는 '음산함'이라는 특징을 가지고 있다. 그래서 어느 사회의 어떤 입장에 서 있든지 이들을 좋아할 사람은 하나도 없다. 생명의 열정이 넘치는 작가일수록 이들을 더더욱 싫어한다. 셰익스피어의 『햄릿』에 나오는 귀신이라든지 포송령蒲松領 소설의 여우 귀신 등 동서고금의 문학 작품에는 수없이 많은 귀신이 등장한다. 그러나 내가 말하는 바의 '음산한 인간'들이 등장하는 작품은 그다지 많지 않다. 만약 작가들이 '음산한 인간'을 형상화해 냈다면 틀림없이 작가들이 가장 싫어하는 인간상일 것이다.

『홍루몽』에 등장하는 인물 중에서 이와 같은 음산한 인간의 특징을 가장 잘 갖추고 있는 사람이 바로 석춘과 조이낭趙姨娘('이낭'은 원래 아버지의 첩이라는 의미)이다. 그러나 두 사람은 서로 다르다. 석춘이 음울하면서 차갑다(陰冷)면 조이낭은 음울하면서 표독(陰毒)하다. 말하자면 조이낭은 뱀의 특성을 가졌지만 석춘에게는 그게 없다. 그렇다 해도 둘 다 혈기나 생명의 격정성은 매우 희박하다. 석춘은 나중에 머리를 깎고 농취암으로 들어가 비구니가 된다. 그녀의 출가는 그녀의 음울하면서도 차가운 성격의 귀결점일 따름이며 결코 어떤 정신적 경지를 추구하고자 함은 아니었다. 『홍루몽』의 등장인물 중에서 출가한 사람으로는 묘옥과 가보옥 등도 있으나 석춘의 출가 동기가 가장 형편없는 것이었다.

그녀는 어려서부터 마음이 무척 차가웠다. 왕부인의 명을 받들어 왕선보의 마누라와 왕희봉이 대관원을 수색했을 때, 자신의 계집종이 그들에게 모진 곤욕을 치르며 두려움에 떨고 있을 때에도 그녀는 자기 종을 감싸 주는 말을 한마디도 하지 않았다. 오히려 봐주지 말고 벌을 주라고 성화를 부렸다. 아침저녁으로 얼굴을 마주 대하는 계집종에게도 이토록 냉정했으니 다른 사람에게는 어떠했는지 미루어 짐작할 수 있을 터이다. 그래도 석춘은 비록 음울하고 차가울망정 표독스럽지는 않았다. 차가우면서 표독스러운 것은 조이낭이었다.

『홍루몽』의 작가 조설근曹雪芹이 만들어 낸 인물 중 가장 냉혹한 사람이 바로 조이낭이다. 이런 그녀가 죽기 전에 꾼 악몽은 그녀의 내면에 희미하게나마 남아 있던 양심의 절규를 반영한 것이었다. 『홍루몽』에 등장하는 다른 여자들과 비교해서 장점이라고 할 만한 점은 단 하나도 없는 거의 유일한 사람이 조이낭이다. 조설근은 어째서 그녀를 이토록 증오했을까? 이에 대해 나는 몇 가지 이유를 생각해 보았다. 그 중 한 가지만 말한다면, 아마도 그것은 조설근이 바다와 같이 넓은 마음을 지닌 작가였기에 조이낭과 같은 차가우면서도 표독스런 '음산한 인간'을 싫어한 게 아닐까?

조이낭의 마음속에는 늘 첩이라는 신분으로 인한 어두운 그림자가 깊이 드리워져 있었다. 그런데다 태어날 때부터 질투심 강한 성품이 그녀를 점차 음울하면서 표독스럽게 만들어 갔다. 가슴속에 음울하고 표독스런 귀기가 자리 잡고 있던 차에 '종이 인형을 오려 청도깨비(저주용으로 사용됨)를 만드는' 마도파馬道婆(도교와 불교가 혼합된 절간에서 일하는 일종의 무당) 같은 인간을 만나자 그녀는 바로 의 기투합했다. 그리고는 마도파가 알려 준 요법妖法을 가지고서 가보옥과 왕희봉을 저주하는 짓거리를 서슴지 않았다. 가보옥과 왕희봉이 그녀의 요법에 걸려들어 얼빠진 소리를 해 대며 미친 듯이 날뛰다가 며칠을 혼절한 채로 눕게 되자, 가씨 집안의 모든 사람들이 안팎으로 법석을 떨며 백방으로 무진 애를 썼다. 이런 모습을 음흉하고 표독한 조이낭은 고소해하며 바라본다. 이 대목이 『홍루몽』 제25회에 나온다.

> 그러는 동안 사흘이 지났다. 침상에 누워 있는 희봉과 보옥은 금방이라도 숨이 넘어갈 듯 가냘프게 숨을 쉬고 있었다. 이것을 보고 온 집안 식구들은 살 가망이 없다고 하면서 서둘러 이들을 장사지낼 준비를 했다. 대부인, 왕부인, 가련, 평아, 습인은 누구보다도 더 슬퍼하며 먹고 자는 것도 잊은 채 어쩔 줄 몰라 했다. 그러나 조이낭과 가환은 비로소 속이 후련지는 듯했다.

조이낭 같은 음산한 인간들은 사회가 극도로 어지러워지면 그제서야 기분이 좋아지고 가슴이 후련해진다. 이들은 사회 전반에 일종의 음침하면서 차가운 적의를 가지고 있다. 조이낭은 누가 어느 파의 사람인지 아랑곳하지 않는다. 가사나 가정과 같은 전통파든 아니면 왕희봉이나 가보옥과 같은 신생파든 모두가 다 싫을 뿐이다. 사회가 극도로 혼란스러워지고 온 세상이 통곡소리로 가득 차게 될 때, 이들은 가장 기쁘고 힘이 난다. 그들에게는 이때가 제 세상이다.

조설근은 조이낭을 귀기로 가득 찬 여인네로 묘사하고 있다. 그는 조이낭이 마법을 사용하고, 또 죽기 전에는 귀신이 들려서 귀신 얼굴로 분장하고는 밤새도록 귀신 소리를 질러 대며 머리는 봉두난

발을 하고 맨발로 온 동네를 돌아다니다 구덩이에 빠져 죽는 모습으로 그리고 있다. 외양마저 귀신과 연관지어 그린 것이다. 조이낭의 이런 모습을 통해 우리들은 음산한 인간들이 뱀의 형상과 뱀의 차디찬 피를 가지고 있을 뿐 아니라 그들이 독을 분출할 때에는 다른 사람들을 사지로 몰아넣을 수도 있음을 알 수 있다.

『홍루몽』에 등장하는 묘옥은 출가 후 스스로를 '우리를 벗어난 사람'(檻外人)으로 부를 만큼 차가운 내면의 소유자다. 그러나 차갑지만 음침하지는 않다. 그녀의 출가는 세속을 벗어나 인생의 새로운 경지를 찾기 위함이었다. 종교를 신봉하는 사람들은 이 세상을 실망스러워하기는 하지만 인간 세상에 대한 대자대비한 마음만큼은 늘 간직하고 있다. 사회를 적대시하지도 않을 뿐더러 오히려 혈기와 열기를 마음속 깊이 지니고 있다. 그래서 이들의 차가움은 냉담함이 아니라 냉정함이다. 이것이 음산한 인간들의 반사회적 인격과 확연히 다른 점이다.

가보옥도 후에 불문佛門에 귀의했지만, 그가 생각한 불교의 '공空'은 절대적인 '무無'는 아니었다. 사실 가보옥의 출가는 인생에 대한 치열한 고민 끝에 인생이 사람을 절망에 빠뜨릴 수 있다는 사실을 깨달은 데서 온 것이었다. 그러나 그의 최후의 선택에는 또한 절망에 대한 반항이 담겨 있었다. 그렇지 않다면 자살을 택했어야 옳다. 가보옥이 가정과 결별한 그 순간에도 우리는 그가 생명에 대한 따뜻한 애정을 가지고 있음을 완연하게 느낄 수 있다. 이는 음산한 인간이 가질 수 없는 것이다. 세상에는 인생의 고난을 겪고 나서 냉정하게 변하는 사람들이 많이 있다. 이상주의理想主義에서 이성주의理性主義로 전향한 사람들을 포함해서, 이들을 덮어씌운 냉정함의 껍질 속으로는 여전히 뜨거운 피가 흐르고 있다. 이들의 냉정함은 곧 성숙이며 음산한 인간과는 전혀 관계가 없는 것이다.

나는 지금까지도 음산한 인간에 대한 양계초의 정의와 비판에 동의한다. 양계초가 비판하는 음산한 인간들은 현재의 지식인 사회에도 상당히 많다. 이들은 자화자찬 아니면 자기들만의 좁은 울타리 안에서 서로를 추켜세울 줄만 안다. 그리고는 사회에서 벌어지고 있는 일체의 열정적인 일들에 대해서는 사뭇 냉소적인 태도를 취한다. 이들은 "열심히 노력하는 모든 사람들"보다 훨씬 더 '고명高明'한 사람들이다. 그래서 이들은 개혁이라든가 반성이라든가 탐색이라든가 하는 경지 안으로는 몸을 들이는 법 없이 언제나 그 밖에서 고고하게 존재한다. 그리고는 쉴 새 없이 교활한 눈을 이리저리 굴리면서 개혁과 탐색이 좌절될 날을 기다린다.

그러다가 그때가 이르면 기다렸다는 듯 이곳저곳에서 머리를 치켜세우며 개혁자와 탐색자들에게 온갖 독설을 퍼부어 대며 염산과 같은 독물과 침을 내뱉는다. 일체의 창조적인 것과 시험적인 것에 대해 비판과 흑색선전을 아끼지 않는다. 그리고 사회 변혁에 참여하고자 하는 사람들의 순수한 열정을 공격한다. 게다가 스스로 선각자를 자처하면서 자신만이 100% 순수한 마르크스 레닌주의자라고 떠벌린다. 이들은 '혁명'을 조소하고 매도할 뿐 아니라 '개량'도 비웃는다. 질서와 고전을 조소하고 매도하는 한편 자유와 현대도 비웃는다. 인간의 보편성을 매도하더니 이제는 인간의 개성도 매도한다. 스스로는 아무것도 하지 않은 채, 다른 사람이 하는 일을 두고 한결같이 정확하게 그 불합리한 점을 꼬집어 낸다.

이런 음산한 인간들 때문에 사회도 힘들고 지식인들도 애를 먹는다. 노신은 1927년 상해 노동대학에서 지식인에 관한 연설을 한 적이 있었다.

> 지식인은 걸핏하면 다른 사람의 행동을 놓고 이래도 나쁘고 저래도 나쁘다고 한다. 러시아 황제가 혁명당원들을 살해했을 때 황제에 반대했던 이들이, 후에 혁명당원들이 황제를 죽였을 때도 똑같이 반대했다. 이런 사람들에게 그럼 어떻게 하는 게 좋으냐고 묻고 싶다. 그들도 아마 방법이 없을 것이다. 그래서 이들은 황제 시대에도 고생을 했고 혁명의 시대에도 마찬가지였다. 이것이야말로 지식인들의 태생적 결함이다.
>
> 『집외집습유보편集外集拾遺補編』「지식인에 관하여」(關於知識分子)

노신이 말하는 지식인들이 결코 음산한 인간은 아니다. 그러나 이들에게도 어느 정도 '음산한 인간'의 유전자 정보가 들어 있어서 다른 사람이 하는 일은 모두 다 옳지 않다고 생각하며 사사건건 반대하고 나선다. 자신도 어쩔 수 없으면서 말이다. 지식인이 자신의 몸에서 이런 유전자 정보를 제거해 내지 못한다면 끝내는 대중들로부터 미움을 받을 건 자명한 일이다.

양계초는 '음산한 인간'의 개념으로 당시의 중국 사회를 비판했는데 상당히 구체적으로 문제를 제기하고 있다. 그런 만큼 중국에서 황제나 성인의 지위가 보여 주는 또 다른 종류의 음산한 인간의 혐의에 대해서는 언급하지 않았다. 오히려 옛 선인들이 이 점에 관심이 많았다. 이런 사람들은 "겉으로는 화려한 광채를 발하고 안으로는 모습을 감춤으로써 그 신성한 몸을 '음산한 곳'(陰處)에 두어야 한다"는 것이다. 중국의 정치 사상가들은 이것이 가장 중요한 통치술이라고 강조한다.

『관자管子』[1) 「심술心術」에서는 "임금 노릇을 하는 사람은 '음산'(陰)한 곳에 서 있는다"고 했고, 『등석자鄧析子』[2] 「무후無厚」에서는 "임금 노릇을 하는 사람은 그 몸을 숨기고 그림자를 감추고 관료들에게는 사사로움이 없어야 한다"라고 했다. 또 「전사轉辭」편에서는 "훌륭한 임금께서 백성을 부리심은 너무나도 신령스럽고 조용하여 눈으로 보아 느낄 수 없다"고 했다. 관자와 등석자가 이야기하고 있는 것은 다름 아닌 군주의 통치술이다. '성인'에 대해서는 『귀곡자』[3] 「모편謀篇」에서 "성인의 도는 '음陰'하지만 어리석은 자(愚人)의 도는 '양陽'하다……그래서 성인께서 도를 만드심은 무척이나 은밀하면서도 드러나지 않는다"라고 했으며, 또 『갈관자鶡管子』[4] 「야행夜行」에서는 "성인께서는 밤나들이를 무척이나 귀하게 여기신다"라고 했다.

이상과 같은 정치 사상가들은 하나같이 황제나 성인은 '음산한 곳'에 있어야 하며 '음산한 인간'이 되어야 한다고 주장했다. 최소한 절반이라도 음산한 인간이 되어야 한다는 것이다. 그들이 펼치는 논리를 보자면 황제나 성인의 귀가 솔깃해질 만하다. 큰 인물은 모름지기 종적을 감추고 행방을 훤히 드러내지 말아야 한다는 점이다. '음산한 곳'에 거처하고 있어야만, 자신에 대한 사람들의 신비감과 자신을 두려워하게 하는 권위를 유지시킬 수 있다는 것이다. 이들이 생각하기에 사람들이 귀신을 무서워하는 까닭은 귀신이 눈에 보이지 않기 때문이다. 이와 관련하여 이고李翺[5]는 「이부시랑한공행장吏部侍郎韓公行狀」에서 "사람들이 귀신을 두려워하는 이유는 그것을 볼 수 없다는 데 있다. 만일 귀신을 볼 수 있다면 사람들은 더 이상 귀신을 두려워하지 않을 것이다"라고 말했다. 아주 어려운 내용을 쉽게 풀이한 논리다.

황제나 성인들 중에서 좀처럼 외출하는 일 없이 집 안에 틀어박힌 채 몸을 드러내지 않고 행적을 묘연하게 한 후 밤에만 활동하기를 좋아하는 사람이 많았다는 사실은 전혀 이상한 일이 아니다. 그들은 대중 속에서 줄곧 가늠할 수 없는 심오함을 풍기며 경외심을 불러일으키는 형상을 만들어 내었다. 고대 중국의 정치는 내내 이러한 고도의 신비감을 불러일으키는 방법을 써먹었다. 이를 두고 어느 시인은 "하늘의 뜻은 너무 높아서 묻기조차 어려워라"며 개탄한 바 있다. 이 천진한 시인은 그 안에 심오한 정치적 술수가 도사리고 있음을 알지 못했고 황제나 성인이 종종 동시에 고명한 음산한 인간, 혹은 '반쯤 음산한 인간'(半陰人)임을 알지 못했다. 그러기에 정치인들의 미움을 받으며 늘 머리가 터져 피투성이가 되곤 했다.

고대 중국의 사상가들이 서술한 음산한 인간은 사실 황제나 성인을 위하여 제시한 의견이다. 실제로는 일종의 심술心術이나 통치술을 제공한 셈이다. 이들은 황제나 성인이 음산한 인간이 될 수밖에 없는 고충을 십분 이해하고 있었다. 따라서 이들의 글 속에 보이는 음산한 인간의 개념 속에는 이를 폄하하려는 의도는 전혀 보이지 않는다. 그런데 폄하하려는 의도로 보이는 또 다른 음산한 인간의 개념이 있으니 '음모가'가 그렇다. '음모가'는 쥐도 새도 모르는 곳에서 은밀하게 음모를 꾸미는 사람이다. 이러니 음산한 인간의 반열에 낄 수밖에 없다. 더군다나 이들은 다른 어떤 음산한 인간들보다도 훨씬 무서운 사람들이다. 사회에 이런 음산한 인간이 많아지면 그 사회는 몰락의 길을 걷다가 끝내 붕괴하기 마련이다. 어떤 경우에도 사회는 이러한 음산한 인간 즉 '음모가'만큼은 용납하지 말아야 한다.

양계초가 제시한 음산한 인간의 개념에 보다 충실을 기하며 사회상을 들여다보면 실제로 음산한 인간의 종류가 많고 다양하다는 사실을 알게 될 것이다.

일부 개명開明한 선진적 정치인들은 '음모가'가 되기를 싫어할 수도 있다. '음산한 곳'에 거하는 신비한 인간이 되기도 원치 않는다. 그래서 이들은 정치의 투명성을 좋아한다. 투명성이야말로 음산한 인간의 성격과는 확연히 다른 것이다. 정치 무대에서는 뱀이 아니라 사자나 호랑이 같은 이미지를 지녀야 한다. 그러면 관중들은 무척이나 신이 나고 흥이 날 것이다. 물론 음산한 인간의 정치에서 투명한 정치로의 변화가 쉬운 일은 아니다. 아마도 그 과정은 악전고투의 연속일 것이다. 음지에서 양지로 변해 가는 과정 중에서, 이전투구를 피하기 위해 우리들이 취할 수 있는 가장 좋은 방법은 좀더 부드러워지고 좀더 여유 있고 좀더 넉넉해지는 것이다. 우리들이 차갑고 표독하고 음산한 인간들을 반대하려면 우리 스스로가 좀더 성숙해져야 하며 모질고 잔인한 급진적인 혁명가가 되어서는 절대 안 될 일이다.

---

1) 춘추시대 제나라의 사상가이자 정치가인 관중이 지은 책으로 정치의 요체는 백성을 부유하게 하는 일이라고 하였다.
2) 춘추시대 정나라의 학자 등석이 지은 책으로 「無厚」, 「轉辭」 2편으로 이루어져 있으며 주로 법가의 학설을 담았다.
3) 전국시대 초나라의 사상가인 귀곡자의 저작이다. 『귀곡자』는 소진의 가탁으로 간주되고 있으며, 현행본은 내용도 천박하고 문장 자체도 전국시대의 것이 아니어서 위서임이 명백하다.
4) 초나라 갈관자의 저작으로 『한서』 「예문지」에 기록되어 있기는 하나, 현행본은 한나라 가의의 『복조부』를 표절한 위서이다.
5) 당대 중기의 유학자로 스승 한유를 따라 古文을 배웠으나 한유가 불교를 배척한 것과는 달리 불교 사상을 채택하여 心性 문제에 대한 새로운 이해를 보여 송대 성리학의 선구가 되었다.

교활한 인간 · 巧人 16

중국어에서 사람을 가리키는 명사에 '교巧'자를 붙이면 경우에 따라서는 칭찬의 의미가 되기도 하고 폄하의 의미가 되기도 한다. 칭찬의 의미로 사용하는 경우로는 기술이 남달리 뛰어난 직공이나 장인을 뜻하는 '교공巧工'과 '교장巧匠', 아주 재간 있는 여인네를 뜻하는 '교식부巧息婦' 등이 있다. 여기에는 조롱의 의미가 전혀 없다. 『홍루몽』에서 왕희봉이 산파 유씨에게 무남독녀 딸아이의 이름을 지어 달라고 했을 때, 산파 유씨가 생각해 낸 이름이 바로 아이에게 좋을 듯싶은 '교저巧姐'라는 이름이었다.

'교'자가 폄하의 의미로 사용되는 경우로는 "권세에 빌붙어 자신의 이익만을 꾀하는 관료"라는 의미의 '교환巧宦' '교리巧吏'라는 단어가 있다. 존경의 뜻이 담겨 있지 않음은 물론이다. 반악潘岳은 『한거부閑居賦』 서문에 "제가 일찍이 『급암전汲黯傳』(급암은 漢代 사람으로 청렴하고 뛰어난 관리)을 읽은 적이 있는데 사마안司馬安(급암의 고종사촌으로 젊어서 급암과 함께 태자의 말을 관리하였음)에서 구경九卿의 고위 관료까지 두루 등장하고 있습디다. 그런데 아주 뛰어난 사관史

宦이 썼다는 그 글에 '교환巧宦'이라는 소제목이 붙은 편을 보고는 가슴에 울화가 치밀어 올라 책을 덮고 탄식하지 않을 수 없었습니다"라고 쓰고 있다. 반악이 말하고자 했던 의미에는 현대 지식인들의 가슴 가득 쌓인 불만이나 분노와 흡사한 면이 있다. 『급암전』이 훌륭한 사관이 기록한 좋은 책이라고 생각했다가, 학식도 재능도 없이 아부하는 재주밖에 없는 관료들 이야기까지 서술하고 평가하고 의미를 부여한 글을 읽고는 반악은 그만 홍이 싹 가셔 버려 책을 덮고 탄식하였다는 말이다.

중국에서는 예나 지금이나 "아첨하는 재주에만 능통한" '교환' 또는 '교리'들을 누구나가 증오해 왔다. 『논어』「학이學而」편에서 공자는 "남의 환심을 사려고 말을 '아첨하듯 교묘하게'(巧) 하고 얼굴빛을 보기 좋게 꾸미는 사람들 중에는 인仁한 사람이 드물다"라고 했다. 공자가 보기에 듣기 좋은 말만 하고 억지로 좋은 얼굴을 꾸미면서 세속에 영합하고 윗사람에게 아첨하는 사람들에게서 무슨 덕행德行이라 할 만한 것을 기대하기란 애당초 맞지 않는 일이다. 여기에서 내가 말하려는 '교활한 인간'(巧人)은 바로 공자가 말한 이런 사람을 가리키는 것이다.

'교巧'라는 글자가 칭찬과 비난의 두 가지 뜻을 다 가지고 있는 만큼, '교활한 인간'들도 종류가 무척이나 다양해서 시쳇말로 하자면 천차만별이다. 그래서 '교활한 인간'에 대한 이야기에는 몹시 신경이 쓰인다. 자칫 그 '공격 부위가 지나치게 확대될' 위험이 있기 때문이다. 예를 들어서 우리가 어떤 사람을 무척 '영리'하다고 한다면 이 사람은 틀림없이 '교'한 면을 가지고 있기 마련이다. 그러나 그 '교'한 면에도 전혀 다른 성질이 내포되어 있을 수 있다. 어떤 사람은 영리하면서 선량할 수도 있고 또 어떤 사람은 영리하면서 사악할 수도 교활할 수도 있으며 또 어떤 사람은 그 영리함이 총명함으로 나타날 수도 있다. 이렇듯 '영리함'도 그 종류가 여러 가지인 만큼 명확하게 구분 짓기란 쉬운 일이 아니다.

『홍루몽』의 작가 조설근은 '영리함'을 가지고 사람들을 형상화하기를 좋아했던 작가로서 실제로 '영리한 사람'의 몇몇 전형을 만들어 내기도 했다. 그 대표적인 인물이 소홍과 가운이다. 소홍은 임지효의 딸로 가보옥의 하녀였다. 그녀는 칠흑 같이 검고 비단결 같이 고운 머리카락과 촉촉이 물기 머금은 애잔한 눈동자를 가지고 있었음에도 불구하고 자신의 뜻을 별로 이루지 못했다.

조설근은 그녀를 이렇게 묘사하고 있다. "소홍은 위로 오르려는 망상에 사로잡혀 기회만 있으면 보옥 앞에서 얼쩡거렸다. 그러나 보옥의 주변에 있는 애들도 모두 여간내기가 아닌지라 도무지 손을 쓸 수가 없었다." 소홍도 영리하지만 이미 다른 '영리한 사람'들이 보옥을 에워싸고 있는 바람에 보옥의 눈에 띄지 못했다는 말이다.

그러나 남달리 영리한 소홍은 노상 보옥의 눈길을 끌 궁리에 골몰한다. 그러던 차에 드디어 기회가 왔다. 보옥에게 말을 전해 달라는 왕희봉의 부탁을 받은 것이다. 일찌감치 희봉 아씨가 보통이 아님을 눈치 챈 소홍이 그녀 앞에서 일부러 자신을 드러내 보이려 애써 오던 참에 마침내 그녀가 "말주변이 좋고 영리한 아이"임을 알게 된 희봉 아씨는 보옥에게 소홍을 달라고 부탁한다. 이때부터 그녀는 왕희봉을 측근에서 '모시는' '힘 있는 계집종'으로 발돋움하게 된다. 왕희봉이 그녀를 두고 이환에게 건네는 이야기를 보자. 『홍루몽』 제27회에서 "임지효 내외야 송곳으로 찔러도 찍소리도 내지 않을 위인들이지. 그들 내외를 보면 영락없는 천생배필이구나 싶었는데 그렇게 어리숙한 두 사람 사이에 요렇게 영리한 딸애가 있을 줄 생각이나 했겠나"라고 하였다.

소홍에게 줄곧 구애를 하는 인물로 가운이라는 '영리한 사람'이 나온다. 조설근은 가운을 소개하면서 "가운이야말로 가장 영리하고 명민한 사람"이라고 했다. 그는 영리하나 몹시 속물스런 사람이었다. 보옥이 "멀쑥하게 자란" 그의 모습을 보고는 "꼭 내 아들 같이 생겼군"이라고 농담을 건네자 과분한 총애를 받은 듯 기뻐 놀라워하면서 자기보다 네댓 살이나 어린 가보옥을 아버지라고 부르더니 나중에는 무슨 이유에서인지 숙부라고 바꿔 불렀다.

그는 원래 대관원에서 하는 일이 없었다. 그러나 워낙 영리하다 보니 왕희봉의 집을 들락거리며 커다란 향료를 충성스레 갖다 바치더니 기어이 화초를 사들이고 나무 심는 일을 담당하는 좋은 자리를 하나 꿰찼다. 이 당시에 벌써 뒷구멍을 찾아다니고 '실세'를 상대로 로비를 벌였으니 '영리한 사람'이 아니면 그럴 수 있었겠는가? 권세가에 빌붙어 자신의 영달을 꾀하는 소홍이나 가운 같은 영리한 이들을 교활한 인간의 한 부류인 '약삭빠른 인간'으로 분류할 수는 있을지언정, 좋은 사람 혹은 나쁜 사람으로 잘라 말할 수는 없을 것 같다.

『홍루몽』에 등장하는 영리한 사람들은 지력智力의 정도에 따라 대체로 다음과 같이 구분해 볼 수 있다. 첫째는 '지자智者'로 불릴 만큼 지력이 뛰어난 사람들이다. 이들은 영리하면서 지모知謀에 뛰어나다는 특징을 지닌다. 왕희봉이나 설보차 같은 사람들이 여기에 속한다. 또 다른 한 부류는 청문처럼 총명한 사람들이다. 청문은 영리하나 약삭빠르다기보다는 총명하다. 이런 면으로 그녀는 등장인물들 가운데서 보다 사랑스런 여인으로 묘사되고 있다. 청문과 소홍을 비교해 보면 청문이 훨씬 순수하고, 꾀는 소홍만 못해도 마음씀씀이는 한결 아름답다. 이 두 종류의 사람들은 헷갈리기가 쉽다.

왕부인은 청문이 지나치게 영리한 것 같아 그녀를 싫어했다. 『홍루몽』 제77회에서 왕부인은 청문의 내력을 말해 주면서 "가모는 청문이의 똘똘하고 예쁘장한 모습을 사랑스러워했지"라고 했다. 확실히 청문은 비상하게 영리한 아이였다. 그런데 그녀의 영리함 속에는 분명 오만한 기질도 있었다. 어쩌다 보옥의 부채를 땅에 떨어뜨리는 바람에 보옥에게 지청구를 듣게 되었을 때도, 그녀는 결코 보옥에게 잘못했다는 말을 하지 않았다. 도리어 말대꾸를 하고 대듦으로써 보옥을 혼절할 만큼 화나게 만들었다. 밤이 되어 보옥은 자신이 옳지 않았다는 생각에, 청문의 기분을 풀어 줄 양으로 일부러 그녀에게 부채를 주고는 찢어 버리게 했다. 그녀는 한사코 사양하다가 찍 하는 소리와 함께 부채를 두 쪽으로 찢어 버렸다. 그러자 이번에는 보옥이 부채통을 열고 부채를 몽땅 꺼내어 찢으라고 주자 그녀는 웃으면서 "저 또한 피곤합니다. 내일 아침에나 찢어 버리지요"라고 말했다.

청문과 소홍 둘 다 영리하다는 점은 같으나 청문의 영리함에는 주인에게 아부하는 기미가 전혀 없다. 그녀는 주인에게 말대꾸도 하고 주인이 아끼는 부채를 찢어 버리기까지 했다. 그렇지만 자기의 분수를 알기에 상자에 든 부채를 모조리 찢어 버리지는 않았다. 사소한 에피소드지만 청문이 남들과 다른 기질과 다른 총명함을 가지고 있음을 엿볼 수 있는 대목이다.

소홍과 가운의 영리함은 지모를 갖추긴 했으나 총명한 영리함이 아닌 약삭빠른 영리함이었다. 내가 두 사람을 그냥 영리하다고만 표현한 것도 그런 이유에서였다. 이런 종류의 영리함에는 다분히 기회주의적인 면이 없잖아 있으며, 나아가서는 지혜와는 거리가 아주 먼 얄팍한 교활함이 내재돼 있다. 그러므로 영리한 사람이 아무리 잔머리를 굴리고 술수를 부려도, 근본적으로 큰 지혜나 내재적 총명함이 부족한 까닭에 큰일을 해내지를 못한다. 크게 성공하는 사람들은 언제나 큰 지혜에 기대며 결코 얄팍한 교활함에 의지하지 않는 법이다.

가운이 약아빠진 덕에 뒷구멍으로 좋은 일자리를 하나 꿰찼어도 역시 큰 그릇이 될 만한 사람은 아니었다. 대부인이 죽어 가씨 집안의 남녀노소가 모두 출상하러 철함사로 갔을 때 그는 '중용'되어 혼자 집을 지키게 되었다. 이때 그는 집을 지키기는커녕 도둑질할 궁리만 했다. 후에 가련이 역참으로 가사를 문병하러 가면서, 가운에게 집안일을 부탁하고 떠나는 바람에 그는 또 중임을 맡게 된다. 이번에는 아예 친구들을 불러들여 술을 마시고 도박판을 벌이더니 해괴망칙한 꾀를 내어 교저를 번왕의 첩으로 팔 궁리까지 했다.

가련이 집에 돌아온 뒤 이 일을 알고는 불같이 화를 내고 왕부인에게 사실을 아뢰어 그를 가씨 집안에서 내쫓도록 했다. 참다운 재능이나 견실한 학식, 자기만의 확고한 소견이 없이 얍삽하기만 한 '교활한 인간'들은 결코 큰 성과를 거둘 수 없다. 얍삽함에만 기대다가는 그나마 작은 성과도 얻지 못한다. 참으로 지혜롭고 명철한 사람들은 약지 못함을 걱정하지 않는다. 옛말에 "큰 성인은 바보와 같다"(大聖若愚)고 했다. 이들은 내면에는 지혜를 담고 있으나 말주변이 없는 사람, 공자가 말한 바 '강의목눌剛毅木訥'(성격이 강하고 꿋꿋하면서 소박하고 어눌함)한 사람들이다. 이들이야말로 지혜로 가득 찬 옹골진 사람들이며 또 그래야만이 사회의 동량이 됨 직하다.

소홍이나 가운처럼 얍삽하게 영리한 사람들은 흔하고 일반적인 '교활한 인간'일 따름이다. 공자가 말한 바 '교언영색巧言令色'의 무리에도 들지 않는 만큼 사회적으로 그 해악이 그다지 크지 않을 수도 있다. 이들의 얄팍한 재주가 각박한 사회 속에서의 생존을 위한 하나의 방법이라면 사실 이 또한 사회가 만들어 낸 것이니 만큼 마땅히 우리가 이해해 주어야 하지 않을까 싶다.

진짜 '교활한 인간'은 소홍이나 가운처럼 잔재주를 부리는 이들이 아니다. 이들은 잔재주가 아닌 '큰 재주'를 부리는' 자들이다. 이들을 일러 고대에서는 '향원鄕原(鄕願)'(시골에서 근후한 체하는 사람), 현대에서는 '풍파風派'라 부른다. 공자와 맹자는 둘 다 이런 종류의 인간을 몹시 싫어했다. 공자는 『논어』「양화陽貨」에서 이들을 "덕을 해치는 인간"(德之賊)이라 평했고, 맹자는 「진심하盡心下」에서 이들을 비판한 바 있다. 맹자가 "남을 속이며 세상에 아첨하는 자를 향원이라고 하느니라"고 하니 만장萬章이 다시 "온 마을을 향원으로 일컬으니 어디서고 향원이 되지 않을 수 없는데 공자가 이들을 덕을 해치는 사람이라고 함은 어째서입니까"라고 물었다. 맹자가 대답하기를 "세류에 동조하고 혼탁한 세상에 영합하면서, 충직하고 신의 있는 양하고 청렴하고 깨끗한 척하니 사람들이 다 좋아하고 스스로도 자신을 옳다고 여긴다. 그러나 이런 사람들은 요임금과 순임금의 도에 들어갈 수가 없다. 그런 까닭에 공자는 덕을 해치는 사람들이라고 하셨다"라 했다.

공자와 맹자 두 성인이 향원을 이토록 미워한 까닭을 놓고 후인들의 해석이 분분하다. 향원에 대한 공자와 맹자의 원래의 정의를 보면 겉으로는 충직하고 신의 있는 참된 군자의 형상을 하고 있으나 실제로는 내심에 교활함과 거짓을 감춘 체 세상을 속이고 기만하는 술수가 뛰어난 게 이들의 주요 특징이다. 이런 사람들을 현대 언어로 말한다면 "신념도 없고 지조도 없이 갖가지 술수로만 가득 찬 사람"이다. 정녕 이들이야말로 진짜 '교활한 인간'인 것이다.

두 성인의 도덕관에 대한 동의 여부를 떠나, 두 사람은 누구나 인정하듯 당시의 진정한 교육자이자 도덕가였다. 그들은 인간은 누구나 다 도덕적 신념을 가져야 한다고 강조하였다. 향원은 무엇보다도 도덕적 신념과 도덕적 성의誠意가 도무지 없는 자들이다. 더불어 도덕을 논할 만한 전제를 근본적으로 갖추지 못한 셈이다. 공자에게 이들은 특히나 골치 아픈 존재였다. 공자가 향원을 거론한 것은 '광인狂人' 이야기를 하던 도중이었다.

당시 공자는 진陳나라에 있으면서, 현인이나 왕래를 트고 지낼 만한 사람을 전혀 만나지 못한 바람에 그만 마음이 적막해져 고향 노나라로 돌아가고 싶었다. 가기 전에 말하기를 노나라의 '광간狂簡'[1] 이 그리워서라고 했다. "문하 제자 중에 광간이라는 자가 있는데 대도大道를 행하는 데 물불을 안 가리고 문장도 제 마음 내키는 대로 만들어 대니 다스릴 방도를 모르겠다." 당시에 사람들은 이를 매우 의아스러워했다. 공자가 재주 많은 인간보다는 차라리 광인을 원하고 있음을 보여 주는 대목이다. 광인은 제멋대로 날뛰기는 하나 진실하며 대도를 행하는데 주저함이 없기 때문이다. 자신의 신념과 추구하는 목표를 달성하는 데 정치적인 기교나 권모술수를 부리는 법이 없다. 그러기에 세상을 그저 생각 없이 둥글둥글 살아가는 향원과 견주어 광인이 훨씬 더 고상하다. 공자가 진나라에서 맞닥뜨린 것은 향원 일색이었고, 그들에게 신물이 난 나머지 차라리 광간이라는 제자가 생각난 것이다. 이와 같은 안목을 지니기란 당시에는 쉬운 일이 아니었다.

5·4신문화운동[2] 기간 동안 가장 심하게 공자를 비판한 사람은 노신이었다. 그는 유가사상의 체계와, 유가사상의 체계가 외적으로 이루어 놓은 행동 양식과 감정 태도 등을 받아들일 수 없었다. 그럼에도 광인과 향원에 대한 태도는 공자와 별반 다르지 않았다. 노신이 『광인일기』에서 드러낸 광인에 대한 태도는 여러 논증이 필요 없는 것이거니와 향원에 대한 원칙 또한 극도의 증오로 일관하고 있다.

그러나 향원에 대한 노신의 비판은 공자와는 전혀 다른 관점에서 출발한다. 노신이 힘을 다해 비판한 자들은 '뚜렷한 지조가 없는' 사람들 곧 향원이다. 노신은 「종교를 이용해 먹는다」(吃教)라는 글에서 "중국은 남북조시대 이래로 많은 문인과 학사, 도사와 승려들을 배출해냈는데 이들 대부분은 뚜렷한 지조가 없다는 점이 특색이라면 특색이다"라고 했다. '뚜렷한 지조가 없다'는 것은 신념도 없고, 영혼도 없으며 이렇다 할 품격이나 행동도 없다는 것을 의미한다.

종교에 대한 일종의 특수한 관계도 이렇게 해서 생겨났으니 '믿음'(信)의 관계가 아닌 '이용해 먹는'(吃) 관계였다. 무슨 종교든지 이용해 먹을 수만 있으면 스스럼없이 이용해 먹는다는 말이다. 일단 다 '이용해 먹고' 나면 언제 그랬냐는 듯 그 종교를 폐품 취급하여 폐기처분해 버리고 만다. '문 두드리는 벽돌'(敲門磚, 입신양명 출세하는 수단을 비유함)로 비유하자면 일단 '문이 열리고 나면'(입신양명 출세하고 나면) 그 벽돌을 황무지에 내다 버리는 것과 같다.

노신은 이 점을 두고 "기독교가 중국에 들어오자 기독교인들은 저마다 자신이 '종교를 믿는다'(信教)고 생각했지만 신자 아닌 백성들은 이들을 일러 '종교를 이용해 먹는다'(吃教)고 하였다." 신자들의 '정신'을 언급하는 이 두 글자에는 대다수 유교 불교 신자들의 종교관과 함께 지금 '혁명밥을 먹고 있는'(吃革命飯) 나이든 혁명 영웅들도 포함되어 있다.

오늘은 A라는 종교를 믿다가 내일 아침에는 B를 믿고 내일 저녁에는 C를 믿는 행태는 신앙에 대한 실용주의적 태도에 따른 것이다. 이렇다 할 신념이 없으니 오늘 공자를 숭배하다가도 내일 석가모니를 숭배할 수 있는 것이다. 이러한 풍조는 1930년대의 문단에서도 성행했다. 이와 관련하여 노신은, "누군가의 도움이 필요할 때에는 크루빠친의 상호협조론을 들먹이다가 싸울 때면 태연히 다윈의 적자생존설을 들이댄다. 예나 지금이나, 일관된 주장이 없거나 혹은 아무런 근거도 없이 주장을 이렇게 저렇게 바꿔 가면서 수시로 온갖 이론을 무기로 들고 나오는 자들, 그런 자들을 일러 날건달이라 한다"라고 말했다.

노신이 증오해 마지않는 이런 '뚜렷한 지조 없는 날건달'이야말로 진짜 '교활한 인간'이다. 이들의 '교巧'함은 작은 영리함이나 작은 교활함에 있는 것이 아니라 '술수'(術)에 있다. 정계에는 정치적 권모술수가 있고 학계에는 사기술과 변장술이 있으며 일상적인 사회 생활에서는 심술心術과 관계술關係術이 있다. 이것이 바로 '교술巧術'이며, '교활한 인간'은 이런 술수를 조작할 줄 아는 술수꾼(術士)이다.

이들의 마음속에서는 술수가 신념보다 우위를 차지하고 술수가 영혼이나 품위보다 중요하다. 술수가 이들의 전부인 셈이다. 이들은 책벌레나 진리탐구에 매달리는 성실한 사람들을 경멸하며 성실한 사람들의 고된 수련에 따른 '숙능생교熟能生巧'(익숙해지면 재주가 생긴다)를 바보짓으로 여긴다. 오직 '술능생교術能生巧'(술수를 부리다 보면 재주가 생긴다)에 의지하여 술수를 생업으로 삼는 이들이야말로 '대교인大巧人'이다.

현대 사회에서 이런 '교활한 인간'들은 '풍파'로 변신했다. 언제고 무슨 바람에든 대처할 임기응변의 재주로 무장하고 이론적 근거까지 갖추고 있다. 계급 투쟁의 강풍이 몰아칠 때면 자연스레 굳센 혁명 전사가 되었다가, 개혁의 바람이 몰아칠 적에는 "모두 다 함께 유신에 참여하자"고 외치는 개혁 이론가가 된다. 반자유화운동에는 앞 다투어 최선봉에 서지만, 상황이 교착 상태에 빠질 때에는 자신들이 '황하 가운데의 지주산'(中流砥柱, 황하의 세찬 물살 속에서도 변함없이 우뚝 서 있는 데서 나온 말)임을 자부한다. 진보 시대에는 '홍기紅旗'를 간판으로 내걸더니 보수 시대가 되면 '실사구시'를 간판으로 내건다.

'실사구시'는 원래 좋은 말이고 나 또한 이를 지지했다. 그러나 '풍파'의 손에서는 실사구시도 하나의 간판이나 광고 또는 입신양명을 위한 '문 두드리는 벽돌'에 지나지 않는다. 풍향이 바뀌면 그들의 간판도 바뀔 것이다. 그때 우리는 그들이 '실사구시'를 간판으로만 내건 불성실한 인간, 겉보기에만 착실한 '재주꾼'에 지나지 않음을 알게 될 것이다.

이상을 토대로 우리는 현대적인 의미의 '교활한 인간'에 대한 정의를 내려봄 직하다. 현대적인 의미의 '교활한 인간'이란 뚜렷한 지조가 없는 그러면서도 정치적 기교나 인생의 기교는 풍부한 강호술사江湖術士(떠돌이 점쟁이), 다시 말해 인간에게 술수가 있다는 것만 알고 인간에게 진실이 있음은 알지 못하는 사람이다.

---

1) 필자는 '狂'을 성으로 '簡'을 이름으로 보고 해석하였으나, 우리나라에서는 '狂簡'을 보통명사로 보아서 '이상이 높고 과단성이 있음'이라고 해석하는 것이 일반적이다. 이 책에서는 해석대로 원문 수정 없이 번역했다.

2) 1919년 5월 4일 중국 북경의 학생이 일으킨 반제반봉건의 혁명운동이다. 일본의 21개 조항 요구를 중국 정부가 받아들이자 이에 격분한 북경의 학생은 5월 4일 데모를 벌였다. 이 5·4운동은 애국운동에 그치지 않고, 봉건주의에 반대하고 과학과 민주주의를 제창하는 문화운동의 요소를 띤 광범한 민중운동으로 발전하는 계기가 되었다.

백정 · 屠人 17

'백정'(屠人)은 '도부屠夫'나 '도백屠伯'으로도 부를 수 있다. '도부'와 '도백'의 두 개념을 명확히 구분하기란 매우 어렵다. '도부'는 일반적으로 가축 도살을 직업으로 삼는 사람이고 '도백'은 인간을 마구잡이로 살육하는 사람을 지칭한다. '도백'의 범주에는 자연 직업적인 망나니까지 포함되지만 망나니보다 더 광범위하게 인간 살육을 일삼는 살인마도 들어간다.

『한서漢書』「엄연년전嚴延年傳」에 "엄연년이 겨울날 고을의 죄수를 관아에 모아놓고 그 죄를 벌함에 유혈이 수십 리에 이르렀으니 사람들이 그를 하남의 '도백'이라고 불렀다"는 구절이 있다. 『한서』에서 말하는 '도백'은 분명 광의의 망나니를 가리킨다. 또 『순자荀子』「의병議兵」에는 "불도성不屠城"이라는 구절이 있는데, 양경楊倞이 주를 달아 "'도屠'는 한 성을 파괴하고 주민을 살육하는 것이니 마치 백정과 같은 짓이다"라고 풀이하고 있다. 여기서 말하는 '도'는 인간 살육을 전문으로 일삼는 인간 백정을 가리킨다. 그러므로 가축의 도살을 전문으로 하는 '도부'와 인간 살육을 전문으로 하는 '도백'을 통칭해서 '백정'이라 해도 될 일이다.

가축 도살을 직업으로 하는 사람은 사회에서 지위가 비교적 낮다. 그러나 이 일을 전문으로 하기 위해서는 힘과 기술이 필요해서인지, 이 직업에 종사하는 사람들 중에서 종종 영웅호걸이 배출되곤 한다. 『장자莊子』에 '포정해우庖丁解牛'라는 고사가 있다. 이 고사에 등장하는 포정도 사실 따지고 보면 백정이다. 그는 소 도살 전문으로 돼지나 양은 잡지 않은 모양이다. 그의 소 잡는 기술이 어찌나 뛰어났던지 '칼을 부림에 여유가 넘치는' 경지에까지 이른 그를 보고 사람들은 그가 백정이라는 사실을 망각하고는 기인으로 여길 정도였다.

『사기』「위공자열전魏公子列傳」에 나오는 주해朱亥도 영웅의 형상으로 등장하는 백정이다. 은둔자 후영侯嬴은 위공자 신릉군信陵君에게 "제가 말씀 드리는 주해라는 백정은 현명한 사람입니다. 단지 세상에 주해를 알아주는 이가 없어서 백정들 사이에 은둔하고 있을 뿐입니다"라고 주해를 추천하고 있다. 주해는 힘이 장사인데다 담력이 크고 식견이 뛰어난 현자였다. 진秦나라 군대가 조趙나라 수도 한단邯鄲을 물샐틈없이 포위하고 있을 때 그는 정의의 기치 아래 생과 사를 초월하여 신릉군과 함께 진나라에 항거하여 조나라를 구하는 중대한 사명을 완수한다.

『사기』 외에도 백정이 풍운의 인물로 등장하는 문학 작품이 있다. 『삼국지연의』에 등장하는 장비張飛는 원래 돼지를 도살하던 백정이었다. 그러다 유비, 관우와 함께 도원결의를 맺은 후, 유비가 천하를 호령할 수 있도록 한 일등공신으로 촉蜀 건국의 초석이 되었다. 이상을 살펴보면 백정들 속에서도 영웅이 적지 않음을 알 수 있다.

백정 중에는 은근히 살가운 백정도 있다. 고화古華의 『부용진芙蓉

鎮』[1]에 나오는 여주인공 호옥음胡玉音의 첫 번째 남편인 여계계黎桂桂가 그런 사람이다. 소설에서 "여계계는 쇠뭉치로 내리쳐도 찍소리 한번 내지 않을 정도로 무던한 백정"이라고 소개하고 있다. 여계계와 호옥음은 같은 마을에 사는 늙은 백정의 중매로 부부가 되었다. 갓 결혼했을 때 호옥음의 부모는 "제기랄! 살생을 업으로 살아가는 가난뱅이 백정이라니"라고 하면서 여계계를 무시하곤 했다. 그러다가 그가 워낙 무던하고 고지식한지라 나중에는 친자식 이상으로 그를 좋아하게 되었다. 호옥음 또한 처음에는 그를 좋아하지 않다가 살아가면서 "여계계가 얼굴도 잘생긴데다 인품도 훌륭하고 성격도 온유하고 예의 또한 바른 사람"임을 알게 되면서 차츰 "눈길이 고와지고 마음도 쏠리게" 된다. 백정이 외모와 성품이 온유하고 고상하기란 흔치 않기에 호옥음이 틈만 있으면 남편 앞에서 아양을 떨려하는 것도 무리는 아니다.

그러나 대부분의 문학 작품에서 백정은 흉악한 놈으로 등장한다. 심하게는 독자들에게 충격을 던질 정도로 흉악무도한 모습으로 나타나기도 한다. 『수호전』에서 장원교 다리 밑에서 고기를 팔면서 '관서지방의 최고'라는 뜻의 '진관서鎮關西'라는 별명을 갖고 있는 정도鄭屠는 백정질을 하면서도 그 지방 유지였다. 그는 위주渭州에서 친척을 찾아 온 김취련金翠蓮에게 은자 삼천 관짜리 문서를 써 주고는 강제로 첩으로 삼은 뒤 삼 개월 만에 본마누라와 짜고 취련을 쫓아낸다. 여기서 그치지 않고 삼 개월 전에 써 준 삼천 관짜리 문서를 휴지 조각으로 만들어 취련 애비에게 한 푼도 주지 않은데다 도리어 취련네 집에 몸값으로 삼천 관을 요구한다. 하는 수 없이 취련은 날마다 거리에서 노래를 부르며 번 돈으로 정도에게 고리채를 갚아

나간다. 취련 부녀의 이야기를 들은 노지심은 분노를 이기지 못하고 그 길로 고기를 산다는 핑계로 정도에게 달려가 고기를 썰어 달라고 한 다음 다진 고기를 움켜쥐고는 정도의 얼굴에 냅다 던지고 나서 그를 때려죽인다. 노지심은 정도를 때리면서 "이 칼잡이 백정 놈, 개 같은 놈아!"라고 욕설을 퍼붓는다. '칼잡이 백정'에 대한 멸시로 가득 찬 이 욕설 속에는 백정을 '개 같은 놈'으로 보는 시각이 짙게 담겨 있다.

『유림외사儒林外史』[2]에도 범진范進의 장인 호胡씨라는 백정이 등장하는데, 그 묘사가 참으로 뛰어나다. 이 호씨 영감은 권력과 이재에 밝은 비할 데 없이 속물스러운 인물이다. 범진이 과거에 급제하기 전까지 그는 가난한 사위를 철저하게 무시한다. 기껏 곱창 한 꾸러미를 보내면서 자신의 딸과 사부인 앞에서 범연을 깎아 내리는 말도 태연하게 내뱉는다. "내가 내 발등을 찍지 찍어. 딸 하나를 시집보내면서 너 같은 가난뱅이에게 보내다니……. 요 몇 년 동안 내가 얼마나 땅을 치고 후회했는지……." 범진이 향시에 응시할 작정으로 그에게 노잣돈을 좀 빌리러 갔다. 그러나 장인이라는 자는 범진의 면상에 대고 "못난 두꺼비가 하늘의 백조를 잡아먹으려는 격"으로 나리가 되려는 헛된 망상에 사로잡혀 있다면서 나리 자리는 하늘의 문곡성文曲星(과거를 관장하는 별)이나 돼야 하거늘, 범진처럼 주둥이가 뾰족하고 볼따구니가 원숭이 같은 인간이 웬 말이냐며 면박만 준다. 후에 보란 듯이 범진이 과거에 급제하자 그의 속물스런 눈가엔 비굴한 아첨의 미소가 번지기 시작한다. 이제는 자기 사위가 하늘에 뜬 문곡성인 것이다. 사위 덕 좀 보겠다는 생각에 돼지 잡을 마음도 없어져 버렸다. "우리 집에는 이제 돼지가 없어. 이런 훌륭한 사위가 생겼는데 노후 걱정을 왜 하누?" 오경재吳敬梓[3]는 『유림외사』에서 이 백정을 아주 흥미롭게 그리고 있다. 백정이 이처럼 권세나 이재에 밝은 게 불가사의할 정도다.

기효남紀曉嵐의 『열미초당필기閱微草堂筆記』[4]에 등장하는 백정은 죄악으로 똘똘 뭉친 죄인의 형상으로 등장한다. 기효남은 살생을 업으로 삼은백정을 마땅히 인과응보를 받아야 한다는 의미에서 그런 모양이다. 기효남은 백정 이야기를 여러 편 쓰고 있는데, 『열미초당필기』 제21권에 등장하는 백정은 "나이 30여 세에 죽자 그 영혼이 여러 사람의 손에 붙잡혀 갔다. 염라대왕전의 관리가 살생을 업으로 삼은 것을 지엄하게 꾸짖고는 인과응보의 수레바퀴에 따라 악보惡報를 받게 되었다. 정신이 어리어리한 게 취한 듯 꿈꾸는 듯하고 머리가 견딜 수 없이 뜨거웠다. 그러다가 갑자기 서늘해지면서 깨어 보니 돼지우리 안이었다. 젖을 먹고 나서 먹을 것이라고는 더러운 것밖에 없었지만 너무 배가 고파 오장육부가 찢어지는 듯하여 먹지 않을 수 없었다. 차츰 돼지들하고 말도 통하게 되고 같은 우리를 쓰는 돼지들끼리 안부도 묻는 사이가 되었는데, 자기의 전생을 기억하고 있는 돼지들이 꽤 되었다."

같은 권에 있는 또 다른 이야기를 보자. 어떤 백정이 죽고 나서 일 년쯤 지나 그 마누라가 재가하러 색동 비단옷을 입고 배에 오르려는 순간 돼지 한 마리가 갑자기 뛰쳐나와서 성난 두 눈을 부릅뜨고는 여인네의 치마를 갈기갈기 찢고 그 정강이를 물어뜯었다. 주위에 있던 사람들이 달려들어 여인네를 구출하고는 돼지를 물속으로 밀어 넣고 배를 저어 가기 시작했다. 그러자 돼지가 물속에서 뛰쳐나와 강둑을 따라 쫓아오기 시작했다. 또 다른 이야기를 보면 어떤 백정아 숨을 거두는 순간에 공교롭게도 마누라가 딸을 하나 낳았는데, 그 아이는 탯줄을 끊자마자 돼지 울음소리를 내며 울부짖다가 3, 4일 만에 숨을 거두었다고 한다.

이런 이야기들을 통해서 기효남은 돼지잡이 백정들은 죽어서 돼지로 환생한다는 인과응보의 이치를 밝히고자 한 것 같다. 이런 이야기들이 사실인지 아닌지 또는 담고 있는 사상이 심오한지 아닌지를 놓고 따지고 싶은 생각은 없다. 단지 『사고전서四庫全書』[5]의 총주필이었던 기효남의 작품에서 백정이 내세에 인간으로 환생할 수 없는 악한으로 묘사되었음을 증명하고 싶을 뿐이다.

백정은 현대에 이르러 여계계와 같은 온유한 형상도 있을 수 있겠으나 사람들에게 보다 깊은 인상으로 남는 형상은 이앙李昻의 『남편 죽이기』(殺夫)에 등장하는 포악한 백정 진강수陳江水이다. 크게 성공을 거둔 소설 중의 하나인 『남편 죽이기』에서 백정 진강수의 형상은 매우 인상적이다. 이 "무수한 생명을 살육한" 진강수는 한마디로 폭력의 화신이다. 진강수는 도살하는 동안 날카로운 칼로 무자비하게 폭력을 휘두름은 물론 여자와 섹스를 할 때도 폭력을 쓴다. 그가 여성과 섹스하는 과정은 바로 폭력의 과정이다. 보통 사람과는 달리 부드러운 분위기에서 쾌락을 향유하는 게 아니라 여인의 몸부림과 고통, 절규 속에서 만족을 느낀다. 그래서 매번 그는 "여자를 돼지 잡듯 족쳤다." 진강수의 삐쩍 마르고 나이 어린 아내 임시林市가 밤마다 고통에 못 이겨 내지르는 비명이 온 동리에 들릴 정도였다. 그는 여자의 미친 듯 내지르는 괴성을 좋아했다. 괴성이 안 되면 비명이라도 괜찮았다. 그는 괴성과 비명 속에서만 성과 폭력이 결합한 오르가슴을 느낄 수 있었다. 혹 임시가 피곤에 지쳐 소리를 내지 못하기라도 하면 미친 듯이 폭력을 휘두르면서 잔혹하게 잡도리를 해댔다. "그녀를 때리고 목을 조르고 비틀면서 그녀 안에 들어 있는 시간을 늘여 나갔다." 그러면 그녀는 "고통을 견디느라 이를 악다문 채 작은 동물이 죽기 직전에 내는 듯한 가냘픈 신음소리만 흘릴 뿐이었다."

진강수의 이런 성적 폭력으로 인해, 마침내 더 이상 참을 수 없게 된 아내 임시는 돼지 잡을 때 사용하는 칼로 남편을 살해하는 지경에 이르렀다. 그녀에게 있어서 진강수와의 성생활을 끝내는 유일한 방법은 폭력이었던 것이다. 폭력으로 폭력을 끝낸 셈이다. 진강수는 섹스 중에 자신의 폭력을 즐기는 특이하고도 기이한 형상의 백정이다. 그가 여인을 대하는 방식은 돼지를 대하는 것과 똑같았으며 단지 도구만 다를 뿐이었다. 여기서 내가 말하고자 하는 바는 이 비참한 이야기에 대한 평론도 아니요, 이 소설의 예술성에 대한 평론도 아니다. 현대 작가의 작품 속에서 감미로운 성과 잔혹한 폭력이 궁극적으로 서로 통할 수 있다는 사실이 자못 흥미롭다는 점이다.

상술한 여러 작가들은 백정의 형상을 매우 정채하게 그려 내고 있다. 그런데 『사기』에 등장하는 주해의 영웅적 기질에 견주어 후대의 백정의 형상은 몇몇 경우를 제외하고는 대부분 거칠고 저속하고 우매한 성격만이 두드러진다. 이 글이 문학 비평이 아닌 만큼 소설가를 탓하려는 건 물론 아니다. 그저 현실 사회의 많은 계층 가운데 도살을 직업으로 삼아 살아가고 있는 백정들을 대신해서 개인적으로 불만스러울 따름이다. 매일같이 돼지고기나 소고기가 필요한 나의 생활에서 고기가 빠질 수 없어서인지도 모르겠다.

만약 그들이 없다면, 혹은 사람마다 죄다 고상하게 살고 싶은 나머지 도살을 거부한다면 이만저만 골치 아픈 일이 아닐 게다. 중국에 "백정 장씨가 죽었어도 털 깎지 않은 돼지고기는 먹지 않는다"는 속담이 있다. 틀린 속담은 아니다. 백정 장씨가 죽더라도 백정 임씨도 있고 김씨도 있으니 인류 사회가 털 안 깎은 돼지고기를 먹지 않아도 될 터이니 말이다. 그러나 아무도 백정이 되기를 원치 않는다면 문제는 심각해진다. 그렇게 되면 사람들은 먹을 고기가 없으니 스스로 백정이 되어 해결해야만 한다. 고기를 먹지 않는 스님을 제외하고는 모든 사람이 백정이 되어야 할 판이다. 그러면 인류는 곧 백정의 무리로 변해 버리고 그 명성에 심대한 타격을 입게 된다. 그럼에도 사회는 여전히 가축을 도살하는 백정을 업신여긴다. 업보가 너무 크다는 이유로 내세에 반드시 돼지로 환생해야 한다는 기효남의 주장에 나는 결코 동의할 수 없다. 이런 논리라면, 돼지고기나 소고기나 양고기를 먹는 우리들은 어째서 그 업보가 크지 않은가? 어째서 돼지나 소나 양으로 환생하지 않는 것인가?

내가 가축 도살을 직업으로 삼는 백정의 편을 드는 이유는 많은 소설가들이 자신의 작품 속에서 인간 살육을 업으로 삼은 인간 백정들을 동정하면서도 정작 가축 도살을 업으로 삼는 백정의 편을 들지 않기 때문이다. 호영감이나 진강수의 예처럼 아주 정채하게 묘사된 직업적 백정의 형상은 소설 속에서 거의 찾아보기 힘들 뿐더러, 그들의 생활과 심리를 예술적으로 표현한 작품 또한 전무하다시피 하다. 노신은 『약藥』에서 백정 하대숙何大叔을 그리고 있는데, 하대숙은 칼로 사람의 목을 따는 직업 말고도 부업으로 사람의 피로 만두를 빚어 파는 자다. 장사하는 데 있어서도 단순명쾌해서 "한 손으로 돈을 받고 다른 한 손으로 물건을 넘겨 주는 것"을 원칙으로 삼아 애초에 가격을 깎거나 흥정할 여지를 주지 않는다. 할애된 묘사는 얼마 되지 않아도 자못 깊은 인상을 남겨 주는 인물이다.

직업적인 킬러의 내면 세계나 가정 생활 또는 사회 생활에 관한 이야기들은 언제 보아도 재미있다. 노지심이 정도에게 '고기 세례'를 날린 것처럼 가슴이 후련해지는 이야기가 있는가 하면 연약한 마누라에게 살해당한 건장한 사내 이야기도 있다. 마음이 여린 사람이 생활에 쪼들려 어쩔 수 없이 백정 노릇을 하는 여계계 같은 경우도 있을 터이다. 사람 목을 따거나 총으로 쏘아 죽이는 전문 킬러가 가정에서는 자상하고 숫기 없는 좋은 남편으로 살아가는 이야기도 소설로 쓰면 제법 재미있을 듯하다.

이런 킬러나 백정들 말고 또 다른 종류의 백정들이 있다. 여기에서 내가 말하고자 하는 것은, 넓은 의미의 백정 혹은 고차원적인 백정이라고 할 수 있는 지도자적 백정이다. 이들은 흔히 작가의 관심권 밖에 있다. 이들의 도살 동기, 도살 심리, 도살하는 모습, 도살한 후의 사회 생활과 가정 생활 등에 관한 이야기도 꽤나 재미있을 텐데 말이다. 이들은 전쟁 중에 모종의 사명이나 이유로 인해 어쩔 수 없이 서로 총을 들고 쏘아 죽일 수밖에 없는 사병들하고는 달리 살인을 취미와 기호로 삼은 사람들이다. 이들의 특징은 인간 도살을 즐기고 업으로 삼는 데 있다. 히틀러나 그의 수하에서 유태인들을 학살한 장군들, 소련 KGB의 두목 베리아와 그의 수하에 있던 직업적 킬러들이 그들이다.

넓은 의미의 백정 가운데는 필화사건을 전문적으로 일으키는 문화 킬러도 있다. 정신을 도살하는 이들 백정은 중국에서 아주 오랜 옛날부터 지금까지 줄곧 있어 왔다. 직업적 망나니의 성격적 특징을 두루 갖춘 채 도살이 숫제 버릇이 되어 버린 이들은 '문명'이라는 외투를 덮어쓴 이유로 '문인'으로 분류되기도 한다. 심지어는 학자나 철학자로 분류되는 경우도 있다.

이 백정들의 도살 목표는 육체가 아닌 정신이다. 그런 만큼 이들의 칼잡이 기술은 일반 망나니의 그것과는 다르다. 이들이 잡고 있는 것은 문명이라는 칼이며 이들이 베어 낸 것은 육체의 목이 아닌 인간의 정신으로서 그 속셈은 인간을 사지로 몰아넣는 데 있다. 이들도 급소를 찌르기 위해 나름대로 온갖 궁리를 짜내는데, 일반 망나니들이 목덜미를 노리는 데 반해 이들은 인간의 영혼을 노린다. 문화대혁명 중의 문화 학살자들, 예를 들어 장춘교張春橋[6]나 요문원姚文元[7] 같은 자들은 중국공산당과 중화인민공화국의 기수요 등대로 추앙될 만큼 최고의 사회적 지위를 누렸다.

중국의 문화 백정 중에는 이름을 날린 자들이 적지 않다. 왕실미王實味[8]를 비판하고 때려죽인 사람들부터 호풍胡風과 노령路翎[9], 오함吳晗[10]과 등척鄧拓[11]을 때려죽인 사람들에 이르기까지 이들의 도살 대상은 줄곧 소위 '자산계급 자유주의자'를 겨냥해 왔다. 이들이 이리저리 때려죽인 사람들이 십수 명에서 수십 명에 이르고 있다. 이들이 끊임없이 공포 분위기를 조성하였기 때문에 학살자로서 이들의 이름은 온 천하를 벌벌 떨게 만들었다. 그러나 이들이야말로 지식인 살육을 직업으로 삼은 문화 백정임을 분명하게 일깨워 주는 사실이다.

재미있는 것은 이들이 분명 백정임에도 도리어 자신을 시인이라거나 문학 비평가 혹은 문학 이론가라고 부르는 일이다. 뿐만 아니라 문예 잡지나 작가 협회를 장악하여 입만 열면 혁명적 문예운동을 부르짖는다. 내내 백정의 관할과 지도의 나락 속에서 백정을 지도자로 두고 있는 중국 문단의 현실이 참으로 애달프다. 작가들이 이들의 관할을 거부하고 창작의 자유를 쟁취하는 그 날이 와서 문화 백정들의 열전을 쓴다면 틀림없이 사마천의 『혹리열전酷吏列傳』에 버금갈 것이고 이앙의 『남편 죽이기』에 비해서도 전혀 손색이 없을 것으로 본다.

지식인을 박해하고 능욕하는 '대비판'을 진행하는 동안 이들은 비판당하는 지식인이 질러 대는 '반성의 소리'를 듣는 것을 무척이나 좋아했다. 특히 뼈를 깎는 고통 속에서 나오는 소리면 더욱 좋아했다. 이는 바로 진강수가 자기 몸 밑에 깔려 신음하는 여인네의 고통스런 절규와 비명을 즐기는 것과 다를 바 없다. 절규와 비명과 같은 '반성의 소리'에서 문화 백정들은 비로소 자신의 문화적 폭력의 쾌감을 얻는다. 아울러 이런 폭력을 통해서 이들은 '장관', '서기', '주편' 등과 같은 월계관을 쟁취하였다. 그러고 나서 자신의 칼잡이 기술과 능멸의 기술을 천천히 곱씹으며 흐뭇해하는 것이다. 이런 부류도 나름의 독특한 개성이 있으므로 소설로 써도 결코 재미없지 않을 듯싶다.

---

1) 농촌을 제재로 하여 문화대혁명 전의 좌경적 오류와 10년 동란기의 재난을 폭로하고 비판한 장편소설이다. 간결하고 해학적이며 토박이 사투리를 적절하게 활용하여 지방색을 뚜렷이 살렸다는 평가를 받는다.

2) 청대 오경재가 지은 풍자 소설로 허위와 출세욕에 물든 청대 유림세계를 신랄한 필체로 묘사하였다.

3) 청대 명문 출신의 소설가로 문사들과 교유하며 가산을 탕진한 후 50세 경에 과거 제도를 둘러싼 비리를 통렬히 비판한 풍자소설 『유림외사』를 완성하였다.

4) 청대의 奇談集으로 열미초당은 기효남의 서재 이름. 유령이나 여우 등의 괴

담·기담이 중심이지만, 이국의 물산이나 전설, 작자의 추억담 등도 포함되어 있다.

5) 청나라 건륭제 때 편집된 총서로 천하의 책을 經·史·子·集의 4부로 분류하였다. 편집의 중심 인물은 總纂官인 기효남을 비롯하여 대진·소진함·주영년 등이다.

6) 1973년 당 제10기 중앙위원·중앙정치국 위원·중앙정치국 상임위원, 1975년 제4기 전국인민대표대회에서 부총리에 선임되었다. 1976년 4인방의 일원으로 체포되어 1981년 사형선고를 받았으나 1983년 무기형으로 감형되었다.

7) 1965년 『문회보』에 오함의 역사극 『해서파관』과 등척의 『삼가촌』 등을 비판하는 글을 게재하여 문화대혁명의 불을 당겼다. 1976년 10월 4인방으로 체포되어 1981년 특별법정에서 징역 20년을 선고받았다.

8) 1942년 문예정풍운동 시 『野百合花』를 써서 공산당 간부들의 문란한 생활과 냉혹성을 공격하였다.

9) 『七月』에 기고하여 호풍의 인정을 받았으나 1954년 호풍파라 하여 비판을 받았다. 대표작은 『자산가의 자녀』(1945~1948, 2부), 『웅덩이에서의 전투』(1954) 등이 있다.

10) 1961년부터 등척, 료말사와 공동으로 『북경문예』지에 사극 『해서파관』, 수상집 『三家村札記』를 집필하였는데, 1965년 문화대혁명 때 비판의 대상이 되어 실각하였다.

11) 필명은 馬南邨 또는 吳南星로 1966년 4월 『북경일보』에 공개비판을 받고 얼마 후 사망하였다. 1979년 명예회복되었다.

가축 인간 · 畜人 18

'가축 인간'(畜人)에 대해서 이야기하자면 우리들은 흔히 『서유기』에 나오는 저팔계처럼 짐승 모양을 한 인간의 모습을 떠올리기 일쑤다.

현실에서 생김새가 진짜 저팔계와 같은 사람은 찾아보기도 힘들거니와 설령 있다 하더라도 사람들이 그를 사람으로 보지 않고 괴물 취급할 게 뻔하다. 중남미 작가 마르케스(G. G. Márquez)[1]의 소설 『백년 동안의 고독』(*One Hundred Years of Solitude*)에 나오는 고급 장교 가계의 6대손 부엔디아(Buendia)가 낳은 사내아이의 엉덩이에 돼지 꼬리가 달려 있다. 그러나 딱하게도 이 사내아이는 태어난 지 얼마 안 되어 개미한테 먹혀 버리고 만다. 이 아이가 아무 탈 없이 자랐다면 아마도 '가축 인간'이 되었을 것이다. 이 이야기는 소설일 뿐이지만 실제로 돼지 꼬리를 가진 인간이 존재하는지에 대해서는 탐구해 볼 가치가 있다.

존재 여부와 상관없이, 인류의 똑똑한 자손들은 인간과 짐승 그리고 짐승과 인간의 기묘한 결합을 좋아한다. 그래서 사자 몸통에 인간의 얼굴을 한 저 유명한 이집트의 스핑크스가 생겨났고, 인간의 몸에 원숭이의 얼굴을 한 손오공이 태어났다. 이 외에도 『대승금강계주보살수행분경大乘金剛髻珠菩薩修行分經』[2]이라는 책을 보면 "인간은 일생 동안 그 한 몸에서 무수히 많은 얼굴 모습이 생겨난다. 말상인 경우도 있고 코끼리상인 경우도 있고 돼지상, 쥐상, 물고기상 등도 생겨난다. 심지어는 다리가 백 개나 달린 지네상도 생겨난다"고 한다. 게다가 "개의 몸통에 인간의 얼굴을 하면 괴물 모양이지만 인간 몸통에 돼지 얼굴이나 말 얼굴은 부처의 모습"이라고 덧붙이고 있다. 무슨 근거로 이런 말을 하는 건지 영문을 모르겠으나 아무튼 『서유기』에 등장하는 인간과 짐승의 합성물 중에는 원숭이상과 돼지상만 있고 개상은 없으며 또한 손오공과 저팔계는 후에 둘 다 성불한다.

『요재지이聊齋誌異』에 수록된 이야기 가운데 아름다운 여인일수록 사람으로 둔갑한 여우인 경우가 많은데 다들 여우의 총명함과 영리함을 갖추고 있다. 이 외에도 『요재지이』에는 「쥐새끼」(大鼠), 「의로운 충견」(義犬), 「뱀인간」(蛇人), 「푸른 옷의 여인」(綠衣女), 「아영阿英」과 같은, 인성과 동물성을 함께 갖췄거나 둘 사이를 넘나드는 이야기들이 제법 많다. 그 중에는 인간이 짐승으로 변하거나 짐승이 인간으로 변하는 경우도 있는데 뱀인간, 벌인간, 쥐인간 등이 등장한다. 이런 류의 인간들이라 해서 모두 무서운 건 아니다. 가령 『요재지이』의 「뱀인간」에 등장하는 뱀인간에게서는 오히려 인간성이 돋보인다. 작품 끝 부분에 이사씨異史氏는 "뱀은 꿈틀거리는 짐승이나 사람의 마음을 끄는 데가 있다"라고 덧붙여 놓았다. 뱀인간이 무서운 경우도 물론 있다. 「꽃의 여신」(花姑子)에 등장하는 뱀의 정령은 몸에 비린내가 진동하는데다, 사람과 함께 있으면 혀로 인간의 콧구멍을 날름날름 핥는 통에 그만 송곳에 찔린 듯 오싹해져 도망치고 싶어도 흡사 온 몸이 거대한 동아줄에 묶인 것처럼 꼼짝 못하게 된다.

뱀인간은 뱀의 특징을 가지고 있고 쥐인간은 쥐의 특징을 가지고 있다. 「아섬阿纖」에 등장하는 쥐인간 아섬 부자는 영락없이 쥐가 된 경우다. 집 안도 쥐구멍과 같아서 "앉을 만한 의자 하나 없고 손님이 와도 다리 낮은 '족상足床'이나 '단족궤短足几'에, 먹을 거라고는 여기저기 흩어놓은 나부랭이가 고작이다." 실제로 담벼락에 나 있는 쥐구멍 속에 살던 아섬 아버지는 죽을 때도 "무너진 담벼락에 깔려 죽었다." 아쉽게도 포송령蒲松齡이 쥐가 이빨로 서적들을 곧잘 쏘는 특징을 잡아내지 못한 것은 아마도 그가 살던 시대의 쥐인간들이 대중 비판에 뛰어나지 못했던 때문으로 보인다.

내가 가장 흥미를 느끼는 것은 개인간이나 말인간과 같은 '가축인간'들이다. 「팽해추彭海秋」에서 말이 된 인간은 인간의 언어는 구사할 줄 모르고 말의 특징만 두드러지더니 다시 인간이 된 후에는 아예 말이 지닌 온순한 성격은 물론이고 생리적 특징까지 두루 갖추게 되어 말처럼 똥을 퍼질러 놓기까지 한다.

유구한 인류의 역사 속에서 뱀인간이나 말인간, 쥐인간과 같은 외형적 특징을 가진 '가축 인간'들이 실제로 존재했었는지 일일이 고증해 보고 싶은 생각은 없다. 인간의 몸에 사자의 얼굴 또는 인간의 얼굴에 사자의 몸통이나 개의 몸통 아니면 인간의 몸통에 돼지의 얼굴을 한 돌연변이 인간의 실존 여부 또한 마찬가지다. 단지 이 글을 통해서 인성人性과 수성獸性 그리고 가축의 성질이 상통함을 밝히고 싶을 따름이다. 이 사회에는 정신적으로 야수나 가축과 비슷한 기질을 가진 사람이 분명 적잖다. 본문의 '가축 인간'은 바로 이런 사람들을 지칭한다. 혹 외형도 가축처럼 생기고 정신도 가축과 같은 구조를 가지고 있는 사람이 있다면 그 사람이야말로 가장 전형적인 '가축 인간'이라고 하겠다.

'가축 인간'은 흔히 사랑스럽다. 저팔계는 얼굴도 돼지처럼 생겼고 귀와 코도 돼지처럼 크고 배도 돼지처럼 불룩 나왔다. 게다가 성정 또한 돼지처럼 온순하고 단순하기 그지없다. 『서유기』를 읽은 사람이면 누구나가 처음에는 손오공을 좋아하게 된다. 그러다가는 아마도 틀림없이 저팔계를 좋아하게 될 것이다. 삼장법사나 사오정은 둘 다 독자의 사랑을 받기에는 인간적인 맛이 적다. 옥황대제나 철선공주를 비롯한 신들이나 요괴들 역시 독자가 좋아할 수 없기는 마찬가지다. 불경을 가지러 떠나는 만리 역정에서 저팔계도 심한 고초를 겪는다. 요괴들과 전투를 벌일 때면 주력 부대는 아닐지라도 손오공의 가장 주요한 조수 역할을 담당한다. 일상 생활에서도 저팔계는 주로 자질구레한 일들을 담당하는 경우가 많다. 만일 저팔계가 그렇듯 남들과 두루뭉술하게 지내는 성격이 아니었다면 삼장법사 일행의 고난의 역정은 무척이나 재미없었을 터이다.

저팔계 같은 가축 인간에게는 돼지와 같은 가축류의 약점도 있다. 먹는 것이라면 사족을 못 쓰고 색을 몹시도 밝히는 점으로, 저팔계의 식욕과 색욕은 사그라지는 법이 없다. 『서유기』에서 저팔계는 "밥을 먹는 창자는 깊은 골짜기처럼 끝이 없고 색을 밝히는 간덩이는 하늘처럼 크다"고 한다. 제19회에서는 저팔계 스스로 "색을 밝히는 간덩이는 하늘처럼 크고 목소리는 천둥처럼 우렁차다"고 자신을 밝히고 있다. 먹을 것이 눈에 띄면 걸신들린 양 목숨도 아까워하지 않는다. 구멍 뚫린 항아리처럼 아무리 먹고 또 먹어도 노상 허기에 시달린다. 게걸스럽게 먹어 대는 모습은 또 어찌나 역겨운지, 맛을 따질 겨를도 없이 손에 넣기만 하면 그대로 삼켜 버린다. 손오공이 훔쳐 와서 나누어 준 인삼과人蔘果와 같은 진귀한 음식도 그냥 입속에 집어넣고는 씹지도 않고 무슨 맛인지도 모른 채 꿀꺼덕 삼켜 버린다.

저팔계의 또 다른 크나큰 결점은 색을 지나치게 밝힌다는 점이다. 여자를 보기만 하면 먹을 것이라도 본 듯 침을 질질 흘리며 껄떡거린다. 저팔계는 삼장법사를 스승으로 모시기 전에 자기의 돼지 본성을 숨기고 고로장高老莊에서 장가를 든 적이 있는데 사실은 함정을 판 것이었다. 그때 일로 조신한 양가집 규수의 신세를 거의 망칠 뻔했다. 반은 짐승이고 반은 인간인 괴물이 이기심에서가 아니라면 사람을 속이고 혼인을 하지는 않았을 일이다. 불경을 가지러 가는 삼장법사 일행에 합류한 이후에도 그는 누차에 걸쳐 과오를 되풀이한다. 미녀로 변장한 요괴를 알아보지 못하고 껄떡대다가 사고를 치는 등, 불경을 가지고 오는 대업을 거의 그르칠 뻔한 적이 한두 번이 아니었다. 모두가 색을 밝히는 그의 성격이 빚어 낸 재앙이었다.

재미있는 것은 동서고금을 막론하고 인간의 지나친 식욕과 색욕을 돼지에 비유한다는 점이다. 전종서 선생이 쓴 『관추편管錐編』 제1책 「주역정의周易正義」의 「시상식색豕象食色」(돼지의 상은 식과 색이다)편과 제2책 「태평광기太平廣記」의 「시시豕視」(돼지 같은 눈초리로 쳐다보다)편은 중국과 전 세계의 이런 공통점을 모아 놓았다. 「시상식색」이라는 글에는 다음의 내용이 실려 있다.

일반적으로 음욕은 돼지의 상에 비유된다. 『좌전左傳』 정공定公 14년에 "위나라 왕비였던 남자南子가 송조宋朝라는 놈과 바람이 났는데 사람들이 이것을 가지고 '이미 너에게 나이든 돼지를 정해 주었거늘 어찌하여 내 잘생긴 수돼지를 넘보는가'라고 노래하였다"라고 했다. 『사기』 「진시황본기」를 보면 진시황 37년 11월에 남해를 바라보며 돌에다 "국내외를 방어하고 음란과 쾌락을 금지하고 남녀는 순결을 간직한다. 남의 아내와 간통한 남자(寄豭)는 죽여도 죄가 없다"라고 써놓았다. 한산寒山의 시를 보면 "세상에 으뜸 가는 어리석음은 돼지처럼 음란함을 탐하는 것이다"라는 구절이 있다. 『태평광기』 권216의 「장경장張璟藏」조에서는 『조야첨재朝野僉載』를 인용하여서 "돼지 같은 눈초리로 쳐다보는 자는 음란하다"라고 했으니 그 속설들의 유래가 무척이나 오래되었다. 옛날 그리스나 로마에서도 '건장한 수돼지'라든지 '허약한 암돼지'라는 단어를 사용해서 사람을 경멸하곤 했다. 근세 서양에서는 음란하고 외설적인 일을 가리켜 '돼지 같은 행위'(Ferkelei, cochonnerie, porcheria)라는 말로 표현했다. 돼지는 색욕뿐 아니라 식욕을 상징하기도 한다. 『예문유취藝文類聚』 권94의 곽박郭璞이 지은 「봉시찬封豕贊」(큰 돼지에 관한 글)을 보면 "먹을 것이 있으면 끝없이 욕심을 부린다.……음식을 주고 또 주어도 싫어하지 않는다"라는 구절이 있다. 고대 로마의 철학자들은 "인간의 다섯 가지 욕망 중에서도 식욕과 색욕 이상의 것은 없으니"(libidines in cibos atque in Venerem prodigae) "이를 절제하지 않는다면 당나귀나 돼지와 다를 바가 없다"(sunt homini cum sue atque asino communes)라고 했다. 이 말을 살펴보면 당나귀를 가지고 색욕을 상징했고 돼지를 가지고 식욕을 상징했음을 알 수 있다.

이상을 보면 오승은이 묘사한 저팔계의 식욕과 색욕 두 가지 특징이 오승은 혼자만의 생각은 아닌 것 같다.

저팔계는 식욕과 색욕 외에 또 하나의 특징을 가지고 있으니, 비교적 말을 잘 듣는다는 점이다. 손오공처럼 장난이 심하지도 않을 뿐 아니라 터무니없는 소란을 부리지도 않는다. 저팔계는 자기 나름대로의 식견도 가지고 있다. 불경을 가지러 가는 여정 내내 그는 양순한 도구의 역할을 잘 해냈으며 사부인 삼장법사에게 한번도 대꾸하거나 반항하는 법이 없었다. 손오공과 삼장법사가 격렬하게 말싸움을 벌일 때도, 설령 손오공의 주장이 맞을지언정 이 '돼지'는 "아랫사람은 윗사람에게 복종해야 한다"며 언제나 삼장법사 편에 섰다. 규율의 모범이라 할 만하다. 그러나 말을 잘 듣는 것과 성실한 것은 서로 다르다. 말을 잘 듣는 사람은 흔히 교활한 자이기가 쉬운데 저팔계가 그랬다. 그는 삼장법사 앞에서 끊임없이 손오공의 약점을 들춰낸다. 저팔계는 천성적으로 상사에게 아부하는 기교를 완벽하게 습득하고 있었다. 이것이 바로 저팔계가 손오공만큼 사랑을 받지 못하는 이유다. 결론적으로 저팔계는 농촌 사회에서 입만 살아 있고 자기의 본분은 지킬 줄 모르는 농민들과 똑같은 셈이다.

그러나 저팔계와 현대 사회를 살아가는 '가축 인간'들을 비교해 보면, 그들은 저팔계만큼의 사랑도 받기 어렵다. 무엇보다도 저팔계는 비록 농민 특유의 교활함은 있을망정 대체로 성실한 편이다. 거짓말을 하면 조금이나마 부끄러워할 줄도 안다. 그러나 지금의 '가축 인간'들은 계략만 풍성할 뿐 성실하지도 않은데다 성인聖人으로 혹은 혁명 전사로 자처하기까지 한다. 이 점이 내 마음에 자리하던 '가축 인간'의 형상을 완전히 뒤바꾸어 놓았다.

현대의 '가축 인간' 대부분도 먹기 좋아하고 색을 밝히기는 마찬가지다. 그런데도 사람들이 유독 이들을 싫어하는 이유는 이들이 항상 자기만 옳은 길을 걷는 양, 자기만이 혁명의 성도聖徒인 양 구는 때문이다. 저팔계는 자신의 먹기 좋아하고 색을 밝히는 약점을 전혀 숨기려 하지 않는다. 오히려 자기의 약점이 까발려지고 다른 사람들의 웃음거리가 되어도 화를 내지 않는다. 먹는 모습이나 색을 밝히는 모습이 그다지 좋아 보이지는 않아도 자연스럽다. 반면에 현대의 가축 인간은 자기의 본성을 꼭꼭 숨긴 채 입만 열면 대도大道를 주절거리며 자신의 추행을 혁명에 필요한 것으로 떠벌려 대니 기가 막힐 노릇이다.

만약 저팔계가 고로장에서 양가집의 규수를 강제로 아내로 맞은 후에 인민 공사의 생산 대장이나 지부의 서기가 되어서 허구한 날 청년들에게 "하늘의 이치를 온전히 지켜 나가고 인간의 욕망을 없애야 하며"(存天理, 滅人慾) "자산 계급 자유화에 반대해야 한다"고 교육시킨다면 청년들이 그의 말에 귀나 기울이겠는가?

밀란 쿤데라가 쓴 『에드워드와 하느님』이라는 소설을 보면 학교에 근무하는 여자 서기가 등장하는데, 엄청 색을 밝히는 '가축 인간'이다. 소설은 에드워드의 형이 이 늙은 마르크스·레닌주의자인 여서기에게 동생을 소개시키는 장면으로 시작한다. 그녀는 "돼지처럼" 남색男色을 몹시 밝히는데 이미 중늙은이의 나이건만 "늙은 말이 햇콩 좋아하듯" 젊은 청년들을 '사냥'하듯 낚아채어 즐기는 인물이다. 그러면서도 그녀는 정치교육 업무를 전담하는 어엿한 서기의 몸이다. "동지! 당신에게 할 말이 있소!" 이것이 그녀의 구두선口頭禪이다. 그녀는 틈만 나면 "우리들은 아무런 편견 없이 이 건강한 청년 세대를 교육해야 하며, 우리 자신이 바로 이들의 모범이 되어야 한다"고 열을 올린다. 교조적 이데올로기가 머리에 꽉 박힌 이 여서기는 에드워드와 연애를 할 때도 이렇게 그를 교육시키곤 한다. 그러한 그녀가 아파트에서 에드워드를 찾아내고 나서는 혁명이라는 명분으로 섹스를 요구한다.

이 여서기가 사람들에게 혐오감을 주는 것은 색을 밝히고 "햇콩을 좋아해서"가 아니다. 자신이 마치 혁명의 교사인 양 굴면서 입만 열면 마르크스·레닌주의를 떠벌리는 때문이다. 이와 같은 여성 '가축 인간'들은 중국에도 많이 있다. 『주역정의周易正義』에 나오는 '구姤'라는 여인은 "체구가 건장하고 그 음심 또한 체구만큼이나 강해서 누구든지 그녀하고는 오래 살 수 없었다. 발정난 암퇘지가 수퇘지하고 붙듯 조급하기 짝이 없었다." 쿤데라의 소설에 등장하는 여서기가 바로 '구'처럼 "음심이 강한" 인간이다.

그러나 고대 중국의 '발정 난 암퇘지' 같은 여인도 쿤데라의 여서기처럼 입만 열면 '혁명'이니 '이념'이니 '투쟁' 따위를 읊어 대지는 않았다. 혁명의 명분을 들이대고 다른 사람의 의지를 강간하는 현대의 가축 인간들은 허위도 허위려니와 강간한 뒤에도 강간당한 사람에게 감격에 겨워할 것을 요구한다. 만일 강간당하려 하지 않거나 강간당하고 나서 감격스러워하지 않는다면 곧바로 이단시하거나 반동 분자로 몰아친다. 이것이 우리를 정말 견딜 수 없게 만든다. 만약 저팔계가 혁명 교사인 체하며 고로장의 양갓집 규수에게 자기와 결혼하지 않는 것은 곧 반혁명이요 노동자 농민 병사를 위하는 것이 아니라고 교육시키고 나서 허기진 늑대처럼 굶주린 호랑이처럼 여자를 잡아먹었다면 과연 저팔계가 사랑스럽게 느껴질까?

오늘날의 '가축 인간'들이 특히 거북스러운 또 하나는 그들의 가축성이 발전에 발전을 거듭한 나머지 인간성을 완전히 압도하는 경지에 이르렀다는 점이다. 저팔계에게도 '양순함'이라는 가축성은 있었다. 그러나 그의 '양순함' 속에는 정의감도 있고 수치심도 있다. 무예도 있으며 보잘것없지만 영웅적인 기개도 있다.

애석하게도 오늘날의 '가축 인간'들은 전혀 그렇지 못하다. 우선 이들은 자신을 길들여진 도구로 만들고자 애써 노력해서 더 철저하게 양순해진다. 그런 다음, "혁명의 나사못 정신"(혁명을 위하여 평범하고 사소한 일에 종사하는 사람. 기계의 나사못처럼 혁명에서 없어서는 안 될 존재다)이니, "혁명의 황소 정신"이니, "혁명의 바보 정신"이니 따위의 구호와 이론을 짜내 놓는다. 노신은 「중국인의 얼굴」(略論中國人的臉)이라는 글에서 중국인에게서 야수성을 제거한다면 두 가지 결과가 나타날 것인데 그 하나는 인간성이 나타날 것이고 나머지 하나는 가축성이 나타날 것이라고 했다. "야수성을 점차 없애 버리고 나면 인간성만 남을 것인가 아니면 점점 가축처럼 온순해지기만 할 것인가? 만약 온순함만 남는다면 들소가 집소가 되고 멧돼지가 집돼지가 되며 늑대는 개가 될 것이다. 야수성이 사라지고 나면 목동만 좋을 뿐 자신에게는 좋을 게 하나도 없다"라고 말했다. 노신이 말하는 바 "목동만 좋을 뿐 자신에게는 좋을 게 하나도 없는" 이런 사람은 사실 또 다른 종류의 새로운 인류라 할 것이다. 이들에게는 다음과 같은 등식이 성립될 만하다.

사람+가축성 = 새로운 인류

나는 노신이 말하는 '새로운 인류'를 '가축 인간'이라 부르고 싶다. 노신은 현대의 가축 인간들이 자신의 온순 이론을 이처럼 풍부하게 발전시킨 나머지, 누군가 독립적 인격을 갖추면서 온순해지기를 거부하는 일이 하나의 큰 문제처럼 되리라고는 전혀 생각지 못했을 것이다.

현대의 '가축 인간'들은 발전된 온순 이론은 갖고 있지만, 본질은 상당 부분 빠져 있고 문공文功과 무공武功이 함께 부단히 퇴화하다 보니 '가축 인간'다운 맛도 사라지고 별 능력도 없어 보인다. 저팔계가 무기로 썼던 삼지창을 휘두르고 싶어도 이미 저팔계와 같은 정채精彩한 무공이 없으니, 적에게 그저 함부로 삼지창을 휘두르거나 되는대로 할퀴거나 마구잡이로 때릴 줄만 알았지 도통 전술이랄 게 없다. 더욱 나쁜 것은 그 와중에 이들의 주요 무기가 저팔계의 삼지창에서 저팔계의 주둥이로 변했다는 점이다. 전투가 벌어지면 으레 불결하기 짝이 없는 긴 주둥이를 가지고 침을 질질 흘리면서 적들을 닥치는 대로 몰아붙이거나 아니면 아무 데나 침을 뱉고 심지어는 여기저기 마구 물어뜯기까지 한다. 적들과 대치할 때는 믿는 건 주둥이 위에 덕지덕지 붙은 똥덩어리뿐이다.

이들의 전법이라 해 봐야 사실 상대방에게 돌진해서는 상대방의 몸뚱이를 더럽히는 것밖에 없다. 이들에게 수단의 비열함쯤은 아무것도 아니다. 상대방을 더럽혀서 상대방이 악취를 풍기게 되면 그것이 곧 승리다. 이들은 이런 전술을 '상대방에게 먹물 튀기기 전술'(抹黑術) 또는 '상대방에게 악취 풍기게 하기 전술'(搞臭術)이라고 부른다. 이런 책략은 문화대혁명 중에 온 중국 땅을 휩쓸고 지나갔다가 최근 몇 년 사이에 다시 부활했다. 부활한 '가축 인간'들의 주둥이 위에 붙은 똥덩어리는 더욱더 더러워지고 피비린내까지 난다.

나는 '먹물 튀기기 전법'이나 '악취 풍기기 전법'이 너무도 싫다. 이런 수단을 써먹을 때의 '가축 인간'들은 겉으로는 기세가 등등하고 자못 맹수처럼 굴어도 맹수의 기백은 도무지 찾아볼 수 없기 때문이다. 이들이 소리만 내면 사람들은 용의 울음소리도 아니요, 호랑이의 포효도 아니며, 그렇다고 늑대의 으르렁거림도 아닌 고작 가축의 울음소리에 지나지 않음을 단박에 알아챈다. "우우" 하는 따위의 잡소리는 들어도 무슨 소린지 종잡을 수가 없다. 더욱 실망스러운 점은 이들의 소리가 그나마 자기의 힘에서 나온 것도 아니고 아직 야수성이 남아 있는 주인의 지지를 등에 업은 소리라는 사실이다. 주인의 보호 아래서만 감히 소리를 내는 처지이다 보니 온순함이 뼛속 깊이까지 스며 있다. 그러다 주인이 병이 나거나 다리라도 부러지면 당황해서 어쩔 줄 몰라 하며 또다시 "우우" 소리를 내는 것이다.

이런 '가축 인간'들과는 맞붙어 싸우지 말고 피하는 게 상책이다. 무송과 같은 사람이 호랑이와 맞붙어 싸운다면 지든 이기든 그 광경 또한 장관이며 사람들이 손에 땀을 쥐고 볼 일이다. 그러나 가축 인간들과 맞붙어 싸운다면 이기든 지든 그런 꼴불견이 없을 것이며 온 몸에 오물만 뒤집어쓴 꼴이 되어 관중에게 실망감만 안겨 줄 일이다. 그러나 이들을 피하기만 하는 것도 소극적인 방법이다.

만약 진짜 영웅이 출현하거나 귀신의 도력을 지닌 사람이라면 이런 '가축 인간'쯤은 잘 다룰 터이다. 기효남紀曉嵐의 『열미초당필기閱微草堂筆記』 첫 장을 보면 '가축 인간'에게서 항복받는 이야기가 나온다. 사실 '가축 형상을 한 인간'(畜人)이 아니라 '인간 형상을 한 가축'(人畜)이기는 하지만 그 정신은 서로 맞닿아 있다고 본다. 어느 마을에 인간 가축인 돼지 한 마리가 있었는데 이웃집 노파만 보면 눈을 부라리고 미친 듯이 울부짖으며 달려들어 물어뜯으려 하는 반면 다른 사람에게는 언제나 얌전했다. 그 이웃집 노파가 화가 난 나머지 그 돼지를 사서 잡아먹을까 하다가 문득 깨달은 바가 있었다. "이 돼지는 아마도 불경에서 말하는 숙원夙寃일 터, 세상에 풀 수 없는 원한은 없으리로다." 그래서 좋은 가격을 쳐 주고는 돼지를 사서 절로 보내 장생저長生猪로 삼았다. 후에 가서 보니 두 귀를 축 늘어뜨린 채 개처럼 살갑게 주위를 빙빙 돌기만 할 뿐 예전과 같은 태도를 보이지 않았다.

이 돼지는 매우 독특한 인저人猪이다. 다른 사람들에게는 가축성만을 보이다가 유독 그 '이웃집 노파'에게만 야수성을 드러낸다. 그래서 이웃집 노파는 불성佛性으로 그 돼지의 야수성을 치유해 준다. 기효남은 이를 두고 "지인至人은 맹호를 부리되 천리마처럼 부린다. 도력으로 그 사나움을 잠재웠으니 양순하기가 이를 데 없구나"라고 했다. 기효남의 관점에서 본다면 가축은 때에 따라 온순해지기도 하고 사나워지기도 하는데 그것이 중요한 게 아니고, 온순하다 함도 일부분을 두고 하는 말이며 사납다 함 또한 일부분을 두고 하는 말이니, 중요한 건 세리勢利에 따라 돌변하는 이런 인간 가축(가축 인간의 경우도 마찬가지다)들은 일종의 도력을 써서 제압해야 한다는 것이다. 이 방법은 내가 주장한, 소극적으로 '맞붙어 싸우지 말고 피하기'보다 훨씬 더 적극적인 방법이다. 그런데 나처럼 도력이 없는 사람은 가축 인간을 상대할 아무런 방도가 없다.

---

1) 콜롬비아의 작가로 멕시코에서 창작 활동을 하다가 쿠바 혁명이 성공한 후 쿠바로 가서 국영 통신사의 로마·파리·카라카스·아바나·뉴욕 특파원을 지내면서 작품을 썼다. 작품으로는 중·단편 소설 『낙엽』, 『아무도 대령에게 편지하지 않았다』, 『마마 그란데의 장례식』, 『암흑의 시대』와 장편 소설 『백

년 동안의 고독』, 『예고된 죽음 이야기』 등이 있다.

2) 금강계주보살이 대승 불도를 닦은 데 대하여 말한 경이라는 뜻으로 이 경에서는 보살이 불도를 닦아서 깨달음의 경지에 들어가는 명상에 대해, 또 부처의 교리를 보호하는 자와 비방하는 자가 받게 될 결과에 대하여 설교하고 있다.

간신배 · 讒人 19

중국 고대 사상가들은 '간신배'(讒人)를 무척 싫어했다. 국가가 부패하는 근본 원인을 이들의 '참언讒言'으로 꼽을 정도였다. 순자는 「성상成相」편에서 다음과 같이 말했다.

> 세상이 부패하니 간신배가 날뛴다. 그래서 비간比干(은나라의 충신)은 심장이 갈라지고 기자箕子(은나라의 현인)는 곤욕을 치루었다. 간신배가 활개치면 험난한 요새도 무너진다 했거늘 이를 두고 말함인가?

순자는 '간신배'를 국운이 쇠퇴하는 근원으로 보았다. '간신배'가 권세를 잡으면 국가라는 거대한 건물은 무너질 수밖에 없다는 말이다. 순자는 자신의 논지를 증명하는 데 주紂 임금의 멸망을 예로 들었다. 주임금은 본래 문무를 겸비한 유능한 제왕이었다. 『사기』「은본기殷本紀」에 기록된 자료를 보면 그는 '문文'으로는 "사리분별이 뛰어나고 보고 들음에 매우 기민했으며" '무武'에 있어서는 "재주와 힘이 남달리 뛰어나 맨손으로 맹수를 때려잡을 정도였다"고 한다.

주 임금의 주위에는 두 부류의 신하들이 있었다. 그에게 충성을 다하면서 직언을 서슴지 않던 기자(주왕의 백부), 비간, 상용商容, 후에 주周왕조의 문왕文王이 된 서백창西伯昌 등이 그 한 부류요, 또 한 부류는 그의 주변을 온통 참언으로 둘러싼 비중費中, 숭후호崇候虎, 비렴蜚廉과 악래惡來 부자 및 주 임금의 사랑을 한 몸에 받았던 달기妲己 등이다. 순자는 상商의 멸망 원인을 주 임금이 '간신배'에게 포위되어 직언을 아끼지 않던 비간 등의 충신을 살해한 데 두었다. 서백창 부자의 군대가 상왕조에 치명적인 위협을 가해 올 때 일군의 현신賢臣들은 진언을 했으나 왕이 듣지 않자 모두 벼슬을 버리고 도망쳐 버렸다. 이때 마지막까지 남은 신하들이 바로 비간과 기자 등의 중견 신하들이었다.

비간은 주 임금의 숙부로서 자신이 왕친임에 힘입어 직언을 서슴지 않았다. 그러다가 간언諫言의 언사가 도를 넘자 부아가 치민 왕은 마침내 그의 심장을 꺼내 죽이고 임신 중인 숙모까지 함께 죽여 버렸다. 소식을 듣고 달려 온 기자가 비간을 구해 보려 애썼지만 왕은 기자를 미치광이로 몰아 노예들과 함께 가두어 버렸다. 마지막 남은 몇 안 되는 충신들까지 모조리 죽여 버리니 왕의 주위에는 거짓말과 아첨을 일삼는 '간신배'밖에 남지 않게 되었다. 이때부터 그는 눈과 귀가 닫힌 채 아무것도 모르는 왕이 되어 버렸다.

문왕이 주周의 군대를 거느리고 상나라 조정에서 고작 걸어서 3일 정도 떨어진 곳에 진을 칠 때에야 부랴부랴 군대를 점검하고 전쟁 준비에 나섰다. 비로소 잘못을 깨달았으나 때는 이미 늦었다. 패색이 짙어지자 그는 자살을 택했고, 상왕조는 결국 역사의 뒤안길로 사라지게 되었다. "세상이 부패하니 간신배만이 날뛴다"는 이치를 순자는 이 고사를 예로 들어 설명하고 있다. '간신배'의 역할이 다소 과장되고 상왕조의 멸망 원인이 단순화된 면이 없잖으나 한 국가가 멸망하는 여러 가지 원인 중 '간신배'가 중요한 요인이라는 사실은 자명하다.

참언이 나라와 백성을 재앙에 빠뜨린다고 해서 순자를 비롯한 후대의 상당수 학자들은 이상하리 만큼 참언을 두려워했다. 그런가 하면 참언을 극도로 멸시하여 '간신배'를 고작 시끄럽게 재잘대는 무리 정도로 치부해 버리는 학자도 있었다. '간신배'란 역사의 찌꺼기일 뿐이니 큰 물결이 일면 결국에는 도태되어 버린다는 것이다. 유우석劉禹錫도 이런 낭만주의적인 태도를 견지하던 이들 중 한 사람으로 그가 쓴 「낭도사浪淘沙」에 이러한 태도가 잘 나타나 있다.

참언을 거센 파도 같다 말하지 말고
좌천당해 가는 사람을 가라앉는 모래 같다 말하지 말라
수천 번 파도가 일고 수만 번 물 갈아들이는 일이 힘들기는 하나
쓸모없는 모래를 쓸어 버려야만 금덩이가 되는 법

어떤 유파이든지를 막론하고 사상가들은 한결같이 '간신배'를 혐오했다. 그래서인지 나는 지금껏 간신배를 옹호하는 글을 한 편도 본 적이 없다. 고대의 사상가들은 누구나 간신배와 아첨꾼을 함께 자리할 수 없는 소인으로 보았다. 문자文子는 사람을 25등급으로 나누고 마지막 등급을 간신배와 아첨꾼에게 할당한 바 있다. 그러나 간신배와 아첨꾼을 어떻게 경계 지을 것인가, 둘을 어떻게 구분 지어야 하는가는 늘 논란의 대상이 되었다.

아첨꾼은 입에 발린 소리를 잘하고 비위 맞추는 데 뛰어난 사람이니 만큼 간신배는 아첨꾼의 일종인 셈이다. 아첨하다 보면 남을 헐뜯게 되고, 헐뜯다 보면 아첨하게 되기 마련이니 두 부류의 소인배들은 딱히 구분 짓기가 매우 힘든 난형난제라 할 만하다. 그래도 고대 사상가 중 몇몇이 꼼꼼히 따져가며 두 부류의 개념을 구분해 놓았으니 다행스런 일이다. 한 예로 왕충王充은 『논형論衡』「답녕答佞」편에서 '간신배'와 아첨꾼을 다음과 같이 구분하였다.

질문 : 아첨꾼과 간신배는 같습니까, 아니면 다른 점이 있는 것입니까?
대답 : 아첨꾼이나 간신배나 둘 다 소인이다. 이 둘의 길은 같으나 자질은 다르다. 둘 다 시기심이 강한 성품이나 드러나는 행동은 다르다. 간신배는 입으로 사람을 해치고 아첨꾼은 글로 해친다. 간신배는 곧은길을 가며 벗어나지 않지만 아첨꾼은 길을 벗어나면서 속셈을 감춘다. 간신배에게는 속임수가 없는 반면 아첨꾼에게는 술수가 있다.

왕충의 관점대로라면 간신배와 아첨꾼은 세 가지 다른 점이 있다. 첫째, 간신배의 특징은 참언에 뛰어나며 입을 주요 수단으로 사람들을 해친다는 점이다. 반면 아첨꾼은 반드시 언변에 뛰어나지는 않으며 주로 행동으로 사람을 해친다. 둘째, 간신배는 대체로 참언을 통해서 드러내 놓고 임금과 대중을 미혹시킨다. 둘을 견주면 은폐와 은닉에는 아첨꾼이 보다 낫다. 셋째, 간신배는 자기의 참언이 온 천하를 속일 수 있다고 착각한 나머지 거침없는 반면 아첨꾼은 꿍꿍이도 많고 음모와 책략에도 뛰어나다. 왕충은 이들의 차이를 세 가지로 구별하였지만 공통점이 더 많다.

왕충은 둘의 차이를 상당히 명확하게 집어내고 있다. 그러나 "간신배에게는 속임수가 없다"고 한 대목은 온당치 못한 듯하다. 간신배는 참언을 잘하는 게 특징이다. 참언이 허황된 말이며 귀신 씨나락 까먹는 이야기며 무책임한 말인 바에야 그 속에 자연 거짓과 술수가 들어가 있음은 당연한 일이다. 인간 세상에는 당대의 이임보李林甫[1)]와 같은 구밀복검口蜜腹劍한 사람이 적지 않다. 빼어난 말재주로 입에 꿀을 바르고 있지만 뱃속에는 '술수'의 칼을 숨기고 있다는 말이다. 그러니 전형적인 간신배에게 술수가 있음은 물론이다.

왕충은 또 "간신배는 곧은길을 가며 벗어나지 않는다"고 했는데 여기에도 논란이 있음 직하다. 간신배가 가는 길은 곧은길이 아니라 언제나 잘못된 길이다. 이들은 호시탐탐 책잡을 기회만 엿보고 있다. 특히 뒤에서 이러쿵저러쿵 험담을 퍼뜨리고 옳으니 그르니 따지기를 좋아하는 자들이 이들이다. 이러한 행태를 '곧은길'이라 할 수는 없다.

중국의 고서에는 간신배를 끔찍이 두려워한 관리들의 이야기가 나온다. 이들이 관직을 그만두지 않은 가장 큰 이유는 부귀영화에 연연해서가 아니라 관직만이 간신배의 해악으로부터 자신을 보호해 준다고 여긴 때문이다. 그러니까 관직이 곧 간신배를 막아 주는 방어막인 셈이다. 관직에 있을 때야 아무래도 두려워서라도 헐뜯지 않을 테지만 일단 물러나면 그날로 당장 저들의 중상中傷이 시작될 테니 말이다.

『모전毛傳』[2)]에는 "하루라도 임금님 얼굴을 뵈옵지 않으면 누군가 나를 모함하지 않을까 걱정되고 두렵도다"라는 구절이 있다. 또 『진서晉書』[3)] 「염찬전閻纘傳」에는 "하루라도 조정에 나아가지 않으면 그 사이로 칼날이 들어온다"는 구절도 보인다. 당대 이덕유李德裕의 이야기는 더욱 절박하다. 그는 『이위공외집李衛公外集』 2권 「퇴신론退身論」에서 "좀체로 관직을 그만두려 하지 않는 사람의 속내를 헤아려 보다가 문득 옛사람의 오묘한 뜻을 깨달았다. 세상에 선한 사람은 적고 악한 사람은 많거니와 권력에서 물러나면 어떤 재앙이 닥쳐올지 예측하기란 어려운 법. 정치 권력을 쥐고서 원망하고 비방하는 자를 상대하기란 창으로 영악한 맹수를 상대함에 성문을 닫고 맹수를 기다림과 같다"라고 했다. 간신배의 참언은 흔히 상대방이 자리에 없거나 관직에 있지 않을 경우 그 틈을 타서 들어오는 법이니 간신배에게 참언의 기회를 주지 않으려면 썩 내키지 않는 관직일망정 억지로라도 붙잡고 있어야 한다는 말이다.

중국 고대 관원들의 그렇듯 전전긍긍하는 마음을 선뜻 납득하기란 힘들 터이다. 그러나 중국의 관리사회 안팎의 인문 환경이 험난하고 엄혹했음은 분명한 사실이다. 상술한 관리들이나 관리연구학자들의 말을 보면 간신배의 참언이 시도 때도 없이 틈만 있으면 파고들어 단 하루도 권력의 보호가 아니면 마음이 불안해지고 참언으로 죽임을 당할 수도 있었음을 알 수 있다. 이것이 중국 특유의 간신배 공포증이다. 말하자면 간신배 공포증은 중국의 특색이다. 이런 공포심은 극도로 발달한 중국의 구강口腔 문화와 관계가 있다. 누군가 중국 문화를 일종의 구강 문화라고 말한 일이 있는데, 서양의 문화 현상과 비교를 해 보고 나서 이런 모호한 직관과 모호한 파악에 도달한 듯싶다. 그렇다 하더라도 여기에는 분명 근본적인 사실 한 가지가 반영되어 있다. 중국의 현실 문화가 유독 '먹는 것'과 밀접한 관계를 맺고 있다는 점이다. 심지어 중국 문화는 '먹는 문화'라고 말할 수 있을 정도이다. 뿐만 아니라 '먹는 문화'는 으레 사람과 사람의 관계 그리고 사람과 대자연의 관계에 따라 변천해 왔다.

5·4운동 당시의 개혁가들 또한 일찍이 이 점을 지적한 바 있었다. 당시 중국의 문화가 '식인'(吃人) 문화였음은 주지의 사실이다. 사람도 먹어 치우고 대자연도 먹어 치우는 게 중국인이다. 중국 속담에 "산이 있으면 산을 먹어 치우고 바다가 있으면 바다를 먹어 치운다"는 말이 있다. 중국인이 대자연을 먹어 치우는 행태에 대한 생동감 있고 솔직한 표현이다. 여기서 '먹는다'는 것은 말 그대로 '먹는다'는 의미이지 겸손의 뜻은 아니다. 현재 중국은 그 거대한 산들도 벌써 거의 다 먹어 치우고 이제는 바다까지 야금야금 먹어 치우는 중이다. 그러나 뭐니뭐니 해도 중국 구강 문화의 가장 무서운 면은 입으로 사람을 먹는 일이다. 펜을 쓸 줄 모르는 사람은 입으로 입을 죽인다. 말하자면 입으로 사람을 죽이는 것이다. 반면 펜을 쓸 줄 아는 글쟁이는 펜을 칼과 창으로 삼아 문장으로 사람을 죽여 버린다.

중국의 고서를 보면 일찍부터 "입으로 입을 죽인다"(口戕口)는 관념이 있었다. 이를테면 종성鍾惺과 담우하譚友夏의 『고시귀古詩歸』에서는 상고시대 문·무왕의 「기명機銘」에 나오는 "훌륭하고 성대하여 공경할 뿐이로다! 입으로 벽력같이 화를 토해 내니 입이 입을 죽이는 도다"라는 인용문과 함께 각자의 평이 실려 있는데, 담우하는 "'입'이라는 단어를 네 번이나 잇달아 쓰다니 참으로 절묘한 표현이다"라 하였고, 종성은 "'입으로 입을 죽인다'는 말을 읽으니 모골이 다 송연해진다"라고 평하고 있다. 옛사람이 '입으로 입을 죽인다'는 구절에 모골이 송연해진 것을 보면 입으로 사람을 죽이는 해악이 얼마나 자심했는지 짐작이 간다.

"입으로 입을 죽이는" 문화는 보다 심화된 '구강 문화'라 할 수 있다. 고대 중국의 지식인들은 지금보다 나약했었는지 "입으로 입을 죽인다"는 말만 듣고도 두려워 벌벌 떨었으니 수차례의 정치 운동과 문화대혁명을 겪어 낸 현대인들에 견줄 바가 못 된다. 유평백俞平伯을 비판하고, 호풍胡風을 비판하고, 노령路翎을 비판하고 '우파'를 비판한 행태들이 죄다 "입으로 입을 죽이는" 일이었다. 1960~70년대의 문화대혁명은 "입으로 입을 죽이는" 문화가 절정에 달한 시기였다. 날마다 죽이고, 달마다 죽였으며, 해마다 죽였다. 죽이는 것도 무자비하고 모질기 짝이 없었으며 세상이 암흑 천지에 빠질 정도였다.

'간신배'를 구강 문화 측면에서 보면 그 진면목이 보다 확연해진다. 알고 보면 '간신배'란 "입으로 입을 죽이는" 데 명수인 자들이다. 그렇다면 입으로 사람을 죽이거나 말로 다른 사람을 중상모략하고 속이고 힐난하는 자들이 모두 '간신배'인 셈이다. 이러한 '간신배'들이 중국에는 지금도 대규모로 존재한다. 이들은 구강 문화를 사람을 해치고 죽이는 '간신배(讒人) 문화'로 발전시켜 놓았다. 몇 차례의 정치 운동과 문화대혁명은 '간신배 문화'의 대범람에 다름 아니었으며, '간신배 문화'는 혁명의 소용돌이 속에서 발전에 발전을 거듭하며 바야흐로 황금시대를 맞이한다.

수차례의 정치 운동과 문화대혁명 시기를 간신배 문화의 황금시대라 일컫는 까닭은, 먼저 이때에 이르러 대규모 고발, 대규모 비판, 대규모 성토대회 등 간신배 문화가 갖가지 형태로 발전해 나갔던 때문이다. 고발하고 비판하고 성토하는 데에는 잡지도 한몫했고 방송국도 한몫했고 신문이나 대자보도 한몫했다. 참언이 한껏 판을 치는 가운데 어떤 이는 입으로 죽이고 어떤 이는 펜으로 죽이며 어떤 이는 충성과 순종을 내세우며 죽였다. 입으로 사람을 죽이는 데에는 이른바 서로 얼굴 마주 보기, 등과 등을 맞대기, 또는 어깨와 어깨를 나란히 하기 등이 있었다. 펜으로 사람을 죽이는 데에는 대자보, 소자보, 홍위병보 등이 동원되었고 이 밖에도 자료 폭로, 자료 고발, 폭로 고발을 번갈아 해 대는 경우 등이 있었다. 입에서든 펜 끝에서든 흘러나오는 것 모두가 참언 일색이었다.

그 다음으로는 이 시기 동안 참언이 이미 신성한 형식을 갖추었다는 점이다. "수정주의를 반대하고 방지하자"(反修防修)라든지 "다시는 고통을 당하지 말자"(防止吃二遍苦) 따위의 숭고한 대의명분 아래 요문원姚文元과 같은 자들은 『해서파관海西罷官』[4]과 『삼가촌三家村』[5] 등의 작품을 비롯한 수많은 작가와 학자들의 문장에 비판을 가했다. 이들의 글은 사실 비판이라기보다 왜곡에 비방과 중상으로 가득 채워진 참언일 따름이었다. 그런데도 명분이 '숭고'했던 탓에 이들의 글은 매번 논조가 자못 격앙되었고 거침이 없었으며 혁명의 의분으로 충만했다.

이런 의미에서 이들은 차라리 왕충이 내세운 바 '간신배'의 표준에 딱 맞는 셈이다. 입으로는 사람을 죽여도 "곧은길을 걸으며 벗어나지 않고" '속임수'도 쓰지 않으며 아첨꾼처럼 은밀히 해치우는 법도 없었으니 말이다(왕충의 표준대로라면 직접 일을 처리하는 사람만이 입으로가 아니라 일로 사람을 해치는 것이니 만큼 아첨꾼의 범주에 속한다 할 것이다).

왕충이 현대 사회에서 태어나지 않은 게 유감이다. 그랬다면 '간신배'의 현대적 형식과 간신배 문화의 '웅혼'한 장관을 목도하고 전에 없는 규모에 필시 감탄을 금치 못했을 터인데 말이다. 과거 학창

시절 처음으로 '간신배'라는 단어의 개념을 접했을 당시만 해도 뒤에서 남 흉이나 보는 사람 정도로만 생각했지 이처럼 '웅혼'한 장관을 연출해 내는 '기백도 웅대한' 현대의 간신배들과 간신배 문화는 상상도 못했다. 입으로 사람을 죽이는 현대 간신배들의 본업은 뒤에서 흉보는 일 따위와는 애초에 비교가 되지 않는 것이다. 문화대혁명 동안 노사老舍[6], 부뢰傅雷[7], 등척鄧拓, 오함吳晗, 전백찬翦伯贊[8] 등의 지식인들이 이들의 참언을 견디다 못해 자살하고 말았으며 국가 영도자였던 유소기劉少奇[9], 도주陶鑄 등을 죽인 것도 무수한 참언이었다.

이런 사례들은 우리 시대를 함께 살아가고 있는 간신배들의 역량이 얼마나 대단한 것인지를 증명하고도 남는다. 한 국가의 수반이 눈 깜짝할 사이에 역도가 되고 내부의 적이 되고 '공적工賊'(노동운동을 방해하는 노동자 계층의 배반자)의 신세가 되기도 한다. 뛰어난 작가나 학자를 '반공의 우두머리'로 둔갑시키는 일도 순식간이다. 유사 이래 전례가 없는 현상들이다. 옛부터 왕충 등의 고대 사상가들은 '간신배'를 소인으로 간주하였다. 참으로 그렇다. 이들에게는 인격 영혼이 거의 없다시피 하기 때문이다. 그러나 이들의 기백이 이처럼 웅대하고 살상력이 이처럼 놀라울 정도라면 '큰 인물'이라 할 만하지 않을까?

그렇다면 간신배의 정의는 새롭게 내려져야 마땅하며, 적어도 '대참大讒', '중참中讒', '소참小讒'의 세 가지로는 구분돼야 한다고 본다. 뒤에서 남 흉보는 이들은 자연 '소참'에 해당한다. 예를 들어 작은 골목길 주민 위원회의 주임 자리는 말단 중의 말단이다. 주임은 주위에 자기보다 더 '작은 간신배'들을 이용하여 매일 매일 '일일보고'와 함께 '계급 투쟁의 새로운 동향 보고'도 받는다. 자신들의 보고 덕분에 어느 날 그 골목에 사는 한 명예퇴직한 공직자가 대로 한복판에서 '우파분자'로 몰리는 일이라도 생긴다면 이 '소참'들의 기쁨을 어디에 비기랴? 같은 골목에 사는 어느 청상과부의 문 앞을 한 낯선 남자가 지나가기라도 하면 갑자기 정신없이 바빠진 여성 소참들은 그 길로 반장에게 달려가 그 과부를 놓고 별의별 험담을 지어낼 터이다.

강생康生이나 장춘교張春橋나 요문원처럼 "곧은길을 걸으며 벗어나지 않고" "속임수를 쓰지 않는 자"들은 대참에 속한다. 대참과 소참 사이에 썩 영리하지도 썩 교활하지도 못하면서, 바람 부는 대로 왔다갔다 하다가 가끔은 '대비판'의 글을 써 내는 자들이 있다. 이들이 할 줄 아는 것은 "수정주의를 반대한다", "자유화에 반대한다" 따위의 표제어를 가지고 노는 일이 고작이다. 자기와 다른 것을 철저히 배척하고 입신영달의 길을 좇는 게 목적인 이들의 글에는 그나마 요문원과 같은 기세도 보이지 않는다. 이들이 바로 중참이다. 길거리에서 마르크스·레닌주의를 부르짖는 아줌마들보다 먹물이야 더 먹었겠으나 기껏해야 삼류, 사류 글쟁이 저질 문인에 지나지 않는 자들이다. 그런 만큼 참언 능력에도 한계를 보여 대세를 주도할 만한 분위기도 이뤄 내지 못한다. 현재 대륙 문단과 언론계에서 활개를 치고 있는 대비판가들도 참언의 의지는 넘치되 재주는 부족한 중참에 속하는 무리들이다. 논조만 높았지 글자 속과 행 사이가 텅 비어 있어 명료한 맛도 없다.

비열하고 가소로운 신(新) 간신배일지나, 이들의 대량 출현과 간신배 문화의 전에 없는 발전은 사회에 엄청난 영향력을 끼쳤다. 문화대혁명 시기 동안 간신배 문화는 최고조의 발전을 일궈냈다. 당시 온 국민의 관심, 다시 말해 민족 생활의 초점은 오로지 기관총처럼 쏘아 대는 입과 칼처럼 베어 버리는 혀에 쏠려 있었다. 너도나도 까발리고 고발하는 데 혈안이 되고, 저마다 타도 대상을 찾느라 안달이 나고, 한결같이 '중상모략'(讒譭)을 온전히 실천하는 데 열을 올렸다. 그 결과 사람들의 인심은 갈수록 흉흉해지고 붕괴되어 갔으며 국가는 국가대로 날로 허술해지고 무료해지고 원기를 잃어 갔다. 이때는 중상모략의 재주가 뛰어날수록 지위도 높아졌으니 고대 모 왕조에서 귀뚜라미 싸움을 가장 잘 시키는 자가 황제에게 중용됐던 것과 같은 형국이었다. 강생이나 장춘교, 요문원과 같은 간신배들도 그렇게 해서 정치국 위원이 되었다. 바야흐로 간신배 정치로 접어든 것이다.

나는 앞서 '난사람'(猛人)이 인人의 장막에 둘러싸인 탓에 멍청하고 어리석어진다는 노신의 견해를 인용한 바 있다. '난사람'을 인의 장막으로 둘러싸고 귀머거리나 장님이나 바보로 만드는 포위자는 다름 아닌 '간신배'이거나 아첨꾼이다. 이런 '간신배'들은 자기 하급자에게는 무자비할 정도로 포악하지만 상급자에게는 아첨과 아부를 아끼지 않는다. 아첨꾼이나 간신배 둘 다 아첨과 아부에는 명수들이어서 괜스레 아이처럼 구는가 하면 여자 같은 짓도 마다하지 않는다. 이하李賀는 「진궁시秦宮詩」에서 이들을 빗대어 "무대에서 희학戲學하는 한단邯鄲의 광대들, 스스로를 여랑女郎이라 칭하며 비단 소매에 화려한 화장하고 황제 옆에 놀고 있네"라고 꼬집고 있다. 한편으론 갖은 교태를 부리며 다른 한편으론 참언을 속삭이는 통에 황제가 쉽사리 포위당하는 것이다.

황제나 '난사람' 주위에 깨어 있기를 간청하는 정직하고 학식 있는 선비라도 있으면, '간신배'들은 '깨어 있는 황제' 곁에 더욱 바짝 붙어서 이런 선비들을 기어이 먹어 치우고야 만다. 중국의 전제 정치는 흔히 간신배와 아부꾼은 포위하고 난사람은 포위당하는 두 상황만이 상호 작용하는 정치 체계였다. 그 결과 나타난 것이 바로 오묘하기 짝이 없는 골계극滑稽劇이다.

그런데 '난사람'이 간신배와 아부꾼의 포위 속으로 떨어질 수밖에 없는 이유는 '난사람'이 실행한 제도와도 상당한 관계가 있다. 전제 제도는 아부꾼과 간신배를 필요로 한다. 아인슈타인은 「나의 세계관」이라는 글에서 "강력한 전제 제도일수록 부패와 타락의 속도가 빠르다. 왜냐하면 폭력이 만들어 내는 것은 모두 저열한 인격을 가진 사람들이기 때문이다"라고 말했다. 전제 제도 하에서 최고 통치권자가 부하들에게 제일 먼저 요구하는 것은 충성과 순종이지 청렴은 아니다. 간신배와 아부꾼은 인격적으로는 비할 바 없이 저열해도 충성과 순종을 몸으로 표현하는 데에는 남다른 재주를 가진 자들이다. 이들은 끊임없이 가공송덕歌功頌德을 바치고 왕이 듣고 싶어 하는 말만 들려준다. 그것도 날이면 날마다, 달이면 달마다, 해를 거듭해 가며 하고 또 한다. 그리고 이들 앞에서 왕은 자신이 바보가 된 줄도 모른 채 자신이 세상을 잘 다스리고 있다는 착각에 빠진다. 이것이 바로 중국에서 간신배와 아부꾼이 여전히 유지되고 위풍당당한 이유다.

1) 당 현종때의 정치가로 '口蜜腹劍' 고사의 주인공으로 뇌물과 아첨으로 재상 자리에 올랐다. 그가 퇴정하여 무엇인가를 생각하고 다음날 등청하면 반드시 누군가가 주살되었다고 한다. 그래서 당시 사람들은 모두 그를 두려워하여 "이임보는 입에는 꿀을 담고 뱃속에는 칼을 지녔다"고 쑥덕거렸다.

2) 한대의 『시경』은 원래 금문으로 된 四家所傳이 있었으나, 고문으로 된 『毛傳』에 정현이 주해를 붙인 후부터는 『모전』만이 전해지게 되었다. 『毛詩』라고도 한다.

3) 당 태종의 지시로 방현령 등이 편찬한 晉왕조의 정사.

4) 오함이 쓴 극본으로 1961년 초연되어 호평을 받았다. 해서는 明의 관리로서 청렴강직하여 탐관오리를 처벌하고 억울한 사람의 원한을 풀어 주지만 황제에게 잘못 보여 파직당한다는 내용이다. 1965년 11월 요문원이 상해의 『문회보』에 「신편 역사극 해서파관을 비판한다」라는 글을 발표하여 문화대혁명의 막을 열게 되었다.

5) 1961~64년에 오함, 등척, 廖沫沙가 공동으로 『前線』지에 연재한 隨想文. 문화대혁명이 시작되자 공개 비판을 받았다.

6) 만주의 旗人으로, 1937년에 발표한 『駱駝祥子』로 국제적인 명성을 얻었다. 중일전쟁 때는 문예계 抗敵協會 결성에 진력하고 『四世同堂』을 집필하였다. 1966년 반당분자로 비판을 받고 자살하였다.

7) 중국의 번역문학가 겸 예술사가로 프랑스 파리 대학과 루브르 미술사학교에서 공부했다. 문화대혁명 발발 초기 홍위병들이 누명을 씌우자 부인과 함께 자살하여 무죄를 주장했다. 최근 우리나라에서 『상하이에서 부치는 편지』(유영하 옮김, 민음사)가 번역 출판되었다.

8) 북경대학 교수와 전국인민민족위원회 위원(위구르족)을 역임하였다. 실증적 학자인 동시에 이론가로서 역사학계를 지도하였으나 문화대혁명 때 비판을 받은 뒤 물러났다.

9) 1959년 제2기 전국인민대표대회에서 모택동에 이어 국가주석이 되었으나, 그의 기술 우선, 엘리트 존중 등의 사고방식 때문에 문화대혁명 과정에서 격렬한 비판을 받았고, 1969년 정식으로 당에서 제명되고 모든 공직이 박탈되었다.

수전노 · 儉人 20

'수전노'(儉人)란 지나치게 인색한 사람을 말한다. 근검절약의 정도가 지나쳐서 성격까지 뒤틀어진 사람들이다.

이런 수전노에 관한 이야기를 한데 모아 놓은 책이 명대 진문촉陳文燭의 『천중기天中記』(類書의 하나)이다. 이 책에 등장하는 인물들은 하나같이 재산을 목숨처럼 여기는 수전노들이다. 지독하게 인색한 나머지 그 인색함이 어떤 약으로도 치유 불가능한 고질병이 되어버린 이들을 사람들은 '돈 버러지', '재물 버러지', '물건 버러지'라고 부른다. 이들은 수백억의 재산을 가지고도 거지나 진배없는 생활을 하고 더러는 돈 쓰기가 아까워 스스로를 학대하다가 굶어 죽는 일까지 있다.

그 중의 한 이야기를 보자. 한대漢代에 자식 없는 한 노인네가 있었는데 굉장한 부자였다. 딱하게도 이 노인은 새벽 일찍 일어나 밤늦게 잠들 때까지 오직 재산 관리와 재물 불리기에만 여념이 없었다. 평생토록 자신을 위해서는 한 푼도 쓰지 않던 그가 딱 한 번 우연히 만난 거지에게 자선을 베풀게 된다. 도저히 거지를 뿌리칠 수 없었던 노인은 품안에 있던 돈 10전을 내어 주고는, 걸어가면서 수중에 남은 돈을 살펴 가며 한 걸음을 뗄 때마다 1전씩 주었다. 대문 앞에 이르렀을 때는 남아 있던 5전을 한숨 한번 푹 내쉬더니 두 눈 딱 감고 거지에게 다 내줘 버렸다. 그런 다음 거지에게 "내가 전 재산을 몽땅 털어서 네게 주었으니 다른 사람에게는 절대 말하지 말라"고 신신당부했다. 그리고는 끝내 이 부자 노인네는 굶어 죽었다. 죽은 뒤에 그의 재산은 내탕금內帑金으로 몰수당했다. 재물을 목숨처럼 사랑하고 나아가 '목숨보다 더 사랑하는' 그들에게 돈 몇 푼 내어 놓는 일은 자기 몸에서 살 몇 근을 떼어 내거나 심지어는 불 속으로 뛰어드는 일과 다름없다. 수전노들이 돈 몇 푼 내어 줄 때 차마 눈을 못 뜨고 꼭 감아 버리는 것은 그 때문이다.

당나라 때의 저명한 시인 위장韋莊도 유명한 수전노였다는 사실은 전혀 뜻밖이다. 『조야첨재朝野僉載』에 다음과 같은 글이 있다.

> 위장은 책을 무척이나 많이 읽은 사람이었는데 쌀알을 하나하나 세어서 밥을 짓고 땔감은 무게를 달아 음식을 익혔다. 고기를 구울 때는 한 조각만 빠져도 금방 알아차렸다. 큰아들이 여덟 살에 죽었는데, 위장의 아내가 평상시 입던 옷으로 염을 하자 위장이 옷을 벗기고 시신을 멍석으로 둘둘 말아 장사를 지내고는 그 멍석을 다시 가지고 돌아왔다. 그 비통한 마음이야 통곡을 해도 모자라겠거늘, 위장은 너무 인색했다.

자식보다도 돈과 재물을 더 사랑했던 위장은 죽은 자식에게 주는 옷 한 벌 멍석 한 장도 아까워했다. 위장의 예를 보면 인색함이 인간의 성격을 어느 정도까지 뒤틀어 놓는지를 알 것 같다.

위장과 같은 대문호가 그토록 인색한 사람일 줄은 나로서는 상상도 못한 일이었다. 아마도 내가 여태껏 문학 작품을 읽어 온 바로, 작가들은 수전노들을 경멸의 눈으로 바라보는 줄로 여긴 때문이리라. 세계 문학 작품 속에서도 이런 유의 인간들이 등장한다. 그중 가장 유명한 것이 바로 프랑스 희극작가 몰리에르(Molière)의 작품 『수전노』일 테고, 또 발자크(Balzac)의 작품 『외제니 그랑데』의 주인공 외제니의 아버지 그랑데일 것이다. 돈을 목숨보다 훨씬 더 사랑하는 사람들을 작가는 극도로 혐오하고 경멸했다. 작가는 그 추한 면을 신랄하게 파헤치고 조롱함으로써 이들의 이름을 천추에 빛냈다.

나는 이 글에서 중국의 수전노만으로도 지면이 모자랄 지경이므로 외국의 수전노까지 거론할 생각은 없다. 인성의 약점은 누구나 다 가지고 있기에 어느 시대 어느 민족이든 해괴한 수전노들은 있기 마련이다. 검약성이 골수에까지 박혀 있어 생명보다 돈을 더 귀히 여기는 만큼 죽음 앞에서도 후회하지 않는 사람들이 이들이다.

『유림외사儒林外史』에 등장하는 엄감생嚴監生은 죽음을 코앞에 두고도 그 천성을 바꾸지 못한 인물이다. 그의 집은 드러나지 않는 부호였다. 집안 재산이 10여만 은자나 되었어도 천성적으로 간이 작은 엄감생은 다른 일은 엄두도 내지 않는 채 그저 있는 재산을 지키기에만 골몰했다. 죽음을 앞둔 어느 날, 목구멍에 가래가 끓어 소리도 제대로 나오질 못하는데, 웬일인지 숨은 도무지 끊어지질 않았다. 그런 중에 엄강생이 홑이불 속에서 손을 꺼내서는 손가락 두개를 꼿꼿이 세우니 영문을 모른 조카들과 식구들이 바삐 이것저것을 물어 보았다.

큰조카가 나서서 물었다. "작은아버지! 꼭 보고 싶은 친구 두 분을 못 보신 건가요?" 엄감생은 고개를 두어 번 설레설레 흔들었다.

그러자 둘째조카가 나섰다. "작은아버지! 혹시 은자 두 덩어리를 숨겨 놓고는 아직 말씀하지 않으신 건가요?" 그러자 엄감생은 두 눈을 동그랗게 치켜뜨고 짜증나는 듯 고개를 세차게 흔들고는 두 손가락을 더욱더 빳빳이 치켜세웠다. 이때 그의 유모가 끼어들어 물었다. "나리! 외숙 두 분이 보이시지 않아서 그러시지요?" 엄감생은 이 말에도 눈을 꼭 감고 고개를 흔들었다. 손가락은 여전히 그 상태였다.

나중에서야 그의 아내 조씨가 그의 뜻을 알아채고는 눈물을 닦으며 주위의 사람들을 물리치고는 앞으로 바싹 다가가서 말했다. "여보! 저 혼자만 당신 뜻을 깨달았어요. 등잔 안에 심지를 두 개나 넣고 불을 밝혀서 기름이 많이 들까 봐 그렇지요? 이제 안심하세요. 제가 지금 심지 하나를 뽑아 버릴게요"라고 말한 후 심지 하나를 뽑았다. 그제서야 엄감생은 고개를 끄덕이며 손을 축 내려뜨리더니 바로 숨을 거두었다. 태생이 근검한 엄강생은 저승사자가 주위를 맴돌며 세상뜨기를 기다리는 순간에도 눈앞에 있는 등잔에 심지 하나 더 들어간 게 못내 마음에 걸린 것이다. 돈 냥비나 마찬가지인 더 들어간 심지 하나가 그를 죽어도 눈을 못 감게 한 것이다. 이렇듯 그 뿌리가 워낙 깊고 질겨 무소불위의 저승사자일지라도 끝내 뽑아내지 못하는 게 사람의 검약성이다.

엄감생과 같은 사람이 중국에는 적지 않다. 고작 등불 심지 하나 같은 소소한 재물 앞에서 체면이나 감정도 아랑곳 않고 심지어는 대의명분이나 목숨마저도 개의치 않는 사람들이 있다. 심지 하나 따위를 세상에 존재하는 그 무엇보다 더 소중히 여기는 이런 사람들이 우스우면서도 측은한 마음이 든다.

『열미초당필기閱微草堂筆記』 권10 「여시아문如是我聞」에는 '효렴孝廉'[1]

으로 관직에 오른 수전노가 등장하는데 그의 수전노 근성은 모든 것을 압도한 나머지 자신의 입신의 근본이었던 '효孝'까지도 압도해 버린다.

저축은 아주 잘하는데 천성이 인색한 효렴 한 명이 있었다. 그런데 그 누이의 집안이 어찌나 가난한지 섣달 그믐날이 되어도 밥 짓는 연기가 나지 않았다. 어느 날 누이가 북풍한설을 무릅쓰고 수십 리 길을 걸어 와서 돈 서너 푼만 빌려달라고 애걸복걸했다. 이듬해 봄이 되면 신랑이 관곡館穀으로 갚아 주마 약속했건만 그는 궁색한 변명만 늘어놓으며 도무지 들어 주지 않았다. 그의 어머니가 눈물로 사정해도 같은 이유만 되풀이할 뿐이었다. 보다 못해 어머니가 비녀와 귀고리를 뽑아 손에 쥐어 보내도 효렴은 여전히 모른 척하고 있었다.

효孝의 모범이 되어야 할 효렴이 도리어 재물 때문에 불효를 저지르는 이 이야기에서 흥미로운 점은 인색함이 인간의 가장 기본적인 인성마저도 망가뜨릴 수 있다는 사실이다. 인색함은 인간의 각종 관계를 무너뜨리고 심지어는 육친마저도 외면하게 하며 하늘이 주신 양심마저도 잃게 만든다. 이는 약으로도 못 고치는 수전노 근성이 인류를 아주 냉혹하고 어두운 함정에 빠뜨릴 수도 있음을 설명해 준다.

사람들이 '인색함'을 혐오해서인지 그 인색함을 깨뜨리는 이야기도 많다. 원대元代 12년에 환술幻術이 뛰어난 한 외국인 도사가 거부巨富이면서도 인색하기 짝이 없는 어떤 사람을 골려 주려고 작정을 했다. 그 부자가 몹시도 아끼는 애마를 기둥 아래 매어 놓고는 늘 쓰다듬는다는 사실을 알아내고는 도인은 환술을 사용해서 그 말이 갑자기 사라지도록 했다. 그러자 그 수전노는 어쩔 줄 몰라 하며 사방으로 찾으러 다녔다. 다음날 애지중지하던 말이 아주 작은 항아리 속에 들어가 있는 것을 발견했지만 그 항아리를 깨뜨릴 방법이 없자 부자는 도인에게 도움을 청하게 되었다.

도인은 "당신이 돈을 좀 풀어서 100명이 1끼를 때울 수 있는 음식을 준비해서 가난한 사람을 구제한다면 말은 틀림없이 당신네 집 기둥 아래 돌아와 있을 것이오"라고 말했다. 달리 뾰족한 수가 없던 그는 쓰린 속을 달래며 100명분의 식사를 준비해서 사람들에게 먹이자 말은 과연 원래 자리로 되돌아왔다. 그러던 어느 날 이번에는 수전노의 부모가 갑자기 보이지 않았다. 온 집안사람들이 부모를 찾느라 법석을 떨었다. 집 안을 샅샅이 뒤진 끝에 부모가 호리병 속에 들어 있는 것을 발견했고 부자는 또 한번 도인에게 도움을 청했다. 도인은 "이번에는 1,000명분의 식사를 준비해서 가난한 사람을 구제하시오"라고 했다. 수전노가 비통절통한 심정을 추스르며 재산을 털어 1,000명분의 음식을 만들어 먹인 뒤에야 그 부모는 거실 침상으로 돌아올 수 있었다. 수전노들의 인색함은 불치의 병이 되어 이런 도술이 아니고는 그들의 수중에서 구호금 한 푼도 얻어 낼 방도가 없음을 일러 주는 고사이다.

그러나 중국은 지금껏 워낙 가난했기에 검약은 일종의 미덕이었다. 그 시시비비를 가리려는 뜻은 없다. 그러나 검약이 지나치면 인색해지는 법이고, 이 둘의 경계 또한 뚜렷하지 않다. 대부분의 중국인에게서 매우 좋지 못한 성격적 결함 즉 소극적이고 보수적이며 진취성과 모험성이 결여된 면이 나타나는 데에는 검약을 미덕으로 여긴 탓이 크다. 나아가 동정심과 협동심의 부족도 이에 기인한다.

일찍이 중국인들의 '숭검崇儉 정신'을 상당히 못마땅해하던 담사동譚嗣同은 저서 『인학仁學』[2] 20절에서 이 점을 신랄하게 비판했다. "검약하는 사람이야말로 천하의 대죄인"이라며 그 죄상을 열거했는데 그 중 가장 중요한 것으로 다음 두 가지를 들었다.

첫째는, 유통의 정체를 초래하여 백성의 숨통을 죄고 돈과 재물의 재생산을 가로막는 점이다. 둘째는, 어질지 못한 점으로, 이들은 "못 먹어 비쩍 마른 사람들이 온 산하를 뒤덮고 굶어 죽는 자가 길거리에 널려도 눈 하나 깜짝하지 않고 자기 집안 자손들 살 궁리에만 골몰하다가 세상이 다시 평화로워지면 한다는 말이 검약이 미덕이라고 한다."

다시 말해 검약하다 보면 자신의 재물에만 급급하여 다른 이들의 생사 따위는 안중에도 없게 되는 법이니, 수전노는 대개가 죽어 가는 사람을 보고도 나 몰라라 하는 냉혹한 인간이기 십상이란 뜻이다. 이보다 더한 자들은 재물을 지키는 데만 열중하여 재생산은 하지 않고 고리대금을 일삼아 빈민들을 벗겨 먹는 자들이다. 그 결과 이들이 온 고을의 재물을 독식하게 되어 "마침내는 온 마을 사람이 이 집안의 노비가 되고 이 집안에 세금을 바치게 된다." 이렇게 "검약하면 할수록 다른 사람의 생활은 곤궁해지고 백성의 수준은 떨어지며 생산 활동은 쇠퇴해지니 늘어나는 것은 빈민들이다."

수전노들이 부를 독점함에 따라 대량의 빈민들이 양산된다. 이것이 담사동이 발견해 낸 사실이다. 그가 수전노들을 '덕의 적'(德之敵)으로 매도하며 "검약을 말하는 자는 짐승의 길을 말하는 자들"이라 단언할 정도로 극도의 반감을 보인 것도 그런 연유에서였다. 수전노들이 가진 검약의 미덕을 인도人道에 반하는 금도禽道라 이른 그의 일갈은 검약에 대한 더할 나위 없는 비판이다.

담사동은 근대 중국의 제1세대 개혁가로, 사상이 상당히 급진적이다. 그가 이렇듯 과격한 언사를 쓰지 않을 수 없었던 것은 중국에 누적돼 있는 폐단이 얼마나 엄청난 것인지 그리고 중국 민족의 기질적 결함이 얼마나 심각한 것인지를 뼈저리게 통감하고 있었기 때문이다. 그의 표현은 과격하긴 해도 검약의 미덕이 초래할 수 있는 해악을 상당히 탁월하게 간파하고 있음을 알 수 있다.

수전노를 비판하는 담사동의 글에서 한 가지 재미있는 점은, 모든 사람들이 익히 알고는 있지만 깨닫기 힘든 이치를 효과적으로 전달하고 있다는 것이다. 예를 들어 성격이 운명을 결정한다는 이치가 그러한데, 담사동은 "수전노들은 집안에 수만 금을 가지고 있어도 가난한 자와 조금도 다를 게 없으니 차라리 곡식과 돈궤가 문드러지고 진귀한 것들을 썩힐지언정 끝내 사람들에게 나누어 주는 법이 없다"고 말하고 있다. 이는 성격화된 수전노는 엄청난 부를 지녔어도 그 운명은 빈민이나 거지와 다를 바 없다는 말이다. 곧 한 사람의 운명이란 그의 재산으로 정해지는 것이 아니라 성격으로 결정된다는 것이다.

백만장자든 억만장자든 재산 모으는 데만 열중하다 보면 자신이 살아가는 본질적인 의미를 망각하여 재산 외에 더 중요한 것이 있다는 사실을 놓치기 마련이다. 그러다 보면 남부러울 게 없는 재산을 가지고도 도리어 그 재산의 지배를 받다가 결국 재산의 노예로 전락하고 만다. 이런 사람들의 운명이 그다지 좋다고 볼 수는 없을 터이다. 물질적인 면에서도 가난뱅이와 다름없거니와 정신적인 면에서도 인간성과 인간적 감정이 결핍된 가난뱅이다.

어떤 사람이 만약 삶을 자신의 삶을 증명하는 데 쓰지 않고 재산을 증명하는 데 쓴다면 그 사람의 성격과 지혜와 열정은 돈에 의해 물거품처럼 사라지고, 변해도 아주 추악하고 불행한 형태로 뒤틀려 버리는 법이다. 검소하지만 타락했으며, 검소하지만 영혼은 얼음처럼 차갑고 감정은 위선으로 가득 차며 성격은 잔악한 인간으로 말이다. 사실 이런 경우가 적지 않다. 이런 현상을 보고 있자면 담사동의 주장이 상당히 일리 있다는 생각이 든다. 그러나 안타깝게도 이런 사실을 이해하는 사람들이 드물다. 그래서 돈 되는 일에는 인간의 양심과 진리를 기꺼이 팔아먹는 경제적 동물들이 날이 갈수록 많아지고 있다.

나도 처음에는 검소한 사람을 존경했고, 검약의 미덕을 끊임없이 교육받아 왔다. 대륙에서 '증산절약' 운동이나 뇌봉雷鋒의 활동을 학습하는 동안 나와 동창들은 고철과 폐구리를 비롯한 이런저런 폐품들을 주워서 국가에 바쳐야 했다. 그리고 어려서부터 선생님에게서 밥상 위에 떨어진 곡식 한 톨까지 남김없이 먹어야 하며 만두 부스러기 하나라도 떨어뜨리는 일은 죄악이라는 교육을 받아 왔다. 이런 교육을 받은 나와 동창들은 하나같이 근검절약하는 인간으로 변해 갔다.

당시 선생님의 교육을 비난하려는 건 아니다. 그들은 오직 근검절약만을 외쳤을 뿐 창조라든지 탐구나 모험에 관해 말해 준 적이 없으며 다른 사람을 성심껏 도와주어야 한다고 가르치지 않았다. 그렇게 세월이 흐르고 흘러 계산할 줄 아는 사람들이 많아지면서 인간 정신의 경지는 퇴화일로를 걷고 있다. 이러한 정신적인 퇴화 현상 앞에서 나는 담사동의 견해에 동의하지 않을 수 없다. 나는 수전노들 특히 성격까지 뒤틀려 버린 수전노들이 불쌍하긴 해도 정말 싫다. 거지를 보고 측은해하기는 해도 존경하지 않는 것처럼 말이다.

---

1) 효행이 지극하고 청렴결백한 사람을 군의 태수가 조정에 관리 후보로 추천하는 제도를 '孝廉科'라 하고, 이곳을 통과한 사람을 '효렴'이라고 불렀다. 『삼국지』의 조조도 젊은 시절 효렴으로 뽑혔다고 한다.

2) 묵자 · 불교 및 서구사상에 의하여 유교의 道를 되살리려고 한 것으로, 모든 차별 · 불평등의 타파를 위해 실천을 강조하고 있다.

우직한 사람 · 癡人 21

황정견黃庭堅[1)]은 안기도晏幾道의 『소산사小山詞』 서문에서 다음과 같이 말하고 있다.

> 나는 예전에 숙원叔原(안기도)을 일러 사람도 걸출하거니와 우직함도 남다르다고 한 적이 있다.……벼슬살이하면서 어려운 일을 잇달아 만나도 세도가의 문 앞에는 얼씬도 하지 않으니 이것이 '우직함'이요, 글을 쓰는 데도 자신의 문체를 고집하고 신진 선비들의 어투를 좇지 않으니 이 또한 '우직함'이요, 돈에 인색하지 않은 통에 집안 식구들은 춥고 배고픔에 시달려도 스스로는 학자의 면모를 잃지 않으니 이 또한 그의 '우직함'이요, 숱한 사람들이 등을 돌려도 원망하지 않고, 한번 사람을 믿으면 끝까지 의심하는 법 없으니 이 또한 '우직함'이다.

황정견이 말하는 북송시대의 사인詞人 안기도는 그야말로 '우직한 사람'(癡人)이다. 그의 '우직한 감정'(癡情)과 '우직한 성격'(癡氣)과 '우직한 행동'(癡行)은 천진무구하고 사랑스럽기까지 하다. 중국인은 '우직함'(癡)을 말할 때는 흔히 '어리석음'(呆)을 함께 쓰는데, 우직한 사람에게는 확실히 어리석은 구석이 있기 마련이다. 사람들이 뭐라 하든, 사람들이 어떻게 보든, 어리석다 싶을 만큼 자신이 하는 일과 추구하는 것을 밀고 나가는 사람이 바로 '우직한 사람'이다.

안기도는 당시 저명한 시인 안수晏殊의 아들로 고관의 후예였다. 안수는 송대 인종仁宗 때 관직이 재보宰輔에 올라 현명한 재상으로 칭송이 자자했던 인물이다. 그 아들 안기도는 재상의 아들이었음에도 고관대작의 자제답지 않게 미련하리 만큼 자신의 인생과 자신의 시가詩歌 예술만을 추구하였다. 그래서인지 안기도의 인간 관계와 시사에는 그만의 참된 성정이 물씬 배어 나온다.

황정견이 열거한 안기도의 네 가지 '우직함'(癡)은 차라리 '어리석다'(呆)고 해야 맞을 것이다. 그는 권문세가의 자제이면서도 다른 권문세가와 교류할 줄 몰랐다. 자신만의 문체를 고집한 채 당시에 유행하던 팔고체八股體에 영합하지 않았다. 어려운 사람을 도와주는 데는 아낌없이 돈을 쓰면서도 정작 자신은 가난한 생활을 마다하지 않았다. 도움을 주었던 사람들이 모두 그를 배반해도 그는 그들에 대한 믿음을 끝내 잃지 않았다. 모두가 그의 지극한 성품(至情)과 지극한 본성(至性)에서 나온 우직함이기에 차라리 사랑스럽다.

고관대작의 자제가 자신의 권세를 포기하고 인성 가운데 가장 아름다운 그 같은 성정을 지니기란 지극히 어려운 일이다. 황정견이 말하는 바 안기도의 첫 번째와 두 번째 우직함은 이를 두고 하는 말이다. 안기도의 시와 사가 그 처량함으로 사람들에게 깊은 울림을 주며 지금껏 그만의 독특한 광채를 뿜어 내고 있는 것도 그런 우직함에 기인한다.

'우직한 사람'에도 시치詩癡, 문치文癡, 서치書癡, 사업치事業癡 등 여러 부류가 있다. 이런 '우직한 사람'들은 미련하고 어리숙한 면이 있긴 하나 바보 멍청이하고는 전연 다르다. 오히려 비할 데 없이 총명한 경우가 적잖다. 『홍루몽』에는 매우 총명한 '우직한 사람'들이 꽤 많이 등장하는데 가보옥이나 임대옥 등이 그렇다. 가보옥은 저자 조설근이 '미련곰퉁이'(癡公子)라 이를 정도로 자신이 사랑하는 임대옥이나 다른 여자들에게 늘 바보 같은 사람이었다. 가보옥보다 훨씬 철두철미하게 우직한 임대옥은 가보옥을 향한 마음도 그만큼이나 우직했다. 마음도 우직했고 뜻도 우직했으며 정신도 우직했고 지어놓은 시사詩詞까지 구구절절 우직했다. 꽃을 장사 지내는 일도 우직하기가 유난하거니와 그녀가 지은 장화사葬花詞는 구절구절이 한술 더 뜬다. "제가 지금 꽃을 장사 지낸다고 사람들은 저를 어리석다 비웃는데 언젠가 저를 묻고 나면 누구인지나 알까요." 정녕 우직한 사람의 소리요 우직한 사람의 눈물이다. 그러나 같은 부류인 보옥이 그 소리를 듣고 미련스럽다고 생각할 리가 만무하다. 보옥도 같이 미련스러운 소리로 화답하니 그 소리를 들은 대옥은 생각한다. "사람들마다 나보고 미련병이 들었다고 놀리는데 미련둥이가 또 있는 겐가?" 임대옥과 가보옥 둘 다 진짜 바보였고 둘 다 미련병에 걸렸다. 그랬기에 집안에서 가보옥과 설보차를 혼인시키기로 결정을 내리자 더 이상 견뎌 내지 못한 두 바보는 하나는 실성해 버리고 다른 하나는 넋이 나가 버린다. '바보 언니'에게서 소식을 듣는 순간 대옥은 몸이 천근만근 무거워지고 두 다리는 목화밭을 거니는 듯 붕 떠버리고 눈동자는 뻣뻣하게 굳어져 정신 나간 사람처럼 왔다갔다 하다가 자견紫鵑의 손에 이끌려 보옥의 방안으로 뛰어들어 간다. 두 사람이 할 수 있는 건 그저 실없이 웃는 일이 고작이었다. 그들의 사랑은 상처받고 정신도 무너져 버렸다. 치명적인 충격을 받고 난 임대옥은 보옥과 치정을 나눈 시문들을 불태우는 '마지막 일'을 마치고 "보옥! 보옥! 잘 있으시오……"라는 말을 흘리며 숨을 거둔다. 보옥은 보옥대로 이때부터 실성하여 지내다가 끝내는 미망과 절망을 부여안고 집을 나가 버린다.

조설근이 형상화해 낸 '우직한 사람'은 '일반적인 우둔함'(癡)이 아닌 '우둔함의 극치'(癡絶)라 할 것이다. 사람이 극도로 우직하면 우직함이 생명 그 자체가 된다. 그러므로 그런 사람들이 자신의 우직한 감정에 손상을 입는다면 그것은 바로 자신의 생명 자체가 손상을 입는 것과 마찬가지다. '우둔함의 극치'란 말은 내가 처음 만들어 낸 단어가 아니다. 진대晉代 『고개지전顧愷之傳』을 보면 "세상 사람들이 말하길 고개지에게 삼절三絶이 있으니, 재주가 남달리 뛰어난 '재절才絶'이요 그림을 남달리 잘 그리는 '화절畵絶'이요 우직함이 남달리 심한 '치절癡絶'이로다"라는 구절이 나온다. 이를 보더라도 인간 세상에는 벌써 오래 전부터 '우둔함의 극치'가 있어 왔을 뿐더러 단어로 명명까지 되었음을 알 수 있다.

가보옥이나 임대옥에게서 보여지는 것과 같은 극한적인 '치정'이야말로 인간의 참된 성정이다. 우리가 유독 깊은 감동을 받는 이유가 이 때문이다. 명말 원씨袁氏[2] 형제와 이지李贄[3]는 성령설性靈說과 동심설童心說을 제창하며 인간의 참된 성정을 부르짖었다. 그리고 이들의 주장을 시대의 획을 그을 만한 위대한 예술로 표현해 내려는 듯 『홍루몽』은 이를 생명감 넘치게 그려 내고 있다.

임대옥이나 가복옥과 같은 '우직한 사람'은 감정의 바보(情癡)라 할 것이다. 이 밖에도 책벌레(書癡), 공부벌레(學癡), 시에 미친 사람(詩

癡), 글에 미친 사람(文癡), 사업에 미친 사람(事業癡) 등이 있다. 서적에 정신을 쏟거나 학문에 정신을 쏟거나 예술에 정신을 쏟거나 혹은 자기 일에 정신을 쏟다 보면 우둔함의 극치에 도달하기 마련이다.

포송령의 『요재지이聊齋志異』에 들어 있는 소설 「서치」(書癡)는 낭옥주郎玉柱라는 책벌레에 관한 이야기이다. 낭옥주의 조부는 고위 관직에 있으면서 녹봉을 아껴 집안 가득히 책을 사는 데 썼다. 낭옥주가 태어나고 조부보다 더한 책벌레가 된 그는 가세가 기울어 아무 물건이든 내다 팔아야 하는 판국에도 아버지가 물려 준 책만은 한사코 손을 대지 않았다. 그는 밤을 새워 책을 읽고 또 읽느라 스무 살이 넘은 나이임에도 결혼할 생각조차 하지 않았다. "책 속에 황금으로 만든 집이 있고 책 속에 '얼굴이 백옥과 같은 미녀'(顔如玉)가 들어 있다"는 고훈古訓을 곧이곧대로 믿은 나머지 독서를 게을리 하지 않으면 진짜로 황금과 미녀가 쏟아져 나올 줄로만 믿었다.

낭옥주는 서른이 넘도록 뼈를 깎는 마음으로 독서를 했지만 미녀는커녕 미녀의 그림자도 볼 수 없었다. 그래도 그는 결혼을 권하는 주위 사람들에게 "책 속에 백옥 같은 미녀가 들어 있는데 어찌 내가 미녀를 얻지 못할까 근심하겠는가"라고 말하며 소신을 굽히지 않았다. 또다시 2, 3년 간 독서를 계속했으나 아무런 효과가 없자, 사람들은 "최근에 천상에서 직녀가 몰래 도망 왔는데 자네 때문에 온 것 같으이"라며 놀려 댔다. 자기를 놀리는 말이란 걸 알면서도 그는 신경 쓰지 않았다.

어느 날 저녁 『한서漢書』[4] 제8권의 중간 부분을 읽고 있던 중 낭옥주는 책 사이에 '비단과 가위를 든 미녀'의 그림이 끼어 있는 것을 발견했다. 그는 "책 속에 미녀가 있다더니 과연 효과가 나타난 걸까?”라며 놀라운 마음으로 이 미인을 꼼꼼히 살펴보았다. 눈 주위가 마치 살아 있는 듯하고 미녀 뒤에는 ‘직녀織女’라는 두 글자가 작지만 확실하게 씌어 있었다. 그는 더더욱 놀라서 침식도 잊은 채 그림을 보고 또 보았다.

그러던 어느 날 낭옥주가 여전히 그림에 홀딱 빠져 보고 있노라니 미녀가 갑자기 허리를 굽혀 절을 하고는 미소 띤 얼굴로 책 속에 앉았다. 기겁을 한 낭옥주가 벌떡 일어나 책상 아래에 엎드려 맞절을 하고 머리를 들자 미녀는 벌써 일 척 정도로 키가 커져 있었다. 놀라다 못해 무서워진 그는 다시 쳐다볼 엄두도 내지 못하고 연거푸 절만 해 댔다. 그리고 다시 머리를 드니 절세 미녀가 그의 눈앞에서 화사한 자태를 뽐내며 서 있었다. 그 미녀는 “소첩은 성이 안顔이고 이름은 여옥如玉입니다. 낭군께서 오래 전부터 소첩을 기다려 오신 걸 압니다. 제가 나타나지 않는다면 앞으로는 누구도 ‘책 속에 얼굴이 백옥 같이 생긴 미인(顔如玉)이 들어 있다’는 옛사람들의 말을 믿지 않겠지요”라고 자기 소개를 했다.

낭옥주는 이 말을 듣고 뛸 듯이 기뻐했고, 독서를 할 때마다 옆에 앉아 있게 했다. 그러나 정작 여옥은 줄곧 낭옥주에게 글을 그만 읽으라고 충고하면서 “낭군께서 출세하지 못한 이유는 바로 자나 깨나 글만 읽으신 때문입니다. 낭군께서도 한번 생각해 보십시오. 역사서에 이름이 오른 사람들 중에서 낭군처럼 꼼짝 않고 글만 읽은 사람이 몇 명이나 되겠습니까? 낭군께서 만약 제 말을 듣지 아니하신다면 저는 바로 떠나겠습니다”라고 말했다. 낭옥주는 그녀가 진짜로 가 버릴까 싶어 책을 손에서 놓을 수밖에 없었다.

그러나 얼마 지나지 않아 여옥의 충고를 깜빡 잊어버리고 다시

책을 펼쳐들었다. 바로 그 순간 여옥이 사라졌다. 그제서야 상황을 깨달은 낭옥주가 무릎을 끓고 혼신의 힘을 다해 기도를 드리고 또 드렸건만 여옥은 그림자조차 보이지 않았다. 그러다가 불현듯 그녀가 『한서』 속에 끼어 있으리라는 생각이 들어 뒤져 보니 과연 그 안에 있었다. 그러나 아무리 불러도 움직일 기미조차 없자 낭옥주는 삼가 엎드려 슬피 축문을 읽을 도리밖에 없었다. 이때 여옥이 "낭군께서 다시 한번 제 말을 어기신다면 저는 낭군과의 연을 끊을 수밖에 없습니다"라고 말했다.

낭옥주는 그렇게 하겠다고 대답을 하고는 바둑판과 마작판을 펴 놓고 여옥과 함께 바둑과 마작을 즐겼다. 그러나 바둑과 마작에 아무리 집중하려고 해도 통 집중이 되지 않았다. 이따금 여옥이 보이지 않을 때면 여옥 몰래 얼른 서적들을 훑어보곤 했다. 그리고 여옥이 이런 사실을 알게 될까 싶어 『한서』 제8권을 다른 책들하고 뒤섞어 놓았다.

그러던 어느 날 우연히 마음껏 책을 읽을 수 있는 기회가 생긴 낭옥주는 그 기회를 놓칠세라 몹시도 다디달게 독서를 하고 있었는데, 도중에 바람처럼 나타난 여옥에게 그만 들켜 버리고 말았다. 황급히 책을 덮어 버렸지만 여옥의 모습은 이미 보이지 않았다. 낭옥주는 안절부절 초조해하며 부랴부랴 책을 이리저리 뒤져 가며 여옥을 애타게 찾았으나 어느 책 속에서도 그녀의 모습은 보이지 않았다. 결국 이전처럼 『한서』 제8권에서 찾아낸 다음 연거푸 절을 하면서 이후에 다시는 책을 읽지 않겠노라 또 한번 다짐을 거듭했다. 그제서야 그녀는 책 속에서 튀어나와 그와 바둑을 두면서 "당신에게 3일간의 시간을 드리겠습니다. 만약 그 기간 동안 당신이 바둑을 배우지 못한다면 저는 바로 떠나겠습니다"라고 말했다. 3일 후 낭옥주의 바둑 실력은 여옥에게 한 판을 이길 만큼 장족의 발전을 이뤘다. 기쁨에 넘친 여옥은 그에게 비파를 하나 주면서 5일 이내에 한 곡을 연주하도록 했다. 한눈팔지 않고 비파 연습에만 몰두한 끝에 이윽고 그는 비파를 제법 연주할 수 있게 되었다.

이런 여러 가지 일들이 효과가 있어 정말로 낭옥주는 크게 변화하였다. 여옥은 하루 종일 낭옥주와 술잔을 기울이거나 바둑을 두었고 그 또한 책읽기를 잊어버릴 만큼 즐거움에 푹 빠졌다. 얼마 후 여옥은 그에게 밖에 나가서 친구를 사귈 것을 청했고 오래지 않아 그는 호방한 사나이라는 명성을 얻었다. 그제서야 여옥은 낭옥주에게 "드디어 당신이 관직에 나아갈 때가 된 것 같군요"라는 말을 건넸다. 낭옥주는 이런 일이 있고 나서도 여러 번의 우여곡절을 겪는다. 뒤의 일이 궁금한 독자는 직접 책을 읽어 보기 바란다.

이 정도만으로도 우리는 '책벌레'의 모습을 짐작하는 데 부족함이 없을 것이다. 낭옥주와 같이 '우직한 사람'들이 바로 '책벌레'이다. 미인이 옆에 있어도 틈만 나면 책읽기에 여념이 없으니 여옥과 같은 미인이 화를 내는 것도 당연하다.

학문을 하는 사람이든 일을 하는 사람이든 치정을 갖는 것은 사실 참으로 귀하고 소중한 일이다. 학문에 몰두하는 사람을 일러 우리들은 흔히 조롱하듯 책벌레라 하기도 하고 '선비 기질'이 있다고 하기도 한다. 그러나 '선비 기질'을 갖기란 여간 쉽지 않은 일이다. 학문을 향해서나 일을 향해서 변함없이 올곧은 정신을 갖는 것, 이것이 바로 '선비 기질'이다. 옛사람이 "큰 지혜는 바보와 같다"(大智若愚)고 말했다. 걸출한 인재에게는 흔히 일종의 바보 같은 티가 난다는 말이다. 이른바 천재 소리를 듣는 인물을 보면 다른 면에서 서생티가 물씬 나는 우직한 사람인 경우가 보통이다.

육유陸游는 『검남시고劍南詩稿』의 「주산희서舟山戲書」에서 "영웅은 철저하리 만치 미련하지. 부귀란 술 취해 잠드는 데 방해만 될 뿐이야"라고 했다. 부귀공명조차도 영웅적 기개나 자유의 참된 성정을 없애지 못한다는 말이다. "영웅은 철저하리 만치 미련하지"라는 이 구절은 고금 이래의 영웅이나 성공한 사람들의 특성, 그들의 성정이며 정신을 갈파하고 있다. 그들은 예외 없이 우직하기 그지없는 사람들이었다. 만약 자신이 마음먹은 목표를 향해 쉼 없이 노력하지 않는다면, 그리고 자신이 추구하는 목표에 자신의 온전한 전부를 몰입시키지 못하고 그것에 집착하지 않는다면 그 무엇도 이뤄 내기는 힘들 터이다. 영웅이 영웅인 소치는 이들 누구나 성격적으로 극도로 우직한 면을 지니고 있음으로 해서이다.

십 몇 년 전 대륙의 수학계에 진경윤陳景潤이라는 수학자가 등장했을 때 나는 이 수학자의 수학에 대한 광인적인 기질을 흠모했었다. 이 우직한 수학자는 '골드바하의 추측'(Goldbach's Conjecture)[5)]이라고 하는 아주 위험한 과제를 자기가 추구하고 극복해야 할 목표로 선택했다. 만약 이 선택을 성공시키지 못한다면 대번에 주제넘은 놈 내지는 오만한 놈이라는 소리를 들을 테고 심지어는 바보멍청이 소리까지 듣게 될 판이었다. 자신에게 있어서도 일생의 모든 에너지를 투입한 보람도 없이 아무런 소득도 없이 끝날 가능성이 높았다. 정녕 지력智力의 모험이라 할 일이었다.

그러나 그는 우직하게 이 모험을 선택했다. 그리고 자신이 정한 목표를 향해 한눈팔지 않고 올곧은 마음으로 탐구에 탐구를 거듭해 나갔다. 이것이야말로 일을 추구하는 참된 성정이고 과학에 대한 헌신적 정신이며 집착하는 정신이라고 할 수 있다. 과학에 종사하든 문학에 종사하든 혹은 다른 어떤 일에 종사하든지 꼭 필요한 것은 바로 한 가지 일에 철저히 몰두하는 치정이다. 그래서 위대한 과학자나 위대한 작가들은 겉으로는 하나같이 어리숙해 보이는 것이다. 그들에게서 정치인의 교활함이나 기민함은 도무지 보이지 않는다. 바람 따라 방향 바꾸는 데는 선수여서 정치가의 뜻대로 이랬다저랬다 하는 과학자는 진정한 과학자가 아니다. 한 마지기에서 수만 킬로의 식량을 생산할 수 있음을 증명해 보이려는 과학자들 또한 결코 진정한 과학자가 아니다.

5년 전, 문학연구소에서 하기방何其芳[6] 선생 서거 10주년 기념식이 있었다. 나는 그때 두 편의 글을 썼는데 그 글에서 학자이자 시인인 하기방 선생을 '우직한 사람'이라 일컬었다. 선생의 가장 고귀한 점은 고집스럽게 뭔가를 추구하는 우직함에 있다는 생각에서였다. 살아생전 비록 시명詩名과 문명文名을 널리 떨치지 못하고 일개 연구소 소장으로 일생을 마치셨지만 문학을 향한 참으로 깊은 열정이 있었기에 사회적 지위에 따라 예술적 수준도 덩달아 높아진다고 생각지 않으셨다.

하기방 선생과 경력이 엇비슷한 '혁명 작가'들이 자아도취에 빠지고 '반동 작가'들을 비판하는데 여념이 없을 때, 선생 자신의 사상은 '진보'했으되 예술은 '퇴보'한 사실을 발견하고 너무나 가슴 아파하였다. 자신의 시문이 퇴보했음을 아주 조심스럽게 인정하지 않을 수 없었으며, 그로 인해 초조해하고 곤혹스러워했다. 어린아이처럼 상심한 선생은 친구들에게 가르침까지 부탁했다. 왜 그랬을까? 무엇 때문에? 이것이 시인학자의 치정이며, 자아가 덧칠한 참된 성정을 완전히 이해하지 못한 때문이기도 하다.

비록 선생이 한때 정치에 이용당하고 동시대 작가들이 범한 오류를 똑같이 범하기는 했어도 선생을 존경하고 사랑하는 우리들의 마음은 여전하다. 우직한 사람의 참된 성정을 선생은 끝내 잃지 않은 때문이다. 자아 은폐에 능란하고 정치를 문학의 광고 수단으로 이용하는 문단의 얍삽한 작가들과 비교해 볼 때, 선생의 이런 치정은 참으로 고귀한 것이다.

안타깝게도 현대 사회에서는 진경윤이나 하기방 선생과 같은 우직한 사람들이 갈수록 적어지고 잔머리꾼들만 늘어나고 있다. 일을 해도 우직하게 매달리기보다는 잔꾀에 기대려고 한다. 경제 논리가 지배하는 현대 사회에서 인류는 눈앞의 이익을 좇아 갈수록 영리해지고 갈수록 여러 가지 삶의 기교에만 훤해지고 갈수록 이른바 '사회적 효과'에만 기대려 할 뿐 아무도 우직하게 열심히 살려 하지 않는다. 어떤 일에 우직하게 매달리노라면 단박에 바보멍청이라는 비아냥을 듣는 건 물론이고 종당에는 밥도 못 먹고 집 한 칸도 없는 신세가 될 판이다.

대륙에서는 이전에 어떤 단어를 '실제實際'라는 단어와 결부시키기를 강조하더니 요즘은 '실리'(實惠)라는 단어로 바꾸었다. '실리'를 따지지 않고 목표를 향해 고집스럽게 매진하던 사람들로서는 더욱 어려운 상황을 만난 것이다. 이런 상황이 안타깝다 보니 내 머리에는 역으로 이런저런 사랑스러운 '우직한 사람'들이 생각나고 소동파蘇東坡의 자조적인 시구가 떠오른다. "나를 우둔한 노인네라 비웃을 만도 하니, 여전히 배에 새겨 놓은 자국만 기억하는구나"(堪笑東坡癡鈍

老, 區區猶記刻舟痕). 아직 노인 축에 들진 않았어도 나 또한 우둔한 구석이 없잖아서 매사에 잔꾀를 부릴 줄도 모르고 남들 말에 무심하며 우직한 사람이나 아이들이 좋다. 그러나 미래 세계는 아마도 꾀돌이와 뺀질이의 세상이 될 것이며 우직한 사람과 아이들의 세상은 아닐 듯싶다. 그렇다면 내가 말한 '우직한 사람' 또한 역사의 배에 자국을 새기는 '각주구검刻舟求劍'인 셈이다.

---

1) 송나라의 시인으로 스승인 소식과 나란히 송대를 대표하는 시인이다. 江西詩派의 시조로 꼽히며, 『豫章黃先生文集』(30권)이 있다. 서예에도 조예가 뛰어나 채양·소식·미불과 함께 북송 4대가로 일컬어진다.
2) 원종도, 원굉도, 원중도 명말의 문학가이자 문학이론가로 공안현 출신이기 때문에 이들과 문학적 주장을 같이 하는 사람들을 공안파라고 부른다. 개성적인 문학을 창작하자는 '性靈說'을 주장했다.
3) 명말의 유학자로 전통적인 권위에 맹종하지 않고 자아 중심의 혁신사상을 제창했다. 그가 주장한 '동심설'은 가식으로 물들지 않은 어린아이의 맑고 깨끗한 마음을 가장 가치 있는 것이라고 간주하는 것이다. 저서로는 『焚書』, 『속분서續焚書』, 『장서藏書』, 『속장서續藏書』 등이 있다.
4) 후한시대 반고가 저술한 기전체 역사서로 『사기』와 더불어 중국 사학의 대표적인 저작이며 정사 제2위를 차지한다. 처음 반고의 아버지 반표가 편집하였으나 완성을 보지 못하고 사망하였고, 반고는 아버지의 뜻을 이어 修史의 일을 시작하였으나 미완성인 채 죽자 누이동생 반소가 계승하였고, 다시 마속의 보완으로 완성되었다.
5) 1742년 독일의 수학자 골드바하가 오일러에게 다음과 같은 흥미로운 문제가 담겨 있는 편지를 보냈다. "5보다 큰 모든 자연수는 6=2+2+2, 7=2+2+3, 8=2+3+3…과 같이 세 소수의 합으로 나타낼 수 있다." 오일러는 "2보다 큰 임의의 짝수는 4=2+2, 6=3+3, 8=3+5…와 같이 두 소수의 합으로 나타낼 수 있다"는 가설을 세웠으며 이를 '골드바하의 추측'이라고 불렀다. 260여 년 동안 많은 수학자들이 이 문제를 해결하기 위해 노력했지만 아직도 정복되지 못한 채 미지의 문제로 남아 있다.
6) 북경대학교 재학 중 프랑스 시의 영향을 받아 시 창작을 시작하였으며 문예평론가로서도 활동하였다. 중국정권 성립 후 과학원문학연구소 소장 등을 역임하였으나 1966년 이후 문화대혁명 중에는 비판의 대상이 되었다.

기인 · 怪人 22

내가 말한 인간론 가운데에는 풍자의 글이 많은 게 사실이지만 동정이나 변호의 글 또한 없지 않다. '기인'(怪人)과 '우직한 사람', 그리고 '은둔자' 등에 관한 글은 이들을 변호하는 내용을 담고 있다.

기인을 변호하는 글이 이번이 처음은 아니며, 이미 다른 지면을 통해 몇 차례 변호한 적이 있다. 그때 깨닫게 된 점이 중국에는 천편일률적인 인간들이 넘쳐 나는 반면 '기인'들은 매우 드물다는 사실이었다. 나는 우리 사회에 호소한다. '기인'들의 독특한 존재 방식을 존중해 주고 이들의 독창적인 재능을 보호해 주어야만 한다고. '기인'들의 존재를 인정하지 않은 채, 좀 특이하다고 해서, 혹은 대중과 다른 말을 하거나 시류와 동떨어진 일을 한다고 해서 곧바로 제거해 버린다면 이런 사회는 걸출한 인재를 배출해 낼 수 없으며 그저 평범한 사람들만 양산해 낼 뿐이다. 심지어는 노예를 찍어 내는 꼴이 될 수도 있다. 이런 사회에 생기가 있을 리 만무하다.

'기인'이라는 단어는 많은 해석이 필요치 않는, 우리들의 일상생활에 늘 쓰이는 개념이다. 누구나 수긍하는 대로, 일상생활에서 특이한 기질과 특이한 성격과 특이한 생활 방식을 가진 사람이 바로 '기인'이다. 기인들의 성격은 유별나서 일반인들의 성격과는 사뭇 다르다. 그러기에 일반인들에게 없는 특이한 이야기들이 전해져 내려온다. 기인들에 얽힌 이야기는 일반인들은 받아들이기 힘들며, '기인'들끼리만 이해할 수 있다.

사람들이 '기인'을 받아들이기 힘들어하는 까닭은 그들이 갖고 있는 '괴벽怪癖'에 있다. '괴벽'이란 "반습관적인 사유"이며 "반관습적인 행동 양식"이기 마련이며 따라서 사회의 다수와 맞을 리가 만무하다. 이것이 바로 사람들이 '골치 아픈 기인'이라고 부르는 이유다. 인류의 정신 분야 특히 예술계에서 이들은 다수를 차지한다. 그렇다면 소위 '기인'이란 풍부한 개성과 함께 독특한 괴벽을 가진 사람이리라.

문학예술사에서도 기인으로 일컫던 사람들이 상당히 많이 있다. 동시대를 살던 사람들이 직접 '기인'이라는 명칭을 붙여 주기도 했지만 후인이 붙여 준 경우도 있다. '양주팔괴揚州八怪'가 그런 경우다. 양주팔괴는 청대 건륭 연간에 강소의 양주에서 그림을 팔아먹고 살던 8명의 화가들로, 왕사신汪士愼, 황신黃愼, 김농金農, 고상高翔, 이선李鱓, 정섭鄭燮, 이방응李方膺, 나빙羅聘을 가리킨다. 이들을 '기인'이라고 명명한 이유는 이들의 그림이 당시의 전통적인 화법과는 전혀 다른 독자적인 풍격을 갖추고 있었기 때문이다. 이 때문에 이들을 '편사偏師' 또는 '괴물怪物'이라고 불렀다. 그러나 이들이 그렸던 꽃 그림의 사의寫意(그림을 그릴 때 사물의 형식보다도 내용과 정신에 치중하여 그리는 일)는 지울 수 없는 대단한 성과를 거두었다. 그래서 이들에게 붙여진 '기인'라는 명칭은 단순히 '정통'과의 구별일 뿐이며 정통을 부수고 뛰어넘는 가교에 다름 아니다. 만약 프랑스 인상파의 대가인 모네, 고흐, 고갱 등이 중국에 있었다면 이들도 '기인'으로 불려졌을 터이고, 그들 나라에서도 전통 화가나 비평가의 눈에 기인으로 보이기는 마찬가지였을 터이다. 이렇듯 기인은 특수한 재능을 지닌 사람들이다.

중국에서 가장 유명한 문학 기인이라면 아마도 위진 시대의 혜강嵇康과 완적阮籍[1)]이 손꼽힐 것이다. 이들은 기인으로서 우열을 가리기 힘들었다. 혜강은 재능도 뛰어난데다 키도 7척 8촌이나 되어 당시의 어느 누가 보아도 미남이었다. 그런데 그는 외모에는 도통 신경을 쓰는 법이 없어서 씻기 싫어하고 위생이라고는 몰랐다. "머리나 얼굴을 한 달이나 보름간을 씻지 않아도 별로 가렵지도 않으니 목욕할 필요가 없다"고 할 정도이니 몸에는 이가 득실거리고 한번 긁기 시작하면 때와 장소를 가리지 않고 여기저기를 벅벅 긁어 대곤 했다. 도무지 소위 지식인의 풍모라고는 찾아볼 수가 없었다.

특히나 기이한 것은 그가 '쇠 두드리는 일'(담금질 등)을 무척이나 좋아했다는 것이다. 그의 집 앞에는 자그마한 내가 흐르고 있었고 냇가에는 버드나무가 한 그루 있었는데 그는 노상 그 버드나무 아래에서 쇠를 두드렸다. 무슨 목적이 있어서가 아니라 그냥 쇠를 두드리려고 두드리는 것이었다. 그래서 이웃 사람들에게는 돈 한 푼 받지 않고 철기들을 수리해 주곤 했다.

그러나 한편으로 혜강은 당시의 명문권세가들에게 참기 힘든 대접을 하거나 매몰차게 거절하기를 예사로 했다. 이를테면 당시 명성이 자자하고 사마씨司馬氏의 신임을 얻어 사도司徒라는 요직에 오른 종회鍾會가 평소부터 혜강과 연을 맺어 자신의 풍류에 구색을 맞추고 싶어하던 참에 자신의 현학玄學 논문 『회본론回本論』을 가지고 가서 그에게 평을 부탁할 생각을 하였다. 그러나 종회는 혜강의 괴팍한 성질을 익히 알고 있던 터라 거절당할까 싶어 살금살금 혜강의 대문 앞까지 가서는 멀찍이 원고 뭉텅이를 던져 넣고는 얼른 달아나고 말았다. 또 많은 사람들은 혜강의 도덕 문장을 읽고 감명하여 그를 믿고 따랐다. 그러기에 그가 하옥당하자 천하의 준걸들이 그와 함께 하옥당하기를 청하고, 그가 사형 판결을 받았을 때에는 삼천여 명에 이르는 태학생太學生들이 사면을 요구하는 연판장을 돌리기까지 했다.

당시에 혜강과 이름을 나란히 하던 완적阮籍 또한 그에 버금가는 기인이었다. 그는 '청안青眼'과 '백안白眼'[2]을 자유자재로 바꾸는 걸로 유명했다. 악인을 거들어 나쁜 짓을 해 대는 용속한 인간들을 대할 때는 경멸의 의미로 백안을 내보였다. 이렇듯 특이한 경멸로 예교를 중시하는 선비들에게 번번이 낭패를 안겨 주었다. 그의 어머니가 돌아가시자 혜강의 형 혜희嵇喜가 조문을 하러 왔다. 혜희는 그의 동생과는 세계관도 다르고 세상을 살아가는 방법도 전혀 다른 인물이었다. 조정의 권문세가에 빌붙을 궁리에만 골몰하여 선비의 올곧은 기질은 찾아볼 수 없는 그에게 완적은 문상시의 예절도 내버리고 백안을 내보임으로써 혜희를 격분하게 만들었다. 그러다가 잠시 후 혜강이 찾아오자 금세 청안으로 바꿔 반가움을 표시하는 것이었다.

또한 완적은 평소에는 하루 종일 나가지도 않고 문을 꼭꼭 걸어 잠근 채 책만 읽었다. 그러다 한번 들로 산으로 나서기만 하면 종일토록 집에 갈 생각을 하지 않았다. 어떤 날은 스스로 소가 되어 소달

구지를 끌고 나서는데, 소가 가는 대로 내버려 두다 보면 아무 곳으로나 마구 가다가 종당에는 더 이상 가지 못할 험한 곳과 맞닥뜨리기 일쑤였다. 그제야 완적은 목을 놓아 통곡을 하고는 집으로 돌아오곤 했다. 또한 그는 술을 마셨다 하면 자신이 어디에 있는지도 모를 정도로 취해서 쓰러져 잠들어 버렸다. 그의 집 부근에 술집이 하나 있었는데 여주인이 나이도 젊고 무척이나 아름다웠다. 그는 술에 취하면 으레 그녀 옆에서 잠들곤 했지만, 그 여주인의 남편은 완적의 사람됨을 알기에 한번도 화를 내지 않았다. 개성이 특이한 만큼 그의 시와 문장 또한 세상이 놀랄 만한 것들이었으며 사람들에게 남다른 울림을 주었다. 이로 말미암아 완적은 혜강과 함께 '정시문학正始文學'의 쌍벽을 이루었다.

혜강과 완적의 '괴벽'과 언변에서 보여지는 경세해속警世駭俗(남다른 언행으로 세상을 깜짝 놀라게 하다)은 이들 성격의 독자적 형식이며, 이것이야말로 다른 사람들에게는 없는 독자적 형식이다. 당시의 통치 집단은 이런 독자적 형식이 자신들의 '명교名教'[3]에 위협이 된다는 생각에 이들을 제거하지 않으면 안 되었다. 결국 두 사람 모두 기어이 죽임을 당하고 만다. 그러고 보면 기인인데다 사람들을 훨씬 뛰어넘는 재능까지 갖춘다는 것은 위험천만한 일이거니와 끝내는 사회에 받아들여지지 못하는 경우도 적잖은 듯하다.

중국 사상사에서도 사회가 받아들이지 못한 '기인'들이 있었다. 행동이 황당하고 터무니없어서가 아니라, 사상의 독특함과 반경전反經典적 이단성이 세속의 눈에는 괴물로 비춰졌기 때문이다. 그래서 이런 '괴이한 것'을 뿌리 뽑는 데 인정사정 두지 않았다. 예를 들어 명말 양명학 좌파의 무리 중 몇몇 학자들이 소위 '성교聖教'를 비방했다는 죄목으로 참혹한 형벌을 당했다. 안조顔鈞는 체포되어 옥살이를 했고, 하심은何心隱은 피살되었고, 이지李贄는 박해를 받다가 타향에서 죽음을 맞이했다.

이지는 인품이 뛰어나고 인정에 밝았다. 그러나 공자의 기준으로 시비의 척도를 삼는 데 익숙한 사람들의 눈에 이지의 말과 문장은 괴이쩍고 위험한 것이었다. 이런 이단적인 '기인'을 살려 두고는 천하가 평온할 수 없었다. 이지의 모든 책들은 불태워지고 또 불태워졌다. 현대 사상사가 후외로侯外廬는 『중국사상사』에서 '이단적' 사상가들을 두고 긍적적인 평가를 내리고 있는 바 (지금 보면 짚고 넘어가야 할 부분이 상당히 많지만) 이는 곧 사상계의 기인들에 대한 긍정이라는 점에서 매우 바람직한 일이다.

중국이 전통 사회에서 현대 사회로 넘어가는 전환기에 '기인'들을 이해하고 '기인'들을 받아들인 위대한 교육가가 있었으니 이 분이 바로 채원배蔡元培[4] 선생이다. 채원배 선생의 위대한 점은 북경대학을 모든 것을 수용하고 축적하는, 문화적인 포부로 가득 찬 현대적 대학으로 탈바꿈시킨 데 있다. 다양한 지식인들을 받아들이는 문화 기구를 처음으로 만들었을 뿐 아니라 다원적 문화를 존중하고 다원적 문화와의 경쟁을 고무하는 정신을 물려준 것이다.

선생의 또 다른 위대한 점은 이런 정신들을 추상화한 것이 아니라 구체화시켰다는 점이다. 그리고 이런 구체화는 문화적인 '기인'까지 포함하는 다양한 문화인들에 대한 존중으로 이어졌다. 진정한 재능과 견실한 학식이 있으면 그리고 한 가지 뛰어난 점이 있으면 정치적 성향이나 문화적 경향에 상관없이 똑같이 잘하는 점을 받아들이고 우수한 점은 높이 칭찬했다. 이들에게 자신의 재능을 마음껏 발휘할 만한 장소와 기회를 제공한 것이다.

1917년 채원배 선생이 학장으로 부임한 후, 북경대학은 모든 종류의 지식인들을 다 수용했다. 가장 급진적인 진독수陳獨秀, 전현동錢玄同, 노신魯迅, 주작인周作人에서부터 가장 보수적인 고홍명辜鴻銘까지 받아들였다. 또 자유파 호적胡適과 함께 국수파 유사배劉師培도 받아들였다. 입장 차이가 사뭇 크고 심지어는 문화 진영이 극과 극인 경우도 있었다. 그러나 채원배 선생은 이들의 재능과 지식을 똑같이 아꼈다. 이들은 당시 이른바 '정통' 문인의 입장에서는 죄다 기인에 속하는 사람들이었다. 만일 당시에 이 기인들이 몸 둘 곳이 없거나 혹은 제거되었다면 중국의 현대 문화는 존재하지 않을 터이다. 채원배 선생이 진독수를 받아들였기에 1915년에 만들어진 『신청년新青年』이 살아남아 그가 학장으로 부임한 후에는 신문화운동의 주요 운동기지로 발전할 수 있었을 뿐 아니라 진정한 현대적인 문화혁명을 이룩할 수 있었다. 『신청년』이 중국이 새로운 면모로 거듭나는 데 끼친 영향력은 실로 측량할 수 없을 정도로 엄청나다.

채원배 선생이 주도하는 북경대학 교정에서는 『신청년』과 대립의 극을 이루는 것들도 생존할 수 있었다. 당시 유사배와 황간黃侃이 만든 월간지 『국고國故』는 "중화민족 고유의 학술을 중흥시킨다"는 명분으로 신문화운동 반대의 기치를 높이 내걸었다. 신문화운동의 지지자로서 채원배 선생은 '시대에 뒤떨어진' 기인이라 하여 이들을 배척하거나 압박하지 않았다. 채원배 선생의 이런 태도는, 후대의 몇몇 문학사가들이 걸핏하면 '반동'이라는 이유로 동료 작가들에게 고깔모자를 씌우고 비판하던 행태와 극명한 대조를 이룬다.

한 가지 특별히 더 언급하고 싶은 일은 '기인 중의 기인'(怪傑) 고홍명을 대하던 채원배 선생의 태도였다. 당시의 모든 사람들이 일제히 변발을 잘랐지만 고홍명은 북경대학의 교수가 된 후에도 변발을 자르지 않았다. 숱도 별로 없고 길지도 않은데다 서양인 어머니의 영향으로 반은 노란 머리이고 반은 검은 머리였다. 그런 머리로 변발을 하니 흡사 애들 새끼손가락처럼 가느다랗게 배배 꼬여 후두부까지 내려온 모습이 누가 보아도 괴상망측했다. 그는 변발을 자르기는커녕 아예 군주제로 돌아갈 것을 주장하였다. 아마도 영국의 정치제도에서 영향을 받은 듯싶다. 일찍부터 영국에서 유학하여 스코틀랜드 대학을 졸업한 그는 영국의 보수주의 전통을 누구보다 잘 이해하고 있던 만큼 군주 제도가 영국을 영속시킨다고 생각했을 수도 있다. 그러나 만주족의 청 왕조가 이미 멸망한 시점에 여전히 황제 편에 서서 말을 하고 심지어 서태후를 역성드는 일은 누가 보아도 '괴이한' 짓이었다.

그는 영어, 프랑스어, 독일어, 이탈리아어, 일어, 러시아어, 그리스어 및 라틴어문 등 여러 언어에 정통했고 박사 학위만도 13개나 받았다. 그가 북경대학에서 학생들을 가르친 과목도 라틴 문학이었다. 그런 그가 서양 문화를 소개하기는커녕 입만 열면 '춘추대의春秋大義'를 역설하고 중국의 고대 경전을 서양어로 번역하는 일에만 골몰했다. 그가 보기에 중국의 '국수적인 것'들은 어느 하나 나쁜 게 없었다. 길거리에 함부로 침을 뱉는 일도, 여인네의 전족도, 일부다처제도 모두 다 좋은 제도였다.

일부다처제를 변호한다는 말인즉 차 주전자 하나에 여러 개의 찻잔이 있는 것과 똑같은 이치이며 일처다부제는 찻잔 하나에 여러 개의 주전자가 있는 것이니 이는 안 된다는 것이다. 전족을 찬성한

데도 나름대로의 이유가 있다. “발이 작은 여인네는 신비로우면서 묘한 아름다움을 풍긴다. 중요한 건 마르고, 작고, 굽어 있고, 향기롭고, 부드럽고, 곧게 뻗어 있어야 한다는 것이다. 여인네의 살내음은 오직 발에서만 나온다. 전 시대의 전족은 사실 잔인한 제도가 아니다”는 것이다. 고홍명이 부인의 ‘삼촌금련三寸金蓮’(전족한 여자의 작은 발)의 내음 맡기를 유난히 좋아한 것도 그래서였다. 그에게 전족한 발 냄새는 영감靈感을 촉발시키는 일종의 흥분제였다. 그래서 글을 쓸 때면 매번 부인에게 “빨리 들어오라”고 성화를 부리곤 했다. 반면에 일본 국적의 두 번째 부인은 진정제와 같아서 그녀가 곁에 없으면 작업을 완성하지 못하고 밤을 꼬박 새울 정도였다.

고홍명의 이런 괴벽들은 오늘날 우리들이 보기에도 분명 기이하기 그지없는 것들이다. 관용이 없는 인문 환경에서라면 괴벽으로 똘똘 뭉친 이런 지식인이 받아들여질 리 만무하다. 그러나 채원배 선생은 그에게 몸 둘 자리를 제공해 주었고 나아가 지극히 존중해 주었다. 채원배 선생은 고홍명이라는 기인에게 매우 귀하고 특수한 재능이 있음을 알고 있었다. 고홍명은 중국 문화 특히 문화의 전파라는 측면에서 누구도 할 수 없는 일을 이뤄 냈다. 이 점을 보고 채원배 선생은 고홍명을 보호해 준 것이다.

지금 생각해 보면 고홍명의 괴상망측한 변발과 마누라의 전족한 발 냄새를 맡는 따위의 괴벽들은 사실 다른 사람들이나 사회에 아무런 해가 되지도 않거니와 사회도 두려워할 일이 아니다. 혹여 당시에 고홍명의 괴벽을 들어 그를 핍박하거나 제거해 버렸다면 그에게서 중국의 경전과 고적古籍을 번역해서 서양에 소개할 수 있는 기회를 박탈해 버릴 뻔했으니 어리석어도 한참 어리석은 일이 아니겠는가?

채원배 선생이 고홍명과 같은 기인을 이해하고 존중해 준 일은 참으로 하기 힘든 고귀한 일이다. 그가 이렇게 한 것은 무슨 '책략'적 고려에서 나온 게 결코 아니다. 채원배 선생 개인으로 보자면 이는 그의 광대한 문화 정서와 심오한 정신 경지의 반영이며 사회로 말하자면 이렇게 해야만 사회가 비로소 건강해지고 활력이 충만해져서 인재가 보호받고 학술 문화가 의탁하여 발전할 수 있는 장소를 얻게 되는 것이다. 나는 '기인'의 존재를 인정할 때 비로소 인재가 나타나고 천재가 태어날 수 있다고 믿는다. '기인'의 존재를 '박멸'하는 사회는 평범한 인간, 심하게는 노예적 인간만을 만들어 낼 뿐이다.

여기까지 이야기하다 보니 한 가지 흥미로운 현상이 떠오른다. 같은 북경대학이라도 채원배 선생이 학장으로 있던 시대에는 교수들 간의 재미있는 이야기들이 꽤 많았다. 방금 말했던 급진파나 보수파의 인물들도 그랬고 이들 다음의 고힐강顧頡剛이나 양수명梁漱溟 등과 같은 교수들도 숱한 에피소드를 가지고 있었다. 그런데 이상하게도 20세기 후반기에 들어서면서부터 북경대학의 교수들에게서 에피소드가 사라진 것이다. 학생들을 가르치고 책을 저술하고 자아비판문을 쓰는 일을 빼면 기껏해야 '사상 개조' 속에서 벌어지는 에피소드 몇 개가 고작일 뿐 그들 자신에게 속한 이야기가 없다.

에피소드가 교수들 사이에서 사라진 원인은 무엇일까? 지식인들이 갑자기 무미건조해진 것은 무엇 때문일까? 지금 생각해 보면 대답하기가 그렇게 어려운 일도 아니다. 1957년에는 '독립적인 사고'를 주장했던 사람들까지 덩달아 '우파분자'로 내몰렸다. 그 바람에 지식인들 사이에서 독립적인 존재 형식과 그에 따른 이야깃거리들이 존재할 수 없게 된 것이다. 그 외에도 끊임없는 자아검토와 자아비판과 자아교심自我交心[5] 운동 등에 사람들의 마음을 송두리째 쏟아낼 수밖에 없었다. 그러니 무슨 개성이 있겠으며 자신의 이야기가 있겠는가? 모든 괴벽과 모든 예리함이 강력한 정치 운동으로 말미암아 산산이 바수어지고 그에 따라 지식인들 사이의 이야깃거리들도 산산이 바수어진 것이다.

그렇다면 약간의 괴벽은 차라리 바람직한 것이고 기인을 보호하는 일이 곧 세상을 밝히는 일이라는 생각도 든다. 서양 철학자 존 스튜어트 밀(J. S. Mill)은 『자유론』에서 기인을 변론하면서 "지금 세계적으로 우위를 점하며 널리 퍼져 있는 일반적인 추세는 인류 속에 평범성을 조장하는 일"이라고 밝히고 있다. 아울러 그는 다음과 같이 말하였다.

> 오늘날 우리 사회는 사람들에게 동조하지 않는 한 가지 예만으로도, 다시 말해 관습 앞에 무릎 꿇기를 거부하는 것만으로도 그 자체가 하나의 공헌이 된다. 여론의 폭력은 '일탈성'[6]을 비난할 정도로 혹심한 만큼, 그와 같은 폭력을 깨부수기 위해서라도 인간의 일탈은 더욱 필요하다. 성격적 역량이 풍부한 시대와 장소에서는 일탈성도 풍족하다. 따라서 한 사회에서 일탈의 수량은 천재와 정신적 활력 및 도덕적 용기의 양과 비례하는 게 보통이다. 오늘날 홀로 일탈을 감행하는 사람들이 이토록 적다는 사실은 이 시대의 중요한 위험의 표지이다.

여기서 분명히 짚고 넘어가야 할 게 있다. 기인이라 해서 다 옳다거나 모두가 천재는 아니다. 기인에게도 '사邪'와 '정正'의 구분이 있고, '심深'과 '천淺'의 구분이 있다. 만약 '괴怪'의 방향이 기이한 재능을 가지고 다른 사람을 '잡아먹거나' 인류를 능욕하거나 유린하는 데로 향해 있다면 그 사람은 내 변호 밖에 있음은 물론이다. 기인의 '사정심천邪正深淺'을 명확하게 구분 짓는 일은 또 다른 학문이기에 누군가의 저술로 남겨 두는 바이다.

---

1) 3국시대의 魏나라 시인으로 보병교위를 지냈으므로 '완보병'이라고도 하며, 혜강과 함께 죽림칠현의 중심인물이다. 위나라 말기의 정치적 위기 속에서 강한 개성과 자아 및 反禮教的 사상을 관철하기 위하여 술과 기행으로 자신을 위장하고 살았다. 대표작으로는 『詠懷詩』 85수가 있다.

2) '청안'과 '백안'이라 함은 친하게 대하는 눈초리와 미워하는 눈초리를 의미한다.

3) 유가가 정한 명분과 교육을 준칙으로 하는 도덕 관념.

4) 중국의 윤리학자·교육가로 중화민국 성립 후(1912) 초대 교육총장이 되어 근대 중국 학제의 기초를 세우고, 1916년 북경대학 학장에 취임하여 새롭고 자유로운 사상의 기운을 일으킴으로써 5·4운동의 아버지라 불린다.

5) 1958년 5, 6월에 우파분자 배격운동에 뒤이어 자본주의적 사상을 철저히 불식하기 위하여 전개한 사상개조 운동이다.

6) 중국어 본에는 '怪癖性'이라는 단어를 썼고, 영어 원서에서는 'eccentricity'(기행, 기이한 버릇)로 되어 있다.

은둔자 · 逸人 23

『유림외사儒林外史』의 첫머리에 등장하는 왕면王冕이라는 인물에 대해 저자 오경재吳敬梓는 다음과 같이 묘사하고 있다.

> 왕면은 천성적으로 총명해서 스물이 채 되기도 전에 그 어렵다는 천문지리와 경사經史 방면의 학문을 모조리 통달했다. 그런데도 성정이 남달라 관직에도 마음이 없고 친구들도 사귀지 않은 채 종일토록 문을 걸어 잠그고는 책만 읽었다. 뿐만 아니라 초사도楚辭圖에서 본 굴원屈原의 의관 그림을 본떠서 하늘 높이 치솟은 모자를 만들어 쓰고 폭이 넓은 옷을 입고 다녔다. 꽃이 피고 버들나무 하늘거리는 계절이 오면 소달구지에 어머니를 태우고, 예의 굴원과 같은 옷차림으로 손에는 채찍을 들고 입으로는 노래를 흥얼거리며 온 마을을 돌아다니다 호숫가든 어디든 아무데서나 놀곤 했다. 그러면 동네 꼬마들은 서너 명씩 떼를 지어 그 뒤를 졸졸 따라다니며 웃어 대는 것이었다.

'은둔자'(逸人)란 바로 왕면과 같은 사람을 말한다. 왕면은 오경재가 마음속으로 그리고 있는 이상적인 인물이기도 하다. 왕면이 당시

사림계의 탁류와는 달리 공명에 골몰하거나 용속한 재주로 세속에 아부하지 않는다는 이유에서였다. 왕면은 그런 일들을 자신 밖의 일로 여기고 좇지 않았다. 그는 자신과 외부와의 관계를 자신과 대자연의 관계로 단순화시켰다. 그리고 이 관계 속에서 스스로 즐거움을 얻으며 예술 창조도 함께 해 나갔다. 그는 정치로부터 벗어나고 경쟁으로부터 벗어나 외부의 모든 유혹을 철저히 거부하고 자신의 생명을 시골의 자연 속에 칩거시켰다.

『유림외사』를 문학적으로 비평하자면 왕면이라는 인물에는 전형성이 매우 부족하다는 게 나의 생각이다. 왕면은 사림계의 탁류 인물들과 대비되도록 만들어진 캐릭터에 불과하다. 이 인물을 거울로 삼자면 오경재도 청탁清濁과 정사正邪의 구분에서 자유롭지 못할 것이다. 소설에서 왕면은 도구의 역할로 그치는 탓에 성격 자체가 풍부하지 못한 순전히 하나의 추상적 정신부호이다. 예술적인 면에서 나는 이런 형상을 그다지 좋아하지 않는다. 현실적인 면에서도 오경재와 달리 왕면은 나의 이상형이 아니다. 그럼에도 불구하고 나는 '은둔자'를 위해 변호해야 하거니와 사회는 '은둔자'에게 설자리를 주고 존중해 주어야 옳은 줄로 안다.

'은둔자'는 '은사隱士'라 하며 '은일지사隱逸之士'라고도 한다. 은일지사 중에는 세속과의 인연을 끊고 불문佛門에 귀의한 사람들처럼 철저하게 세상을 등진 이도 있고 반쯤 세상을 등진 이도 있다. 가령 『홍루몽』에 등장하는 묘옥은 세상을 반쯤 등진 인간에 속한다. 그녀는 세속을 벗어나 농취암에서 비구니가 되었지만 머리를 자르지 않은 채로 수행을 한다. 머리를 자르지 않았다는 것은 세속과의 많은 인연을 고스란히 간직하고 있음을 뜻한다. 그녀가 스스로를 '함외인

檻外人'(나무로 만든 우리 밖에 사는 사람)이라 부르는 것도 그런 까닭이다. '함내인檻內人'(나무 우리 안에 사는 사람)과는 완전히 다르니 여전히 '은둔자'에 속해 있는 셈이다. '함내'의 세속 세계에서 생활하는 '은둔자'들도 있다. 세속 세계에 살면서 세속 세계를 초월하고, 자신만의 정신 세계를 집으로 삼는 이들이다. 이들의 은거지는 산속일 수도 있고, 세 칸짜리 초가집일 경우도 있으며 혹은 자신의 생명 안이나 자신의 작품 안일 수도 있다.

문학 작품 속의 형상으로는 묘옥이 왕면보다 훨씬 풍부하다. 묘옥은 불도에 정진하는 '함외인'의 몸이지만 그래도 금릉십이차金陵十二釵의 중요 인물 가운데 한 명이다. 그녀는 천성은 괴팍스러워도 문예 방면의 재능은 출중하다. 임대옥과 사상운이 장편 연구聯句(각자가 한 구씩 결연되게 지은 시)를 이어갈 때, 별로 힘들이지도 않고 순식간에 일필휘지로 13운을 내놓아 임대옥과 사상운이 '시선詩仙'이라며 혀를 내두를 정도였다. 그녀의 기질은 이 이상으로 비범하고 뛰어났다. 아무리 청아하고 아름다운 임대옥이나 설보차도 그녀 앞에서는 괜스레 마음이 편치 못했다. 농담으로 한 말이지만 묘옥도 대놓고 임대옥과 설보차를 '대속인大俗人'이라고 하였다.

사회는 묘옥과 같은 '함외인'의 존재를 인정하는가? 그리고 이들에게 설자리를 주는가? 『홍루몽』은 아니라고 대답한다. "너무 고아해도 사람들은 그만큼 더 질투하고 너무 깨끗해도 세상 모두가 싫어하는 법이다."(太高人愈妬, 過潔世同嫌) 과연 묘옥의 마지막은 비참하기 그지없었다. "참으로 가련하구나. 금옥의 자질을 갖춘 그녀가 결국에는 진흙탕에 빠졌구나!"(可憐金玉質, 終陷淖泥中) 세상을 가장 멀리 벗어난 가장 순결한 여인이 가장 추악한 도적놈들에게 능욕당하고 강간을 당한다. 추악한 것이 깨끗한 것보다 더 힘 있음은 도대체 무슨 이치인가?

조설근은 묘옥이 살았던 수백 년 전에 그녀가 세상 사람들에게 받아들여지지 않은 점을 안타까워했다. 그러나 기실 고대 중국의 '은둔자'들은 그나마 설자리가 있었고, 은둔(隱逸)이라는 존재 방식을 택해도 사회의 집단적인 비판과 따돌림을 받지 않을 수 있었다. 그래서 수천 년 동안 중국의 지식인 가운데는 은둔자가 된 사람이 적잖았다. 중국 고대 사회에서는 지식인중 상당수가 이런 은둔자를 꿈꾸었다. 현실 사회의 추악하고 어두운 면은 보았으되, 자신보다 강한 추악함과 더러움을 씻어 낼 능력이 없었던 그들이 선택할 수 있는 유일한 길은 더러움을 피하여 자신을 깨끗하게 하는 길이었다. 그 길만이 자아를 완벽하게 실현할 수 있는 길이었다.

현실 사회에는 고결한 영혼의 피난처가 없다. 그러기에 현실 사회에서 멀리 떨어진 산 속이나 전원에서 몸 둘 자리를 찾는 일은 저급하지만 온당한 일이다. 도연명陶淵明도 처음부터 '은둔자'는 아니었다. 그가 '은둔자'가 되었을 때 비로소 "길을 잃은 지 오래지 않아 앞으로 가야 할 길을 알게 되었다"(實迷途其未遠, 知來者之可追)는 생각을 갖게 된다. 그러니까 이전에 자신의 본성과 맞지 않게 벼슬살이로 바쁘게 지냈던 일은 순전히 재능의 낭비였다는 말이다. 그가 청빈하고 순결하며 충실하고 풍부한 정신 생활을 하기 위해 속세를 떠날 작정을 한 것은 그 귀결이었다.

도연명이 살았던 시대는 진晉과 송宋의 교체기인 '봉건 시대'였지만 그래도 은둔의 자유는 있었다. 즉 세상이 그의 선택을 용인해 줄 수 있었다는 애기다. 은둔하기 전에 그는 주제주州祭酒를 지냈으며 진군장군鎭軍將軍 유유劉裕와 건위장군建威將軍 유경의劉敬宜의 참군소관參軍小官을 지낸 후 팽택현彭澤縣의 현령을 지냈다. 실제로 현령직에 있던 날은 80일 남짓밖에 안 된다. 소통蕭統이 지은 『도연명전』을 보면 "회군에서 도독이 파견되자 향리의 아전이 도연명에게 의관을 정제하고 도독을 맞이하라고 하였다. 그러자 도연명이 탄식하며 '내가 하찮은 돈 때문에 동네 건달 같은 놈에게 고개를 숙이겠는가?'라며 「귀거래사」를 부르며 관직을 떠났다"고 한다. 물론 도연명이 도독을 만나고 싶지 않음은 하나의 구실에 지나지 않는다. 훨씬 전부터 정치 현실과는 도무지 맞지 않던 도연명은 이 일을 빌미로 인생의 또 다른 존재 방식을 선택한 것이다.

당시 관리들의 멸시에 맞서 분연히 자연으로 돌아간 도연명의 선택을 만약 20세기 후반기 중국에서 했더라면, 숱한 힐난과 비판을 각오해야 할 것이다. 죄목은 최소한 3가지이다. 첫째는 현실에 대한 불만을 표출한 죄, 둘째는 시대 상황과 정치 현실로부터의 도피를 꾀한 죄, 셋째는 '현실을 떠난 이상세계'(象牙塔)로의 잠입을 꾀한 죄이다. 여기서 우리는 도연명이 살던 시대에는 그나마 너그러운 구석이 있었음을 읽을 수가 있다. 오늘을 살아가는 우리로서는 부러운 노릇이다. 역사의 '진보'는 인간에 대한 사회의 통치를 나날이 정교하게 만든다. 도연명이 현대 중국에 살았다면 목숨을 부지하는 일은 꿈도 못 꿀 일이다.

실제로 중국에서 은둔을 용납하지 않는 사회 분위기가 형성된 것은 지난 20세기 상반기 동안의 일이다. 5·4운동 이후 중국의 지식인들은 운둔의 자유를 박탈당했다. 현대 지식인층이 형성된 초기에 상당수의 지식인들은 과학으로 조국을 구하고 실사구시로 조국을 구하고 문화로 조국을 구하려는 열의에 사로잡혀 있었다. 그러나 외국에서 공부하고 돌아온 후, 이 사회가 자신들의 재능을 펼칠 수 있는 직업 공간을 전혀 제공하지 않는다는 사실을 발견하고는 줄곧 사회의 문지방 밖을 배회해야만 했다.

현실이 이렇다 보니 그 중 많은 이들은 사회 문제를 근본적으로 해결하는 길, 즉 혁명의 길을 찾지 않을 수 없었고, 줄줄이 전사戰士로 변신해 갔다. 전사가 되는 일도 좋지만 어쩔 수 없는 책벌레들은 책 읽고 공부밖에 할 수 있는 일이 없다. 칼이나 불이나 피를 보기만 해도 기겁을 하는 이들이 전사가 되지 못하는 것은 당연한 일이다. 이들은 '은둔자'가 될 수밖에 없다.

그러나 이 시대는 이들이 은둔자가 되도록 좀처럼 내버려 두질 않았다. '숨으려고'(隱) 하면 전사가 된 지식인들이 벌떼같이 들고 일어나 이들을 질책했다. "사회가 이렇게 격변의 와중에 있고 중국인들이 이처럼 고통을 겪고 있는데 당신은 기껏 은둔할 생각이나 하고 있으니, 도대체 당신은 양심이 있소?" 결국 은둔자가 되려고 한 이들의 꿈은 산산이 부서져 버렸다. 5·4혁명운동에 적극 참여했던 주작인周作人은 나중에는 '자기만의 뜰'(自己的園地)을 갖고 싶어했다. 정신의 피난처를 만들어 놓고는 그곳에서 한가로이 이런저런 이야기를 나누는 '은둔자'를 꿈꾼 것이다. 그러나 단박에 비난이 쏟아졌고 심지어 그의 친형인 노신에게조차 따가운 질책을 받았다.

노신은 1935년 1월 25일 장경長庚이라는 필명으로, 상해에서 발간된 잡지 『태백太白』에 「은사隱士」라는 글을 발표했다. 이 글에서 그는 은사들을 향해 맹렬한 질타를 퍼부었다. 노신은 은둔을 하나의 핑계나 수단으로 보아 "벼슬살이도 밥 먹자고 하는 일이요 은둔도 밥 먹자고 하는 일이다"라고 말했다. 즉 벼슬살이를 하려는 것이나 은둔하려는 것이나 사실 알고 보면 똑같다는 말이다. 이어서 그는 다음과 같이 말했다.

> 고금의 저작이 셀 수 없이 많지만 그 중에서 나무꾼과 어부의 저작이 있는가? 그들의 저작은 나무를 패고 고기를 잡는 일이다. 문사나 시인들이 자신들의 필명 뒤에 무슨 낚시꾼이니 나무꾼이니 하는 단어를 붙이지만 대부분 유유자적하는 봉건 귀족이나 공자公子들인 그들이 낚싯대를 드리우고 도끼자루 잡는 맛을 알기나 하겠는가? 그런 사람들에게서 은둔의 기풍을 감상하려 한다면 감히 말하건대 자신의 어리석음을 탓할 노릇이다.

은사에 대한 노신의 비판은 역사적인 구체성과 함께 정곡을 찌르는 것이었다. 게다가 예부터 은둔자들 중에는 '은둔'을 자신의 몸값을 높이는 수단으로 삼거나 몸은 산 속에 있어도 마음은 궁궐에 가 있는 사람들이 있었다. 그렇다 해도 노신은 정치판이나 관료 사회로부터 진정 벗어나고자 했던 작가와 시인들에게 자유 의지에 따른 선택의 공간을 남겨 놓지 않았다. 너무 앞서 나간 것이다. 은둔을 선택한 사람과 정치의 열기로 가득 찬 관료 사회에 맹렬히 뛰어 든 사람은 분명 다르며, 은일지사가 현실의 분쟁으로부터 도피하는 것이 문학예술의 생장에 유리함은 자명한 사실이다. 도연명이 만약 41세에 은둔의 길을 선택하지 않고 벼슬길을 계속 걸었다면 중국시사中國詩史에 '도연명'이라는 이름의 위대한 시인은 나오지 않았을 터이다. 도연명의 시가예술의 성과는 전적으로 그의 은둔의 산물이다. 은둔에서 시간의 여유를 얻고, 은둔에서 시를 쓸 한가로운 심정을 얻었으며 나아가 자기만의 독특한 심미 세계를 열어갈 수 있었다. 도연명의 심미 세계는 도가道家의 낙천안명樂天安命과 상통하는 것으로 역시 해탈을 추구한다. 그러나 도가의 소요무위逍遙無爲와는 같지 않으니 그는 전과 다름없이 일상적인 현실 생활에 매달렸다. 즉 현실 생활에서 자기에게만 속한, 자기의 이상과 지조와 영혼의 자유를 꾸려 나갈 수 있는 정신 세계를 창조해 나갔다. 이 세계는 평범한 생활과 잇닿아 있되 그것을 뛰어넘는 것이며, 도교(玄學)나 불교(佛學)의 세계처럼 비현실적이고 허황하지 않되 세속 생활의 번거롭고 평범함과는 전연 다른 것이다. 이러한 세계 속에서 그는 '평담平淡'이라는 그만의 독특한 시가 풍격을 만들어 내었으며 문학사에 길이 남을 시를 남길 수 있었다.

중국 시사詩史에서 도연명의 시는 정말 드물게 보이는 현상이다. 그의 시는 '아무 소리도 안 나고 아무 맛도 없는'(無聲無味) 듯 느껴지지만 알고 보면 그 시적 여운이 무궁무진하다. 그가 마주 대한 것은 평범한 산과 들판이나, 시에서 발하는 빛은 '생'과 '사'의 사색에서 뿜어져 나오는 형이상학적 광채이다. 도연명이 혼탁한 관료 생활을 계속했다면 이런 시를 창작할 수 있었을까? 도연명이 살던 시대가 그의 은둔을 받아 준 일은 이 위대한 시인으로서는 가장 큰 행운인 셈이다.

그렇다고 작가 시인들이 다 은둔해야 한다는 말은 아니다. 다만 은둔을 결정한 작가의 선택을 존중해야 한다는 것이다. 전사가 되어 목청껏 노래하는 일도 물론 좋다. 그러나 전사는 될 수 없고 자연과 더불어 살아갈 길밖에 없는 인생 또한 안 될 건 없다. '은둔자'를 정치에 반대하는 '적'으로 간주하거나 혁명 의지가 퇴색한 '죄인'으로 취급하는 것은 옳지 못한 일이다. 사회나 예술 세계가 커지기 위해서는 은둔의 방식 또한 용납할 수 있어야 한다.

인간은 지구 곳곳에서 살고 있다. 세상에는 각양각색의 생존방식이 존재하는 만큼 인간 자신의 선택은 타인에게 해가 되거나 세상의 정상적인 생활을 파괴하지 않는 한 존중되어야 마땅하다. 나는 '은둔자'들이 이 원칙에 어긋났다고 보지 않는다. 왜 꼭 한 가지 생활 방식으로 모든 인간의 생활 방식을 통일시키려는 것인가? 물론 진정한 전사들은 존중받을 만하다. 그러나 너도나도 모조리 전사가 된다면 이 세상은 화약 냄새와 전투적 분위기로 가득 찰 것이다. 비록 여러모로 은둔자가 전사보다 못하긴 하나 또 다른 면에서 이들은 전사보다 훨씬 강하다. 이를테면 그들은 세상의 모든 공명에 무관심한 덕에 심오한 정신 생활에 몰두할 수 있었고 그 결과 예술이나 철학에 전사들로서는 엄두도 못 낼 공헌을 하였다. 죽림칠현이나 양주팔괴도 따지고 보면 하나같이 '은둔자'이었거나 최소한 인생의 어떤 시기에 '은둔자'로 살았던 사람들이다. 그러했기에 이들은 시와 글씨와 그림에서 놀라운 성과를 이뤄 낼 수 있었다.

인간의 삶이란 결코 한 개의 고체덩어리가 아니기에, 때에 따라 전사가 되었다가 때에 따라 은둔자가 될 수도 있다. 한때는 전사였다가 은둔자로 돌아선 소만수蘇曼殊는 완벽히 다른 두 종류의 인생을 체험한 까닭에 예술적 재능도 다채로웠다. 이백李白이나 소동파蘇東坡 같은 대시인도 사실 때로는 전사였다가 때로는 '은둔자'이었던 사람들이다. 그 덕분에 이들의 작품은 단순한 전사 양식에 빠지지 않을 수 있었다. 이는 '목청 높여 노래 부를' 줄밖에 모르는 우리 시대의 시인들과는 풍부와 결핍의 차이만큼이나 사뭇 다르다.

우리들은 결국 현대인이다. 오경재처럼 왕면을 이상적인 인간으로 노래할 수도 없으며 도연명을 우상으로 숭배할 수도 없다. 우리들은 우리들 자신의 생존 방식이 있다. 그러나 우리 스스로가 원하든 친구들이 원하든 세속에서 벗어나고 싶다면, 현실 사회로부터 멀리 떠나든지 혹은 정치 투쟁에서 멀어지든지 아니면 이른바 '시대적 조류'에서 멀어지든지 안 될 게 없다. 이들은 꼭 전원에서 맘껏 뛰놀지 않아도 자기의 정신의 뜰을 가꿀 수 있다. 그곳은 자신만의 정토淨土이며 그 정토에서는 예술을 위한 예술도 좋고 현학을 위한 현학도 상관없다. "현실을 떠난 이상 세계로 숨어들려고 한다"며 질책받을 일도 없다.

사실 20세기의 중국이 안고 있는 문제는 오히려 학술이나 예술에 온전히 몰두하기 위해 상아탑으로 숨어들고 싶어하는 지식인이 극히 드물다는 점이다. 중국 사회가 지금까지도 화약 냄새로 가득 차 있는 이유도 그래서이다. 인상파의 대가 모네(Monet)처럼 파리에서 멀리 떨어진 시골의 어느 촌락에 자기만의 예술적인 공간을 만들어 보는 것도 괜찮다. 모네는 그곳에다 자기만의 상아탑을 만들었지만 지금 그곳은 세상 사람들이 성지처럼 순례하며 예술을 향유하는 장소가 되었다. 그러기에, '은둔자'는 표면적으로는 세상 사람들을 피해 살지만 실제로는 늘 그렇듯이 그들을 위해 일하는 '모범'인 셈이다.

분열인·分裂人 24

20세기는 동서양을 막론하고 전 세계적으로 대규모의 '분열인分裂人'을 만들어 내었다. 이 시기에 이르자 인류는 갑자기 정신세계 전체가 파괴되고 통일된 인격이 소실되고 영혼의 하늘이 둘로 쪼개어지다 못해 갈기갈기 찢겨짐을 느끼게 된다. "신은 죽었다"고 선언한 철학자들은 뒤이어 "인간의 주체 또한 죽었다"고 선포하기에 이르렀다. 그에 따라 인간에 대한 부정적인 사유들이 도처에서 유행하기 시작했고 작가들은 작품에서 이를 '잃어버린 세대'(失落的一代)와 '방황하는 세대'(迷惘的一代)로 표현하였다.

물론 20세기 이전에도 '분열인'은 존재했고 문학 작품에도 등장했다. 셰익스피어의 햄릿과 도스토예프스키의 카라마조프 형제들은 독자들의 완전한 이해가 힘든 '분열인'이다. 햄릿은 아버지도 사랑했지만 어머니도 사랑했다. 그러나 그의 어머니가 삼촌과 불륜에 빠지고 심지어 아버지를 살해하기까지 하자 햄릿의 영혼이 지니고 있던 사랑의 정체성이 분열된다. 사랑의 절반은 한恨이 되어 아버지의 복수를 부추기면서 그는 복수할 것인가 말 것인가의 두 가지 선택

속에서 극도로 고민하게 된다. 아버지를 사랑한 만큼 복수하고 싶은 마음은 간절하지만 동시에 어머니도 사랑하기에 자신의 복수가 어머니에게 가져다 줄 불행도 마음에 걸리는 것이다. 동요하고 주저하고 방황하면서 정신은 피폐해지고 '분열'한다.

도스토예프스키는 작품 속의 인물들로 하여금 인간의 영혼 속에는 서로 받아들여지고 또 받아들여지지 않는 두 개의 심연이 존재하므로 '분열'은 불가피하다는 점을 현장에서 명쾌하게 선포시키고 있다. 이 두 개의 심연은 늘 충돌하고 또 늘 대화하며 변호한다. 도스토예프스키를 연구하는 바흐친(M. Bakhtin)은 이들 두 심연의 '대화'의 특징을 집어내어 그의 소설을 '복조複調 소설'이라 이름 지었고, 고리키는 도스토예프스키의 '분열'을 비평하였다. 무산계급의 문학 지도자들이 '분열인'을 받아들이기란 매우 힘든 일이다.

20세기 후반에 이르러서 인류는 햄릿의 존귀하고 완전무결한 아버지는 죽은 후 지금껏 부활하지 않고 있으며 그 영혼조차 더 이상 나타나지 않는다는 사실을 알게 된다. 반면 어머니가 저질렀던 추악한 불륜은 보편화되고 '성'이 사회의 해방자로 자리매김되었다. 문학의 원동력으로서 '불륜'이라는 개념은 구조적인 해체가 필요하게 된 것이다. 이 세상 곳곳마다 '육체적인 인간'이 득실대고 악의 꽃들이 가득 차 있으며 폭력의 개선가가 울려 퍼지고 있다. 인류의 손으로 일궈 놓은 문명이 인류 정신의 무덤으로 변하고 마천루는 인류가 더는 뛰어넘을 수 없는 높은 담벼락이 되었다.

인류는 프로메테우스(Prometheus)보다 훨씬 강력한 원자탄을 만드는 한편으로 자신이 만든 '불기둥'(天火)에 놀라 허겁지겁 방공호로 뛰어든다. 아담과 하와의 후예들이 영웅이 되었다가 겁쟁이가 되기도 하고, 기계를 만드는 설계자가 되었다가 기계 속의 작은 나사못 하나로 전락하기도 한다. 인류는 자신이 저지른 황당무계한 짓을 알아채고 자기가 만든 세상 앞에서 어리둥절해하고 넋을 뺏기다가 미쳐 버리고 말았다. 이곳저곳에서 '분열인'들의 이야기가 생겨 나오는 까닭이다.

엘리엇(T. S. Eliot)의 『황무지』(*The Waste Land*)에 등장하는 인간은 몹밖은 더할 데 없이 번화한 문명 세상이지만 그 안에는 아무것도 존재하지 않는 '황무지'로 표현된다. 낙원이 실제로 존재하듯 황무지 또한 그렇다. 가득함이 눈앞에 있듯 텅 빔도 눈앞에 있다. 현대인은 절반은 낙원에 살다 절반은 황무지에 산다. 그래서 처음에는 자기가 만들어 놓은 문명의 정원에 낯설어하면서도 재미있어 하게 된다.

그런데 문명의 정원이 정작 인간을 소외시킨다는 사실을 눈치 채지 못한다. 문명의 정원은 인간의 존재 의의를 박탈하고 그들을 사지로 내몰려고 하며 이런저런 신성한 이유를 들어 그들에게 사형을 언도한다. 그리하여 그들은 자신이 자기 고향 속의 이방인, 그러니까 문명의 정원 속의 이방인임을 알아차리고 존재와 본질의 황당무계함을 깨닫는다. 그리고 이를 조롱한다. 죽음의 순간만이 쾌락에 가까이 와 있음을 인정하면서도 그 순간이 오기 직전까지 생명의 끈을 놓지 않으려고 발버둥친다. 이것이 바로 카뮈(Albert Camus)의 소설 『이방인』(*The Stranger*)에 나오는 또 다른 '분열인'의 모습이다.

베케트(Samuel Beckett)의 『고도를 기다리며』(*Waiting for Godot*)[1)]에 등장하는 길 가는 사람은 무언가를 줄곧 기다린다. 그러다 언제나 실망을 하지만 다시 또 기다린다. 이상理想이 무너져도 기다린다. 그에게는 기다림이 유일한 의미이다. 기다림도 '분열'한다. 기다림이 허무한 것 같기도 하고 실재하는 것 같기도 하다. 설령 허무하다 해도 그래도 기다려야만 한다. 기다림의 절반은 자기를 속이는 일이고 나머지 절반은 자기를 증명하는 일인 까닭이다.

'분열인'은 사실 현대 사회와 자기 존재의 황당무계함을 가장 심각하게 감지하고 있는 사람들이다. 그러나 그 속에 침몰되기를 거부하는 사람들이다. 그들은 황당무계함에 반항하는 가운데서 생과 사의 의미를 찾는다. '분열인'을 이해해야만 20세기를 진정으로 이해할 수 있는 이유가 여기에 있다.

서양의 '분열인'은 현대 사회에서 소위 '현대인의 정신병'을 앓고 있는 사람이다. 그러나 서양에서 그것은 진작부터 현대인의 정신적 특징이 되다시피 한 일이다. 거의 모든 사람들이 물질과 정신의 '분열', 영혼과 육체의 '분열', 현실과 이상의 '분열'을 느낀다. 정신은 귀의할 데가 사라지고, 일체의 정신적 원칙은 혼란에 빠지고, 일체의 모든 것이 모호하고 희미하다. 인간의 생존 원칙과 인간의 성격조차 불분명해 졌다.

현대의 '분열인'은 햄릿처럼 뚜렷하게 고통스런 얼굴을 지니지 못한다. 그들은 그렇듯 고통스러워하지도 못할 터이며 설령 그렇더라도 농담을 잃을 정도는 아니다. 어차피 성격도 그다지 뚜렷하지 못한 데다 이제는 얼굴 복제도 가능해서 영화배우 마릴린 먼로의 얼굴이 화가들 손에 의해 무수히 복제되는 판이다.

이제 언어만 남았다. 언어야말로 우주의 본체요 인생의 본체이다. 신앙, 진리, 역사, 미래, 주체 등 모든 것이 허무한 것이지만 언어만이 유일하게 실재實在한다. 우리들이 어떻게 말하고 어떻게 해석하느냐에 따라 모든 것이 결정된다. 햄릿 어머니의 추악한 불륜조차도 옳은 일일지 모른다. 그녀는 정녕 자유 사회의 선구자일 수도 있다. 햄릿의 삼촌도 옳았을지 모른다. 그는 '사랑'의 전범일 수도 있다. 그렇다면 햄릿은 이제 칼을 들 필요가 없다. 인간은 본디 예전부터 산산이 부서진 분열된 존재였다. 인간은 찰나적 존재며 단편적 존재에 불과하다. 훨씬 이전부터도 인간은 결코 완전한 존재가 아니었다.

서양에서 '분열인'이 빠른 속도로 번져 나가고 있을 때 동양의 중국에서는 중국적 특색의 '분열인'이 생겨났다. 중국의 '분열인'은 서양의 그들과는 다르다. 서양의 '분열인'이 스스로 만든 현대 문명에 염증을 느끼고 구시대의 고전 문명에 향수를 느낄 무렵, 중국의 '분열인'은 이제 막 현대 물질문명을 열광적으로 추종하기 시작했으며, 이런 맹목적인 추종으로 값비싼 대가를 치뤄야만 했다. 전통 문화를 토대로 이루어진 그들의 정신 세계는 여지없이 파괴되었고, 파괴는 그 후 '여와女媧'[2]의 어떠한 보수 작업도 소용이 없을 만큼 영원한 것이 되어 버렸다.

바로 이 시기—세기말의 중국인들은 향후 한 세기 동안을 파괴의 고통에 시달려야만 했다. 영혼을 잃어버린 듯 줄곧 정신의 지주점을 찾지 못했다. 그들은 공중을 빙빙 돌기만 하면서 낙하지점을 찾지 못하는 매와 같았다.

영혼의 상실감에 시달릴 법도 한 것이, 이 백년 동안 중국인들은 여러 차례 얼이 빠졌다. 그 첫 번째가 5·4신문화운동이었다. 5·4운동은 '아버지'를 심판하는 운동이었다. 즉 아버지의 문화와 할아버지의 문화를 심판하는 운동이었다. 인정사정없는 운동은 할아버지의 무덤을 파헤치고 국혼國魂이 되어 온 유교(儒家)의 학설을 파헤쳤다. '구혼舊魂'을 다 파내 버린 다음 처음에는 프랑스의 자유 평등 박애를 '신혼新魂'으로 삼으려 했다. 진독수가 『신청년』 제1권에 「프랑스와 근대 문명」이라는 글을 실은 이유도 그래서였다. 그러나 아쉽게도 이 '혼'은 들어오자마자 마르크스주의라는 더 강력한 '혼'에 의해 대체되었다. 분투에 분투를 거듭한 끝에 마르크스주의는 마침내 중국 건국의 혼이 되었고 '입민立民'의 혼이 되었다.

20세기 후반기의 대륙은 영혼의 저 깊은 곳까지 끊임없이 혁명으로 시끄러웠다. 그러니까 '구혼'이 '신령新靈'으로 바뀐 혁명이었다. 그러나 중국의 몇몇 얼뜨기 교조주의자들이 마르크스주의를 사람을 압박하고 괴롭히는 교과서로 삼는 바람에 마르크스주의의 위신은 천길 만길 낭떠러지로 곤두박질치고 말았다. 그 결과 마르크스주의는 하나의 학설로서 사회 속에서 작용은 할지언정 더는 중국인의 내면의 그 무엇 즉 영혼이 되지는 못했다. 이렇게 해서 세 가지 영혼과 세 가지 정신 자원이 있는 듯 없는 듯 떠난 듯 만 듯하게 돼 버리니 사람들은 넋이 나가고 영혼의 상실감에 시달리는 것도 당연하다.

5·4 이전에 중국인들은 불교를 혼으로 삼든지 아니면 도교나 유교를 혼으로 삼았다. 유교와 도교와 불교가 크고 숱한 문제를 일으키긴 했어도 혼이 흩어지는 일은 없이 하나로 있었다. 5·4 이후에 개혁가들은 중국의 전통 문화를 비판하는 한편으로 서양 문화를 가지고 들어왔다. 그러자 사람들의 머릿속에 조상으로부터 이어져 내려온 문화적 영향이 여전한 채로 이질적인 문화가 대량으로 쏟아져 들어왔다. 두 문화는 머릿속에서 갈등을 일으키고 충돌하고 투쟁했다. 통일된 유교의 인격이 통일되지 못한 현대의 인격으로 변질되고 통일된 인간이 '분열인'이 되었다.

현실 생활에서 흔해진 만큼 '분열인'은 문학 작품에도 자주 등장하기 시작했다. 중국 현대문학의 새로운 장을 연 『광인일기狂人日記』[3]의 주인공도 분열인이다. 전통문화의 태반에서 떨어져 나와 큰소리로 떠들어 대며 전통문화의 죄상을 성토하는 분열인이다. 노신의 작품에는 분열인이 많이 등장하는데 그 중 『고독한 자』의 위연수魏連殳는 증세가 매우 심각하다. 고독한 자의 고통은 두 문화가 서로 용해되었다가 또 용해되지 않는 분열에서 비롯된다. 과거와 결별을 고하고 과거에 대해 선전포고를 하지만 한편으로 과거에 굴복하지 않을 수 없는 그는 그토록 거부했던 모든 것을 저지른다.

그는 양쪽의 적, '신'과 '구'라는 힘의 틈바구니에서 힘겨운 선택의 고통을 겪는다. 그 틈바구니는 날이 갈수록 좁아지고 결국 그에게는 자신의 분열과 고독을 곱씹는 일만 남는다. 노신의 『야생초·그림자의 이별』(野草・影的告別)에서 '나'(我)는 선포한다. "나는 그림자에 지나지 않습니다. 나는 이제 당신과 헤어져 어두움 속에 침잠하려 합니다. 어두움은 나를 삼킬 것이나 광명은 나를 사라지게 할 것입니다." 여기서의 '나'는 광명과 어두움 속에서 발버둥치고 있는 사람이다. 위연수 또한 반은 희망이고 반은 절망인 가운데서 고독하게 몸부림치는 분열인이다.

노신 외에도 여러 소설가들이 '신'과 '구'의 틈바구니 속에서 동요하고 발버둥치고 자아가 투쟁하는 갖가지 종류의 분열인을 그렸다. 정령丁玲의 사비여사莎菲女士나 파금巴金의 고각신高覺新은 모두 고통받는 분열인이다. 고각신은 신구 문화가 함께 교차하는, 이러지도 저러지도 못하는 경계에 계속 서 있다. 등뒤로는 무시무시하고 음산한 저택이 버티고 있지만 마음은 새로운 문명을 향해 있다. 두 문화가 충돌하는 속에서 그는 하나씩하나씩 타협하지 않을 수 없고, 하나씩하나씩 자신을 왜곡시켜 나가지 않으면 안 되었다. 그러나 그의 고통과 말로 표현하기 힘든 내면 세계는 사람들이 이해할 수 있는 것이 아니기에 끝내는 자신의 이상을 매장해야만 한다. 아무런 희망도 없는 그 저택을 위해서 자기의 희망을 희생한 것이다.

당시 문학에서는 분열인이 거의 보이지 않다가 80년대 들어 왕몽王蒙의 장편소설 『활동변인형活動變人形』의 주인공 예오성倪吾誠을 만나게 된다. 예오성 또한 중서中西 문화의 충돌 속에서 만들어진 분열인이다. 그는 봉건 대지주 가정에서 출생했다. 어려서 그의 반골 기질을 보고 당황한 어머니는 그에게 아편을 피우도록 교사함으로써 새로운 삶을 살아가려는 그의 의지를 꺾어 버린다. 후에 그는 대학에 진학하고 유럽 유학을 마친 후 귀국해서 대학의 강사가 된다. 서구 자본주의 문명을 받아들이고 후에 마르크스주의를 받아들인 그는 외국에서 또 다른 세계를 목도하고 고민하기 시작한다. 처음에는 고국 현실의 모든 것이 못마땅했다. 혼인한 후의 가정은 그에게 지난 수천 년 간의 야만과 잔혹함과 어리석음과 수치가 고여 있는 곳이며 견디기 힘든 지옥이다. 그러나 또 다른 한편으로 그의 골수에는 이미 조상들로부터 이어져 내려온 전통 문화의 혼백이 뿌리 깊게 박혀 있다. 신과 구의 문화 사이에서 내내 갈피를 잡지 못하고 발버둥치면서 온갖 엄혹한 정신적 심판과 정신적 학대를 감수하다 끝끝내 한평생 아무것도 이루지 못한 채 정신도 인격도 송두리째 분열되고 뒤틀어진다.

이 당시 문학에서 예오성과 같은 분열인의 형상은 극히 드물다. 중국 작가들은 마르크스주의를 받아들이고 나서 이미 완벽하게 통일된 이데올로기를 가지고 있었기 때문이다. 작가에게 분명한 이데올로기가 있으면 그 이데올로기는 창작의 전제 조건이 되고 작품은 그 이데올로기의 전달체로 전락한다. 작품 속 인물이 분열된 상태에서 시작한다 해도 끝내는 통일이 되고, 성격 또한 갈수록 고도의 통일을 이루게 된다. 이데올로기로 무장한 영웅적 인물은 정신적으로 단 한 곳의 분열 흔적도 없는 완전무결한 '위대하고 완벽한'(高大全) 인물로 변신한다. 그러나 안타깝게도 이는 추상적인 말에 불과하다.

지금까지 서술한 여러 유형의 '분열인'들은 모두 정신 깊은 곳에서 '분열'이 일어난다. 그들은 정신 세계가 비교적 복잡하고 풍부한 사람들이다. 그런 만큼 현실 사회의 단순한 양면兩面 인간하고는 다르다. 양면 인간은 두 가지 혹은 몇 가지 얼굴을 가지고 사회에 맞춰가는 사람이며, 이들의 양면은 사회에 적응하는 기교와 책략에 다름 아니다. 이른바 양면에는 좋은 면, 나쁜 면, 선한 면, 악한 면, 참된 면, 거짓된 면이 있는데 그 자체가 일종의 가치판단(judgement of values)이다. 그러나 분열인의 '분열'은 가치판단이 아니다. 바로 내면 세계의 충돌(inner complict), 곧 정신 세계의 내재적 그림이다. 양면 인간에게는 이런 내재적 그림이 없으며 세상에 대한 심각한 깨달음도 없다. 그들의 영혼 세계에는 문화 의식의 충돌이나 대화가 도무지 없다. 그러니 그들에게 현대인의 정신적 특징이 있을 리 만무하다.

현대의 '분열인'을 우리는 이해해 줄 수밖에 없다. 어째서 그런가? 우리들 역시 어느 정도는 그들 무리의 일원으로서 늘상 갈등과 모순 속에서 살아가는, 결코 '고대전'의 영웅이 아닌 때문이다. 그러나 현대 서양의 분열인은 중국의 분열인과는 정신적 충돌의 내용이 서로 다르다는 점을 간과해서는 안 된다. 서양의 분열인은 19세기 물질문명에 실망하고 황당함을 느낀 까닭에 자연스레 19세기 이전의 문명을 동경한다. 따라서 이들의 분열 속에는 늘 향수(nostalgia)가 담겨 있으며, 둘을 포괄한 다음 현대주의자들은 시간을 공간화하여 오래된 역사적 경관을 현대적 경관과 병치竝置(just a position)시킴으로써 역사를 가장 현대적인 건축물 속에 응고시켜 놓았다. 반면 현대 중국의 분열인은 햄릿과 같다. 선택의 고통으로 가득 찬 얼굴은 항상 무겁다.

80년대 중기 이후 진작부터 '황당함'(荒誕)에 대한 눈을 키워 오던 몇몇 신진 작가들의 작품에 현대 서양의 분열인과 유사한 인물 형상이 출현한다. 이들의 얼굴은 이제 더 이상 무겁지 않으며, 항상 가벼운 농담을 주고받는 등 정체성 또한 분명치 않다. 그러나 이들은 인생의 '황당함'에 대해서는 오히려 분명한 태도를 취한다. 이들의 입장에서 보자면 인생은 너무나도 황당한 것이다. 이 세상에 누가 태어나려고 태어난 것도 아니고 안 태어나려다 태어난 것도 아니다. 우리들에게는 근본적으로 이를 선택할 권리가 없으며 오고 싶지 않아도 와야만 하기 때문이다. 게다가 오고 나서도 자신의 의지대로 살 수도 없고 그저 영원한 이상기류에 빠져서 허우적거릴 수밖에 없다. 이 또한 우리들의 선택이 아니다.

미국의 현대 작가 조지프 헬러(Joseph Heller)의 『캐치 22』(*Catch 22*)에는 군대 규율에 제약받는 군인들이 이런 이상 기류에서 아무리 벗어나려 해도 벗어나지 못하는 내용을 담고 있다. 규정대로 임무를 완성해야만 전쟁에서 벗어날 수 있다. 그러나 아무리 노력해도 그 임무를 끝내 완성할 수 없다. 온갖 방법을 다 써 보아도 '군대 규율'이라는 이 황당무계한 함정에서 벗어날 길이 없다. 이는 바로 인간이 환경을 개조한다고 하지만 도리어 인간이 환경에 의해 개조당하는 것이며, 내가 언어를 사용한다고 하지만 도리어 언어가 나를 사용하는 것이며, 인간이 규정을 만들었지만 도리어 규정이 인간을 만드는 것임을 이야기하는 것이다.

베토벤의 말대로 우리는 자신이 운명의 고리를 쥐려 한다. 그러나 뜻밖에도 자신의 고리가 운명의 손에 쥐어져 있는 것이다. 이 세상에 인간으로 태어난 이상 우리는 욕망을 갖는다. 욕망은 수습할 수 없을 정도로 욕망을 끝없이 재생산해 낸다. 우리들이 '포위된 도시'(圍城)[4]에 들어갈 수 없을 때 그 포위를 뚫기 위해 갖은 아이디어를 다 짜낸다. 그러나 일단 포위를 뚫고 위성에 들어가고 나면 이번에는 그 포위를 깨기 위해서 갖은 방법을 다 쓴다. 영원히 끝이 나지 않는다는 사실도 어떻게 끝이 나는 지도 모른 채.

현대 중국의 분열인은 인간이 바로 황당무계한 이상기류 그 자체라는 사실을 이미 발견했다. 그래서 민감한 작가는 이런 발견의 실마리를 거머쥐고는 분열인의 황당무계한 세계를 글로 풀어 낸다. 무엇이든 선명한 국가나 문단에서 불분명하고 색다른 얼굴이 갑자기 나타나면 사람들은 흥분하고 감동한다. 비평가들은 이들을 '선구자' 또는 '전위대'라고 부르지만 이런 선구자나 전위대도 사실 알고 보면 분열인일 뿐이다. 그래서 20세기의 정신 현상 특히 문학적 현상을 보다 잘 이해하려면 '분열인'을 연구하는 것이야말로 중요한 과제라고 할 수 있다. 아마도 우리 후예들이 수백 년 후에 지금의 역사를 되돌아볼 때 "20세기는 사실 분열인의 세기였다. 그래서 신경질적인 세기였다"고 말할 것이므로.

1) 베케트의 2막짜리 희곡으로 1953년에 초연되었으며 1969년 노벨문학상 수상작이다. 해질 무렵 어딘지도 모르는 시골길에서 블라디미르와 에스트라 公이라는 두 떠돌이가 고도라는 인물(이를테면 절대자)을 기다리는 동안 부질없는 대사와 동작을 주고받으며 시간을 보낸다. 관객은 고도가 누구인지 갈수록 알 수 없게 되지만 두 사람은 여전히 기다리고 막이 내린다. 작자는 '기다린다'는 기묘한 행동을 통하여 일상 생활의 그늘에 숨어 있는 현대인의 존재론적 불안을 독자적 수법으로 파헤쳤다.

2) 반고가 천지를 창조하고 많은 날이 흘러 여와라는 신이 심심해서 땅에 내려와 봤더니 인간만이 없었다. 물가에 비친 자신의 모습을 보고 그 모습을 본떠 진흙을 빚어서 애를 낳았다. 몇 개를 더 만들었으나 성이 안 찼던지, 칡넝쿨을 채찍 삼아 진흙을 휘갈겨 사방으로 튀어나간 진흙방울이 죄다 인간이 되었다. 어느 날 물의 신 共工과 불의 신 祝融 간에 싸움이 벌어지고, 물의 신은 제 성질을 못 참아 不周山에 박치기를 했다. 그로 인해 땅이 기울어져 홍수가 나고 흉분한 괴수들이 사람들을 해쳤다. 사람을 만든 여와가 분주히 물을 퍼내어 인명을 구출하는 한편 괴수를 퇴치하는 방법을 가르쳐 주고, 고장난 하늘 구멍에 오색 돌을 갈아 메워서 고치고, 기울어진 땅을 바로잡기 위해 바다에 사는 거북이에게 네 다리를 얻어 그것으로 사방의 땅을 고여 바로잡아 놨다. 그런데 서두르는 바람에 중국의 서북쪽은 높고 동남쪽은 낮게 되었다고 한다.

3) 1918년 5월 『신청년』에 발표된 노신의 소설. 피해망상증 환자의 일기 형식을 빌려, 중국의 낡은 사회 그 중에서도 가족 제도와 그것을 지탱하는 유교 도덕의 위선과 비인간성을 고발하고 있다.

4) 전종서의 소설 제목으로 프랑스 격언인 '포위된 성'(fortresse assiegee)에서 따온 것이다. 城이라는 닫힌 공간의 안과 밖에 있는 사람들의 속성을 주제로 한 소설이다. 즉 성 안에 있는 사람들은 성 밖으로 탈출하고 싶어하고, 성 밖에 있는 사람들은 성 안으로 들어가고 싶어한다는 이중적인 속성을 말한 것이다. 이 소설은 1947년에 초판이 발행되어 한동안 판금되었다가 1980년에 다시 발행되었다.

틈새인 · 隙縫人 25

이제까지 내가 묘사한 여러 유형의 인간들 가운데, 나는 과연 어디에 속하는지를 묻는 사람이 있었다. 깊이 생각한 끝에 들려 준 답은 "나는 '틈새인'(隙縫人)입니다"였다. 사회의 틈새에서 생존하고 사색하는 사람이라는 말이다.

일전에 친구 몇몇이 '변두리 문화'를 놓고 토론한 적이 있었는데 그 자리에서 그들은 자신을 일러 '변두리 인간'이라 하였다. 변두리 문화는 '주류 문화'에 대응되는 개념이다. 말하자면 주류 문화에 대항하는 책략이다. 그러나 변두리 문화도 발전하면 주류 문화를 대체할 수도 있고 또 다른 품격을 가진 주류 문화로 자리매김될 수도 있다. 내가 느끼기에는 중심에 있든 변두리에 있든 자유도 없고 길도 없이 좁디좁은 틈바구니만 있기는 마찬가지인 듯하다. 변두리에 있다 해도 사방팔방이 높은 담장이고 사방팔방이 아득한 낭떠러지다 보니 틈새를 벗어나서는 살아갈 수가 없다. 그렇다면 자신을 '변두리 인간'보다는 '틈새인'이라 해야 될 듯싶다.

나는 지금껏 세상에는 처음부터 '길'이 없다고 생각해 왔다. 찬란한 탄탄대로 같은 것은 더더구나 그렇다. 지식인에게는 두 가지만 있을 따름이다. 높은 담장과 깎아지른 절벽 아니면 담장 사이나 절벽 사이의 틈새이다. 지식인이란 바로 이런 틈새에 끼어 사는 사람이다. 어떤 사회에서 강대한 정치 집단이나 경제 집단이 높은 담장과 깎아지른 절벽이라면 그 틈새에서 힘겹게 살아가는 사람들이 지식인이다. 높은 담장과 깎아지른 절벽에 바짝 붙어서, 담장과 절벽의 한 부분으로 살아가는 사람들은 진정한 지식인이 아니다. 높은 담장이 숲처럼 둘러 서 있고 깎아지른 절벽이 무더기로 생겨나는 곳이 사회이기에 지식인들은 담장과 절벽의 틈새에서만 생존하고 발전해 갈 수 있다.

사회 속에 틈새가 있다는 건 지식인에게는 이만저만한 행운이 아니다. 중국에서 지식인의 활약이 가장 두드러진 때는 학술 문화가 풍성한 발전을 이룩한 시기였다. 예를 들어 춘추전국 시기나 위진남북조 시기 그리고 5·4신문화 운동 전후의 시기가 이에 해당된다. 사회적으로 특정 정치 집단이 절대적인 중심축을 형성하지 못하고, 특정 정치 권력이 사회를 하나의 빈틈도 없이 엄격한 통일체로 조직화하지 못하던 시기였다. 이런 사회일수록 그 안에 무수히 많은 틈새가 생기는 법인데 그 속에서 지식인들은 마음껏 대화하고 사색하고 글을 쓸 수 있었다. '정부'가 '통제력'을 상실하면 지식인의 두뇌와 입을 제대로 '관리'하지 못하게 되어, 지식인이 자신의 사상을 자유롭게 펼칠 수 있으니 학술은 오히려 번영하게 된다. 통일된 권력 하의 통일된 의지와 통일된 걸음걸이가 없으니 권력자의 입장에서는 '불행'한 일이겠으나 지식인의 입장에서는 이보다 더한 '행운'이 없다. "국가가 불행해지면 시인은 행복해진다"(國家不幸詩家幸)는 선인의 말은 국가가 어려움을 당하면 그만큼 시인은 특수한 체험들을 풍성하게 가질 수 있음을 뜻한다. 국가의 통제력 상실은 작가가 재능을 발휘할 기회를 만들어 준다는 의미에서 작가에게는 행운이다. 이것이야말로 이택후李澤厚가 말한 바 '역사적 비극의 이율 배반'이 아닐까 싶다.

작가는 집권 정치 집단과 늘 부딪히기 마련이다. 정치가는 정치가대로 시인이나 작가들에 대해 혼란스런 상황을 즐기는 나머지 오히려 세상이 평온해질까 걱정하는 자들쯤으로 여긴다. 국가 정치가 완벽하게 자리 잡아 시인 작가들이 발붙일 틈이 한 치도 없게 된다면, 정말로 이런 '나쁜 심보'를 가질 수도 있을지 모르겠다. 작가나 시인은 원래 말하기 좋아하고 글쓰기 좋아하는 '틈새인'일 뿐이다. 그러니 고도로 통일되어 온 나라에 머리도 입도 하나밖에 없어서 모든 사람이 한 가지 생각만 하고 한 가지 말만 하는 상황을 도저히 받아들이지 못한다.

물론 고도로 통일된 절대 권력 하에서도 작가나 시인들이 존재할 수는 있다. 그러나 여기에는 일종의 본성이 필요하다. 틈도 거의 없는 틈새에서 존재하고 뻗어 나가려는 본성 말이다. 노신은 여러 차례에 걸쳐 중국의 문학 예술을 큰 바위 밑에 깔려 있는 싹에 비유하면서, 중국의 문학 예술은 큰 바위 밑처럼 틈이라고는 거의 없는 곳에서만 꾸불꾸불하게 생장할 수 있었다고 하였다. 참으로 맞는 비유가 아닐 수 없다. 내가 살아온 세월만을 보더라도 찬란한 탄탄대로를 달릴 수 있었던 중국 작가들은 극소수였다. 작가들 대부분은 큰 바위 밑에 깔린 틈새인이 되어 시와 글을 쓰기 힘든 압력 밑에서도 꿋꿋하게 시와 소설을 써 냈다. 결코 쉽지 않은 일이었다.

중국 역사를 돌이켜 보노라면 중국에서 지식인 노릇을 하기란 쉽지 않다는 생각이 든다. 유구한 중국의 역사와 시간 속에는 언제나 대통일을 이룬 정치 패권과 문화 패권이 자리하여 왔다. 이 두 패권이 결합하면 그나마 틈조차도 사라진다. 이때 지식인들이 용감하게 무슨 말이라도 꺼내면 바로 문자옥文字獄에 연루되던가 심지어는 살가죽이 벗겨지고 기름에 튀겨지는 꼴을 당해야 했다. 그러기에 중국의 지식인들은 "산이 무너지고 땅이 갈라지는" 시절을 기다렸다가 정치 패권과 문화 패권이 와해되는 순간에만 활동하곤 했다. 그러나 순간의 일일 뿐 기회는 많지 않았다. 자신의 개성을 표현하기를 갈망하는 명민한 지식인들은 힘겹게 지내다가 숨통이 트이면 거의가 '쓰디쓴 고통의 역사책'(辛酸史)과 '피눈물로 얼룩진 장부'(血淚帳) 한 권씩은 가지게 되는 것이다.

지식인에게는 서양 세계에 틈새가 더 많았던 것 같다. 서양 국가들은 고도로 통일된 시간들이 비교적 적었다. 국가마다 정치적 권위와 종교적 권위가 대립하였다. 대립이 있으면 틈새도 생기기 마련이다. 그 외에도 상당수의 국가에서는 장기간에 걸쳐 제후들이 왕 노릇을 하고 귀족들이 영지를 나누어 가졌다. 독일을 보더라도 그다지 크지도 않은 영토이건만 고도로 통일된 국가를 이룬 것은 근대에 들어서면서부터였다. 상황이 이렇다 보니 지식인들은 보다 많은 틈새를 가질 수 있었다. 독일에서 그토록 많은 대사상가와 대문호들이 나온 연유가 이와 무관하지 않은 듯싶다. 그들도 중국의 진왕조와 진 이후의 통일 패권과 같았다면 칸트나 헤겔 같은 대철학자들도 설 자리가 없었을 것이다.

현대 서양 국가들의 정치 문화 패권도 그다지 절대적이거나 통일

적이지 못하다. 동양 사회에 비해 틈새가 보다 크고 많은 까닭이 여기에 있다. 그 바람에 서양 사회에는 사상과 언론의 자유가 비교적 큰 폭으로 보장되고 있다. 그러나 크다 해도 틈새가 그렇다는 것이며 탄탄대로라는 말은 아니다. 서양에도 서양 나름대로의 높은 담과 절벽이 있다. 높은 담은 거개가 돈으로 만들어진 것이다. 돈이 없다면 작가나 시인은 살아나기가 힘들다. 정신과 힘을 모조리 소모시키지 않으면 살아갈 수가 없다. 발전해 갈수록 서양의 틈새는 돈으로 메워져 간다. 돈이 얼마나 많은 천재를 죽였을지 모를 일이다. 지식인에게는 서양 세계라고 해서 탄탄대로가 놓여 있는 것은 아니며 틈새도 경제 집단과 경제 집단 간의 틈새밖에 없으니 그 사이에서 생존하는 법까지 배워야 한다.

어떤 국가는 때에 따라 틈이 생겼다가 없어지기도 한다. 독일을 예로 들자면 히틀러가 '고도의 통일'을 이루었을 바로 그 시기에는 쇳덩어리처럼 한 덩어리로 똘똘 뭉쳐져 한 치의 틈도 찾아볼 수 없었다. 그래서 아인슈타인이나 브레히트(B. Brecht)나 토마스 만(Thomas Mann)과 같은 지식인들이 미국으로 망명했고, 이들은 전적으로 미국이 제공한 틈새에 기대어 자신의 천재적인 재능을 실현했다. 20세기에 들어 망명 문화와 망명 문학이 크게 발달한 것은 현대 과학기술의 발전으로 교통이 편리해진 때문이다. 지식인은 틈새가 없는 곳을 벗어나 틈바구니를 찾을 수 있었기에 망명 문화는 틈을 찾아가는 문화이며 망명자가 찾은 또 다른 틈새에서 생장한 문화라 하겠다.

틈새인으로 살아가는 일도 나쁘지만은 않다. 자신이 틈새에서 살고 있음을 깨닫는다면 탄탄대로를 달리려는 과분한 생각을 조금은 버릴 수 있게 되어, 진실한 생활을 소위 '늠름'(豪邁)이라든지 '약진躍進'으로 대체해 버리는 일은 하지 않을 터이니 말이다. 그렇게 되면 보다 현실적인 정신으로 이 복잡한 세상과 고단한 인생살이를 대하게 되고 충분하게 배양한 자신의 이성과 지혜로부터 세상에 적응하고 세상을 건설하는 능력을 얻게 될 것이다.

지구상에서 민족으로 말하자면 유태인이야말로 전형적인 '틈새인'들이다. 세상은 그들에게 마음 놓고 달릴 수 있는 탄탄대로나 광활한 땅덩어리를 주지 않았다. 길고 긴 세월 동안 그들에게는 두 발을 디딜 자리조차 주어지지 않았다. 지금은 이스라엘이라는 나라를 가졌지만 그곳은 '총알의 땅'이다. 그 '총알의 땅' 역시 세상의 좁디좁은 틈새에서 우격다짐으로 살아가는 곳에 불과하다. 지금도 세계 곳곳에 퍼져 있는 많은 유태인들이 다른 민족의 틈새에서 힘겹게 살아가고 있다. 그래도 유태인의 분투 정신과 생존 능력 그리고 이들의 지혜는 전 인류 사회가 익히 알고 있는 바이다. 히틀러가 이들을 독일의 틈새에서 살도록 놔두지 않고 잔혹하게 학살한 까닭에는 유태인에 대한 두려움도 있었다.

20세기 중국인들이 가장 숭배했던 마르크스나 아인슈타인도 유태인이다. 틈새에서 살 수밖에 없는 이들은 고향을 등지고 망명 생활을 하며 스스로를 '세계 시민'(世界公民)이라 하였지만, 사실은 또 다른 곳에서 자신이 은신할 틈새를 찾는 일이었다. 이러한 특수한 입장으로 말미암아 이들은 초인적인 지혜를 발휘할 수 있었다. 내가 지식인을 '틈새인'으로 일컬은 것은 결코 지식인을 비하한 말이 아니다. 있는 그대로의 존재를 인정하고 직시한 다음 보다 의미 있는 존재를 창조하자는 것이다.

자신을 '틈새인'으로 인정하면 자신의 말과 행동 그리고 문학 창작에 많은 도움이 된다. 일단 인정하고 나면 자신이 남들보다 잘났다고 생각하는 일이 없을 테고 남들이 틈새에서 목숨을 구걸하는 일을 비웃지 않게 될 터이니 글은 평온해지고 '나리'와 '마님'의 훈화조는 줄어들 것이다.

사람은 자신을 정확히 아는 일이 중요하다. 자아를 제대로 인식하여 자신이 틈새인임을 알아차린다면 유토피아를 믿지 않을 터이며 시건방을 떨거나 걸핏하면 괜스레 격앙하고 비분강개하는 일도 사라질 것이다. 자기 자신도 틈새에서 생존을 구걸하는 평범한 인류의 일원이며 자신도 인류의 생존 방식에서 벗어날 길이 없음을 깨닫게 된다면, 중심인 혹은 자신을 중심인으로 착각하는 비중심인 보다 좀 더 똑똑해지고 좀 더 겸허해지고 좀 더 이성적이 될 것이다. 그래서 역사의 한 귀퉁이에 나앉을지라도 마음이 편안하고 역사의 조연 역할도 기꺼이 마다하지 않을 것이다. 그리하여 조용하면서도 안정적으로 자아를 조절하고 사색하게 되어 남과는 '기질적으로' 다른 보다 확실한 일을 해 낼 수 있을 터이다.

'기질적으로' 다름은 정서적으로 다름이다. 이는 아마도 견실한 지혜일 것이다. 세상에는 틈새만 있을 뿐 탄탄대로란 없으며, 어느 나라 어느 곳에도 마음껏 달릴 수 있는 대로가 없음을 인정한다면, 오히려 자신이 갈 수 있는 길, 남들과 다른 확실하고 실현 가능한 길을 진지하게 생각해 낼 수 있게 될 것이다.

지식인을 '틈새인'이라 함은 지식인들이 틈새에서 개미처럼 목숨이나 연명하면서 생산적인 일은 아예 하지 않는다는 뜻이 아니다. 지식인은 몸은 비록 틈새 안에 있어도 마음은 온 천지를 달릴 수 있다. 틈새를 뚫고 가없이 드넓은 세계를 보며 틈새 안에서 사색하고 명상하면서 광활한 사유 공간을 찾아낼 수 있다. 그래서 지식인은 틈새인이면서 박학다식한 사상가인 경우가 많다. 지식인은 틈새 밖의 모든 것을 향해, 엄청난 권력을 지닌 왕후장상에게도 역사적인 비판을 가할 수 있다. 정신의 힘만큼은 전제군주 아래 있지 않기 때문이다. 지혜로운 사람은 차라리 틈새인이 될지언정 자신의 운명에 순종하는 개미는 되지 않는다.

몇 년 전 나와 여러 친구들은 다원화를 즐겨 거론하면서 일원 독단을 반대한 적이 있었다. 지금 생각해 보면 내가 다원화를 지지한 데에는 솔직히 사심이 개입되었던 것 같다. 다원적인 경쟁이 나 자신에게나 독자적인 사유를 좋아하는 친구들에게 사상적 틈새를 어느 정도 제공해 준다는 점을 진작 알고 있었던 것이다. 지식인이 특정 사상이 독존하는 통일된 세상을 두려워하는 것은 사실이다. 세상이 쇳덩어리처럼 통일된다면 지식인이 설 자리가 어디 있겠는가? 그러니 야심만만한 정치인들과 늘상 부딪힐 수밖에 없는 노릇이다. 그들은 천하가 대통일되는 일이라면 유혈 전쟁도 불사하는 사람들이다. 반면 지식인들은 정치 패권과 문화 패권의 대통일을 도저히 달가워 할 수가 없다. 패권의 통일이 무엇을 의미하는지 잘 알기 때문이다.

내 경험상 자신이 '틈새인'임을 인정하고 나면 마음이 한결 평안해진다. 틈새에서 발버둥치며 애면글면하는 일이 인생의 일반적인 현상임을 인정하고 나면 헛된 생각에 빠지는 일이 없다. 예전에 나는 사회와 인생을 지극히 이상적으로 생각했었다. 삶이 탄탄대로인 줄 알았다. 그런 만큼 좌절과 실패에 대한 정신적인 준비가 제대로 돼 있지 않았다. 모든 것을 알고 난 지금, 나는 웬만해서는 낙담하는 법이 없는 정녕 '불요불굴不搖不屈'한 사람이 될 수 있었다.

초판 저자 후기

이 책은 필자가 해외에서 완성한 두 번째 작품이다. 첫 번째 작품인 『표류수기漂流手記』가 산문 위주에 잡문 몇 편이 들어 있는 역외域外산문집이라면, 두 번째 작품인 이 글은 문명 비평과 사회 비평이라 할 법한 잡문으로만 이루어진 책이다. 주로 중국의 인간 군상들에 대해 이야기하지만, 이는 동시에 인류의 보편적 약점까지 아우르는 것이다. 필자가 처음 이 글을 발표할 때 밝혔듯이, 글 중에는 질책도 있으나 이해와 동정과 변호도 담겨 있으며, 결단코 악의는 없다.

희극 성격의 잡문에는 풍자나 유머나 익살 등의 풍격이 실리기 마련인데, 필자는 유머를 좋아하는 편이다. 유머에는 풍자와 같은 공격성이 없기 때문이다. 또한 익살처럼 자신에 대한 조롱으로 일관하지도 않는다. 풍자를 하다 보면 더러는 지나치게 격렬해져서 '전사戰士'처럼 되는가 하면, 익살은 비하가 지나쳐서 종종 '어릿광대'가 되기도 한다.

필자는 전사도 어릿광대도 아니다. 다만 모든 것을 뛰어넘어, 비평 대상의 터무니없음과 필자 자신의 결점을 다 같이 감상 대상으로 놓고 서술함으로써 독자가 나와 함께 감상하고 함께 웃기를 바랄 따름이다. 유머를 글로 써 보는 일도 삶의 즐거운 일 중의 하나다.

공교롭게도 작년 오늘이 바로 이 글의 첫 번째 원고인 「인론이십종人論二十種」을 발표한 날이다. 지난 일 년 동안 완성된 20편의 글을 윤색하고 다시 다섯 편을 써서 지금의 이 책을 완성하였다.

한 편 한 편마다 『명보월간』의 반요명潘耀明 선생께서 가장 먼저 읽으시고는 좋다고 하시며 계속 연재해 주셨다. 지금 또 옥스퍼드대학 출판사에서 단행본으로 출판하겠다는 제의를 받았다. 세계는 끝없이 넓고 지음知音은 얻기 힘드니 어찌 감사하지 않을 수 있겠는가?

劉再復

1992년 5월 22일

미국 콜로라도 대학에서

재판 저자 후기—자기 바로 보기

1

이 책의 초판이 출판된 지 반 년 만에 재판을 내게 되었으니 필자로서는 기쁘기 그지없다. 대륙에서 필자의 책은 지금도 여전히 금서로 묶여 있지만, 이 책은 감시의 눈을 피해 200~300권이나 들어갔다고 한다. 금년에 출판된 『성격조합론性格組合論』과 같은 '센세이션 효과'는 없었으나 그래도 여전히 수많은 지음을 만난 것이다. 필자는 오래 전에 "놀라워하는 만인"보다 "뜻이 맞는 한 사람"을 찾는다고 말한 적이 있다. 필자의 책을 읽고 영혼이 서로 통하는 한 사람만 있으면 족하다는 말이었다. 이 책이 출판된 후 대륙의 많은 친구들로부터 편지를 받았는데, 그들은 한결같이 '경제'라는 거대한 물결의 기슭에서 배회하는 고독한 사람들이었다.

필자가 살고 있는 공간은 주로 정신적인 공간이다. 이 공간은 그 무엇과도 비길 수 없는 진정 신묘神妙한 공간이다. 이 공간에는 형이상학을 좋아하는 '영원한' 친구들이 있다. 친구들 중에는 몇 백 년 전에, 심지어는 몇 천 년 전에 죽은 시인과 학자가 있는가 하면 현재 활발하게 사색하고 글을 쓰는 사상가도 있다. 그들의 서적과 글을 읽고 나면 먼저 그들과 비판적인 대화를 나눌 수 있다. 오늘을 사는 사람 역시 필자의 책과 문장을 읽고 나서 마찬가지로 비판적인 대화를 할 것이다. 이런 비판적인 대화는 대륙에서와 같은 용속한 정치적 선전이 아닌 우정이 충만한 경쟁이며 정신적 교감(對流)이다. 이 책이 출판되고 나서 필자가 얻은 것은 이런 교감이었다.

이번의 정신적 교감 속에서 필자가 처음 들은 소리는 '탄식'이었다. 필자의 정처 없는 유랑에 탄식한 것이 아니라, 세상사의 냉혹함과 같은 풍파를 겪으면서 필자의 문학이 열정에서 냉엄으로 변해버린 데 대한 탄식이었다. 그리고 노신 선생이 살아생전 그토록 '속히 없어지기'를 바랐던 냉엄한 문학이 필자의 글 속에 여전히 자생하면서 새로운 문화적 토양 속에서 송가頌歌와 맞지 않는 화음을 내고 있음을 탄식했다. 확실히 탄식할 만한 일이긴 하다. 그럼에도 노신 선생이 '속히 없어져야 한다'고 주장한 문학을 필자가 계속할 수밖에 없었던 것은 역사가 반복되고 심지어는 끊임없이 복제되기 때문이다. 다시 말해 '이미 있었던' 것들은 새로운 형식으로 끊임없이 순환하기 마련이다.

꼭두각시 현상이나 인간성 말살 현상, 자식을 죽이는 현상, 정신의 붕괴 현상 등등은 예전에도 있었다. 그리고 아직까지도 되풀이되고 있는 일이다. 역사가 이렇듯 완고하게 원을 그리며 놀고 있으니 원래는 '속히 없어져야' 마땅한 문학이 완강하게 되살아난다 해도 도리가 없다. 한 친구가 내게 이런 말을 한 적이 있다. "자네가 말하는 '예스맨'(點頭人)이 바로 고대의 '탁미계啄米鷄'(모이 쪼는 닭)이네. 주인이 모이를 뿌려 주면 닭은 연신 머리를 끄덕이지. 머리를 끄덕여야 입고 먹을 것이 풍족해지고 한 걸음 한 걸음 높이 올라갈 수 있거든." 그러면서 작년에 출판된 잡지 『독서』 제10호에 게재된 정총丁總 선생의 「탁미계」라는 만화와 만화 밑에 실린 진사익陳四益 선생의 글을 보여 주었다.

> 내소보來少保가 별 볼일 없을 때, 말주변도 없고 아는 것도 적어 사람들이 다 그를 대수롭잖게 여기었는데 단 한 사람 지기支機만이 그와 친하게 지냈다. 어쩌다 뜸하나마 내소보가 자신의 의견을 말하면 지기는 그때마다 고개를 끄덕이며 한 번도 틀렸다고 말하는 적이 없었다. 내소보가 후에 높은 벼슬에 오르자 지기를 간의諫議로 추천했다.
> 지기는 간의이면서도 간언을 올리는 일이 없었다. 조정에서 논의가 벌어질 때면 황제가 하는 말에 무조건 지당하신 말씀이라며 고개를 끄덕여서 황제의 깊은 환심을 얻었다. 그 덕에 지기는 여러 번 추천을 받아 내각에 들었다.
> 언젠가 황제가 상원上苑에 놀러나가면서 "짐은 무척이나 행복하오. 이렇듯 연일 밤마다 꽃이 피는 상원이 있으니 말이오"라고 했다. 지기는 그 말을 듣고 "네. 지당하신 말씀이시옵니다"라고 했다. 황제가 상원에 이르렀는데 때가 일러 아직 꽃이 피지 않았다. 황제가 "꽃이 필 때가 아직 되지 않았는가?"라고 물었고 지기는 또다시 고개를 끄덕이며 "네. 지당하신 말씀이시옵니다"라고 했다. 이 말을 듣고 황제는 "그대는 그저 '네. 지당하신 말씀이시옵니다'라는 말밖에는 모르는가? 도대체 뭐가 지당하다는 말인가?"라며 화를 냈다. 지기는 황공해서 다시 고개를

끄덕이며 "네. 지당하신 말씀이시옵니다"라고 했다. 그러자 황제가 웃으면서 더 이상 묻지 않았다.
당시 사람들이 이런 지기를 조롱하여 '탁미계'라는 별명을 붙였다.

이와 같은 '탁미계'는 옛날에도 있었다. 그런데 오늘날의 '탁미계'는 사람들을 탄식하게 만든다. 이러한 현상을 묘사하는 데는 만화가 쉽거니와 또 만화가 아니고서는 묘사해 낼 도리도 없다. 이런 현상 속에서 영혼은 상실되고 정신은 공허해져 인간은 빈껍데기가 되고 정치는 '탁미啄米 정치', '점두點頭 정치'가 되고 만다. 이런 것들을 마주 대하는 데에는 냉엄한 문학이 아니고서는 달리 방법이 없다.

2

필자는 무척이나 기뻤다. 친구들은 탄식만 한 게 아니고 필자의 사회 비판을 통해 '자기 바로 보기'에 주의를 기울이기 시작한 것이다. 한 젊은 친구가 이런 편지를 보내왔다.

제가 가장 인상 깊게 읽은 부분은 「분열인」과 「틈새인」이었습니다. 아마도 거기서 저 자신의 그림자를 발견했겠지요. 노신을 비롯해서 중국에서 가장 비판성이 강한 문화 성격은 자신의 '분열'을 직시하고 '틈새인'이 처한 환경을 직시한 데서 시작합니다. 변형된 시대에는 완벽한 모든 것 혹은 완벽한 인격이 도리어 사람들의 의심을 받는 법이지요. 저는 절망에 대한 반항은 자신이 극복할 수 없는 모순과 패러독스를 인식하는 데서 시작된다고 봅니다. 중국 문인들의 감각은 꽤 뛰어난 반면, 중국의 '혁명가'들은 자기들만이 진리를 장악하고 있다고 믿는 게 참으로 안타깝습니다.

필자의 글을 상당히 깊고 진지하게 이해하고 있는 친구였다.

더욱 기쁜 일은 국내 젊은 친구들뿐 아니라 해외 친구들도 필자의 '자기 바로 보기'에 관심을 보였다는 점이다. 독일의 마한무馬漢茂(Helmut Martin) 교수는 금년 4월에 학생들을 대동하고 이탈리아에 갔다가 필자의 이 책과 『표류수기』를 읽고 독일어로 번역하였다. 번역을 마치고 나서 필자에게 편지를 보내왔다.

> 선생님의 책에서 저는 맨 마지막 장의 「틈새인」이 가장 좋습니다. 이 글은 중국 지식인의 생존 형태인 동시에 세계 각국의 모든 지식인의 생존 형태를 말해줍니다.

이어서 그는 이 책의 독일어 판에는 맨 끝 편인 「틈새인」을 서론 삼아 맨 앞에 놓고 싶다는 희망 사항을 덧붙였다. 필자는 기꺼이 동의하고 '자기 바로 보기'의 가치에 대한 그의 식견과 이해에 감사를 표했다.

필자가 자신을 바로 보고 있는 부분은 「분열인」과 「틈새인」에만 국한되지 않는다. 「원칙주의자」를 비롯한 다른 많은 장에서 필자도 그 중의 한 배우임을 인정한다. 타락한 영혼을 고문하는 동안 나는 나 자신의 분열된 내면을 고문하고 있었다.

이택후 선생은 책을 읽은 뒤 필자에게 "이 책이야말로 자네가 쓴 책 중에서 가장 특색 있는 책이네"라고 말씀하셨다. 그리고 책에 수록된 내용 중에서 단편으로 발표된 것들은 그 당시에 다 읽으셨는데, 이번에 한데 모아놓고 읽으니 더 좋고 의미가 보다 완전하게 전달된다는 말씀을 덧붙이셨다.

「가축 인간」, 「잔인한 인간」, 「앞잡이」는 단편으로 발표된 글이다. 인간성의 추악함과 잔인함과 비열함을 폭로하는 데 비중을 둔 만큼 인류 역사에서 악랄한 성품의 '악인惡人'만을 모아서 서술했다. 혹 고명한 독자들이 이 장들만을 읽는다면 필자가 대중적인 선악 도덕의 잣대를 가지고 인성(人情)에 접근했다고 생각할 수도 있을 테고, 또 혹자는 이 형상들을 모종의 도덕적 관념의 화신으로 단정할 수도 있을 것이다. 그러나 이것은 필자의 의도가 아니다. 최근 몇 년 동안 필자의 참회 문학에 대한 사색은, 외재적인 선악과 세속의 시각에서 벗어나 인간 내면세계의 충돌과 영혼의 대화라는 측면에서 인성을 파악하고자 하는 일이었다. 필자는 인간의 유한성과 절대적 도덕율의 충돌이 반영된 작품만이 인성의 깊이를 담고 있다고 믿는다.

어쩌면 이 책의 몇몇 장에서는 이 점을 찾아볼 수 없을지 모르겠으나 책 전체를 놓고 보면 필자의 이러한 정신적 추구를 엿볼 수 있을 것이다. 즉 필자가 인류의 여러 가지 유한성을 드러내 보일 때에는 필자 자신도 이런 유한성의 긴장과 충돌에서 벗어날 길이 없음을 읽을 수 있을 것이며, 인성의 추악함을 서술할 때에는 필자 자신도 도저히 극복할 길 없는 모순에 깊이 고뇌하는 모습을 볼 수 있을 것이다. 이렇게 해서 필자는 독자들에게 서술의 주체가 '초인超人'이 아니고 방황하는 '틈새인'임을 설명한 셈이다. 세계가 워낙 혼돈 속에 있으니 '틈새인'이라고 완전할 수는 없는 노릇이다.

3

이상에서 말한 친구들의 반응과는 성격이 다른 또 다른 반응도 있었다. 많은 친구들은 그들이 관심을 가지고 있는 몇 가지 인간 유형에 대해서 필자가 다시 더 써 주기를 희망하면서, 현재 대륙에서 급속도로 번식하고 있고 그 수도 상당수에 이르는 인간 유형, 예컨대 '위선자'(假人), '무뢰배'(賴人), '악랄한 인간'(歹人) 등이 이 책에 빠져 있다고 지적했다. '위선자'라는 말은 필자가 현대 문학을 연구할 때 관심을 가진 적이 있다. 1923년 서지마徐志摩가 이 개념을 가지고 창조사創造社 작가들을 비판한 일이 있었다. 창조사 작가들이 참된 성정은 별로 찾아볼 수가 없고 일부러 격렬한 체 꾸미기를 좋아한다는 것이었다. 이 말에 화가 치밀어 오른 성방오成仿吾가 역공을 날렸었다. 서지마의 비판이 전혀 일리 없는 것은 아니지만 창조사 작가들에게 '위선자'의 개념을 들이댄 것은 좀 지나친 감이 있다.

'위선자'는 항상 가면을 쓰고 생활하는 사람을 가리키는 단어여야 한다. 이를테면 6, 70년대의 문학 작품에 등장하는 위대하고 완벽한 영웅들은 하나같이 가면을 쓴 자들이다. 사회 생활이 비정상적이고 정치적 압력이 과중해지면, 인간들은 살아가기 위해 두 개 혹은 두 개 이상의 가면을 쓰지 않을 수 없게 된다. 가면을 쓰지 않고는 거짓말을 하거나 가짜 약을 팔거나 위선자 노릇을 할 수 없을 테니 말이다. 이런 사람들이 중국에 수두룩하다 보니 "참말을 하라"고 호소하는 작가들이 생겨나는 것이다. 원래는 참말을 하는 것이 평범한 일이건만 지금은 큰소리로 부르짖어야만 하니 '위선자'들이 얼마나 많아졌는지 가히 짐작이 간다. 물론 거짓말 좀 한다고 해서 모두 '위선자'는 아니며 '위선자'라고 해서 구구절절이 거짓말만 하는 것도 아니다.

『홍루몽』에 등장하는 왕일첩王一貼은 개 껍데기 고약을 파는 돌팔

이 의원인데, 굳이 분류하자면 '위선자'에 속하는 인물이다. 그래도 '참된 사람'(眞人)인 가보옥에게만은 거짓말을 하지 않고 진실을 털어 놓는다. "만약 제가 진짜 약을 가지고 있다면 왜 제가 그 약을 먹고 신선이 안 되었겠습니까? 그리고 진짜를 가지고 있다면 무엇하러 여기까지 달려와서 거짓말을 하겠습니까?" 반면에 현대의 '위선자'들은 비약적인 진화를 거듭한 나머지 '참된 사람'에게도 거짓말을 하는데다 가짜 약봉지 위에 그 시대를 풍미하는 '이데올로기'적 표어들로 도배를 해 놓는다. 이런 '위선적자'들이 경제적 격랑 속에서 대량으로 번성하고 있건만 이 책에 빠져 있으니 필자의 부주의함을 탓할 일이다.

역시 친구들이 건의한 '무뢰배'는 보통 '불한당' 혹은 '건달' 혹은 '불량배'(流氓) 등으로 불리는 자들이다. 지금 대륙에서 유행하고 있는 '악질분자'(痞子)까지 포함시키느냐 마느냐에는 토론의 여지가 있다. '악질분자'는 공격성이나 침략성은 없이 다만 모든 것을 초연한 듯 조롱하는 태도로 그냥저냥 살아가는 자들이다. 반면 '불한당'이나 '건달'이나 '불량배'들은 공격성을 띤다. 필자는 예전에 「건달」(潑皮)이라는 글에서 『수호전』에 등장하는 우이牛二를 소개한 적이 있다. 이 우이라는 자는 사뭇 공격적이다. 만일 그가 두 번이나 양지楊志에게 생떼를 쓰며 달려들지만 않았던들 양지가 그를 죽이는 일은 벌어지지 않았을 것이다. 이런 건달이 지금 중국에는 재계(商界), 정계政界, 문화계 할 것 없이 없는 데가 없다.

노신은 일찌감치 기형적인 중국 사회가 만들어 낸 두 부류의 인간 유형을 포착해 내었다. 그 하나는 '비굴한 인간'(奴才)이고 다른 하나는 '불량배'다. 그는 잡문을 통해 이 두 부류의 인간을 여러 시각으로 형상화했다. 그가 세상을 떠난 뒤에도 이들은 여전히 대를 이어 날로 번성하고 있으니 참으로 안타까운 일이다. 독재 정치(專制)가 엄혹해지면 '비굴한 인간'들은 많아지는 반면 '불량배'들은 다소 수그러든다. 그러다 독재가 허술해지면 '불량배'들이 많아지는데 처음에는 점잔을 떨던 '비굴한 인간'들까지 덩달아 무뢰배 기질을 드러낸다.

이들은 경제 혁명의 거대한 물결 속에서 돈 많고 거만한 수영선수가 물을 만난 듯 한껏 솜씨를 발휘하고 있다. '비굴한 인간'들을 타락시켜 함께 손에 손을 잡고 혼란한 틈바구니에서 한몫을 단단히 챙기고 있다. 그렇게 해서 돈을 벌고 나면 이제는 파렴치한 짓을 그만두고 점잖은 중산층으로 변신한다. '무뢰배'들의 이러한 발전을 지켜보노라면 지금 중국 사회가 안고 있는 큰 문제가 무엇인지 감을 잡을 수 있다. 이런 의미에서 '무뢰배'를 25가지 인간 유형에 넣지 않은 일은 필자의 또 하나의 실수다.

친구들이 제의한 '악랄한 인간'은 온갖 못된 짓은 다하는 나쁜 놈을 말한다. 필자도 처음에는 쓰려고 했다가 끝내 쓰지 못한 유형이다. 「가축 인간」, 「잔인한 인간」, 「앞잡이」, 「고자」 등을 쓰고 나니 인성에 대해 절망감이 드는 참에 '악랄한 인간'까지 쓴다면 절망감이 한층 깊어질 것 같아서였다. '악랄한 인간'은 뱃속이 온통 시커먼 구정물에 머릿속은 간계奸計로 가득 찬, 쥐 대가리에 도적놈 심보를 가진 인면수심의 인간들이다. 이들의 악랄함을 세세하게 형상화해 내고 나면 어떤 '해독제'도 듣지 않을 테고 자라나는 청소년들에게도 지극히 나쁜 영향을 끼칠 듯싶어 쓰지 않는 게 낫겠다는 생각이 들었다.

친구들은 그밖에도 '괴팍한 인간'(戾人)이나 '약장수 인간'(藥人), '분별없는 인간'(瞽人) 등과 같은 재미있는 인간에 대해서도 써 볼 것을 권했다. 분명 흥미로운 일일 것이다. 그러나 필자는 목하 어떤 문제를 가지고 생각하는 중이어서 손을 대기 어려운 형편이다. 그래서 나중에 시간이 나면 이들을 한번 그려 볼 작정이다. 만일 이 책의 속편을 쓴다면 고도로 발달한 현대의 상품 사회에서 출현한 기형적인 인간 군상에 중점을 둘 생각이다. 예를 들어 마르쿠제(Herbert Marcuse)의 『일차원적 인간』(*One Dimensional Man*)이나 카뮈의 『이방인』 같은 작품을 쓰고 싶다. 이 작품들은 인간의 사회 역사 문화를 한층 깊고 넓게 다루었으며, 하나의 인간 유형을 드러내 보임으로써 현대 문명사회의 일면을 보다 깊이 이해할 수 있게 해 주었다.

劉再復

1993년 5월 15일

스웨덴 스톡홀름 대학에서

노장총서

도가를 찾아가는 과학자들 — 현대신도가의 사상과 세계 董光璧 지음 · 이석명 옮김 · 184쪽 · 값 4,500원 · 『當代新道家』
유학자들이 보는 노장 철학 조민환 지음 · 407쪽 · 값 12,000원
노자에서 데리다까지 — 도가 철학과 서양 철학의 만남 한국도가철학회 엮음 · 440쪽 · 값 15,000원
위진 현학 정세근 엮음 · 278쪽 · 값 10,000원

역학총서

주역철학사 廖名春, 康學偉, 梁韋弦 지음 · 심경호 옮김 · 944쪽 · 값 30,000원 · 『周易硏究史』
주역, 유가의 사상인가 도가의 사상인가 陳鼓應 지음 · 최진석, 김갑수, 이석명 옮김 · 366쪽 · 값 10,000원 · 『易傳與道家思想』
송재국 교수의 주역 풀이 송재국 지음 · 380쪽 · 값 10,000원

카르마총서

불교와 인도 사상 V. P. Varma 지음 · 김형준 옮김 · 361쪽 값 10,000원
파란눈 스님의 한국 선 수행기 Robert E. Buswell, Jr. 지음 · 김종명 옮김 · 376쪽 · 값 10,000원
학파로 보는 인도 사상 S. C. Chatterjee, D. M. Datta 지음 · 김형준 옮김 · 424쪽 · 값 13,000원
불교와 유교 — 성리학, 유교의 옷을 입은 불교 아라키 겐고 지음 · 심경호 옮김 · 526쪽 · 값 18,000원
유식무경, 유식 불교에서의 인식과 존재 한자경 지음 · 208쪽 · 값 7,000원
박성배 교수의 불교철학강의: 깨침과 깨달음 박성배 지음 · 윤원철 옮김 · 313쪽 · 값 9,800원
불교 철학의 전개, 인도에서 한국까지 한자경 지음 · 252쪽 · 값 9,000원

연구총서

논쟁으로 보는 중국철학 중국철학연구회 지음 · 352쪽 · 값 8,000원
논쟁으로 보는 한국철학 한국철학사상연구회 지음 · 326쪽 · 값 10,000원
논쟁으로 보는 불교철학 이효걸, 김형준 외 지음 · 320쪽 · 값 10,000원
反논어 — 孔子의 논어 孔丘의 논어 趙紀彬 지음 · 조남호, 신정근 옮김 · 768쪽 · 값 25,000원 · 『論語新探』
중국철학과 인식의 문제 方立天 지음 · 이기훈 옮김 · 208쪽 · 값 6,000원 · 『中國古代哲學問題發展史』
문제로 보는 중국철학 — 우주 · 본체의 문제 方立天 지음 · 이기훈, 황지원 옮김 · 232쪽 · 값 6,800원 · 『中國古代哲學問題發展史』
중국철학과 인성의 문제 方立天 지음 · 박경환 옮김 · 191쪽 · 값 6,800원 · 『中國古代哲學問題發展史』
중국철학과 지행의 문제 方立天 지음 · 김학재 옮김 · 208쪽 · 값 7,200원 · 『中國古代哲學問題發展史』
중국철학과 이상적 삶의 문제 方立天 지음 · 이홍용 옮김 · 212쪽 · 값 7,500원 · 『中國古代哲學問題發展史』
현대의 위기 동양 철학의 모색 중국철학회 지음 · 340쪽 · 값 10,000원
동아시아의 전통철학 주칠성 외 지음 · 394쪽 · 값 13,000원
역사 속의 중국철학 중국철학회 지음 · 448쪽 · 값 15,000원
일곱 주제로 만나는 동서비교철학 陳衛平 편저 · 고재욱, 김철운, 유성선 옮김 · 320쪽 · 값 11,000원 · 『中西哲學比較面面觀』
중국철학의 이해 김득만, 장윤수 지음 · 318쪽 · 값 10,000원
중국철학의 이단자들 중국철학회 지음 · 240쪽 · 값 8,200원
유교의 사상과 의례 금장태 지음 · 296쪽 · 값 10,000원
공자의 철학 蔡仁厚 지음 · 240쪽 · 값 8,500원 · 『孔孟荀哲學』
맹자의 철학 蔡仁厚 지음 · 224쪽 · 값 8,000원 · 『孔孟荀哲學』
순자의 철학 蔡仁厚 지음 · 272쪽 · 값 10,000원 · 『孔孟荀哲學』
서양문학에 비친 동양의 사상 한림대학교 인문학연구소 엮음 · 360쪽 · 값 12,000원
유학은 어떻게 현실과 만났는가 — 선진 유학과 한대 경학 박원재 지음 · 218쪽 · 값 7,500원
유교와 현대의 대화 황의동 지음 · 236쪽 · 값 7,500원
동아시아의 사상 오이환 지음 · 200쪽 · 값 7,000원
역사 속에 살아있는 중국 사상 시게자와 도시로 지음 · 이혜경 옮김 · 272쪽 · 값 10,000원 · 中國歷史に生きる思想
덕치, 인치, 법치 — 노자, 공자, 한비자의 정치 사상 신동준 지음 · 488쪽 · 값 20,000원
육경과 공자 인학 남상호 지음 · 312쪽 · 값 15,000원